范卜斗 ◎ 著

智者史诗　风云大戏

丹成传奇

中国文史出版社

图书在版编目（CIP）数据

丹成传奇 / 范卜斗著. -- 北京：中国文史出版社，
2021.1

ISBN 978-7-5205-2232-8

Ⅰ.①丹… Ⅱ.①范… Ⅲ.①长篇小说—中国—当代

Ⅳ.①I247.5

中国版本图书馆CIP数据核字(2020)第167098号

责任编辑：卜伟欣

出版发行：中国文史出版社

社　　址：北京市海淀区西八里庄路69号院　　邮编：100142

电　　话：010—81136606　81136602　81136603（发行部）

传　　真：010—81136655

印　　装：廊坊市海涛印刷有限公司

经　　销：全国新华书店

开　　本：16开

印　　张：25.25

字　　数：450千字

版　　次：2021年3月北京第1版

印　　次：2021年3月第1次印刷

定　　价：59.80元

前言

郸城，古时候称丹成，因老君在此炼丹而得名。据《辞海》《词源》等相互印证，战国时期著名军事家鬼谷子王禅就出生在郸城"五色河"的"黑河"岸边。

据民间传说，五色河是由红河、黑河、白河、青河、黄河组成，具有传奇色彩，区域内多出圣贤。相传，鬼谷子出生在黑河岸边，曾经礼拜老子为师，他天资过人、出类拔萃，人称王禅老祖。他上知天文下知地理，通晓排兵布阵，善于利用阴阳和合、天时地利、纵横捭阖之术。本书叙述了鬼谷子足智多谋的一面，也揭开了鬼谷子的生平磨炼以及传奇人生。小说推进中，涉猎鬼谷子隐居深山，教授弟子孙膑、庞涓、苏秦、张仪等一个个叱咤风云、纵横天下的人物，把他推向神秘。

战国争霸时，秦、魏、韩、赵、楚、燕、齐七国成了气候，宋、蔡等小国都在垂死挣扎。在天下诸侯国的争霸中，不乏有人同不行正道的黑恶势力"暴徒门"勾肩搭背，期间不乏别有用心的人，意图仰仗暴徒门黑恶势力毁灭他国。就在鬼谷子带领弟子治理战国纷争稍有成效之时，一些善于煽风点火、混淆视听的"暴徒门"人士企图插手民间，于是一部正邪较量的故事拉开序幕。

本书采用了一边写人，一边写智，一边写事，一边写心态的手法。写人，一边弘扬好人的品德及高尚情操，一边又把恶人的低级趣味描述得淋漓尽致；写智慧，一边围绕主人翁鬼谷子王禅的大智创作，一边又将其弟子的聪明才智奉献读者；写事，一边把能干事、干正事的推出敬仰，一边又对扇阴风、点阴火、拉帮结派混淆视听的阴谋家进行批判；写心态，一边把恶人本性披露尽致，一边又将这些恶人的复杂心理点播于世。小说围绕人、智、事、心态，巧妙贯通，情节前呼后应。

本书故事创作完全来自民间传说，传奇手法的插入是为了使故事更进一步贴近传说。故事中巧妙地描写了战国时期的四海门派，以及各界人士的心理状态，以使读者大饱眼福。但也请读者不要对号入座，如有雷同纯属巧合，或者请有则改之，无则加勉。

天下事难亦难，万般说易亦易。有人习惯地把四个方向说成是东西南北，也

1

有人愿意说成是北南西东。集大智慧于一身的鬼谷子王禅曾经暗示人们，遇见了事不服气没有用、出硬气没有用、抬硬杠没有用、怨天怨地没有用，有用的是认真总结过去，仔细规划未来。他不但大彻大悟了这个规律，还用灵魂激发了智慧，又用智慧创造了一个又一个奇迹，其故事流传千年，不绝于耳。

3

第一回　五色河域起战火　巫婆借机害袖女

（一）

楚国苦县地界上的五色河远近闻名，五色河就是黑河、白河、黄河、青河、红河。民间传说，五色河这个名字是远古时期传下来的，据说代表金木水火土五行。地域内多出惊动四海的奇人。春秋战国时期，就在这五色河之界，总发生着一些惊天动地的故事。

一日，五色河之一的黑河岸边，突然云集了大批兵马，他们是来自两个诸侯国的敌对兵马。这两方兵马一照面就话不投机，便各自彰显实力，刀一层枪一层，刀枪剑戟寒光闪闪。

双方不断增兵。从远处看，一队兵马挑着"宋"字大旗冲杀过来，是宋国的援兵到了。领兵大将高喊道："快！我们已经过了黑河，前面就是白河了！将士们，赶快杀过去！杀呀——"

另一面，也飞驰过来一队军士，手中举着大旗，上书"楚"字样，他们手持春秋大刀，向前挥舞着喊道："快，白河到了，冲啊——"

这时，突然有冲杀的楚兵手指着对面大叫："将军快看，宋的援兵也到了！"楚国大将见状，一边挥舞着春秋大刀，一边喊叫："拦住他们！拦住他们！"

战场就在黑河岸边，一场楚宋大战持续了很久才结束。放眼望去，此时战场上一片狼藉，双方军士尸骨遍野、血流成河。一切恢复了平静，只有丝丝狼烟随风弥漫开来。

（二）

黑河岸边有一个村子叫五顷寺，因为村子紧邻五顷寺院，故而得名。五顷寺村错落有致，是按照五顷寺老和尚的九宫玄门设计建设的，再加上黑河是五色河之一，民间便传说这里是一个风水不错的地方。

楚国与宋国兵马厮杀的战场，距离这个村子也仅是半袋烟的路程。有人说，要不是战斗来得猛收得快，谁也阻挡不了战火烧到五顷寺。但就这样，战场上的鲜血还是顺着小河沟的流水流到了五顷寺村头，村子里的人们见了，一个个难免有些不安和恐慌。

傍晚时分，天空突然变得阴沉沉的，那乌云似发疯的野马奔腾而来，瞬间黑河两岸电闪雷鸣。说来也怪，乌云和电闪雷鸣就围着五顷寺的上空不走了。人们正在猜疑，就听"咔嚓"一声，响雷在当头炸起，紧接着，一场怪雨就在五顷寺一带下了起来，那硕大的雨点滴滴似血，瞬间把大地、丘陵、树木全都染成了红色，这可吓坏了这一带的百姓。

村民喊叫着："天上下血雨啦！天上下血雨啦！"

众人慌乱成一团，有的满地乱跑，有的惊恐大叫："要出事啦！要出大事啦！"

次日清早，人们发现凡是遭血雨淋过的人，竟然都离奇地死去了。一时间，几乎家家有死人，户户有哀号。只有一户例外，那就是村内的一家酒坊。酒坊的掌柜姓金，金掌柜有一个叫红袖的漂亮女儿，下血雨那会儿她也淋了血雨，但她还活着。尽管金掌柜声称，红袖也仅仅是一息尚存，危在旦夕，但红袖仍是唯一一位淋了血雨后还活着的人。

金掌柜不营业了，就守在女儿床前，拉着女儿的手哭着说："袖儿啊，爹的乖女儿啊，这是怎么啦？你可不能有事啊，咱父女俩相依为命不容易，你赶快好了吧，可不要吓爹呀！"

躺在床上的红袖，断断续续地说："爹……女儿……不是现在还……还能和你说着话的吗？听说，别人都已经放进棺木里啦，知足吧，爹爹！"

此时村东头的李府，可没有这么幸运了。老李家也是村内一家大户，不幸的是这场血雨要了他家四条人命。没有被血雨淋到的村民，都陆陆续续赶到李府帮忙，村民甲喊叫着："老少爷们都听着，老李家遭了大难，好胳膊好腿的都出来帮个忙，打理打理！"

众村民听到喊叫，没有摊上事的都感到很幸运，呼啦一下都过来了，帮助老李头把死去的人装进四副棺材里，抬出去安葬了。

再看老李家，就剩下老李头和一个小孙子了，老李头一屁股坐在地上，痛苦地喊叫起来："我老李头哪一辈子作了恶呀！"

一边的小孙子也哭喊着："爹呀，娘啊，奶奶呀，我要姐姐啊！"

老李头一边哭，一边抱着乖孙子道："你爹、你娘、你奶奶、你姐姐都已经死了，你再也见不到他们了呀！"

村民甲带领大伙忙完了老李头家的事，又摆着手喊道："大伙都不要散了，这一场灾难，村内死了很多人，咱们如不抓紧时间将他们埋了，就很可能给村内带来传染病。所以，大伙都辛苦一些，赶紧把他们埋了吧！"

就这样，众村民又向村南头的老刘家赶去。老刘家也是非常惨，有三口人赶上了这场血雨，灾难过后，老刘家就剩下一个寡妇，此时哭得翻天覆地、死去活来："夫君啊，我的天哪啊！你说走就走啦，还把一双儿女给俺带走了呀！"

前来帮忙的村民甲走上前去同情地说道："刘家媳妇啊，你先节哀，大伙都累了一天啦，俺们前前后后已经埋了四十多个死人啦。来来来，让大伙帮你把家人抬走安葬了吧。"刘家媳妇只好同意将尸体入棺。

刘家媳妇正手拍棺材哭得甚是伤心，一个巫婆突然挤出人群，走上前拉住了她，神秘地说道："刘家媳妇啊，你节哀吧，这都是天意呀！"

巫婆一句话，惹恼了刘家媳妇，她骂道："放屁！天意？天意就让老刘家一下子死了三个人？哦？这天意，你巫婆咋站在这儿好好的呀？"

巫婆尴尬地问大伙："大伙不信？"

村民甲扭着头问道："信啥？你就在这胡诌吧！"

巫婆故作神秘地说道："咱村有个妖女呀！"

此言一出，众村民惊得一阵骚乱："啊！妖女？谁是妖女？"

巫婆说："金掌柜家的女儿红袖，她就是妖女啊！"

村民甲顿时一愣，问道："真的吗？"

巫婆眯着眼睛说道："不信？你们大伙都去看看，这全村的人，凡是叫血雨淋着的都死光了，唯独金掌柜家的闺女没有死！"

村民甲眉头一皱，问道："那她到底叫血雨淋着没有？"

这时，一边的刘家媳妇突然喊道："啊？是是是，我想起来了，有这回事，天上下血雨那会儿，那丫头正和我家闺女一块玩耍呢！"

村民甲更加惊讶地问道："真的？"

一旁的巫婆见状，着急地喊道："是真的！是真的！咱村只要有这个妖女在，还少不了出大事呀！"

众村民在巫婆的煽动下，一下子都愤怒了。

巫婆趁机说："大伙快去把那个妖女活埋了，咱村就平安啦！"

刘家媳妇一听，噌地一下站起身叫道："吆嘿！我的天哪啊！我说俺家一下子就死了仨，原来和这妖女有关联啊！"

村民乙急忙上前拦住说："别急别急，弄清楚了再说。按说，仅凭巫婆一面之言不可全信。你瞧，那东头的老李家，一下子死了四口人，他家和金掌柜家可从不往来呀！我看，是不是和刚刚发生的战争有关啊，那战场上一下死了那么多人，血和脑浆都喷到天上啦！"

刘家媳妇不听："这我不管，反正，反正我得讹住她家，叫她家包赔我家损失！"

（三）

在巫婆的煽动蛊惑下，人们一下子从四面八方赶来堵住金掌柜家的大门。屋内的金掌柜不明就里地走出来，见村民一个个气势汹汹，便不解地上前问道："不知各位到此，所为何事啊？"

村民甲上前说道："金掌柜，你今天得给老少爷们一个交代，不然，大伙可不能依你！"

大家伙儿也都附和说："那得有个说法，不然，我们都不依你！"

金掌柜听不懂大伙在说什么，抱拳施礼道："老少爷们，大家左邻右舍的，酒坊不知道有啥不周到的地方得罪了各位，还请多包涵一些啊！"

一旁的村民丙叫嚷道："做梦的吧，金掌柜！这再包涵，也不能拿村民的性命赌上吧，赶快把小妖女交出来！"

金掌柜大吃一惊，问道："妖女？你们这是说什么呢？啥妖女啊？"

村民甲冷笑道："别装了！大伙都知道了，你家闺女是个妖女！"

金掌柜这下听明白了，急忙反驳说："说啥呢，我家闺女才十四岁，凭啥说她是妖女！"

村民甲叫嚣道："凭啥？就凭这一场血雨！"

金掌柜眉头皱得更紧了："天上下血雨，咋就碍着我家女儿啥事啦？"

村民乙说："谁说不碍着你女儿？"

金掌柜反问："那你说，是咋碍着的？是我家女儿叫老天爷下血雨的？"

村民甲上前问："那你说，别人淋了血雨都死掉啦，你家红袖为何不死？"

金掌柜急得乱跺脚："这是什么逻辑？我家女儿也奄奄一息啦！"

村民甲带领大伙不依不饶："不中，人家巫婆都说啦，你家女儿红袖就是一妖女，她不死，全村人还得遭殃！"

金掌柜急得搓手："巫婆胡说，她咋不说自己是个妖女呀！谁不知道她，凭着一张嘴，到处造谣生事，这话你们也信？"

没等金掌柜说完，村民乙说："嘿嘿！说巫婆是妖女？妖女能长成她那熊样！"

金掌柜一扭头问："那这巫婆凭啥就说我女儿是个妖女？"

"凭啥？看你女儿长得和仙女有啥两样？"

金掌柜气得眼冒金花，激烈地与人争辩。

这时候，村民甲向众人招手叫道："走，进去把那个妖女拉出来！"

大伙呼啦一下子冲进了金掌柜家的酒坊，把掌柜的推倒在一边。就在此时，里屋的房门一阵咯吱咯吱的响声过后，人称妖女的红袖走了出来。她只是简单地"哼"了一声，就拦住了众人，当场鸦雀无声。

只见眼前这个才十四岁的女孩，已出落得沉鱼落雁，似百花之魁。这等容貌，使人弄不清她到底是人是妖，一时间有点害怕。红袖看着众人，突然上前一步，众村民吓得急忙后退一步。红袖一阵大笑，吓坏了不少村民，有的竟然连滚带爬地向外跑。躲在一旁的巫婆看到这阵势，急忙叫道："红袖不死，祸及全村！"

此一声喊叫果然见效，退出去的村民又一次回到酒坊，这次他们仗着群胆一起喊着："红袖不死，祸及全村！红袖不死，祸及全村！"

门外恶意的喊叫声如泰山压顶，金掌柜上前搀扶着红袖，父女两个只剩下愤怒。这时，红袖把父亲按在椅子上，然后飘飘下拜，规规矩矩磕了三个头，站起身来说道："父亲啊，女儿不孝，不能为你养老送终了。看来今天门外这帮村民是受了巫婆的煽动，他们非要了女儿的性命不可！"

屋内金掌柜抱着红袖泪流满面，只听得门外巫婆叫道："大伙还不赶紧将妖女活埋了省事啊，不要等到死去的人过头七，否则会有数不尽的阴魂大闹咱村啊！"

第二回　红袖蒙冤入墓坑　酒坊主人失行踪

（一）

　　酒坊内，受到蛊惑的众人要活埋红袖，金掌柜只能用身体护着红袖，无力地说道："我可怜的女儿！这是哪个坏良心的恶人陷害咱家啊，咱家是天大的冤枉啊！呜呜——我得与他们拼命了！"

　　金掌柜说罢，跑进一间屋，拿出了一把年关才用的杀猪刀攥在手里，口中喊道："啊——我要对命，我要对命啊！"

　　赤手空拳的众人看见金掌柜这阵仗，都吓得连滚带爬地向外跑。一阵吵嚷过后，全都撤到了门外，酒坊内丢下了几只破鞋。金掌柜举着杀猪刀向人群摇晃着，看见地上的几只破鞋，便一脚将鞋子踢飞门外，大吼道："叫你们这些鳖孙欺负人！"

　　酒坊门前，人群都没有散去，大家都直喘着气。巫婆见状，突然像是鬼魂附体似的"额呵呵、额呵呵"起来，左手在前右手在后，左手两个指头并拢，右手掌五个指头向上竖立跟在左手后面，猫着腰，弓着背，双腿稍微弯曲，在人群中左转三圈，右转三圈，口中念念有词："天灵灵地灵灵，离地三尺有神灵，不论神灵大和小，拿住妖女算你灵！……"

　　突然，她停住了装模作样，"呵呵呵"冷笑一声后说道："妖女是金必怕火，烈焰取来斩妖魔！……"

　　巫婆一句话连续说了三遍，众人都听明白了。便有人喊道："对对对，拿火把来，拿火把来！"

　　片刻工夫，十多个熊熊燃烧的火把一字排开在酒坊门外，只听有人高喊："嘚……大胆妖女，快快出来受死吧，要不然，这金家酒坊，将从此同你一起消失啦！"

　　说话间，一个个火把呼啦一下都围在了酒坊跟前，大伙正准备动手，巫婆从人群后面观望一阵后喊道："火力不足，再去取些火把！"

片刻，真的有人从远处拿着火把赶来，大伙一起喊叫："烧死妖女！烧死妖女！""大家不要手软！不要手软！"

说话间，一支火把从外面滚进来。金掌柜一惊，急忙端来一盆水将火把浇灭。正手忙脚乱间，又听得外面喊道："妖女出来受死！妖女出来受死！"

还有人附和着："大伙喊个一二三，哪个不把火把扔进去，就是孬种！"

"扔啊！扔啊！"

"来来来一起扔！"

"扔！看哪个孬种不扔！……"

"——一——二——"

外面的话，金掌柜父女听得真切。金掌柜放下水盆，一把抱住红袖，面色一寒。但此刻的红袖却显得异常镇静，她一把推开金掌柜，低声说："不瞒父亲说，女儿昨夜做了一梦，知道我的寿命到期了。"

没等金掌柜反应过来，红袖已转身走出门外。众人见了红袖，都不敢言语。红袖说："红袖愿意跟你们走，但，你们谁也不能和我父亲过不去，不然，我做鬼也会把他全家杀个干净！"

红袖说罢，转身面向金掌柜连续磕了三个头，然后挺着胸随着众人而去。

（二）

村外，一帮人将红袖拉进了刚刚挖好的墓坑，随即就要往她身上封土。就在这时，一个瘦小的男孩儿哭喊着冲了上来，拼命地拦住众人，喊叫着："不要伤害我红袖姐姐！不要伤害我红袖姐姐！"

村民甲喊道："这谁家孩子，不要命啦？"

村民乙摇头说："不知道，以前没有见过这个孩子，最近也是在金掌柜家才看见的。"

村民丙说："啥不知道？这个孩子不是过去那个王员外家的孙子吗？"

村民乙吃惊地问道："啥？这个孩子就是那坟墓上一株灵谷子托生的王禅？"

村民丙点头说："就是他，他母亲因为吃了坟墓上长的一株谷子凑巧受孕，所以这个孩子一出生就被人叫作鬼谷子啦！"

这时有人喊道："一个孩子家的逞什么能，快把他拉开！"

少年王禅不但不走，还上去夺大人手中的家伙。于是众人一起动手，将他推

翻在地昏厥过去，继续向红袖身上封土。最后人们散去了，荒郊野外就剩下昏厥的王禅和一座新坟。

恍惚间，王禅分明听见了红袖说话，可就是看不见红袖人在哪里。只听红袖说道："禅，我要走了，这个世界一点都不好玩。"

禅问道："你要去哪儿？"

红袖说："从哪里来，还回到哪里去。"

禅问道："究竟去哪儿？告诉我，我好去找你玩啊！"

红袖说："我去的地方，你去不了。"

禅问："为啥？"

红袖说："我本是九天的人，不应在民间生存，自然要回到九天去。"

禅吃惊地问："啊？那我是谁？应该到哪儿去？"

红袖沉思片刻，说道："我也说不准你的来历，听说你可能和一个蝉精有关。"

禅又问道："那，人们就为这叫我禅？"

红袖说："听说你出生时，有不少的蝉伴随，你的家人就取其谐音叫你禅。"

"那，我们还能再见面吗？"

"但愿吧！"

王禅苏醒了，他看见眼前的坟墓，知道红袖已经被人活埋了，于是爬到坟墓上，双手拼命地向外挖泥土。就在这时，突然听到有人在耳边说道："别挖了，她已经走了，别再惊扰她了。"

王禅一愣，急忙看看左右，没有发现人，他再次望着坟墓发呆。一阵愣神后，只得将挖开的土慢慢地复原，然后抱着坟墓痛哭了一场。哭着哭着，王禅好像突然想起了什么。

（三）

王禅飞快地跑回酒坊，里里外外找了一遍，不见金掌柜。于是扯着嗓子喊道："金伯伯，你在哪里？"

酒坊内没有回应，王禅继续喊叫着："掌柜的！掌柜的！掌柜的！你在哪儿啊？"

还是没有任何回应。王禅一下子像个泄气的皮囊，瘫软在地上。过了好久，他又突然站起来，手捧一坛酒，对着坛口大喝起来。他喝了一会儿，似醉非醉，似是进入梦乡。

"我到底是谁？是从哪里来的？又该到哪里去？当今，为什么有人叫我鬼谷子？我今生今世的父母到底是谁？记得小时候，家中好像也很富有……"

他开始回想起此前的生活：

一个月黑风高的晚上，家里突然来了许多匪人，杀死了许多亲人。幼小的王禅被一个漂亮的女人狠狠拍了一掌，还吐了一大口血。醒来时，已被不老药房的老板不老上人医治。不老上人只管医治，不和他多说一句话。不久，禅就在不老上人的医治下伤愈。

一日，不老上人问他："你叫禅？"

禅回答说："人们都这样叫我。还有人叫我鬼谷子。"

不老上人同情地说："你的家中已经没有人啦，你呀，就把这儿当成个家吧，在我这不老药房帮个忙，好歹也算有个安身的地方。"

禅感激地说："中，那，那我咋称呼您呢？"

不老上人说："就叫我不老上人吧！"

在药房内，禅看到很多死去的动物都被不老上人泡在药盆里，有蛇、青蛙、蝎子、蜈蚣等。他不解地问道："不老上人，这药房内，咋有这么多的动物死尸啊？"

不老上人答道："噢，那些都是很好的药材，能医治很多患病的人！"

禅一愣，问道："哦？那些动物咋还有一股很大的酒味啊？"

这次不老上人笑着说："因为这些动物都在酒里泡着呢！"

禅又是一愣："哦！"

一日，不老上人突然对禅说："禅，你能帮助我干点活吗？"

禅答道："好，我啥活都能干。"

不老上人说："那你去黑河岸边的酒坊，帮我挑两坛子酒回来如何？"

禅说："不成问题。"

不老上人交代说："那个酒坊的掌柜姓金，叫金千阁，到了那儿说起我就行，这有一封信你也带上吧！"

禅来到酒坊，酒坊掌柜看了信，对王禅说："禅，你把扁担放下吧，从今天开始你就不回去了。"

禅闻听此言，吃惊地问道："为啥呀，掌柜的？"

金掌柜扭头看了看外面，说道："不老上人现在已经离开了药房，他说不能再

让你回去。"

"那是为啥呀？"

"不老上人信上说，那里危险，有人要杀他，他不想与人拼杀，又不方便带着你，所以，他自己已经离开了药房，嘱托我代为照应你。"

禅看着金掌柜手上的信，惊得浑身发抖，一阵咳嗽。此时金掌柜就向内房喊道："红袖，你过来一下，咱家来了客人。"

内房门口，红袖很快跑来，问道："爹，咱家来了哪里的客人？"

"是不老药房的伙计。"

"伙计？"

"嗯，他现在是咱的客人，等不老上人回来了才走。"

红袖看了看王禅，问道："哦！那他叫个啥名啊？"

"叫禅。"

"禅？这名字听起来怪怪的。"

这时，王禅才面向红袖上前施礼，红袖看他呆呆的样子，咯咯笑了一阵，然后右手背遮住下巴说道："我叫红袖，欢迎你到我家做客！"

自从王禅到了酒坊，掌柜的把王禅当作自己的孩子养着，小女儿红袖更是喜欢王禅，他们吃住都在酒坊。

一日，王禅闲来无事，找到掌柜的问道："掌柜的，我都这么大了，你看我能干点啥事呢？"

金掌柜也不抬眼看一眼他："禅啊，你几岁啦？"

王禅答道："十二岁了，掌柜的。"

金掌柜还是没有抬头："禅啊，咱酒坊没有你干的活，你这么大的孩子，正是长个儿的时候，也正是习练文墨的时候，你就陪着红袖学些文墨吧。"

"我能干活！啥活我都能干，掌柜的！"

"小孩子家的干什么活，多认识一些字吧。"

王禅没办法，只好听从金掌柜的安排。

王禅自幼落下一个咳嗽的毛病，从小，村庄内的人都因为他的这个毛病厌烦他。到这儿来以后也是如此，左邻右舍一看见他出门，都像躲避瘟神一样。但红袖却对他疼爱有加，只要和王禅一起出门，她就会拉着他的手，有说有笑。

王禅一回想起这些就哭，哭得眼睛都肿了。末了，他自己做主，从酒坊带着一坛子酒，走出酒坊大门，晃晃悠悠地来到红袖坟前，哭道："红袖姐姐啊，你说掌柜的他去哪里了呀？你走了，掌柜的也走了，你说你去了九天，那掌柜的不会也去了九天吧？如今你俩都走了，那我咋办？我到底该去哪里啊，呜呜……你说，像我这样一个苦命的孩子，今后该怎么活命啊！这从前，你们谁也不喝酒，今天我就让你喝一次酒。"

说罢，禅将一坛子酒全都倒在了红袖的坟前，然后将坛子摔在地上，号哭起来。大哭一阵子后，才慢吞吞地向酒坊走去。

从此，王禅又沦落到一人生活了。

第三回　装疯卖傻神秘婆　杀人全凭嘴一张

（一）

王禅沮丧地回到酒坊，感到这偌大的酒坊静得让人害怕。他走到一把座椅跟前，一屁股坐上去，眼泪顺着眼角流了下来。

就在这时，酒缸那边突然有点响声，王禅一惊，忙竖起耳朵听，果然又听到细微的"咕咚"一声。王禅确认有动静，就奔着酒缸那个有动静的地方靠了过去，喊道："谁？是谁在那儿？"

没有应答。王禅蹑手蹑脚地向里走，一扭头看见那根挑酒的扁担，便伸手攥在手里，继续向里走。他一边慢慢走着，一边悄悄观察。这下看准了，在一个布帘子后边好像有点动静，仔细一看，有一双穿着绣花鞋的脚在动。他吓了一跳，浑身发抖，攥着扁担的手也抖得厉害，于是带着几丝惊慌地问道："谁？不吭气我就打了？"

这一喊，布帘子后面慢慢地钻出来一个面相丑恶的老妇女。王禅定睛一看，此人正是那位诬陷红袖的巫婆。再看那巫婆手里可没闲着，两只手里攥着的葫芦还在向外溢着酒。巫婆看到王禅手中高高举起的扁担，急忙喊道："别打别打，别打，我是南头的巫婆啊！"

王禅见是巫婆，怒道："你这个老妖婆，成天装神弄鬼的，无缘无故地放出个鬼话，就把掌柜的一家人给残害了！小爷我今天和你拼了，替掌柜的一家人报仇。"

说罢，王禅一扁担打在了巫婆的屁股上，那巫婆"哎呀"一声趴在地上，号叫道："别打啦，别打啦，我是来救你的！"

王禅问道："啥？"

巫婆一边求饶一边说："我是来救你的！"

听到这话，王禅冷笑着说："救我？还是先救救你自己吧！"

说罢，又是一扁担抽打在巫婆的屁股上，两扁担下去，痛得那巫婆嗷嗷乱叫，哀求着喊道："小爷饶命，小爷饶命啊！"

王禅看见巫婆手中的酒葫芦已经装满了酒，便问道："你个老妖婆到此干啥来啦？哦？你把掌柜的一家人给害了，就是为了弄几葫芦酒？"

巫婆狡辩说："我是来买酒的，不是偷酒的，你一个小屁孩管这干啥？"

王禅大怒："你这不是明显说瞎话吗？掌柜的一家人被你一句屁话给害了。这家里没有了人，你这葫芦里已经装满了酒，这不是偷，你说是啥？"

巫婆说道："我是来救你的。"

王禅更加不耐烦地怒吼道："还敢说鬼话？看来不打死你，我那红袖姐姐就死不瞑目！"

他再次举起扁担，吓得巫婆魂飞天外，赶紧说道："不是鬼话，不是鬼话，我来就是想告诉你一句真话。"

王禅放下扁担问道："啥话？快说！"

"这个酒坊里有妖气，我怕这妖气会要了你的命！"

"啥？还说不是鬼话！"

这时，酒坊门外早已挤满了看热闹的人群。酒坊内，王禅又举起扁担要打，还气愤地说道："你这个老妖婆，为啥不说我也是畜生，让人们连我一块活埋了！"

巫婆翻着眼皮说道："那你，那你没有得罪我！"

听到这话，王禅问道："哦？这么说那是红袖得罪你啦？"

巫婆得意地说道："我巫婆是谁？就是仗着一张人话鬼话都会说的嘴吃饭的。谁得罪我，我说他是神他就是神，说他是鬼他就是鬼。谁叫那个丫头片子得罪我了！"

王禅愤怒地问："红袖这么点年龄，不出三门四户的，她是咋得罪了你这个老妖婆的？"

巫婆狡辩道："就那一天，我趁着掌柜的不在，来酒坊取一点酒，被那丫头片子看见了，她竟然喊叫起来，还惊动了街坊邻居，大家都把我当成了贼！让我多丢人啊！"

"为了这，就给人结仇害人家吗？"

"那当然，谁一句话得罪我，我就叫他一辈子受我的陷害。谁要是敢不把我当人敬着，我就叫他也当不成人！"

此时，早已在门外看热闹的村民甲再也沉不住气了，酒坊内的对话他是听得真切。没等巫婆说完，他一个箭步冲了进来，对着巫婆两个耳光，骂道："原来大伙都被你这个老妖婆给蒙骗了！"

一时之间，明白真相的众村民都愤怒地高呼："打死这个害人的老妖婆！打死她，打死她！"

巫婆目睹这场景，赶忙喊道："别碰我！别碰我啊！我可是有神灵护佑的哦！"一边说着，一边着急忙慌地向外走，刚出了酒坊门口，就快跑起来。

酒坊内的王禅明白了这个家的变故，发疯似的狂笑起来。此时，做了亏心事的众村民目睹此景，感觉真的对不起金掌柜一家，个个摇摇头，唉声叹气地离去。

（二）

巫婆做了天大的亏心事，慌里慌张地一路小跑而逃，还不停地回头看，却正巧撞到了路边拴着的一头驴，更巧的是，她的脸正好贴在了驴屁股上，牙齿又正好啃着了驴尾巴。驴不干了，大叫一声，发疯似的猛踢她一下。再看那巫婆，整个人被驴踢得就像是一个被抛弃的皮囊腾空而起，飞出去老远后，又扑腾一声重重地摔在地上，半天动弹不得。这一下，巫婆手中掂着的两个酒葫芦一下子被摔破了，酒洒了一地。

巫婆心痛得要死，两只手死死护着那两个被摔破的酒葫芦。所幸酒葫芦只有一个被摔成八瓣，另一个虽然也在向外渗酒，但总算还有酒。于是，她一边走，一边用舌头舔着从葫芦里向外渗出的酒。

这时，对面走来一个挑担的男人，嘴里不停地吆喝着："豆腐，热豆腐，热豆腐啦——"

眼看着巫婆要与那叫卖的男人碰面了，那男人正叫着："豆腐——"

"停！别喊了！"

巫婆早已不耐烦啦，忙制止挑担的男人喊叫。男人正在发愣，巫婆又说道："成心捉弄人是不是？成心是不是？啊？大老远都知道是你过来了！"

挑担男人定睛一看，见巫婆的破落样子，急急忙忙把豆腐挑子放下，上前关心地问道："咋是你啊？这弄啥去啦这是？唉，你咋弄成这样啦，跟被驴踢了一样狼狈！"

这会儿，巫婆不愿意听到"驴踢"二字，骂道："被驴踢了咋啦？"

这疯婆子莫名其妙地发火了，男人恍然大悟道："啊！不能是真的吧？这好好的踢你干啥！"

男人话还没有说完，巫婆上来一脚踢在了男人的腿上，骂道："瞎眼了是吧？

这踢了就是踢了，我就是被驴踢了，咋啦咋啦？不认人了是不是？”

“啊？你这个样子还真像是被驴踢了！”

“滚滚滚，滚远一点！我心里烦着呢！”

男人左右看了一眼，神秘兮兮地问道：“哎，那金掌柜的闺女真是妖女？”

巫婆说：“妖女你个头啊！”

“哎，那到底是不是妖女？”

一滴酒从葫芦里滴了下来，正好滴在巫婆的脚上，巫婆见状，瞪了男人一眼，眼看着又有一滴酒正在向外渗，巫婆急忙伸着舌头去舔一口。看样子，巫婆进嘴的酒很香，只见她的嘴唇不停地动着。男人急忙用刀切下一块豆腐递给巫婆说：“来来来，用豆腐压一压，心里舒坦！”

巫婆接过豆腐，一边吃豆腐，一边不停地舔一口渗出的酒。

男人又问：“那到底金掌柜的闺女是不是妖女啊？”

巫婆不发火了，朝着男人翻白眼说道：“你见过哪个妖女会认人当爹？那红袖要果真是妖女，金掌柜不定死了多少回啦！”

男人问道：“那这么说，都是你编出来的妖女啦？”

“谁叫那闺女多事啦，活该！”

巫婆说罢，把剩下的一口豆腐塞进嘴里，然后把拿过豆腐的手，狠着劲地在男人身上抹了一下，一瘸一拐地离去。

男人看着远去的巫婆，猛然向地上吐了一口，骂道：“我呸！人老心不老，我才没有心情多看你一眼呢，回回不都是一块豆腐吗，全当是喂狗啦！”

（三）

到了傍晚时分，突然乌云密布，又是雷一阵风一阵的电闪雷鸣的天气。村子里由于经历了一场奇怪的血雨，死了那么多人，村民见到这样的天气都非常害怕，一个个站在房檐下伸着头向天上看着。有几个胆大的人试着走出房檐，发现一滴雨也没有下，更别说血雨了。人们都走出房檐，仰着头看天上的雷电。又是一声炸雷响起，把仰着头看天的人都吓了一跳，大伙又急忙挤在房檐下看着动静。这时人们听到半空中有人喊道：“还我命来！还我命来！”接着，一条大鲤鱼随着大风和雷电“扑通”一声坠落在人们面前。众人齐齐“啊”的一声向后退缩，好久才有人喊道：“不就是一条大鲤鱼吗，有什么可怕的！”

有人说："天上掉下来的东西谁知道是吉是凶？离它远点！"

还有人说："一条鱼还能成了精？以前，不是也有过天上掉下来大鱼的吗？听说这鱼是大风从河面上把游玩的鱼刮到天上，然后又把鱼甩下来的。"

说话者话音未落，径直走向落在地上的大鲤鱼。人们都一窝蜂地跟上。此时大鲤鱼在地上不停地蹦跶着。有人想上前摁住它，不料想，那条大鲤鱼竟然一下子立起来，这下大伙都看清楚了，它的鱼尾巴下两开的蝴蝶尾巴，像两根钢钉立在地上。人们又是一惊，呼啦一下全跑光了。回过头看那大鲤鱼，扑腾几次像是要站立起来，蝴蝶尾巴"噌噌噌"的像一个鱼娃娃似的在行走。

第四回　西坡得到龙鳞肤　追赶流星结海族

（一）

几日过去了，伤透了心的王禅十分沮丧，无论见了谁都像入无人之境，谁与他打招呼他都不理，只管走自己的路，忙乎自己的事。

一日，王禅爬上酒坊房顶，坐在上面发呆。此时，天空中突然一声炸雷响起，紧接着从天空下来一个大火球落了西坡上，王禅急忙从房顶上滑下来，奔着西坡跑去。

王禅来到西坡，到处寻找着那个落地的火球。突然，一个闪闪发光的东西在一处高坡上吸引了他的眼球，他向着高坡一路小跑过去。到了近前一看，见草丛中有一块彩色的薄片五彩缤纷。他拿不准这是什么东西，先是找来一根棍子，用棍子把五彩缤纷的片子翻来覆去地观看了一遍，见上面似有新鲜的血迹。他不明白此为何物，捡了起来。这时他抬头看见了一条小河，便快步跑到小河边，将彩色的片子在河水中涮了一涮。没想到，那洗过的物件更是显得色彩明亮，甚是好看。他兴奋地拿在手上看了又看，还是看不明白，于是拿着这个物件慢慢地往回走。

一路上，王禅一边走一边想着手里捡到的到底是什么异物。这时，路边庄稼地里干农活人的话语打断了他的思路。说话人应该是一对夫妇。

只听农夫说："唉，刚才一声炸雷，咋不见云彩呀？是不是又光打雷不下雨啊！"

农妇抬头望着天，搭话道："唉，就是怪了，这几天咱这一带光出怪事，前几天莫名其妙地下一场血雨，今天，这不见雨不见云的冷不丁咔嚓一雷，说不定又出现啥奇人怪物呢！"

农夫说："是呀，天上下了一场血雨，南头的巫婆硬说那血雨是人家金掌柜闺女带来的，这不纯属胡扯八道吗？！"

农妇说："可不咋的，多好个闺女啊，就被当成畜生活埋了！"

说着说着，农夫又抬头看看天说道："哎，孩子他娘，快看坡上头的那天，不

是已经悬挂着几天了的彗星咋没有啦？"

农妇也抬头顺着坡上看去，惊叹道："真哩，那么大一个火球在那悬挂几天啦，这会儿弄哪儿去啦？"

农夫不解道："也不知道是啥东西，说是彗星，都在天上飘了几天啦，这会儿，咋说不见就不见啦！"

农妇惊讶地问："哎！是不是刚才一声炸雷给打跑了啊？"

夫妇说话间，看见王禅走来了，农夫就叫道："哎，小孩是从上面下来的吗？那你看到什么东西没有？"

王禅愣了愣也不答话，继续走路，只是有意识地将那彩色的玩意揣在怀里，不让那些多事的人再有什么议论话题。

（二）

夜晚，孤独的王禅又爬上房顶，此时已是深夜，天上月明星稀，清风阵阵。王禅手拿着白天捡来的彩色玩意，把它当成了扇子，正在一下一下漫不经心地扇着。就在这时，陡然听到半空中"咔咔"一阵雷电。接着，一颗流星"唰"的一声划着弧线向后山落去。王禅惊讶不已，随即跳下屋顶，紧追着流星而去。

王禅顺着流星陨落的方向跑去，他看准了流星落地的那个点，一口气跑上前去。这里一片漆黑，王禅燃起了一个火把，又借助月光小心查看，他吃惊地发现了一个人，是一个身负重伤的白袍男子。此时那男子胸前已是血迹斑斑，王禅断定这人已经受伤。他一脸煞白，躺在地上似乎连呻吟都很费劲。过了片刻，白袍男子挣扎着坐起来，问道："你来了？你是叫禅吧？"

王禅吃惊地问道："你咋知道我叫禅？你是谁？"

白袍男子吃力地说道："我叫白丹龙，是东方海族人，现隐居中原白河岸边。"

"啥？东方海族？隐居白河岸边？"

"不错！"

"那你，那你咋知道我叫禅？"

"当然知道，因为你的祖居在黑河岸边，这黑河、白河仅仅谈笑之间的当儿就挨着了，我和你家父辈是邻居，岂能不认得你？"

短短几句话，使王禅大为震惊，忙问白丹龙："这么说来，你知道我父母是谁了？"

白丹龙点点头说："知道！"

"他们是谁？他们在哪里？"

"都死了很多年了。"

"都死了很多年了？"

"嗯。你今年多大了？"

"有人说我十三岁了，有人说我十四岁了，还有人说我十五岁啦！"

"都不对！"

"啊？那我多大了？"

"你今年十二岁了！"

"啊？你咋知道得这么清楚？"

"我已经说过了，你和我是邻居，怎会不知。"

"你是东方海族，只是隐居在白河岸边，就对我知根知底？"

白丹龙知道王禅的疑惑，沉思片刻后说道："唉，咋说你都不明白。我今天来这里就是找你的。"

"找我何干？"

"是为你手中的那一鳞片而来呀！"

王禅定了定神，问道："啥鳞片？你在说什么？"

"就是你手中的一块皮肤。"

"啥？这彩色的扇子是鳞片？是皮肤？"

"不错，它是我身上的鳞片啊！"

"哈哈！巫人妖言离谱，你更离谱。"

"什么妖言离谱，看看我身上的伤口，你就明白了。"白丹龙一边说着一边撩开胸前，王禅借助火把，果然看见白丹龙胸前血淋淋的碗大一个伤口。王禅见状，急忙将所谓的彩色扇子递给了白丹龙，白丹龙接过鳞片，慌忙捂住伤口，但他此时还是不能起身，摇晃了一下身体说道："谢谢禅了！"

"你身上咋会有鳞片？"

"我的家族，大多患有这样的皮肤病，因形似鱼鳞，被美称为龙鳞。"

（三）

丘陵上，王禅坐在白丹龙对面，想从白丹龙嘴里知道自己更多的事情。白丹

龙知道王禅想的是什么，就强打精神坐正看了一眼王禅，然后闭着眼慢慢地说："禅啊！"

"哎！"

"你想知道什么，你就问吧。"

"我可以叫你龙爷吗？"

"那是行走江湖时人们对我的称呼，你就不必啦。"

"那我该怎样称呼你呢？"

"就叫我白丹龙吧。"

"那怎么行？你一个大侠，直呼其名不太好吧？"

"那你随便吧！"

"那龙爷，你说你知道我的身世，那你就说说，我今生父母是谁？他们都在哪？"

闻听此言，白丹龙想了想，说道："禅啊，有些话只能够点到为止，不可全盘托出，否则将会有灭顶之灾啊！"

"啊？这么说，我还是别想弄清楚我自己啦？"

白丹龙摇摇头，又一次闭上眼睛半天不说话，急得一旁的王禅坐卧不安，手脚颤抖。二位沉默了好大一会，白丹龙才慢慢地睁开眼说道："禅啊，你知道这世上有多少生灵吗？"

王禅摇摇头。白丹龙又闭上眼睛沉思片刻，才慢慢地睁开眼说道："据远古时期的《天机会元》记载，世上的生灵有一千万种，仅有名有姓的生灵就有一百万种，这其中，包括现在的你我啊。"

见王禅瞪大了眼，白丹龙继续说："万物生灵最聪明的就是人类啦，可还是有不少的奇人雅士认为其他生灵有着不可告人的异能，所以就有人模仿着其他生灵走路，也有人模仿其他生灵的身形，甚至脑袋来装饰自己的族类，彰显出类拔萃或者彰显威武，不惜手段抢占地盘，毁灭他帮。所以在这样的乱世之中，自己知道的不一定非得要人人皆知，否则将祸及身心！"

二人借着月光坐在荒坡上，王禅拿来的火把早已熄灭，火把上只剩下青烟随风飘散。白丹龙不愿意向王禅透露更多的天机，害怕招惹来是非。殊不知，就在白丹龙半遮半掩地给王禅点拨世事的时候，早已惊动了隐藏在暗处的蜈蚣族人。

首先蠢蠢欲动的是一只伪装成的大蜈蚣，人称二蜈蚣。他十指均藏有铁钉，自恃功夫了得，也修炼了一些糊弄人的江湖套子。别看他就这点本事，却认为足以在弱者面前称王，在愚人面前显摆智慧，在平民面前彰显精灵，在江湖上，足可以靠一张嘴刺花带炮地欺负良民，当然更喜欢有人称他蜈蚣精，或者蜈蚣大老爷，因为这样可以显示大蜈蚣的威风和地位。但这一次，蜈蚣做梦也没有想到，就他这条装扮的虫，跟浑身上下长满鱼鳞被称为飞龙的龙爷这条大虫相比，真的是不值一提。

这蜈蚣大老爷，原本准备夜袭富户捞一笔，再回去彰显自己的实力，没想到半路上碰到了龙爷和王禅，顿时感觉是意外的收获。他发现白丹龙和王禅身边没有帮手，于是"嗡嗡"乱叫一阵，紧接着一道闪电向王禅和白丹龙发起了冲锋，当闪电快要到达二位跟前的时候突然停下了。二蜈蚣不愧是成了名的大家伙，向别人发起攻击的时候，不是蒙着眼往前冲，而是停下来观望一阵再进攻。二蜈蚣观望过后，认为攻击白丹龙和王禅一大一小两个人没有什么威胁，同时也看准了受伤的白丹龙好像没有战斗力，就着急地"嗡嗡"乱叫，紧接着一道闪电冲向了白丹龙。

白丹龙发现有一条蜈蚣袭来，瞬间判断出可能是江湖中流传的蜈蚣帮势力，顿时大怒，闷叫一声，用龙家功法护体，将功力集中在手掌，"咔嚓"一声就将袭来的蜈蚣振飞数十丈开外，再看那二蜈蚣在一处山岗上挣扎几下，七窍流血而亡。

转眼间，白丹龙没有费吹灰之力，轻而易举地灭掉了二蜈蚣，把王禅看得目瞪口呆，半天没有缓过神来。好半天，他才扭头看了看死去的二蜈蚣，问道："龙爷，你刚才变的那个是什么功夫，看似一条飞龙！"

白丹龙点点头算是作答。

王禅又问："还有，刚才那一道闪电怎么就变成了一只大蜈蚣？那家伙就这样死掉了？还有你，咋比那家伙还快啊？"

只见白丹龙有气无力地把一根手指放到嘴边："嘘——"他示意王禅不要言语，因为他们真的又遇见了麻烦。

就在这时，一只伪装而成的更大的蜈蚣呼啸而至，所到之处扬起碎草及尘土。王禅一惊，不知所措地查看周围，而白丹龙只管闭着眼睛，似乎无心搭理这看似十面埋伏的情景。

此时，远处传来"嗡嗡"几声，只听有声音传来："白丹龙，你欺人太甚！平日里我们是不是都敬着你呢？我们共同使用超常规魔术障眼法，都把自己装扮成虫族，这好歹你是东方龙族人，我们也是独创一脉的蜈蚣帮啊，你怎么可以无辜打死我蜈蚣帮大将？身为蜈蚣帮头领，今儿个我让你一命抵一命不算为过吧？"

说话间，又是一道闪电直奔白丹龙袭来。白丹龙一睁眼，用衣袖猛然一甩，

就把袭来的蜈蚣拨到一旁。蜈蚣再次掉头直奔白丹龙，白丹龙急忙伸出手掌，拦住蜈蚣精道："且慢！"

"咋啦？你怕了吗？"

"你真是幼稚，都不像是蜈蚣帮头领！"

"行啦！你身负重伤，自命不保，还说大话吓人，我今天非要为师弟报仇，受死吧！"

蜈蚣说罢又对着白丹龙袭来，白丹龙还是用衣袖拨打一下。

蜈蚣再次愤怒地袭来，白丹龙喊道："我刚才杀你师弟实属无奈，是他偷袭我，正好撞在我手上，此误杀是也！"

蜈蚣喊道："误杀？误杀也得抵命！"

白丹龙说道："你也看到了我身负重伤，已经无法辨认他是人是妖所以才杀他，我劝你赶快离开这里，你也领教了，你不可能是我的对手，还是去吧！"

白丹龙说着向外摆摆手，蜈蚣乱叫一阵后，慢慢离去了。

第五回　险地取来野灵芝　白龙康复说玄机

（一）

天色已经大亮，一轮红日正在东方挂起，白丹龙还在闭目打坐，王禅早已在一棵歪倒的大树旁呼呼大睡。树林里一群飞鸟竞相鸣叫，把王禅吵醒。

王禅揉揉眼，站起身，伸个懒腰，抬头看看天空的太阳，又看看白丹龙，正要说话，只听白丹龙问道："睡醒啦？"

王禅说："嗯，龙爷你咋样啦？"

白丹龙支撑着身体说："我身负重伤，夜里又与那大小蜈蚣斗阵，更是前途未卜啊！"

王禅关心地问道："那我能为你做些什么？"

白丹龙看看王禅后摇摇头，闭着眼不说话。王禅见白丹龙又摇头又闭眼的，着急地问道："怎么了龙爷，你在怀疑我的能力？"

白丹龙睁开眼说："你看你自己的样子，个子矮小，又有痨病在身，我怕你有个闪失啊！"

王禅说道："我不怕，我虽然个子矮小，但我跑得快，可以同小兔子赛跑，你信不信？"

白丹龙听王禅这样说，问道："禅，你真的不怕辛苦？"

王禅点点头说："我说过了，不怕！"

白丹龙说："那好吧，如果你可以，就请你帮我办一点事吧。"

"好说好说，你只管吩咐！"

白丹龙手指着一个高坡说道："禅，你看见那里没有？就在高坡那里，藏着一棵正在扎根的野灵芝，你如果可以爬上去把它取来，加上你身后的那一片草药，就可以把我的伤口治愈，要不然，我将是性命不保。"

王禅看了看白丹龙手指的高坡，向白丹龙点点头说道："你等着，我去取来！"

　　说话间，王禅果然行走如风，不大一会儿就爬上了高坡，在白丹龙指点的地方果然看见了一棵野灵芝。就在他伸手去取灵芝之际，他的手像是被闪电击中一样，飞快地缩回，身体扑扑腾腾地向下滑落。

　　坡下，白丹龙眼看着王禅从峭壁上滚下，心如刀绞。但无奈他动弹不了，瞬间就急得冒出了一身冷汗。

　　再看王禅，他的身体"咚"的一下，砸在了一棵苍老的大树上。他半天才缓过气来，失声说道："吆嗨！这回我不死了吧？"稳定了情绪后，他索性在大树上坐了下来，抬头看了看极为陡峭的峭壁，也是吓得一身冷汗："我的天啊，那条该死的红花子长虫啊，差一点就要了我的命啊！这要是在平地上，你敢这样欺负我，我掂起尾巴把你给扔了，还叫你在那龇牙咧嘴地欺负我！"

　　坡下，白丹龙眼见王禅平安无事，吁了一口气。此刻他的身体疼痛难忍，只好又艰难地躺了下来。

　　坡上，王禅抬头看了看峭壁，慢慢地从大树的一边顺着藤条细柳继续向上攀爬，不一会儿就到了峭壁上面。他观察着灵芝旁边的长虫，见那长虫还在灵芝旁边守着，就顺手取下一块碎石对着长虫扔了过去。巧得很，那碎石正好击中长虫的头部，长虫被击得疼痛难忍，哧溜一下跑得无影无踪。王禅顺手将灵芝取下，调头向坡下走去。

　　王禅下得坡来，手拿灵芝得意地在白丹龙面前晃了晃，兴奋地说："灵芝取来了！"

　　白丹龙顾不上灵芝，急忙问道："刚才是怎么啦？"

　　王禅说："一条很大的红花子长虫，卧在灵芝旁边，我当时只顾取灵芝，没看见那该死的长虫，所以惊恐之中就失手了！"

　　"那伤着了没有？"

　　"不要紧，就擦破点皮！"

　　"那还能干点啥不能？"

　　"没问题！我去把草药弄来。"

　　王禅说罢便转身，在白丹龙的指导下，把草药一一拔掉，然后拿到白丹龙面前问道："接下来该咋办？"

　　白丹龙伸出手说："都给我，你就歇息吧。"

　　王禅将灵芝和草药递给了白丹龙，白丹龙转眼间就将二者一起揉碎，然后将药浆调和一下，糊在了受伤的地方。用完药，不大一会儿工夫，那些伤口慢慢地冒出了白烟。又过了一会儿，白丹龙已经可以坐起，并且开始运功疗伤。只见他浑身发光，身体上冒出一阵阵烟雾。少许，白丹龙全身的伤痛皆愈，站起身来拍拍手高兴地说："禅，谢谢你，谢谢你救了我的性命！来，坐下听我说。"

（二）

白丹龙不忍心把王禅的悲惨家世全都告诉他，但又不忍心看他渴望知道真相的眼神，只好说："那一段巨变啊，你还是不要问的好。"

王禅瞪大眼睛问道："发生了什么巨变？"

白丹龙说："你出生家庭的所有亲人，几乎都在一夜之间死光了！就剩下你和你娘。更悲哀的是就在你两岁时，你的母亲也一命归阴！后来是一大户人家将你抱走收养，可好日子没有几年，你的第二个家又遭受了灭门之灾，再后来就是不老上人救了你。"

没等白丹龙说完，王禅突然大哭起来："啊……呜呜……"

白丹龙继续说："收养你的那家人也是在一天夜里遭了匪患，那家人都被杀死了，你也受伤了，后来你就被不老上人救下。你在不老上人药房那里，刚刚是过了几个年头，不老上人可能出了事，就这样你又到了酒坊，算起来，你已过了十二个年头啦。"

王禅听后，又是一阵大哭："啊……呜呜……"这一次，他哭得惊天动地，哭得草木同泪。

一旁的白丹龙见他这样伤心，安慰道："禅啊，不要再伤心啦！你日子不好过，我的日子也是很难啊！"

王禅果然不哭了，他不解地问道："你这么好的武功，号称龙爷，你的日子有啥不好过的？"

白丹龙叹着气说道："唉，禅啊，你知不知道前不久下的那一场血雨？那就是我白丹龙的悲哀啊！"

王禅震惊地说道："咋不知道？就是那次该死的血雨过后，村民硬说红袖姐姐是个妖女，把她给活活埋掉了！咋啦？难道，难道说那次血雨跟你也有关系？"

此时，白丹龙点点头说道："那次血雨，就是因为我带伤和那雷公山上雷公电母两个大王争斗时流下的。"

王禅惊讶地问道："啊？那咋流了那么多血？"

白丹龙叹气说："唉！都是我那贱人所为！"

王禅一愣，问道："贱人？啥贱人啊？"

白丹龙不愿回想那伤心的往事，可王禅非要让他讲出缘由，他迫于无奈，只好坐定后给王禅讲述开来。

白丹龙问道："你听说过一座凶险的雷公山吧？雷公山上有一男一女两个大王，号称雷公电母。"

王禅点点头："常听人们说，他们也是冒充了天上下雨时打雷闪电的那两位天神名讳。"

白丹龙点点头："不错，就是他们，那雷公的伙伴女大王电母，她有个胞妹叫电姑。"

白丹龙继续讲述：

一日，五色河之一的白河上空，白丹龙正在习练东方龙族绝世武功"飞天布雨"的功法，突然一道光芒打向了他，他不知根由，急忙查看四周，却不见动静。气得快要发怒的时候，突然就见电母的妹妹电姑嘻嘻哈哈地从远处飘了过来。

白丹龙见从天空飘来了一位美人，还偷袭了他，气愤地说："谁？你是谁？咋如一只偷咬人的狗啊！嗯？"

此刻，那飘来的电姑已笑得没有了正经体态，她嘲笑白丹龙道："哈哈！龙爷，是美女在逗你玩呢，这也值当生气？真是小家子气！"

白丹龙这才发现，眼前的女子简直美得让人窒息。他一脸诧异地问道："你是哪个？为何偷袭在下？"

电姑听见问话，说道："哈哈，不认识吧？我是电姑，不是说了吗，逗你玩呢！再说，你在这布雨，不打闪电有何意义？这和风细雨地下着，没有闪电衬托着，你这不是浪费年华吗？真没劲！"

白丹龙即刻转为笑脸说道："哦，原来是电姑呀。那电姑你说得轻巧，本大爷练功布雨从不要闪电，再说，有了闪电还得打雷不是？本大爷不是不会那响雷的功法吗？"

一边的电姑有些显摆了，更加得意地说："本姑娘可以帮你啊。"

白丹龙一愣："哦？你会响雷功法？"

电姑笑着说道："我倒是不会，可我姐丈非常了得啊！"

白丹龙问："你姐丈是雷公山的雷公大王？"

电姑点点头。

"哦，原来如此啊！那电姑，你不打招呼就驾临我这白河，你来这小地方是有何贵干喽？"

电姑挑逗地笑说："咋了嘛，搁这问长问短的，就不请本姑娘到你府上喝口茶吗？哎，你大方一点好不好！"

白丹龙连忙说："那是自然，那是自然，请！"

不大一会儿，电姑随着白丹龙进了府邸。那电姑自打进了白丹龙的府邸，就没有一刻消停。她在白丹龙面前不停地卖弄风情，想在白丹龙面前显摆一下自己的性感漂亮。白丹龙哪能受得了电姑这般挑逗，二人很快就亲密无间了。

一日，电母也来到白丹龙的府邸。电母很欣赏白丹龙，便答应了这门婚事。于是，电姑不停地往白丹龙府邸赴宴取乐，如果有几天不来，白丹龙就坐卧不安。这日子，已经到了白丹龙一日不见电姑，就如同没有灵魂一般的地步。

终于有几日，电姑不见了踪影，白丹龙耐不住寂寞，前去雷公山寻找电姑。不料，在雷公山他看见了不愿意看见的场景——此时的电姑，正在雷公的怀里发情卖骚。白丹龙非常愤怒，二话不说，就与那雷公大战起来，那雷公自认理亏，夺路而逃。

白丹龙和电姑回到白丹龙的府邸，二位发生了争吵。电姑觉着理亏，哀求着白丹龙说："我今后，绝不再和雷公来往啦，请龙爷相信我！"

可白丹龙还是非常痛苦，他迟疑了半天，咬着牙说道："那好，既如此，本大爷就相信你一回！"

一边的电姑又发情地说道："相信我吧，我电姑如再私自与雷公相会，就叫我死后灰飞烟灭！"

白丹龙闻听电姑这话，说道："知错改正即可，何必发下毒誓。"

可没过多久，有一日白丹龙从外面回来，就在他自己的府邸突然看见了雷公，不好的是此时的雷公正怀抱着电姑。眼看着他们正在鬼混，白丹龙一怒之下，拔出宝剑刺向雷公，那雷公躲闪不及手臂受伤，惊慌地逃走。一边的电姑自觉理亏，拔剑自刎，死前使用千里传音功法告知了电母。

这样的结局电母根本无法接受，撕心裂肺地呼喊着："小妹呀，姐姐的小妹呀！"

电母岂能罢休，与雷公一起来找白丹龙寻仇。白丹龙也不能接受电姑同雷公再次鬼混的事实，就依靠花草毒素汁液习练了一种旁门左道的功法，准备和雷公决一死战。可他总是一边练功一边借酒浇愁，几乎天天都喝得不省人事。

仇家相见的日子终于来临。这一日，雷公电母气冲冲飞抵白丹龙家，见白丹龙喝得不省人事，仰面而卧，电母不由分说一剑刺中白丹龙的胸膛，同时大喝一声："小子，还我小妹命来！"

电母一剑下去，白丹龙惊醒了，他"哎呦"一声捂着伤口说："电母容我解释！"电母哪能容他解释，挥剑又刺，喊道："死去吧！"

雷公也从身后赶来喊道："对，死去吧！"说罢，手持兵器打向白丹龙。此刻，白丹龙身负重伤，无力还手，几次使用旁门左道的毒素功法均不见效，还使自己的毒素血液洒遍旷野，眼看着体力不支，只好捂住伤口落荒而逃。雷公电母紧追不舍。

一时之间，凡是白丹龙走过的地方，鲜血喷洒一路。放眼望去，白丹龙一路红光飞走，雷公电母一路穷追不舍。无论白丹龙飞到哪里，雷公电母都会紧跟其后。就在这时，雷公山上传来"咚咚咚"的天鼓声，正在紧追白丹龙的雷公电母，闻听天鼓声响先是一愣，然后扭头看看雷公山方向，毅然决定追杀白丹龙。

雷公看着远去的白丹龙说道："那小子已经身负重伤，正是杀他的好时候，走！"

电母有了雷公的壮胆，再次如闪电一样向白丹龙追去。再看远处的白丹龙，已经是跌跌撞撞地行走，身后的雷公电母像闪电一样就要刺来。这时，雷公山再次传来了"咚咚咚"的天鼓声。这一下，雷公电母都不敢再前行一步了。

电母惋惜地说："难道咱们的老巢又有特情？咋会如此鸣鼓？"

雷公也有些犹豫："要不，今天就先饶了这小子，他的小命都在咱手心里呢！"二位说罢，掉头而去。

白丹龙见雷公电母离去，气喘吁吁地捂住伤口，唉声叹气一阵子，接着"咣当"一声把宝剑扔在地上。

第六回　白丹龙化险为夷　传神功助力王禅

（一）

白丹龙叙述完毕，算是把天上下血雨的事讲明白了，也把与雷公电母的恩怨讲明白了，更是把与风情女子电姑的一段爱情讲得明白。

王禅如听了一部神话故事："原来那一场要命的血雨，就是雷公电母和你拼杀而来。"

白丹龙点头叹气说："唉，就是这样，那是因为我身受重伤不敌雷公电母，才四处逃命。"

"这么说，那彩色的鳞片真的是你的鳞片喽？"

"哪里是什么彩色鳞片，那是我鱼鳞皮肤病上掉下的一块皮，一块血淋淋的鳞片而已！哝，相信了吧！"白丹龙说着，掀起上衣让王禅再次观看。

王禅急忙点头说："信信信！"

白丹龙说道："禅啊，如果今天我不是遇见了你，不是找到了这块鳞片，那估计就再也没有办法止住这血，真的就一命呜呼啦！就为这，你就是我的救命恩人啊！我已经决定了，等我伤势痊愈后，就会给你一个惊喜。"

"啥救命恩人？就是赶上这个事啦！那你以后有何打算？"

"我的府邸暂时是回不去啦，此地的后山上，也算是安静的场所。刚才，我发现上面有个洞穴或许可以安身，我们不如先去那里暂住一时。"

王禅抬头向上观望一下，问道："那你现在可以行走吗？"

白丹龙点点头："可以，我现在鳞片复原，灵芝和草药都发挥了作用，功力已恢复一半啦！这都是你的功劳啊！"

于是二人一前一后慢慢地向高坡走去，不大一会儿，就来到了一处洞穴。二位进洞查看一番，感觉还算可以，洞穴内算是干净，看样子之前有人在此落过脚，地上有现成的干草，还有一些瓦罐。

白丹龙找到一处干净的地方坐下，又急忙就地打坐，这一次，他真的开始了运功疗伤。王禅不去影响白丹龙疗伤，就坐在不远处看他运功。此时的白丹龙，闭目养神过后就双手上下翻飞，不停地运动着。随着运动，在他的身上冒出了一阵阵白烟，接下来发出一道道的光环，那些白烟和光环还似有响声。白丹龙运功疗伤的过程如此奇怪，一旁的王禅都看傻了。这时王禅发现白丹龙先是大汗淋漓，紧接着面色红润，然后白烟和光环都不见了。又过了许久，白丹龙睁开眼，看着王禅说道："禅啊，你现在身体瘦小，还体弱多病，来来来，坐在我的面前，我帮你把任督两穴打通。"

王禅不知道白丹龙要干啥，就按照吩咐坐在他面前。此刻的白丹龙再次运功，"砰"的一声，一双大手推住了王禅的后背，刹那间二位连体互动起来。这时，就地打坐的白丹龙行云流水般不停地对着王禅后背出手掌、点手指。过了很长时间，随着白丹龙收起功法，王禅身上的任督穴位已经被打通。

这时候，白丹龙告诉王禅说："从现在开始，我再传授给你一套乾坤挪移大法！"

"乾坤挪移大法？"

"对，好好学吧，学成后不但可以强身，还能御敌。"

王禅笑道："乾坤挪移大法，听着怪吓人哩！"

白丹龙说："从现在开始，你好好习练，我也可以在此休整一下。"

（二）

阳光明媚的日子。一处高坡上，树繁花茂，百鸟齐鸣。此刻，王禅正在一块平地上习练着白丹龙传授的乾坤大挪移。

只见他伸开双臂，与身体成为十字架，然后一阵子交叉着转身换势，一会儿小跑一圈，一会儿金鸡独立，一会儿前翻，一会儿后滚，一会儿静坐，一丝不苟地练习着。再看白丹龙，他在一旁认真地观看着王禅的习练，不停地点点头。

半年后的一天，王禅照旧在一处峻岭上练功，他突然发现自己已没有了痨病，且行走如飞！他兴奋极了，跑回洞口喊叫道："白丹龙大哥，白丹龙大哥，我的痨病痊愈啦，我的痨病痊愈啦！"

任凭王禅喊叫，洞内就是没有应声。王禅四处看了看，发现白丹龙不见了，他急忙四处寻找，还是不见人影。这时，他突然发现，在白丹龙坐过的巨石上，留下了一张纸条，王禅上前取来一看，见上面写道：

"禅，你今生的亲生父母是五顷寺村人氏，父亲姓王，乃员外之后，听说你们是夏商时期王子的后人，后隐居五顷寺，你要想祭祖，就去五顷寺村吧。五顷寺村虽是你的家乡，但你的父母都已经不在人世。因为你出生时有些传奇，恰逢你母亲食用了坟墓上长出来的一株谷子而受孕，所以人们都叫你鬼谷子。而你出生时又恰逢大批蝉鸣，你父母就取其谐音叫你王禅。第二次收养你的那位，就是不老上人。那老头非常厉害，他是玄丹宫的当家人，被人称为北极星君不老上人。今天龙爷又摊上事啦，如不及时离开你，怕你有性命危险。如果有缘，我们八年后在白河岸边龙洞相见。"

王禅一口气看完纸条后，再也控制不住自己的眼泪，哇哇大哭起来："我的天啊，原来我的命是这样苦哇，我王禅活得好孤单啊！呜呜……哇哇……"

王禅一个人在洞内哭了一阵，感觉到没有必要再哭了，就十分沮丧地走出洞穴。

（三）

孤苦伶仃的王禅一边走一边流泪，他爬上一座高峰，遥望远处，仍见不到白丹龙的踪影。他大声喊叫起来："白丹龙——龙爷——白丹龙——龙爷——你在哪儿呢？你在哪儿啊——你咋不出来呀，我想你啊！"

可任凭王禅发疯似的呼喊，这山谷中除了他自己的回音外，再也没有别的声音。他只好走下高坡，走进五顷寺村。

这时，他突然发现，五顷寺村好像发生了什么异常事件，好多人都在向着一个方向跑去。他想，村内莫不是又有人妖言惑众、残害无辜吧？想到这，他暗下决心，如果这次还是巫婆或者其他什么人兴风作浪，他绝不会袖手旁观。

果然有事。随着杂乱的呼喊声，王禅慢慢地向众人汇集的地方走去，这次他看清楚了，人们都在一棵大槐树下集中。只见那个带头冲进金掌柜家的村民，此刻手指着一朵枯萎的金花，面色惊恐地说道："当年，也是这样的一朵金花出现时，就连会法术的不老上人都吓跑了。这金花只要一出现，谁都明白，这是杀人的金花娘娘来了，村里凡是手上没有功夫的村民也都纷纷外逃。后来证实，就是手上有功夫没有跑的人，也被金花娘娘杀了许多！"

听到这话，村民们面色惊慌地喊道："不错，这金花娘娘是见人就杀，从不手软，任你向她求饶，她还是连眼皮都不眨一下，瞬间把人的头颅砍掉！"

此刻，有村民不解地问道："那咱这五顷寺村，跟这金花娘娘是啥仇恨？她咋能这样屠杀我们？"

村民甲急忙摆摆手说道："别争论啦，快逃命吧，这样的金花一出现，三天后咱村又该大祸临头啦，还是赶快逃命吧！"

这时，就听村民乙喊道："听说那金花娘娘是与不老上人有仇，那我们给她老人家说清楚，那不老上人是个外来人，他不挨着咱五顷寺村其他村民，咱把话给她老人家说清楚喽，请她老人家不要屠杀我们，大伙看这样行不行？"

还有人说："是呀，听说是她那宝贝女儿，早些年暗恋不老上人，被不老上人拒绝，那女子一怒之下自寻短见。金花娘娘为此发誓要为爱女报仇，才到处追杀不老上人，可我们没有招惹她呀！"

村民甲说："我还听人说，那个不老上人就是北辰星君。北辰星君是谁？那可是身怀绝技、法术超群的世外高人，那金花娘娘能是他的对手？听说这些年北辰星君也在寻找她呢！"

村民乙问道："北辰星君找她作甚？"

村民甲说："阻止金花娘娘杀人啊！"

就在这时，有人喊道："多说无用，赶快逃吧！"

这一声喊叫果然见效，众人呼啦一下四散。就在大家即将离去之际，突然半空中飘来金花娘娘的一阵大笑，只听她在半空中喊道："逃，哪里逃？哈哈哈哈，你们这些人全都得死！"

半空中的声音未定，金花娘娘就已经突然飘落在人前。这时，有村民想趁机逃走，却被金花娘娘的带毒金针一道金光打死。众村民见状，都站在原地，再也不敢移动半步。

僵持之下，众村民见根本不是金花娘娘的对手，都呼啦一下全部跪地求饶，唯独王禅是被人强拉硬扯蹲下的。这场景，惹得那金花娘娘大笑道："我说过，你们全都得死，我没有能力杀掉北辰，所以，凡是与北辰接触过的人都得死，哈哈哈哈！"

金花娘娘一阵大笑过后，就开始杀人了。她一阵毒针发过，眼前的村民都在瞬间气绝身亡。众人见到这架势，吓得全都战战兢兢起身向后撤。金花娘娘眼见着一批人被她杀死，还是不肯罢休，再次发出令人毛骨悚然的大笑。大笑过后，她再次狠毒地举起带毒金针。就在她准备发出毒针之际，人群中的王禅终于气愤地出手了。

他大喝一声蹿了上去，像一阵风似的，一把抢下了金花娘娘手中的毒针香囊。

这突然的变故，使得众村民和金花娘娘都愣住了。尤其是金花娘娘，被这突然的举动惊呆了，再看看手中已没有了香囊毒针，一时间不知深浅，吓得落荒而去。半空中还回荡着她嘶哑的喊叫声："好小子，老娘认识你，你就是北辰的伙计，待日后再和你小子算账！"

金花娘娘走后，人们一下子围住了王禅，大伙都不敢相信，是眼前这个孩子打跑了金花娘娘。

这时，村民甲吃惊地问道："这不是禅吗？哎，你今日咋像个上人呀？"

村民乙也惊讶地上前道："哦，想起来啦，禅自幼就跟着北辰，所以有本事。"

村民丙说道："是呀，将家儿早识刀枪，医家儿识得草药。这禅，自幼就跟着北辰星君，那还了得！"

这一来，王禅走到哪里，村民就包围到哪里。但不知何故，王禅竟然不动了，突然间站在那里嗷嗷地放声大哭起来。此时，村民都尴尬地看着王禅大哭，再一次感觉到对不住王禅，一个一个便没趣地摇摇头慢慢离去。

这时，一名十岁左右的小女孩跑到王禅面前喊道："禅哥哥，我找你好久了，你去哪里了呀？"

王禅愣愣神，看看小女孩。他认识这个小女孩，知道这个小女孩叫红叶，也知道从前都是红叶和红袖在一起玩耍。小女孩递给王禅一个很好看的香囊，说道："给！这是红袖姐姐的东西，她让我送给你的。"

王禅一愣，问道："啥？红袖？她不是被人活埋了吗？"

小女孩说："我也不知道，反正这几天才看不见她了。"

王禅急忙问道："啥？那你啥时候还看见她的？她在哪里？快说呀！"

红叶说："禅哥哥，我真的不知道红袖姐姐在哪儿。就三天前，红袖姐姐说，她不会再来了。从那天起，我就再也没有看到过她。"

王禅手拿着香囊热泪盈眶："红袖姐姐啊，你到底是死了还是回到九天啦？都这么长时间啦，你为什么不与我见上一面？那掌柜的至今下落不明，禅心里好苦啊！"

红叶说："禅哥哥，往后我来陪你玩，我当你的媳妇好吗？"

王禅看着红叶，摇摇头说道："红叶妹妹，你就回吧，别让大人挂念你。"王禅一边说着，一边向红叶打着手势让红叶走。红叶不走，又说："我与红袖姐姐是好姐妹，她不来了，我来照顾你不行吗？今后，让我跟着你做你的媳妇吧！咱们现

在就去村头找几根棍子搭小房子，你是不知道，那里还放着红袖姐姐亲手用红纸裹着的泥娃娃呢，回回都是男娃娃是你，女娃娃是红袖，这回，女娃娃该是我啦！我也会做泥娃娃，咱们再做出几个小娃娃，算是咱俩生的好不好？"王禅看着红叶，似乎有点笑意："红叶啊，哥哥从此再也不会玩那小孩过家家的把戏啦！往后啊你就自己玩吧。"

红叶问："那你往后都干啥？大人说，这天下都在打仗，到处杀人。"

王禅说："那我就想办法阻止杀人。"

第七回　北辰星君道缘由　王禅励志读经典

（一）

王禅走进酒坊，由于这个家突遭变故，这里早已尘土狼藉。酒坊虽然没有人营业，但酒缸内还存有一些美酒，一直向外溢出诱人的香味。酒坊自从出了巫婆偷酒事件以后，人们谁也不愿意再走入酒坊半步，以免遭人嫌疑。或者说，是因为这里阴气太重，没有人敢再进来。

王禅走进酒坊，老远就闻见了酒香，伸手掀开一个酒缸盖子，酒缸里的酒果然还是这样香味怡人。他索性找来一个酒坛子，对着酒缸下去"咕咚"一下装满酒。王禅举起酒坛子看了又看，然后仰着脖子，把酒坛子口对准嘴巴"咕咚咕咚"地向肚里灌酒，一口气将酒坛子内的酒喝得干干净净，然后一屁股坐在门槛上，双眼紧闭，泪水溢满了眼眶。

就在这时，北辰走来，用手拍王禅的肩膀，问道："禅，想什么呢？"

王禅看清楚来人是药房的不老上人，即刻像个傻子一样大笑起来，说道："哈哈，不老上人，我还以为再也见不到您了呢！"

北辰表情严肃地问道："说吧，你今后有何打算？"

王禅忧伤地说："金掌柜和红袖都死了！"

"我知道。"

"您知道？"

北辰将怀里的拂尘一摆道："这都是天意啊！"

"天意？"

"好多事情，你还无法明白啊！"

"那不老上人，人们都叫我禅，还有人叫我鬼谷子，红袖说您知道我的来历，是不是这样啊？"

"是是是，你的来历老夫是知道一些。"

王禅这下算是等到了明白人，急忙道："那就请您老人家和我说说吧！"

"说什么？"

"说说我是怎样出生在王员外家的。"

北辰左右为难一阵，最后摇头说道："唉！其实也没有什么，就是当初老夫感觉到你的出生有些传奇，才到这一带开办了不老药房啊！"

接下来，北辰向王禅讲述了往事：

五顷寺村的王员外家与北辰星君经常走动，王员外膝下单传一子，其子成年后婚配无子。为此，王员外经常请教号称世外高人的北辰星君指点一二，但北辰星君总是摇头摆手，从不多说半句妄语。

一天午饭后，王员外叫来了夫人，唤来儿子儿媳，一家人都到了客厅。员外问夫人："前天有巫婆说，叫你去城隍庙娃娃殿拴一个娃娃回来，你咋至今没有拴来呀？"夫人扭着头看了看儿子儿媳："我都去拴了数遍啦，就是不见咱家儿媳有动静呀！"一旁的少爷也插话说："不错，父亲，我们也去拴了数遍啦，不知道灵不灵。"

这时，夫人看着儿子和儿媳妇，叹气说道："唉！你爹爹三代单传，到你们这已经是四代了，可你们已婚娶三年啦，一点动静也没有啊！"

员外也叹气道："唉！能是咱作了恶。眼看我们都一把岁数啦，就是抱不上孙子啊！"

夫人看着儿子着急地说道："前日，娘和你爹在城隍庙上香时就许下愿，如若能在有生之年亲眼看见孙子，我们这一把老骨头就算把剩余寿命都给孙子也行，唉！"

少爷闻听此言，上前说："爹、娘，你们二老都是在说些啥呢？"

这一边的儿媳满面羞愧。少爷看到这种场合，一把拉住妻子向外走去。员外见此情此景，先是摇摇头，然后冲着儿子喊道："既然出去了，就去谷子地里看看咱家的谷子收割干净没有。"门外的少爷答应着："哎！"

一会儿，少爷和媳妇来到谷子地里，见谷子早已收割干净，就信步漫游。媳妇低头叹气"唉"了一声，少爷听到媳妇叹气就问道："叹啥气呢？"

"都是我这个不下蛋的鸡，耽误了你们家延续香火。"

"胡说，到底怨什么，还不知道呢，这咋能怨你呢？"

"不行的话，你把我休了吧！"

"为啥？"

"谁家养只鸡不下蛋还能一直养着？"

"别再胡说！"

"要不，你再纳妾也行！"

媳妇这一句话刚刚出口，少爷听到后在行走间差一点绊个跟头。就在此时，少爷抬头看见有一株谷子还在坟头上，急忙岔开话题，手指着那一株谷子发愣。这时，妻子也看见了那株谷子。

少爷说："我去取来！"说罢，走到坟前头，伸手将谷穗子拔了下来，又返回妻子面前，将谷穗递给了妻子。妻子手拿谷穗看了又看，突然觉得此谷穗有很特别的地方，便看着谷穗发呆。

"看啥呢？"

"这棵谷穗很特别！"

"不就是一棵谷穗吗，有啥特别的？"

"你看，这谷穗特别大，这颗粒还是青色的。"

少爷看后，也感觉到不同寻常，便说："真的！不过也正常，因为它扎根坟上，相对没有竞争的伙伴，阳光也充足，所以个头长得大很正常，有些发青也正常。"

二位心不在焉地往回走，妻子一边走，一边无意识地将谷穗揉碎，又心不在焉地用嘴吹了吹，看着亮晶晶的谷子在手心里，越发显得亮堂堂的。夫妻二人欣赏后，就信步往回走，此时妻子手托着谷子，漫不经心地想着心事。

突然，妻子竟然在不知不觉中将谷子吃在嘴里，一抬头咽了下去。不料，自妻子吃下了谷子后，没有多大一会儿工夫突然喊叫起来，说是腹痛难忍。少爷不知所措，吓得抱起妻子往家中跑去。夫妻二人回到家中，王员外一家老少都吓坏了，有下人慌忙叫来了郎中。

郎中号脉后抱拳说道："哈哈哈，恭喜！贺喜！少夫人这是有喜了，过年正月里见人！"

一家人闻听大喜，接连唱大戏三天。

次年正月十五的早上，少夫人说肚子异常地疼痛难忍。家中便赶紧请来郎中，郎中把脉后说道："少夫人这是快要临产了！"

老夫人不敢相信，吃惊地问道："先生此话当真？"

郎中说："这等事情可有玩笑？"

老夫人便吩咐下人道："啊快！快去叫接生婆！"

员外见状喜得不知所措，一屁股坐在了椅子上，哈哈大笑个不止。一会儿，

有下人高兴地来报说："老爷，少夫人刚刚生下一个大胖小子呀！"

就在此时，员外一家人突然都不言语了，因为他们突然听见了一群"蝉"的鸣叫声，所有人都感觉很奇怪。接生婆刚刚洗净手，也在一边好奇地说："奇怪了，我老婆子给人接生一辈子啦，你说这初春的，听到这么多的蝉叫还是头一次，你说，这初春怎会有蝉呢？"

此时，老夫人顾不上这些，一边抱着孙子一边高兴地喊叫着："老爷，快看咱们的孙子吧！哈哈哈哈，咱们有孙子啦！"

员外看见了孙子，正色道："哎，老东西，别吓着娃了，来让爷爷看看。"

员外接过孙子，高兴地上上下下看了一遍，还特意看清楚了小家伙裤裆下面的三大件，满意地点点头，转手把小家伙递给老夫人，又是一阵哈哈大笑。但接着，就见员外身体摇晃一阵，过后一屁股坐在了椅子上，然后又是哈哈一声，便气绝身亡了。

一旁的老夫人急忙将孙子递给下人，上前喊叫员外，见员外已经断了气。老夫人急忙转身喊道："快去叫少爷！"

少爷闻讯赶来，见父亲已经去世，万分痛苦。此时就听老夫人说道："孩子不要难过，咱说话算话。是我和你爹想要孙子时许下的愿，现在见着孙子啦，就得兑现。"

少爷吃惊地问道："兑现什么？"

老夫人说："在城隍庙说好了，见到了孙子就将剩余寿命交给他，咱得守规矩啊！"少爷听后，带着哭腔说道："啊？真是荒唐啊！"

再看老夫人，话说罢也已经面带笑容地气绝身亡了。

一时间，员外家一下子抬出了两口棺材，少夫人哭得死去活来，少爷更是伤心至极。

少爷因为伤心过度，不吃不喝，少夫人便赶来安慰。少爷就说道："夫人身体虚弱，切勿劳累，只是孩子已出生三天了，也该起个名字啦。"少夫人点点头说："全听夫君安排。"

"这孩子出生时，有很多的蝉叫，我看，就叫他'王蝉'吧！"

"唉，自打我嫁给你，几年都不能生育，自打吃了坟墓上的谷子就说是怀孕了，我想我恐怕是早怀孕三个月吧，期间正好赶上吃了坟墓上的谷子，人们就传说我是坟墓上的鬼谷子受的孕，怕是以讹传讹给孩子带来影响啊！"少爷点点头说道："我也是这样想，这个孩子赶上了传言而生，看来不是一般的孩子，出生时天又有奇象，初春时节竟然有那么多的蝉鸣叫。还有他的爷爷和奶奶，见到他也都把剩余寿命交给他了。那要不是这坟墓上的谷子作怪，会有这等添丁进口的好事？我看这个孩子，就是那个鬼谷子托生的吧？"

"夫君是想给孩子取名叫鬼谷子王蝉？"

"正有此意。"

"此'蝉'带有虫字，甚是不吉，就改叫'禅'如何？"

少爷赞同地点点头说道："就这样吧！"

少爷刚刚说罢，身体摇晃了一下，就坐在了地上，待家人扶起时已气绝身亡。少夫人经受不了这样的打击，一下子也晕了过去。

待少夫人醒来时，已不知是第几天了，躺在床上的少夫人一睁眼就看见了孩子，孩子旁边还有一个汤碗。少夫人正在寻思，这时，老用人王妈从门外慌慌张张地走来，悲伤地说道："少夫人啊，你已昏厥七天七夜啦，我给孩子喂了点汤。啊还有，是下人们自作主张把少爷安葬了。夫人莫怪大家，那是因为等不到夫人苏醒，下人们都已经散去，我就替你做了主张，我是怕大伙散了以后，不好找人帮忙安葬少爷，所以就……"

少夫人看了一下四周，问道："王妈，那其他人呢？"

老用人王妈叹气说道："唉！咱府上三天死了三个人，哪个还敢在此等死？他们都害怕，散去了。少夫人你也别怪罪他们。这个家现在这样，搁谁身上都害怕啊！"

少夫人悲伤地说道："哦，那你辛苦啦！"

"少夫人啊，你想吃点啥不？我其实就是等你醒来，要亲手把孩子交给你。那你既然醒了，你想吃点啥给你做完了我也得走呀！"

"去吧，别连累了你。"

老用人提着行囊，一步一回头地慢慢离去。这时，少夫人看到家中的三块牌位一阵大哭，这哭声，惊得幼小的鬼谷子王禅也一阵大哭。从员外家中传出来的哭声，使还没有走远的老用人停下了脚步，她扭头看看员外家的大门，用衣袖擦拭几下眼泪，突然，像是很害怕似的继续匆匆忙忙离去。

几天后，员外家中的少夫人就抱着孩子到处给人送东西，少夫人一边送人东西，一边说："保佑俺母子平安！保佑俺母子平安！"原来少夫人为求平安，带着鬼谷子王禅向村民施舍财物，以求平安！就这样，王禅在不知不觉中成为人子。

酒坊内，北辰讲述到这里，对王禅说道："这，就是你出生前后的经过。你现

在，应该就叫鬼谷子王禅了。"

王禅听得目瞪口呆，似信非信地摇摇头说道："这样的故事，也太悲惨了吧？"

北辰严肃地说道："你现今既然为人，就必须在民间好好地生活，好好地把握你这百年人间阳寿，别是为人一生，一事无成啊！人们叫你鬼谷子王禅，你以为这名字能随便叫的吗？这些都是天机，给你透露得太多了，因此，本座将会闭关数日，以避开灾祸降临。"

王禅忙问道："那我该怎么办呢？"

北辰将一个包裹递给了王禅，说道："这里有很多经典，你要勤学苦读，自当努力去吧！"

"不老上人请放心，我今生定要好好做个人。"

北辰朝王禅点点头，转身不见了踪影。王禅见北辰已离去，急忙打开包裹，果然里边有好多竹简。他把竹简收拾好，一个人坐在酒坊的柜台前，认真地阅读起来。

（二）

夜深了，一盏油灯下，王禅还在专心致志地攻读。这时，就听酒坊门外有两声敲门声，王禅不理会，继续攻读。而此时的酒坊大门，竟咯吱咯吱几声被人推开了。王禅急忙掌灯上前查看，什么也没有发现，刚要转身的时候，身上那块红袖托人送来的香囊突然落地，王禅急忙弯腰捡起。在蹲下身子捡香囊的当儿，王禅发现香囊的旁边，有一双红色的小鞋动了一下。

王禅见小鞋移动，猛然一惊，心口突突突地跳个不停。还没待他看清来人，就听此人喊道："禅哥哥，我给你送点吃的来了！"

王禅这才看清楚，来人正是红叶，她怀里抱着一个瓦罐。此时，她正慢慢掀开瓦罐，里面热气腾腾地冒着烟。

王禅问道："红叶啊，这大半夜的你来干啥？"

红叶面色一红，说："我来是替红袖姐姐照顾你，这外面的大人们都说你疯了，说你几天几夜抱着竹简不吃不喝地发呆，我不放心，红袖姐姐也不会放心，就过来看看是真是假。这一见到你，我是明白了，他们才疯了呢！"

王禅接过瓦罐，说道："红叶妹妹，我没有疯，我是在读书。"

红叶点点头说："我知道，我才不相信他们说的话呢，我就相信我的禅哥哥是干大事的，所以我得替红袖姐姐照顾你呀！"

王禅听到此言，感激得说不出话来。

第八回　玉人寻宝太清宫　天下安稳系仙丹

（一）

八年后。

坐落在楚国苦县的古刹神庙太清宫，因为神庙内有道家掌门人老君坐堂，天下奇人雅士不断。太清宫开门迎客，隔三岔五总是进来一些四海的奇人异士。这些世外高人，来太清宫都是有盼头的：有的是来学道，有的是来修炼，有的是来寻宝，还有的是为了长生不老而来。

这一天，传道厅内早已云集了各路道人和其他奇人异士，他们个个仙风道骨，气质非凡，似有天大的本事。再看那老君端坐在上首宝座，气质更是超人一筹。众弟子座无虚席，挤满了大厅内，个个虔诚地打坐，静听老君传道。

就听老君说道："大道无形，生育万物；大道无情，运行日月；大道无名，长养万物；吾不知其名，强名曰道；夫道者，有清有浊，有动有静，天清地浊，天动地静，男清女浊，男动女静，降本流末，而生万物；清者浊之源，动者静之基，人能常清静，天地悉皆归。"

老君刚刚小歇，众弟子齐声高呼："无量天尊，弟子谨记！"老君点点头，继续传道。

在老君传道间，太清宫门外的大地上突然升起了一道彩虹，彩虹的霞光炯炯有神，似是万只仙家眼睛俯瞰着大地。老君抬头看看彩虹，点点头似是在与彩虹打着招呼，然后继续传道。

老君说道："上士无争，下士好争……"

就在这时，传道的老君突然发现他怀中的千灵拂尘被外面的大风催动，似有离开之意，老君就撒手任其离去。因为他知道，这千灵拂尘的灵性绝非一般，知道它可以同异物互动，甚至上可以互动日月星辰，下可以互动民间善恶。此刻这千灵拂尘突然离开老君，必有其缘由。老君不敢怠慢，一边讲道一边用心观察着这千灵拂尘的动静。不大一会儿，那神奇的拂尘竟然被大风催动着似飞燕一般在大厅内外飞了一圈，更奇怪的是拂尘又落在了老君怀中，众弟子都一阵惊讶。

老君急忙立住手势说道："无量僧，这千灵拂尘乃是千年的大道灵气汇聚而成，此时它自行护法，必有大喜！"

众弟子闻听同声高呼："无量天尊！"

老君说道："大家入定，我们继续传道。既烦恼妄想，忧苦身心；便遭浊辱，流浪生死；常沉苦海，永失真道；真常之道，悟者自得；得悟道者，常清静矣。"老君讲到此，众弟子又是一齐呐喊："无量天尊！弟子谨记！"

就在此时，门外一位小道童飞奔而来，一路高声喊着"报——"，老君和众弟子齐齐把目光转向殿外。小道童一边跑进大厅，一边近前高呼喊道："启禀师尊，大门外有一男一女前来造访，他们自称是帝王山的玉先生和王夫人。"老君一惊，急忙起身向弟子们摆摆手说道："无量僧，徒弟们散去吧，太清宫来了重要客人。"

众弟子起身施礼散去，老君急忙向门外走去，来到大门外边，脚步还没有站稳，就急忙上前施礼。来人见到老君慌慌张张的样子，先是摆摆手，没等老君开口就哈哈大笑一阵。老君急忙近前施礼，连忙喊道："不知玉先生和王夫人驾到，有失远迎，恕罪恕罪！"

来者不是别人，正是帝王山玉人门的玉先生和王夫人。玉先生见老君如此慌张，笑着说："老君，本座今日到访，是想看看你这太清宫中有没有宝贝啊，哈哈哈。"

一旁的王夫人说："是啊老君，我们前来太清宫，是想在你这太清宫中，寻找到支撑玉人门的宝贝呀。"

老君闻听此言，回答道："启禀玉先生、王夫人，本座没听明白，请到上房一叙，如何？"

玉先生说："好，老君请便！"

老君前头带路，玉先生和王夫人并肩进入太清宫。三人来到太清宫上房，老君请玉先生和王夫人落座，道童端来茶水各自摆放完毕，老君又施礼说道："玉先生、王夫人刚才所言何故？难道我这太清宫内有玉人门的宝贝？还请玉先生和王夫人明示。"

玉先生一边喝茶一边说道："老君啊，这些年，你专心在太清宫传道修道，玉人门的大事你也要用心一点啊！"

玉先生说到此，王夫人也插话道："是啊老君，你身为正道玉人门栋梁，不能光顾着传道修道，也要把玉人门的事务当成一回事啊，可不能兴隆了你的传道，而

荒废了玉人门事务啊！"

老君不知道玉先生二位何意，惭愧地说："启禀玉先生、王夫人，本座知道，玉人门各分部都在尽力辅佐玉人门，本座这点能力不足挂齿，自叹不如啊！所以，就甘心在这五色河地界上为民间干点实事，希望施以本座小小的能力，使民间以德治理，做到人人讲道德，家家守天理，使天下无欺无恶，百姓太平盛世。"

没等老君说完，玉先生就截住老君的话语说道："我说老君啊，这民间要治理是大事，难道玉人门就不需要治理吗？你只顾忙于民间而荒废玉人门，这是什么？这是荒废职责啊！"

听到玉先生责怪，老君说道："玉先生啊，那玉人门不是自有能人在位治理吗，现在玉人门不是日日歌舞升平，四海安在，各部司职，不是很好吗？"玉先生听罢老君之言，又摆摆手说道："老君啊，那玉人门各部在位的是不少，可会干事、真干事、干实事的少啊，本座手下就缺少你这样的忠臣啊！"

老君还想开口说话，一旁的王夫人急忙插话说："老君啊，你还没听明白吗？玉先生的意思是说，你老君才是玉人门支柱啊。这不，玉人门有了大事，玉先生还是首先想到了你。这说明你在玉先生的心目中还是个能干事的人，是别人无法替代的大忠臣啊。"

老君有点受宠若惊，试探地问道："王夫人所言，属下不知道该如何说，既然如此，属下只想做事，不想与人争论高低。如果玉人门有事，需要属下上阵，属下责无旁贷，请玉先生和王夫人下旨便是。"

听到老君这样说，玉先生满面大喜地笑道："哈哈哈，到底是忠臣啊，为了玉人门，为了苍生，老君不计个人恩怨得失，天下之幸，天下之幸啊！"

老君急忙施礼道："请玉先生吩咐。"

玉先生说："近年来，天下万象异常，各地的一些旁门左道势力勾结游走在诸侯国之外的黑恶势力，他们都对我帝王山玉人门蠢蠢欲动，个个都自恃功力高强，相聚一起狼狈为奸，对玉人门灵霄殿的宝座垂涎三尺者，不乏其人呀！"

老君吃惊地问道："噢？有此等事？"

王夫人说："有，都是玉先生平日里对他们过于迁就，才有这养虎为患之忧，这些黑恶势力，现在已对帝王山玉人门构成了威胁啊！"

老君没有预料到，隐藏在玉人门的黑暗面竟然被玉先生和王夫人亲自给揭开了，面色一沉地问道："噢？有这么严重？"

玉先生正色道："现在不光是玉人门有了麻烦，天下诸侯国之中的正道门户都有了麻烦。老君你长期在民间，会不知道民间也在大乱吗？这民间，不是新出现一些列国纷争吗？恐怕这民间的战火，已经殃及了无辜平民呢！"

老君想说话，王夫人又急忙插话说："玉人门真的出问题啦！现在玉人门各位战将的功力不强，镇守天下的力量薄弱。民间，一些有正义的贤明之士，也没有及时选入玉人门。这样就给了一些黑恶势力和旁门左道发展的机遇啊。"

话说到此，老君沉思一会儿，又上前施礼道："玉先生、王夫人所言现状倒也属实，那不知玉人门有何打算呢？"

玉先生说："前日在灵霄殿，与太白金星和托塔陀天王两位商议决定，现在的玉人门急需要一种别样的仙丹。这种仙丹的问世，一定既能延年益寿，增加各位战将的功力，还能造就出天下众生中的旷世奇才来，玉人门待到这些奇才的出现，让他们为天下效力，这可是大定数啊。"

老君点点头说："此计不错！"

一旁的王夫人说："不错是不错，可是此等仙丹玉人门没有啊。"

老君急忙问道："那不知是哪儿有这样的仙丹呢？"

玉先生说："大家经过商议，说你这太清宫有一尊三昧真火宝炉，玉人门决定，将这炼丹的事务交给你。玉人门是希望老君你能把这样的仙丹炼出来，以解玉人门的燃眉之急啊。"

老君一惊："啊，这这这……"

玉先生见老君推迟，问道："难道老君要推辞？"

老君急忙施礼说道："属下不敢，只是这炼丹的活儿我也不曾干过呀！"玉先生说："哦，原来老君是怕担当责任啊。不要紧，此炼丹事务属于新生事物，老君若炼成了仙丹，玉人门自然记功于你。炼不成仙丹，玉人门也不怪罪你，你看如何？"

老君施礼说："既然如此，属下就试试看吧！"

王夫人笑道："老君啊，本座就是相信，你一定会不负玉人门所望，是吧？"老君无奈地说："但愿如此吧！"

说到此，玉先生起身说道："好，那我们就告辞，恭候老君佳音！"

玉先生说罢，拉住王夫人站起身来就走。老君急忙起身相送之际，但见玉先生和王夫人早在纵身一跳中不见了踪影。

（二）

玉先生和王夫人走后，老君急忙召集五大弟子。太清宫内就听小道童高声呼喊："师尊布令啦，金云子、木云子、水云子、火云子、土云子，快到议事厅议事喽——"

瞬间，金木水火土五位道士闻讯匆匆赶来，直奔议事厅见老君。五位到了老君跟前，一起上前施礼，同声高喊："禀师尊，弟子到位，听候师尊发令！"

老君对金木水火土五大弟子说道："你们五大弟子听着，玉人门请为师炼丹，此乃玉人门大事，不可懈怠。即日起，尔等要精心协调，相互帮衬，争取早日炼成玉人门需要的仙丹。"

五位弟子同声施礼喊道："遵命！"

"那好，准备去吧。"

"是！弟子告退！"

一时间，炼丹房内处处可见身着金木水火土字样道袍的五大弟子，他们不停地在炼丹炉旁左右忙活着。老君见状摇摇头，对弟子们忙着炼丹一事，不置可否。

光阴似箭，日复一日，夏去秋来，仙丹却总也炼不出来。一日，太清宫突然来了玉人门巡视大将，那巡视到了丹炉旁打探情况。

金云子见状，急忙迎上前去施礼说道："巡视老爷，您又大驾光临？"

巡视大将一边还礼一边说道："玉先生催我查看情况，不得不来呀！怎么样，进展如何啊？"

金云子摇摇头说："这仙丹，还是没有炼出来啊，恐怕耽误了不少玉人门事务吧？"

巡视大将叹气，转身离去。这一边，金木水火土五大弟子，还是围着炉子急得团团转，就是想不出主意。而太清宫上房，老君还在闭目打坐，不慌不忙。众弟子探视后不敢上前打搅，只得在炼丹炉旁等候。

一日，老君恍然大悟，自语道："噢，玉人门需要的仙丹绝非寻常，那就须有非常之地，方有非常之丹啊，呵呵呵！"

老君悟道后走出上房，喊道："金云子、木云子何在？"

金云子和木云子闻听老君喊叫急忙赶来，同时答道："弟子在！"

老君对他们说道："不要再忙了，此地炼不出仙丹，凡事都有定数啊！"

金云子不解地问道："哦，那请问师尊，何处才能炼成仙丹？"

老君说:"须有非常之地,方成非常之丹啊!"

金云子又问:"敢问师尊,不知何处才是非常之地呀?"

老君说道:"走,你们二位就随本座查看这非常之地去吧。"

金、木道士同时应答:"遵命!"

师徒三人来到太清宫门外,老君伸出剑指放在前胸,不知道默默地念叨了什么,突然,老君手指西南方向,说道:"徒弟,我们向坤卦方位游走一番,距离此地六十里的坤卦方位,似有一处宝地。"

金木二位顺着老君所指方向望去,不由得大呼起来。金云子兴奋地说:"师尊,我去过那地方,就在白河岸边,那里祥云万丈,神物多出,仙缘好深厚哇!"老君点点头,说道:"走吧,我们去看个究竟!"说完将手中拂尘向坤卦方位一指,口中念叨:"走!"

师徒飞驰前行,直奔坤卦方位的宝地。半天工夫,他们来到一处高岗,居高临下仔细查看下面的宝地。看着看着,老君表情大喜道:"噢,原来此地乃是五色河聚气的阴阳大宝之地呀!徒弟们,你们可认得此宝地呀?"

金云子俯视着大地,一脸诧异地问道:"师尊是说,此地贵在五色河的宝气都汇聚于此了,是吗?"老君点点头说道:"不错,此乃五色河聚气的宝地。"

一旁的木云子弯着腰看了看说:"师尊,弟子咋没有看出来呀?"

此刻,师徒靠近宝地附近,瞬间就看到了来自五座高峰的五彩气柱。老君手指着五道通天的气柱和周边地形说道:"你们看,此处集中出现了通天的五色气流,其子午线上,自坎位向离位范围内,有黄河、红河、黑河、白河、青河五色自然河流。此宝地周边,还自然形成有金、木、水、火、土五座高峰。此地'离有朱雀''坎有玄武''震有青龙''兑有白虎',它们是已经形成了四大局衬托相应。此地,真是上得天玄之真气,下得地玄之助养,这个地方,确实是一块稀有的风水宝地,这里才符合炼丹的条件啊。"

金木二位随着老君的指点查看,连连拍手称奇。木云子似乎也看明白了这块宝地的乾坤,惊奇地叫道:"啊,这里真是一块稀有的风水宝地呀!"

老君说道:"徒弟啊,更为惊奇的是,此宝地周边的金木水火土五座高峰,竟然与你们师兄弟金木水火土五位道人秉性相投,此大道地是山人合一、天地通气、自然一体。可以这么说,你们五位与此五座高峰原本就是为玉人门炼丹而生,这或许是玉人门之福报、天下之福报啊。"

老君说得尽兴,金木二位也听得尽兴。金云子见师尊如此高兴,也跟着老君

高兴起来，说道："师尊，现在有了宝地，我们该当如何呢？"

木云子也问道："是啊师尊，我们是不是就可以很快炼出来仙丹呢？"

老君笑着说："下一步，我们将炼丹炉迁移至此吧，这天下啊，也只有此地，才能炼出玉人门需要的仙丹了。"

第九回　白河岸边起风云　仇家斗气为红颜

（一）

老君和二位道士到了一处高坡。师徒在此登高望远，看见白河下游已是杀声不断。老君面色一惊，急忙带领弟子仔细一看，但见那里乌烟瘴气中伴有功法斗勇，各种兵器参与打斗。细细看来，已经斗得天地间杀气腾腾。老君心中暗想："噢？从这些打斗的兵器看，难道是雷公山的雷公电母？还有那奋战中彰显的东方海族功法，难道是隐居中原五色河的白丹龙？这可都是有影响的门户之家，又为何事拼杀呢？"

老君师徒近前观看，见打斗者双双已经混成一片。他们一会儿打向天空，一会儿又打到地上，一会儿又从地上打到空中。看着他们的打斗，惹得金云子与木云子在一旁摩拳擦掌、跃跃欲试。老君看到弟子沉不住气，说道："少安毋躁！"金云子和木云子稍作收敛，继续观看着打斗。

经过好一阵打斗后，战败的一方已被打成重伤，倒在了白河岸边。老君急忙近前辨认后说道："哦，战胜的一方是那雷公电母，败者乃白丹龙是也。"

金云子惊讶地问道："又是那雷公电母？他们两个以多胜少，胜之不武啊。师尊，我们要管闲事吗？"

老君摇摇头，说道："不！他们自有他们的定数，我们不可插手。"

再看那雷公电母走到败者近前，就听雷公声如洪钟地喊道："白丹龙，爷看你今日还往哪里跑？你我恩怨该有个了结啦！"

一旁的电母也是咬着牙说道："别和他废话，快，快打死他这个鱼鳞皮肤，为我那冤死的妹妹报仇雪恨！"

白丹龙一边捂着伤口，一边手指对方骂道："你们两个狗男女，今日偷袭你家白爷，是为了私怨，还是假公济私？"

电母大怒，骂道："你这条该死的臭虫，满身的鱼鳞癣，当初花言巧语骗取我家妹妹的欢心，后又狠心抛弃，致使我家妹妹灰飞烟灭！从那一刻起，我跟你已经

势不两立！"

白丹龙怒道："我呸！是你那下贱妹妹水性杨花，不守妇道，与眼前这个狗男人鬼混在前，被我多次逮个正着，是她自己发下毒誓自寻死路，与我何干！"

电母更是大怒，骂道："我呸！自己一身老猴毛，要说别人是畜生！"

白丹龙手指雷公，对着电母喊道："那你去问问这个淫贼，看到底孰是孰非！你给我结仇，我就不向这个淫贼结仇了吗？看他人模狗样的，敢把绿帽子戴在爷的头上！你们这些所谓的玉人门正道之人，可以欺世盗名，可以乱伦私通，不顾败坏名声，我这东方海族岂能受此大辱！今天不是你们偷袭，正是与这淫贼清算的好时候！"

一旁的雷公咧着嘴大笑："哈哈哈，就兴你偷吃别人的谷子，不兴别人摸摸你家的小米？哈哈哈！"雷公说罢，仰面大笑着。

闻听白丹龙和雷公的对话，一边的电母吃惊地看着雷公，突然，电母手指雷公问道："怎么回事？你和我说清楚！"

电母突然发问，令雷公一愣，尴尬地说："这这这，唉，有点误会而已！"白丹龙大怒，骂道："误会？这样的话，你这淫贼竟然也说出了口！你们谁见过哪个男人误会到钻进女人的裙下？哦，原来你们玉人门属下把这些都看成是误会，真是不知羞耻！"

电母惊恐地大叫一声："啊！"气得浑身发抖。

雷公见电母生气，在一边羞愧难当。便上前解释说："别听他在此胡说八道！"

卧在地上的白丹龙喊道："我胡说八道？电母如若不信，就请去洛河岸边问问正在辟谷修身的槐树人，他可是亲眼看见了这对狗男女鬼混的，问过槐树人就真相大白啦！"

电母似乎相信了白丹龙所言，她怒视着雷公一言不发。雷公被白丹龙揭穿了老底，已是怒发冲冠，怒吼："呔！大胆白丹龙，那你盗抢民间牲畜，还误伤平民，是不是罪恶？今日本座是奉旨惩罚你，受死去吧！"

雷公说罢就要发功，电母急忙上前拦住道："慢！我们奉旨只是惩罚，并没有说要他性命！"

雷公问电母："你不报仇啦？这杀妹之仇岂能罢休？"

电母把脸一转，不再理会雷公。白丹龙见此情景喊道："噢，原来你们二位向我大开杀戒，是为了寻私仇来啦，有本事别搞偷袭，爷会害怕你们这些狗男女不成！"

电母说："白丹龙，今日是你命中一劫，老娘慈悲，不要你的狗命，就废去你九成功夫，好好反省去吧！"

白丹龙手捂着伤口说道："废去我九成功夫，也是代表你们玉人门不公，这事总会真相大白。"

雷公瞪着眼说："玉人门不公的事多了！与我们何干？"

白丹龙伤心地说："天下门派均在玉人门辖制，四海门人职位调升时，我只误了半个时辰前去上任，就将我永固原籍！而你们到处胡作非为，玉人门却视而不见。"

电母说道："什么永固原籍？玉先生不是让你在此等候立功吗？"

伤痕累累的白丹龙摇着头说道："哼哼，好好的北海封疆大吏一职不让我干，立个什么功！再说，你们雷公电母也不是什么光明磊落之辈。你们既然要决战，为什么不敢与我公平决战，却要趁我醉酒之际找准我走火入魔无力反抗的时候前来谋害，叫你们占去上风，要不然别说区区二位，哼哼！"

雷公大笑说："哈哈哈，这叫兵不厌诈！"

雷公电母说罢而去，白河岸边顿时平静下来。

（二）

白河岸边，此时就剩下了白丹龙，他身受重伤，在沙滩上痛苦地哀号着。就在这时，远处来了一位身背竹篓的少年，他朝着白丹龙躺倒的方向走来。山顶上，老君师徒都把目光转向了行走中的少年，老君手指着少年问道："你们看，此人不是黑河岸边五顷寺村的王禅吗？"

金云子瞭望一阵说道："是，就是他。"

木云子问道："王禅？"

金云子说："是呀，此人就是王禅，这个人出生的时候还有些传奇故事呢。"

木云子急忙问道："啥故事？请师兄说来听听。"

金云子说："说是他母亲，自嫁给他父亲以来，就是不能生育一男半女。一日，他母亲去村外的农田里收割谷子，突然看见一座坟墓上长了一棵别样的谷子，就顺手取来揉揉吃下，不料，感觉腹中胀痛，回家后没多久就生下一个儿子。"

听了金云子的讲述，木云子惊讶地问道："噢？这么稀奇？"

老君点点头说："就是这么稀奇。因其母吃了坟墓上的谷子而生子，这或是一种巧合吧，后来这个孩子就取名鬼谷子了，又因他出生时听到了蝉的叫声，所以又取其谐音叫王禅。"

木云子道："噢，还真是个传奇的人物啊！"

金云子说："听说，此人的祖上多有行善，为了求得传世男丁，竟然不惜把家财散尽。"

木云子说道："噢？那今天咱们就看看他是如何善待白丹龙的。"

金云子有些担心地对老君说道："师尊，那白丹龙情绪反常，性情有时变恶，他现在虽然受伤，但要伤害王禅还是绰绰有余啊。"

老君说："应该不会吧。"

岸边的小路上，王禅背着竹篓子已是满头大汗。行走间，他忽然看见白丹龙一动不动地躺在地上，紧闭双眼，浑身带着血光，便吃惊地问道："你是哪个？为什么会受如此重的伤？"

他说着话，就上前推了一把白丹龙，不见动弹，便自言自语道："难道此人已经亡故了不成？你这暴尸荒野，要是被野狗撕碎了咋办？罢了，你我既然相见，都是缘分，不如我把你埋葬了吧！"

王禅说罢，放下背篓，取出扒犁就去扒坑。

一边的白丹龙，艰难地抬一下头，看看王禅道："王禅救我，王禅赶快救我！"

王禅听到喊叫，扭头看了看紧闭双眼的白丹龙，再向四周问道："是谁？是哪个在叫我？"

见四下无人，就继续扒坑。岂不知，此时的白丹龙根本无法张口，但又急于让人施救，只好使用了内音外传的功法喊道："王禅，我还没有毙命啊，何必埋葬我呢？王禅赶快救我呀，不然我就真的死了！"

王禅听见有人说话，急忙问道："谁？你在哪里？我咋看不见你？"

白丹龙说道："我就是你所看到的死尸。"

白丹龙此言一出，王禅看着死尸惊叫道："啊！死尸？死尸怎么会说话呀？"说着吓得向后连退几步："你可不要伤害我，我只是想帮帮你，怕野狗把你撕碎了，才帮你扒个坑！"

白丹龙说："不要怕，不要怕，我只是身受重伤张不开嘴，但我内心清楚得很。"

"我们认识吗？你又是如何知道我的名字？"

"你现在看不到我，把我救活了就看到我了！"

"那你是谁？是谁把你打成这样啊？"

"我是白丹龙，就是白河府邸的主人。刚才，是那雷公电母把我打伤的！"

"你是东方海族人？"

"王禅不要怕，你与我已有几次的兄弟缘分，八年前就是你救了我呀，你的乾坤挪移大法就是我传授给你的。当时，我答应帮你提升功力，可还没来得及就离开了。"

王禅望着地上的白丹龙，点点头说道："啊？似乎有一点印象。"

白丹龙说："是我俩有缘分啊！"

"都时隔八年啦，那你又为何被雷公电母打伤？"

"是因为我闲来无事，饮酒后误食民间牲畜，前天还误伤了平民，那家去玉人门把我告下。雷公电母本来就与我有仇，得知此事，就假公济私，充当了大尾巴狼，查抄了我的府邸，我不服，才与那雷公电母大战。不料，我因习练功法走火入魔不能发力，才不敌而败，被打成重伤。你赶快救我！"白丹龙传出的话音发抖，力气都快没有了。

王禅迟疑了一会儿，说道："那走吧，我背你去上面的一处洞穴，那里是我经常歇息的地方，洞内还有一些常用的生活用品和用来加工草药的简易物件，在此，也算是方便之所了，你看这样行不行？"

白丹龙说："好！那就快些去吧。"

（三）

高高低低的丘陵间道路崎岖，王禅背着白丹龙吃力地向上走着，累得满头大汗。好大一会儿，他们才来到了一处洞穴口。

王禅背着白丹龙进洞，慢慢把他放在草铺上说："你在此稍等片刻，待我去找些治伤的草药，我会很快的，你可不要着急啊。"

白丹龙无气力地说："好吧，你要小心一点。"说话间王禅已经转身出洞。

王禅爬上高山峻岭，经过好几番周折，才在一处峭壁上找到需要的草药。他小心地攀爬上去，把那草药抓住，满意地点点头说："就是它了！"

一会儿，王禅带着草药回到洞内，熟练地拿出几件加工草药的器物，很快将

一些治伤的药物做了出来。一边，白丹龙还在哀号。王禅手捧草药，小心地走到白丹龙面前，将药物一点点地擦洗到白丹龙身上。再看白丹龙，得到了药物的治疗后即刻元神入体，随后全身展动，很快打通了全身经脉，在王禅的搀扶下起身打坐运功疗伤，不一会儿就伤势平稳。

白丹龙一眼看见王禅，激动地说道："多谢王禅老弟的出手相救，咱两个就是缘分大啊！"

王禅笑着说："不必客气，救死扶伤乃人之本性，龙爷你已康复啦？"

"是的，我又被你捡回了一条命啊！王禅你已两次救了我的性命，咱俩也算是老朋友、好兄弟啦！"

"八年前的事，那时我年龄还小，我是一点也没有放在心上啊！"

"过去你救过我的命，我也答应过帮你提升功法，可还没来得及用我的白丹渡你，就看见了雷公电母他们。没想到，我们一别竟然是八年，今日又被你所救，这还是缘分啊！"

"是呀，过去听你说咱俩有缘分我还半信半疑，今天看来，还真有这么深的缘分啊！"

"王禅啊，我的体内有一颗非常稀有的宝丹，此丹是天地四海少有的仙物，一般人用了可以延年益寿，侠客用了可以功力倍增。"

"啊？这么神奇？"

"听说，玉人门派老君正在太清宫炼丹，可多少时日了，他们就是没有炼出来半粒仙丹。哎，不是我吹，玉人门要是想炼出来真正的仙丹，非在下莫属啊！我看，三日后，我的功力将全部恢复。那日的午时你还来此洞中，到时，我将白丹吐出，另加工一粒小丹给你服下，到时你就会延年益寿。我现在还不能在此久留，急需赶回府邸恢复一下，不然就来不及了！"

白丹龙说罢转身离去，瞬间就不见了踪影，剩下王禅一个人在洞内发呆。

第十回　龙爷游走管仁府　方知大限在眼前

（一）

洞内，白丹龙与王禅的一切经过，都被老君师徒在暗地里看得明白，现在，他们不但明白了白丹龙对炼丹的重要性，更知道白河岸边这一块风水宝地的神奇。

老君说道："怪不得这里聚有五色之气，原来这五色宝气中，还藏有这么个宝物。看来这金木水火土五座高峰，可真是不简单，这金木水火土五条气柱更是不简单啊！这难道也是天意如此吗？是不是玉先生早已料到此处的秘密啦？"

老君师徒三人回到了太清宫，老君就进入上房闭目打坐，耳边突然响起了白丹龙与王禅的对话："我的体内有一颗非常稀有的东方海族宝丹，此丹是天地四海少有的仙物，一般人用了可以延年益寿，侠客用了可以功力倍增。"

老君想到此，突然神目一亮，单掌一立，随口念道："无量僧！天意，天意呀，天机不可泄露。既如此，本座明天就将这炼丹的宝炉迁移到那块宝地上，要不然白丹龙那一颗龙胆，如不能够及时为玉人门所用，百日后也将灰飞烟灭，到时不是太可惜了吗？玉人门炼丹这么重大的事宜，既然来了机缘就一定抓住，或许错过了这个机会玉人门将永远也炼不出来那稀有的仙丹。如果是那样，玉人门真的要因此而易主吗？这样的话天地四海谁会同意呢？所以，白丹龙的出现一定是重大天机，叫我看来这是天意呀！"

次日清晨，老君就怀抱拂尘来到传道厅，正在修炼的众弟子急忙起身施礼，同时高呼："师尊神体吉祥！"

老君摆摆手说："罢了！徒弟们，本座今日就与尔等讲一讲《感应篇》，尔等要熟记在心。"

传道厅内，众弟子鸦雀无声，静候老君传道。老君说道："福祸无门，唯人自召；善恶之报，如影随形。这是因果报应，更是循环不失之真理。"

众弟子高呼："弟子谨记在心！"

没说几句话，老君就起身在传道厅内来回走动，众弟子站立两边，等待老君

训话。就在这时，突然从外面飞进来一只仙鹤，那仙鹤越过众人头顶，在传道厅内转一圈后又飞了出去。老君看着仙鹤说道："徒弟们啊，今日本座传法，非同寻常，尔等需要排布阴阳阵法，人人皆要掐住左手坤卦，静心守候丹田之穴，把大道藏于胸间，涌泉穴配合丹田穴推气上行，将法音扩大百里之外，人人用心间功力，震动坤卦方向，达此标准算是功成。今天在太清宫内，本座要搞一个迁移宝炉的开坛护法仪式，听明白了吗？"

老君把话说得明白，大厅内所有道士一起施礼齐声喊道："无量天尊，弟子遵命！"

话音刚落，一时间，金木水火土五大弟子，各人带领一队道士在厅内匆忙走动。不一会，众弟子就按照老君吩咐，排布好了以人为点的阴阳八卦之阵法，他们个个按照布局位置盘腿坐下，人人操控双手，掐住左手坤卦之位置。众道士开始吸气呼气，人人达到了丹田穴和涌泉穴互通气流，完毕后静候老君传道。老君手持拂尘，前前后后、左左右右运功一番，然后也打坐停当。

（二）

话说阴槽山管仁府，原本是玉人门判处生死的地方，无论是谁，只要在世上作恶犯罪，这里都会收到来自四面八方的消息，原原本本地记录在案，然后根据罪恶大小派人缉拿，但凡来这里的人不是被砍头就是被活埋，甚至被剥皮抽筋者比比皆是。因此，这里被人称为管仁府红脸王殿。就是这样一个地方，一般人不会没事找事来这里触霉头，但今天却是有一醉汉不请自来，那不是别人，正是白河府邸的白丹龙。

这一日，白丹龙酒后闯进了阴槽山管仁府，正在府中饮酒作乐的红脸王闻听府兵禀报，面色甚是一惊，赶快起身相迎。

红脸王没走几步，正好与醉醺醺的白丹龙照面，红脸王抱拳说道："白龙老弟，你怎有空闲到访这小地方啊？"

白丹龙一个酒嗝，喷了红脸王一脸。红脸王见白丹龙吃多了酒，又问道："老弟呀，你今天何事喝了这许多酒哇？"

听到红脸王问话，白丹龙醉醺醺还礼说："老兄啊，不瞒你说，今天找你是想再喝两杯啊！"

红脸王不解地说："哦？那好啊，不瞒老弟，就因为我这里名声不好，市面上的熟人见了我，都是绕着道走啊，四海之中，你是唯一一位找我喝酒的朋友啊！"

"不瞒红脸王阁下，近日我总是心神不宁啊！"

"为何？"

"不明白是咋啦，咱就是无名的烦躁啊！"

"老弟烦躁什么？你是好事连连，偷着乐还来不及呢，在这儿骗人的吧你？"

"好事连连？不知阁下是说哪件事啊？"

"那雷公山电姑之姻缘不是好事吗？"

"你是哪壶不开提哪壶，是吧？要不是她，咱能落得这般狼狈？"

"那些女人啊，唉，就像是一双破袜子，扔掉就扔掉吧，这老话说得好，旧的不去新的不来不是？"

"那些闹心的事，不提也罢，不提也罢！不过阁下啊，近日，咱不断地听老君那老头讲道，他是句句说在我心窝里啊，咱突然就感觉有种洗心革面的想法了。"

"哦？这倒是个稀奇事！你小子一直是恶贯满盈，要不是咱两个有点交情，早请你来此啦！这会儿你要洗心革面，本座还真得刮目相看呢！"

"阁下啊，听说这市面上任何人的大寿，都是你说了算，是不是这样啊？"

"不不不，冤枉冤枉啊！外界都是这样以讹传讹，所以我就无缘无故地得罪了一些权贵，他们自个认为他们的小命都是本座掌管的，这人死了，都说是本座派人把他们锁了，所以这仇恨都记在了我这阴槽山管仁府的头上啦。其实不是这样，本座只是执行官而已，那四海之人的大寿是管仁府的红脸王管辖，咋能是本座管辖呢？我这里只是根据每个人在市面上的恶疾衡量其何时缉拿归案的，由玉人门全程监督，任谁也无法更改啊，在下只是照本宣科而已，日子久了人们称在下活红脸王，你说冤不冤啊？"

"哦？是这样吗？"

"是这样是这样，本座从不说谎！"

"那我白丹龙的大寿呢？"

"也应该早已定好啦！"

"哦？拿来我看！"

"不妥吧老弟？这玉人门的规矩非常严格。"

"有甚不妥？我白丹龙就是今日伏法，也决不反悔！"

"一言为定？"

"一言为定！"

"那好吧，本座就看在你找我喝酒的份儿上，让你看个明白！"说话间，红脸王转身取出账本，翻转到白丹龙，但见上书"三日大限"。红脸王大吃一惊，白丹龙明明知道了自己的死期却不急不躁。

红脸王只好无奈地说道："这这这……唉！"

白丹龙摇摇头说："老兄啊，这也没有什么，我是来喝酒的，拿酒来！"

于是，白丹龙就与红脸王推杯换盏地喝酒，期间，红脸王多次偷窥白丹龙的表情。

（三）

太清宫内，老君还在传道。

"故吉人者，语善、视善、行善，一日有三善，三年天必降之福；凶人者，语恶、视恶、行恶，一日有三恶，三年天必降之祸。"

老君讲到此，众弟子喊道："无量天尊！弟子谨记熟悟！"

老君说："如今，各界朋友都知道本座奉旨炼丹，可时日过去，仙丹却没有炼出来半粒。本座前日查看到一块炼丹的宝地，我们必须马上将丹炉迁移到那里。本座计划，任命金云子、木云子、水云子、火云子、土云子，随本座前去护法。"

金木水火土五位弟子出列应答："是！弟子遵命！"

老君对左右其他弟子道："其他弟子留在宫内，要认真参学上法和看守门户！"

各留守弟子同声喊道："谨遵师尊之命！"

太清宫上院中，老君带领金木水火土五位弟子，来到三昧真火丹炉旁，部署道："金云子站在丹炉西边，木云子站在丹炉东边，水云子站在丹炉北边，火云子站在丹炉南边，土云子站在丹炉西南，本座在丹炉东北。"

一时间，五位弟子各自站好自己的方位，老君也站立稳当。其他留守弟子，远远地站立一边目视丹炉的动静，鸦雀无声。老君认真地运功一番后说道："无量僧，走！"丹炉在师徒的护卫下缓缓而去。

说话间，老君师徒已经来到五色河宝地，远远看见宝地的五座高峰发出了金木水火土五道霞光，而土峰就在中央。老君看准了立丹炉的位置，用手中拂尘一指那中央的土峰，表情严肃地对弟子们说道："金木水火土五位弟子听着，前面的金木水火土五座高峰与你们有缘，你们护卫着丹炉赶快各就各位。"

五位弟子如临大敌，同声应答："是！"

土峰上，丹炉已经稳稳落定，再看五大弟子早已各立一方。就在丹炉坐稳的瞬间，丹炉上方自然化出来一座风亭护住了丹炉。老君大喜，即刻用法术采来五色河之水，又采来五色之土气，然后将它们混成一体，又连同真火一起输入丹炉。此时，老君选准了自己的位置坐定，五大弟子不敢怠慢，也在不同的位置坐定。

老君拂尘一摆，说道："我们继续讲《感应篇》，即：普通百姓有过，大则夺纪，小则夺算。其过大小，有数百事，欲求长生者，先须避之。是道则进，非道则退。不履邪径，不欺暗室。积德累功，慈心于物。忠孝友悌，正己化人，矜孤恤寡，敬老怀幼。昆虫草木，犹不可伤。"

老君正在讲《感应篇》，突然，他怀中的拂尘又被大风吹得飞了出去。老君笑着说道："这千年的拂尘又不甘寂寞啊，它定是感应到有朋友了。去吧，去吧，要广交正道，感化歪门邪道！快去快回。"

老君师徒，目光都盯着飞出去的千灵拂尘。但见那拂尘被大风裹挟，飞过金木水火土五座高峰，又在白河上游盘旋数次后返回老君怀中。

老君说道："无量僧！我们继续《感应篇》。"五位弟子即刻坐正，静听老君传道。

老君说道："苟或非议而动，背理而行。以恶为能，忍作残害。阴贼良善，暗侮君亲。慢其先生，叛其所事。诳诸无识，谤诸同学。虚诬诈伪，攻讦宗亲。"

弟子同声高呼："无量天尊！弟子受益！"

老君说道："愿人有失，毁人成功。危人自安，减人自益。以恶易好，以私废公。窃人之能，蔽人之善。"

五位弟子又同声高呼："无量天尊！弟子受教！"

老君说："侵人之善，助人为非，逞志作威，辱人求胜。"

弟子再次喊道："无量天尊！弟子受益！"

老君说："其有曾行恶事，后自悔改，诸恶莫做，众善奉行。久久必获吉庆，所谓转祸为福也。"

此时，五位弟子都站起身来，恭恭敬敬地向老君深施一礼喊道："无量天尊！弟子谨记！"

老君传道间，天地四海正气宏盛，再看五座高峰之上，顿时百花齐放，五色河所聚的五路真气也顿时生辉。

老君面带喜色地说道："徒弟们可知，此地的五座高峰，就是这五色河聚气所

生成的。所以，此五处高峰，灵气通天，此处仙缘特别深厚，是天地间独成大器的宝地呀。刚才，本座所传之道，加上千灵拂尘的功力，足可以正法正气，惊天地泣鬼神了。"

（四）

老君在白河岸边讲道，白河之水早有异样。就在这时，白河岸边突然腾空飞起了白丹龙。

那白丹龙闷喊一声，在半空翻转腾云几番后说道："老君，刚才听了你的《感应篇》，实在令我感慨万千！我可问你，没有我东方海族特有之丹相帮，你这炼丹的事务何以完成？"

老君急忙飞上山顶，主动向白丹龙施礼道："不错，没有你白丹龙的帮助，本座确实难以完成玉先生交办的事务，不瞒你说，本座把丹炉迁移至此，就是想寻找一个炼出宝丹的上策，那就是既炼成仙丹，又不对你构成伤害，这是上等之法啊！"

白丹龙却摇摇头说道："我自知有此一缘，更知道要想炼成上等仙丹，恐怕就没有上等之法。"

老君摆摆手说："不急不急，想一个两全其美的方法吧。如果炼成了仙丹，却对你构成了伤害，此也绝非本座之意。"

"老君，不瞒你说，如果你能答应我两个条件，即便我龙爷消失了也是快事啊！到时，我会使出全身功力，与你合作炼成天地四海都用得着的绝世仙丹来。"

"噢？龙爷阁下可不能轻言消失二字呀！"

"唉，昨夜我同那红脸王饮酒时看到了我的一劫！所以，既知有此一劫，何不留下芳名，济世四海呀！"

"无量僧，看来你已知都是天意！又贵在有此意愿，真是功德可贵，功德可贵呀！"说着，老君再次向白丹龙施礼。

白丹龙摆摆手道："天下需要仙丹，可天下之中没有任何人可以代替我的元神，我不入地狱，谁入地狱呀！再说，近日我听了你的《道德经》《清静经》《感应篇》，使我有了新的想法。"

"有何想法？"

"就是说，有的人死了，他的精神还活着；而有的人活着，他的灵魂却遗臭万年。因此，我也愿意放下本性步入正道轮回。"

"你自知有此一缘，又深明大义成全了四海，四海之幸，四海之幸啊！那你所说的两个条件又是啥呢？"

"其一，我虽然不在了，但这条仙河可一定要保护好，以后就叫它明河吧，意思是看透了、放下了、明白了。"

"好说好说，为了纪念你对四海的贡献，又因为你是东方海族，就将明河改为洺河吧。此洺带有三点水有助龙族。还有一层意思，就是在四海之中，人们想起了洺河，也就想起了你龙太子白丹龙的大义奉献。此'洺'要比彼'明'有意义，你看如何？"

"好，就依老君所言。"

"那第二个条件呢？"

"在此二十里的震卦方位，那黑河岸边五顷寺村，有个叫王禅的人。此人家世和在下交往已久，他今生经过北辰星君的帮助，已经发奋图强。此人心胸正直，待人宽厚善良。他在八年前救过我的命，三天前又救了我，此人同我有缘，我答应过帮他步入玉人门上等功法境界，且已定好了就在这午日午时相见。所以，你炼成了仙丹，一定要赐给他一粒，这也算是还了他的潜能，老君你看如何呢？"

第十一回　白丹龙舍身炼丹　列玉班王禅入行

（一）

白丹龙声情并茂地叙述着王禅的德行尚品，使老君眼睛一亮，说道："不错，就此人而言，本座也认识，尚且玉人门也有培养王禅之意，要是换了别人，我可不敢做主啊。"

白丹龙问："老君何意呀？"

老君说："白丹龙啊，四海之中，都知道我做人的原则，那就是一曰勤，二曰俭，三曰不敢为天下先。所以，渡王禅成为栋梁也是玉人门的意思，本座只是顺应天时而已，就答应赐给他一粒仙丹好了。"

白丹龙微笑着说道："那好那好，心愿已了，我们开始炼丹吧！"

说话间，老君和白丹龙来到丹炉旁边，二位一起舞动双手，齐心合力地运功，又合力将五色气柱的五色灵气采到炉内，还分别把五色河的水取来少许，完毕后二位对视微笑。

老君还想说话间，白丹龙摆摆手，已经呼啸而起，在空中说道："老君啊，你就不要犹豫啦，怕是时机错过了，耽误了玉人门啊。"

"白丹龙，这稍等片刻又有什么呢？"

"只要你守住诺言，还待何时！"

"龙爷，我们不如再等一等，说不定合咱俩之智慧，还真是能够找出两全其美的办法，我看你还是先下来，我们再行商议一下，会有办法的！"

"老君啊，你就不要自欺欺人了，我知道你根本就没有两全其美的办法，尤其在下剖腹取胆也是一劫，不如血肉一起悉数奉上，快些准备好，咱去也！"

说话间，白丹龙尽使功力，随着老君的拂尘一动，哈哈大笑着化作一道白光直奔炉内。随着白光进入炼丹炉，炼丹炉惊天动地"砰"的一声巨响过后，即刻五彩缤纷、光芒四射，丹炉中一粒粒闪闪发光的仙丹瞬间炼制而成。

五位弟子见到仙丹，异常激动地喊道："师尊，师尊，我们的仙丹炼成了！"

老君不敢怠慢，急忙甩开拂尘，从峭壁上取下六个葫芦，一瞬间，六个葫芦内全都装满了仙丹，师徒哈哈大笑。

在老君准备封住装满仙丹的葫芦口时，突然有一个葫芦翻转着滚下坡去，随着滚落的葫芦，一时间仙丹散落一地。尽管老君运功，还是有无数颗仙丹无法收回，老君几乎尖叫着喊道："快，快一些寻找散落的仙丹啊！"五大弟子急忙分头寻找仙丹。这个时候，老君早已发现，在洺河水边有一位形似龟状的畸形人，正懒洋洋地行走在河边。此人天生游手好闲，靠捕捞为生，人送外号老白龟。

那白龟一边扭动，一边说道："哈哈，刚才大爷我上岸边去晒暖，正好赶上王禅那小子将干粮掉在地上，俺老子就无意间尝尝口福，哈哈哈！大爷我不妨再去溜达溜达，看看还有什么好事没有？"

白龟说着向岸上走去，一转身，突然看见从天上飞下来一道金光闪闪的物件，见此情景，它面色一惊，喊道："啊！是福不是祸，是祸躲不过，我认了！"

白龟一屁股坐在地上，任凭金光袭来。说时迟那时快，金光闪闪的物件正好砸在白龟的头上，然后又滚落在白龟面前。白龟急忙定睛一看，原来是一颗金豆子，便满面欢喜地伸手捡起。它不清楚此物是什么东西，又急忙抬头看看上面，不见动静，然后大笑："吆嗨！我的天哪啊，这咋像是老君那老头炼的仙丹啊？难道天上掉馅饼啦？这仙丹非要砸在我的头上，看来不吃还不行呢！"

白龟说罢张口吃下仙丹，再次抬头看看上面，笑道："我的天哪啊，原来是那老头见我和白丹龙是邻居，故意扔给我一粒仙丹，叫我也长长功力。哈哈哈！"

岸上的老君气急，施功法将白龟拘上岸来。白龟见到老君，很是害怕。老君手指白龟喊道："大胆白龟，尔等无功受禄，为老不尊，你有何功劳就窃取他人的牺牲和奉献？"

白龟急忙辩解说："启禀老君，这仙丹不是您扔给我的？您老人家可不能冤枉好人呀！哎，要不是您老人家把那仙丹扔给我，我咋能吃下那颗仙丹的？这会儿说我窃取，难道您老人家看见了我前来窃取不成？"

老君说道："你这个老白龟，看似老实，实则内心混蛋！既然巧吃仙丹，还敢狡辩！不是你从中作梗，这葫芦会自己滚落？看本座叫你长些记性！"

老君说罢正要运功，白龟急忙喊道："哎哎哎，别呀老君，我真没有从中作梗，若说瞎话，我是个混蛋行不行？凭良心说，那确实是仙丹落入我口，不是我强抢，请老君明察啊，您这一世大德，可要论理吃。要不这样吧，仙丹我已经吃下啦，那要是非要那颗仙丹的话，也只能等我拉出来屎尿了，我想那也没用了吧？既

如此呢，我愿随老君修道如何？"

老君停住运功，对白龟说道："你既已吃了仙丹，若不为正道所用，日后必履邪径。既如此，本座就赐你日后好好修道吧。即日起你就叫白圭吧！"

白圭急忙上前施礼高呼："谢过师尊！谢过师尊！"

这时，老君抬头看看天，说道："无量僧！坏了坏了，都是散落仙丹惹的祸。此时午时已过，那王禅已来洞中。走，尔等快随本座前往洞中找那王禅。"

没想到，白圭听说去见王禅，不愿意一同前往："我们几个都要去见那王禅？我看弟子就不去了吧？"

"为什么呀？本座答应了白丹龙就要做到！"

"不为别的，只是我白圭不好意思见他。"

"为何？"

"我，我刚才偷吃了他的干粮。"

"无妨，你只管带上你的棋盘就行了。"

（二）

再说王禅来到洞穴，见午时已过，没有看到白丹龙如期来到洞中，他转身在洞口坐下，自言自语地说："唉，现在都午时了，这白丹龙咋还没有到来？难道又是不辞而别吗？"

他依偎在洞口，或许是走累了的缘故，不一会就进入了梦乡。

梦境中，一位姑娘突然飘飘而至。王禅急忙问道："你是？"

姑娘笑了笑，反问道："看我像哪个？"

王禅皱着眉头说："想不起了，就是感觉有点面熟。"

姑娘说："想不起那就不必想了，只是现在午时已过，你所等之人来不了啦，到我家吃点东西如何呢？"

王禅摇摇头说："不要紧，我自带有干粮。"

姑娘笑道："干粮？你哪里还会有干粮？你带的干粮，刚才已经掉在地上，被白龟吃了。"

王禅听罢，伸手一摸，果然不见了干粮。于是对姑娘说："不要紧，一天不吃东西也无大碍。"

姑娘说道："什么无大碍。到时有人叫你吃东西时，你就只管吃下吧，不然你会饿死的。"

王禅一惊，醒了过来，想到了刚才的梦，又急忙去摸干粮，果然不见了干粮。"难道刚才所做之梦都是真的？这龙爷既然不来，也不打个招呼，我就回吧！"想着起身就要走。

就在此时，天空中突然一声雷响，瞬间天降暴雨，大雨如盆泼一般。王禅只好又返回洞中。他在洞内脚步刚刚立稳，就听见有人喊道："避雨，避雨呀！"

王禅抬头看见来人，急忙招呼道："快快，快请到里边避雨！"

老君等人闻听王禅邀请，一边进洞一边观看。老君说道："噢，此洞府不错啊，看来这雨得下一会，白圭老友，我们不如在此下棋消磨时光如何？"

白圭答应："好，我来准备，可这洞府有点忒暗了。"

王禅热情地说道："不要紧，我来将灯燃亮。"

王禅点亮了油灯，洞内便明亮了许多。老君和白圭在洞内开始下棋，王禅和几位都在一边观看。一会油灯因为缺油而暗了下来，王禅自语："坏了，可能油灯缺油，这可咋办呢？洞内也没了油。这加不上油，岂不耽误两位老者下棋吗？"

老君非常明白王禅的表情，呵呵一声，即用手一指油灯，那油灯突然比原来最亮时还亮了许多。王禅神情一愣，急忙去看油灯，见那油灯果然满满的油。一旁的几位弟子对视后相互笑了笑，王禅又自言自语说道："奇怪啦！明明该进油了，咋啦？"

金云子上前拍拍王禅，问道："看什么呢？"王禅看着油灯，满脸的惊讶。

老君下着棋，头也不抬一下地说："见怪不怪，不就怪了？"

王禅不解其意，便站在一边看着两位老者下棋。一会儿，他腹中饥饿难忍，急得在洞中来回走动。

老君问道："年轻人何事急躁？"

王禅着急地说："我的朋友白丹龙与我相约在此见面，他却至今未到，不知何故。"

老君若无其事地问道："你叫王禅吧？"

"是，我叫王禅，您老人家咋知道呢？"

"哦，是你的朋友白丹龙告诉我的。"

"噢，那白丹龙咋不来呀？您老人家又是哪个呀？"

"哦，人人叫我老君，你就叫我老君吧，你的朋友白丹龙来不了啦！"

"为何呢？"

"你的朋友白丹龙为玉人门着想，大义献身，用他独有的龙胆宝丹，帮助本座炼成了仙丹，他功德无量啊！"

"啊！这么说龙爷已不在世间？"

老君点点头说道："是的，不过之前，白丹龙给你求得一粒仙丹，要本座一定帮你提升功法。"老君说着，就从葫芦里倒出一粒仙丹，转手递给王禅说："吃下吧，别辜负了白丹龙的一片心意啊！"

王禅接过仙丹，认真地看了一会儿，想起刚才梦中姑娘所说，就张口吃下。

老君又问道："王禅，本座问你，可否愿意随本座同修？"

王禅急忙点头说道："愿随老君修道！"

"你在五顷寺一带被人称为鬼谷子，学识过人。这白丹龙献身炼丹，已经将白河改为洺河了。依你看，我这仙丹在此地炼成，此地该叫个什么地名呢？"

"叫丹成如何？"

"叫丹成好啊！你从五顷寺村前来求道，虽然没有见到白丹龙，也果然就提升了功法嘛！"

（三）

且说华夏大地，正在狼烟四起，人们早已因权力欲望争斗不休。世间之人可以断章取义，也可以混淆视听，更可以颠倒黑白指鹿为马。一场巨大的历史裂变将使天下土崩瓦解。中华历史上战争频繁的时代应运而生。

首先，周天子的一统天下已不能维持，继而各国诸侯群起，相继摆脱了传统周礼的束缚，从此天下进入战国争霸的巅峰时期。

再看楚国苦县城外，跟随老君修道的王禅，正与老君一同徒步行走，二人一边行走一边观望着风景。就在这时，身后突然有一队兵马呼啸而来，王禅大吃一惊。老君见王禅惊慌，急忙伸手抓住了他，一起飞向了一座高峰。

待兵马过后，王禅惊讶地问道："师尊，刚才那里怎有大队兵马冲过？"

老君说道："无量僧，现在世间又时逢大乱啊！"

"啊？这天下怎会如此？"

"周天子已不能一统天下，现在天下诸侯群起，这天下啊已经大乱啦！"王禅惊讶地"啊"了一声。老君说道："不要惊慌，此乃大道定数。"

"定数？何为定数？"

"所谓大道定数，实乃天地大元之变化而成。人间逃不过这些大道定数，就是在四海之中，也没有人可以逃脱此大道定数啊！此乃天地四海，甲子流年大定也，无人可以更改，更是无人可以逃避啊。"

"甲子流年大定？这甲子流年大定，就必须要天下大乱吗？"

"此处不可细说，有关甲子大定一事，本座会讲给你听的。"

"哦，那这天下大乱，要乱到何种程度呢？"

"天下诸侯各称霸一方，现在是大诸侯吞并小诸侯，强势诸侯要吃掉弱势诸侯啊。"

"啊，如此说来，天下岂不是战火不断啦？"

"是这样，就像太清宫的地方吧，本座建造太清宫时，那里还是人烟稀少，现如今已是不太安静的地方啦。这些日子，本座忙于炼丹和提升你的功法，没有过问民间的演变。"

说话间，又一队兵马冲过。接着，便看见两队兵马杀在了一起，还隐约听见战鼓隆隆的声音。

王禅担心地问道："师尊，这大吃小、强吃弱，何时是个头呢？"

老君说："现今不要说一国如此，天下之中恐怕都在大乱啊！"

这样的话，从前红叶好像也说过，难道这天下就一定要打仗杀人吗？王禅想到此，再次一惊："啊，怎会如此？"

"这是定数。要不，玉人门怎会渡你王禅啊？"

"师尊啊，弟子怎么听不明白，难道，这些定数都和我有关？"

"是定数如此，人间的、天下的都和你有关啊！"

"师尊，王禅就不明白啦！"

"走吧，为了叫你尽快介入这些大事，我们先不去太清宫。"

"去哪里？"

"去一个更为清静的地方。"

第十二回　深山奇洞修道学　故人相遇起杀机

（一）

王禅跟随老君来到一座大山之中，他抬头望着崇山峻岭问道："师尊，这山是什么山，咱们这是到了什么地方啊？"

老君只管一边走路一边说："这山啊，过去叫青龙山，现在这山的名字已经被百姓改叫老君山了。"

王禅问："师尊啊，那我们修道不去太清宫，又辗转来此为何啊？"

老君说："今天带你来到这里，是因为太清宫内事务繁杂，那里来自天下的朋友太多，这来来往往的都得应酬，不利于我们传授道法，像你这刚提升功法之身，不适合在这等喧闹场合。"

突然，王禅回过神来问道："师尊，您说此山是老君山，这山名怎么与您法号相同？"

老君说："这是因为本座当年西行时，曾经在此山中隐居修炼，后来这山就被人们戏说成老君山了。"

"这么说来，师尊在此应有安身之所喽？"

"不错，这里有一处极为清静之所，且地理气场也特别好，正是道法自然的好地方，所以带你前来。"

说话间，已经来到一处洞府。"到了，就是这里。"

王禅急忙抬头观看，见一处洞口外宽平清净，洞口两边各有一棵极其别样的大柏树，柏树长相极为奇特：笔直的大树干上，驮着似是飞起的青龙模样树冠，而且两棵树正好对称，树的形状皆是如此。再看来自两棵树头相望处，恰好有一块青色的圆状巨石，这龙头与巨石的绝佳配合，无论怎么看，都形成了二龙戏珠的格局。

王禅目睹这自然界的绝佳搭配，不禁称赞道："噢，真是一处漂亮的洞府啊！"

这时，老君一挥手说："洞内说话。"便带领王禅进入洞内，旋即将洞口封住。老君用手一指洞内，墙壁上即刻燃亮了灯光，王禅这才看清楚，只见地上有两处草铺，老君自选一处草铺打坐，王禅也在另一处草铺打坐。

这时老君开口说道："不尚贤，使民不争；不贵难得之货，使民不为盗；不可欲见，使民心不乱。是以圣人之治，虚其心，实其腹，弱其志，强其骨，常使民无知无欲。使夫知者，不敢为也。为无为，则无不治。"

老君说到此，王禅连连叫好："好好好，太好了，按师尊讲授，民间有治也！"老君说道："大道废，有仁义；智慧出，有大伪；六亲不和，有孝慈；国家昏乱，有忠臣。"

王禅称赞："师尊智慧高深，王禅一定谨记细悟。"

老君见王禅听道认真，拂尘一撩继续传道："道常无为，而无不为。侯王若能守之，万物将自化。化而欲作，吾将镇之以无名之朴。镇之以无名之朴，夫将不欲。不欲以静，天下将自正。王禅，这些道学你可听得懂？"

王禅答道："师尊，此高深道学，王禅定当熟记慢悟。"

老君又说："世间都在变化，我们洞中一日，难料世上变化，现今，在本座炼丹的地方，或许是人烟繁华，那里也或许被人称为丹成集了，你也该下山去了。下山之前，本座再传授给你一些功法吧。"

"好好好，现今我虽然提升了功法，但功力远远不中，还请老君赐法。"

"好，但你要记住，道法者神威无比，所学功法，只能用在正义的地方。今日本座就传给你一些正成上法吧，你过来。"

王禅急忙凑到老君身边，老君将道法传授给了他。王禅接法大喜，当即叩谢了老君。

老君说道："神奇道法虽然传给了你，但你一定要切记注意事项，否则法将不为，而失去灵功啊！"

"一定一定，请师尊放心！"

"本座传法布道现已圆满，你要好自为之，吾也去矣。"

老君说罢，拂尘一挥就不见了踪影。王禅望着老君离去的烟雾深深行了一礼，随后就地打坐停当，沉思片刻后，将刚才学到的动作、掐指技巧和口诀熟悉一遍，完后满意地点点头，站起身走出洞。

（二）

弯弯曲曲的丘陵小路上，王禅突然从低洼处走了出来。可以看出来，王禅任意驾驭轻功及行走的功法极为神秘，这是他此次在老君山处刚刚学到的功法，据说这种功法可以日行千里、夜行八百。王禅心想，从今往后，要去哪里就极为方便啦。想到此，王禅面带微笑，像闪电一样下山而去。

到了山下，王禅再次感觉极为快意，徒步行走在丘陵间的一条小路上。他怎么都没有想到，他的故人金花娘娘，会突然出现在他的身后。王禅没有发现身后的金花娘娘，即使发现，他也不认得金花娘娘这个人了。可金花娘娘就不同了，她一眼就认出了走在前面的王禅。此刻仇人相见，分外眼红。金花娘娘一见到王禅就咬牙切齿，暗地里跟踪，伺机对王禅下手。眼看着金花娘娘来到王禅身后，一只手对地摇晃一下，手掌即刻冒出阵阵青烟，一抬手就要拍击王禅。可是金花娘娘没有想到，她刚刚对着王禅出手，就被一股强大的功力打退，这一状况令金花娘娘大吃一惊。她皱着眉头想："难道这小子不是那王禅？他怎会有这么大的功力？"

金花娘娘无奈，只能看着王禅从眼前走掉，她恶狠狠地说道："王禅啊王禅，你的今生注定跟我有仇，不是你死，就是我亡！我会把你世世代代的亲朋好友、左邻右舍，杀得一干二净，哈哈哈哈！"

（三）

王禅来到了丹成集。他抬头看看天上，一转身看见了一家面馆，便走了进去。他走到面馆掌柜的近前，说道："掌柜的，给我做一碗面吧。"

面馆掌柜好似没有听懂王禅说话，站在原地不动，还浑身发抖。

"你在发抖？"

"我怕。"

"怕什么？"

"怕有人要杀你。"

"谁？谁要杀我？"

"我！"

掌柜的话音未落，就一刀刺向王禅，王禅惊慌之中顺手一拧，咔啪一声，掌柜的胳膊已被拧断。就在此时，掌柜的肚皮突然裂开，里边又伸出一只紧握尖刀的手猛力刺向王禅。这一举动王禅没有料到，也来不及躲闪，眼看就要被刺中，门外突然射来一支洁白的玉簪，当即击中面馆掌柜。这一击，只见掌柜的怀里旋即掉下来一个矮小的侏儒，小侏儒被玉簪击中腰部软肋，瘫在地上。此时，王禅回头望去，见门口出现一位红衣女孩，美得让人窒息。

王禅的双眼犹如被烈火烫了一下，失声喊道："你是……你是红袖？"

话音未落，女孩就不耐烦地说："你什么你？我不认得你！"

"不，我是王禅，你一定是红袖，一定是我的红袖！"

"胡扯八道，谁是你的红袖？"

王禅被这突如其来的场面惊呆了，他急忙稳住心神，向来人道歉说："对不起，在下失礼，失礼了！"他这才发现，女孩是坐在一张像是木车的椅子上。王禅不敢怠慢，急忙捡起玉簪，上前一步施礼问道："刚才是姑娘救了我？"

"谁救了你？"

"那，那这玉簪不是你的？"

"噢，玉簪是自己飞出去的。"

王禅上前一步，把玉簪递给女孩，又后退一步，并不由自主地看了一眼女孩。突然，那女孩面色不悦地说道："看什么看，没见过残废吗？"说罢缓缓而去。王禅诧异地望着女孩说道："难道……难道这世上还有如此一样相貌的人？"

（四）

王禅回到五顷寺村，想再看看当年的小酒坊。不料，正好遇到金花娘娘和手下一批恶人在五顷寺村内作恶。他老远就看见村庄内狼烟四起，听见百姓凄惨喊叫。他急忙提气来到村内，脚步还没有站稳，就亲眼看见了金花娘娘从一位手下的手中夺过一把大刀，气冲冲奔向一家来不及逃跑的人。不管那家人如何哀求和悲惨地喊叫，金花娘娘还是咬着牙手起刀落，将一家人杀个干净。

金花娘娘刀上的血溅了一个叫恰克的恶人一脸，恰克一愣，正要用衣袖擦拭脸上的血迹，突然有一位壮年村民气冲冲地飞奔到恰克面前，手指着恰克大声骂道："恰克！你这个败类，亏了是五顷寺这个村庄的水土养育了你一百多年，平常你坏事干绝也就罢了，没想到，你今日竟然将这些恶魔引进村内，对村民大开杀戒，屠杀了这么多无辜村民，你真是罪该万死！"

恰克眼见一名壮汉，说话间已经飞奔到了他的跟前，便结结巴巴地说道："叫

你平常不尊重我老人家，看今儿个，金花娘娘如何收拾你小子！"

壮汉大怒，手指着恰克骂道："败类，你这个恶人就去死吧！"

说时迟那时快，壮汉手持劈柴的斧头已经劈向了恰克。就在这时，又一个大恶人一个箭步赶了过来，一刀刺中了壮汉胸膛，再看那壮汉，满面怒气地倒在地上，至死怒目圆睁。

就在此时，又一位村民飞奔到恰克面前，用手指着恰克骂道："你这个引狼入室、丧尽天良的恶人！"

话音未落，人群中又一位村民破口大骂。恰克得意地说："啥引狼入室？金花娘娘当年赐给我金花，我老人家能活一百多年！"

冲到近前的村民，举起菜刀就劈恰克，不料，又被先前的恶人一刀刺中，当场身亡。村庄内到处都是一片悲惨的喊叫声，到处都是死伤村民。此时，王禅亲眼看见金花娘娘指挥着手下在村内不停地烧杀抢掠，大怒一声："住手！"

这一声吼叫，如炸雷一般。金花娘娘和一帮恶人果然停止了作恶。金花娘娘一看，是王禅，冷笑着一挥手，众恶人一下子将王禅围在了中间。金花娘娘叫嚣道："王禅，天堂有路你不走，地狱无门自来投！我倒要看看你今天还往哪里跑？"

王禅大怒，问道："你是谁，为什么这么恶毒地烧杀村民？"

金花娘娘闻听王禅问话，狂笑道："好小子，你会不认得老娘？"

"妖妇，休要再张狂，快快报上名来！"

"哈哈哈哈，还快快报上名来，你以为你小子还那么走运？数年前你装神弄鬼，当时金花我不知深浅，措手不及，还以为你是哪方神圣，不跟你一般见识，这才让你有机会活到今天。"

"说什么数年前？我看你是发疯了吧？"

金花娘娘转身喊道："恰克何在！"

恰克急忙上前说："参见金花娘娘！"

金花娘娘对恰克说："你小子，当年吃了我的金花叶子就多活了一百年，是不是这样啊？"

恰克说："是是是，不过叫我多活了几十年。现在才一百来岁，俺村人不知好歹，几代人都叫我坏水，还都叫我老畜生！他们都不尊重我老人家！"

金花娘娘喊道："你去上前辨认，看这个小子是不是王禅！"

恰克点点头说："中！"

第十三回　显神功救助村民　斩金花匡扶正义

（一）

只见恰克快步走到王禅面前，说道："王禅，金花娘娘寻你多年啦，你咋才回来？"

闻听恰克此言，王禅上下打量了他一眼，问道："你是那个叫恰克的老小子吧？这全村人都在遭受这些恶人的杀戮，你老小子咋与这些恶人混在一起？"

恰克说道："你王禅正人君子，我恰克恶贯满盈，自幼村民都叫我坏种，都叫一百年啦，几代人啦。反正我也落不下好，这个时候，我要不和他们站在一起，能算是坏种？"

王禅一听就明白了："噢，原来这些恶人都是你这个小人招来的？"

恰克急忙摆摆手说道："这一次冤枉我啦，是全村人都该死，与我无关！"

王禅大怒道："胡说，我看该死的是你！"

这时金花娘娘喊道："来呀，把这个小子剁成肉酱！"

听到金花娘娘发号施令，一帮恶人手持刀枪剑戟一起扑向了王禅。王禅见状，在刀枪剑戟即将临身之际，纵身飞起如一道白光就不见了。这四面八方的刀枪剑戟，原本是冲着王禅来的，可谁也没有想到，王禅会突然间就地消失。一帮恶人由于用力过猛，瞬间不知所措，就将刀枪剑戟相互刺入对方的胸膛。此时，除金花娘娘和恰克外，其余恶人全部毙命，鲜血喷出一丈开外。金花娘娘见到这一场景，陡然一阵惊愕。更令她没有料到的是，那王禅竟然从高处大喝一声飞向了她，对准她猛然一掌，瞬间就将她拍成了肉饼。那金花娘娘只发出一声叹气，便当场毙命。王禅看到金花娘娘已经毙命，一转身看见了恰克，就对恰克说道："恰克，你这种人也配活一百多年？身为本村年长之人，平常偷鸡摸狗也就算啦，但你不该串通恶人杀戮村民，我看你才是罪大恶极！"

就在这时，幸免于难的村民呼啦一下从四面八方围了过来，愤怒地高呼着："打死他，打死他，打死他这个老畜生！"

恰克闻听排山倒海的呼喊，吓得扑腾一声倒地，犹如金花娘娘刚才吓死的毛驴一般当场毙命。

（二）

村民的一场灾难解除了，遭杀戮的村民得救了。这时，众村民都围在了王禅周围，呼啦啦跪倒一片，齐声高呼："感谢恩人救命之恩，感谢恩人救了俺全村人啊！"

王禅说道："各位请起！"

站起身的村民上前问道："不知恩人祖上是哪里？"

听到此一声问话，王禅微笑着不语。

这时众人就开始七嘴八舌地问道："是啊恩人，您祖上哪里？请问尊姓大名，俺村得为您立碑树传啊！"

还有村民上前施礼问道："刚才我们看到，恩人咋与俺村的老畜生相识呀？"

王禅笑道："哈哈，什么祖上哪里，我就是五顷寺村人氏叫王禅啊。那不，像刚才吓死的那个恰克，他都活了一百岁啦，而他小时候，是我看着他长大的。所以那恰克认识我，尔等都是后人啦！"

此时，一位年长的老人走来，众村民都给他让道，还有村民急忙喊道："太爷来啦，太爷来啦！"

有村民说："太爷一来，或许能知道点恩人的来历。"

这时，老人走到王禅面前问道："这位先生，刚才你说你是王禅？"

"是呀，我叫王禅，就是本村人氏。"

"不错，听老一辈说，从前俺村有个叫王禅的，又叫鬼谷子王禅。说有一日，他应了一位上人相邀，前去结缘，就此一去不返，至今没有下落。难道，难道你就是那王禅太祖？"

"哈哈哈哈，那都是以讹传讹，哪里有什么上人？是不是太祖我就不知道了，我是本村人，真的就叫王禅。"他看了看眼前的老人，上前问道："您今年高寿啊？"

"八十有余。"

王禅大笑："哈哈哈，您才八十多岁就是太爷啦，啊哈哈，不要问啦，你们尽管散去，打扫村庄，回家好好过日子去吧。从今后啊，你们要好好管教后人，人人善心向上，千万不可为恶，更不能再有恰克这样的恶人啦，去吧！"

王禅说罢，转身离去。众村民从来没有见过这样来无影去无踪的人，一时间都愣在那里不肯散开。这时便有村民走到太爷面前说道："太爷，全村数您年长，我看您得拿个主意。这咱村的王禅爷回来了，他老人家又救了咱，那咱得想法敬祖啊！"

年长人点头说："说得通说得通，过去就有这个说法。"

"啥说法啊太爷？"

"王禅去求仙，丹成入九天。"

"那不是说的王子庄王子爷吗，王禅爷也是这样吗？"

"王禅也是这样就成了上人，因为王子爷比王禅爷早几百年，他们两位爷又都姓王，也都是在洺河岸边的洞中成为上人的，只不过一个在洺河南岸的洞中，一个在洺河北岸的洞中，后来人们只顾传说王子，而忘说王禅了。"

"我看，既然咱们的祖上叫王禅，咱们的村庄就改名叫王禅庄吧！"

众村民七嘴八舌地喊叫着："好好好，就叫王禅庄，就叫王禅庄！"

这时就听半空中王禅喊道："过几天，将有冻断筋骨的寒冷来袭，你们要家家户户提前预备一些姜汤放着，以备寒冷伤人！"

村民陡然间听到半空中传来这话，大吃一惊，急忙向半空中跪拜。

有村民说："既然祖先显灵救了咱们，又告知咱寒冷伤人，叫咱预备姜汤，今后咱村若有个啥事，还得靠祖先显灵。我看，就在村头雕塑个王禅像吧，今后好叫祖先保佑咱们村庄。"

众村民又附和道："好主意好主意，就在村头雕塑王禅像。"

于是，村民动手，在村头雕塑了一尊高大的王禅神像，又将原本五顷寺村的村名牌子更换成了王禅庄。

（三）

一日，一伙土匪路过村头，想进村抢掠，一抬头看见了王禅神像，即刻吓得嗷嗷叫，拔腿就跑。

一个土匪喊道："快跑哇，有王禅啦！"

另一个土匪也叫着："啊？有王禅？那赶快跑啊，听说谁要见了王禅就自己不当家啦呀，死者都是相互刺杀呀！"

众土匪像受惊的野马一般，都拼命地逃跑。其中一个土匪连鞋子都跑掉了。众土匪一口气跑了十余里，一个个早已气喘吁吁、汗流浃背。许久，他们实在跑不动了，都一屁股坐在地上喘着粗气，就听匪首惊恐地说道："天哪，好险呀！听说遇见了王禅，就连身怀法术的金花娘娘一伙，都难逃一死，何况我等。"

土匪在王禅庄受到惊吓，从此王禅能够显圣救人的消息一传十十传百。也是从那时起，各地为了防范匪患，都效仿雕塑鬼谷子王禅神像，以求鬼谷子王禅能够保佑平安。

话说一天，好端端的王禅庄，突然有几户人家的妇女半疯半傻地在村内哭天号地的。这些女人都有一个相同的特点，就是哭天号地说自己是金花娘娘，要来村内杀人。好端端的一个村子，被这样一群疯疯傻傻的人闹腾着，于是村民再次骚动起来，有人说这是金花娘娘的鬼魂附体啦，还有人说亲眼看见金花娘娘的血盆大口已经张开。

不过，这次出现的疯癫女人都是一个口径，那就是专门来杀坏人。谁是坏人？一时间村民到处躲避这几位疯癫女人。可杀人的事件还是发生了，而且发生在几个疯癫女人自己的家里，她们几乎是同时行动，都莫名其妙残忍地杀死了自己的亲人，有的把自己的亲生孩子给活活掐死，有的一刀捅死了自己的丈夫。总之，凡是疯癫的家庭无一幸免。

这下村民大为恐慌，因为这样的家庭并不是固定的几个家庭，而是一波未平一波又起。奇怪的是，几个家庭刚刚把丧事办完，紧接着另外几个家庭又发生了惨事，使得村民防不胜防。至此，整个王禅庄人心惶惶，人们都害怕有朝一日这样的灾祸会突然降临到自己家中。于是就有村民跑到村头给王禅爷烧香，跪求王禅爷保佑。可怪事还是不停地发生着，这叫王禅庄村民如何安居啊？这种情况下，有村民在王禅像前长跪不起，以求王禅爷保佑村民逢凶化吉。

一日，村内突然从天空中飘来很多鸡毛，数不清的鸡毛遮天蔽日，并且每一根鸡毛上都带着鲜血，散发着血腥味。村民见到这种奇怪的情形，更是惊慌失措。天上下鸡毛的情况谁也没有见过，这下可把村民吓坏了，他们搞不清到底还要发生什么事，于是，大批村民携家带口地外逃，一时间，整个村庄动荡不安。

这时，有胆大的村民跑到王禅像前，先是烧香磕头一番，然后就壮着胆，拍击王禅神像说道："爷呀，你说你咋就不显灵了呢？这村民眼看着一波一波地死去，都与那金花娘娘有关，那你说，金花娘娘她到底死了没有啊？"

还有村民跑到王禅像前说道："爷呀，您老人家是不是也怕了金花娘娘啦，您老人家要是斗不过她俺们也不怪你，这都是命啊！"

人们正在王禅像前埋怨王禅，就有人看见王禅雕塑的眼睛里流出来几滴带血的眼泪，然后此事便越传越疯。奇怪的是，还有人看见半空中突然飘下来了几朵金花，这不提金花，人们已经是惶惶不可终日啦，提起了金花，人们一下子尖叫着四处逃散。

百姓担惊受怕的日子还是来了，就在王禅雕塑跟前，很多人都看到几朵金花围着王禅雕塑"当啷"一下落地，奇怪的是落地的几朵金花变成了几摊鲜血向外流淌着，鲜血越来越多，慢慢地浸泡着王禅雕塑，人们眼看着鲜血顺着雕塑向上浸泡，一会儿就听那雕塑"砰"的一声巨响，塌陷一地。

随着雕塑塌陷，一道白光从空中划来，喊道："无量天尊！"

王禅运功纳气，对着鲜血吹了一口气，鲜血瞬间没了踪影。王禅说道："这冤有头债有主，金花娘娘是我王禅所杀，那也是替天行道匡扶正义。如有什么怨气就冲王禅吧，俺家认这个账，绝不可以在此乱伤无辜！"

王禅说罢，转身离去。

（四）

丘陵小路上，王禅正在徒步行走。突然，一队人马呼啸而来，王禅急忙站立一边待人马走过他才上路。这时，呼啸而过的一位军士下马小便。王禅就赶来借机向军士打个招呼，问道："请问军爷，这是着急到哪里去呀？"

"上级说是留梦城失守，派我们过去救援。"

"留梦城？此城在哪里呀？"

"就在前边！"

"就在前边？"

"你不知道留梦城？"

"确实不知！"

"你不是本地人吧？"

"我家以前就在前面的村庄啊。"

"那你为何不知前面的留梦城？"

王禅愣了一会儿不搭话，那军士摇摇头上马而去。王禅则自言自语地说："就在前面？这一带我熟悉得很呀，哪里有个留梦城啊！这军士所说的留梦城在什么地

方呢？"

王禅决定去看个究竟。他徒步行走，一边走一边看。一会儿，从对面过来一批逃难的百姓，王禅主动上前搭话："请问是从哪里来？"

逃难者看了看王禅，说道："看你的装束像个先生，咋往打仗的地方去呀？"

"打仗的地方？"

"走吧，随我们往后走吧，少惹得麻烦。"

"请问是哪里在打仗？"

"就在前面留梦城。"

"哥几个刚才说留梦城就在前面吗，那这留梦城到底离此地有多远？"

"四里路。"

"四里路？"

"是呀，你好像不知道留梦城，那你不是本地人吧？"

"从前没有听说过这个地方，想必这留梦城是个新地方吧！"

逃难人一边走一边喊道："啥新地方，快一百年啦。"

此刻，王禅拍拍自己的脑门，像是想起了自己已经多年没有归乡。

第十四回　河水泛滥人遭难　白圭王禅架虹桥

（一）

王禅来到一座城池外，远远抬头望去，果然看见城头上有"留梦城"三个大字。他心里纳闷："这里以前根本就没有留梦城啊？"

就在这时，走来一位采药的壮年人。王禅上前抱拳问道："请问小哥。"

小哥见到王禅，还礼说："先生请说。"

"请问一下，此城是新建的城池吗？"

"什么新建城池，快一百年啦，这里建造城池的时候我爷爷还没有出生呢，咋能说是新建城池啊。"

"噢，那此城池为何叫留梦城啊？难道也有什么典故不成？"

"你是说这城池的名字啊？这可有故事啦。"

"噢？那请小哥说来听听吧，都有啥样的故事呀？"

见王禅这么好奇，小哥就席地坐下，王禅也席地而坐。

小哥说："都百十年了，天下总是战乱不断，就我们这个地方来说，今日归小宋，明日又归强楚，这归属地像是小孩过家家一样。话说一日，宋大王带兵路过这个岗坡，见此地景色秀美，就扎营于此。到了夜里，他梦见了一位大国公主前来献茶，醒来才知道原来就是一梦，感到很是奇怪。宋大王对梦境中公主的美妙身姿更是越发思念，不愿意离开这里，就长期在此安营扎寨。说来也奇怪，这大王竟然经常在梦境中见到这位公主，可醒来都是一梦，日子久了大王就念念不忘，想留住这位公主却无从下手。于是，他就命令军士在此打造城池，取名"留梦城"。没隔多久，楚王知道了这个被宋占领的边界如此美妙，就发动了一场又一场属地争夺的战斗。一时间，宋大王和楚国大王都想得到这个美丽的地方，从此，这里就战火不断啦！就是这样打来打去，现今啊，此地还是楚国实际控制的地方。"

小哥讲述完，王禅道："噢，原来是这样啊！"

小哥说道："现今的世道啊，天下诸侯国为了争夺地盘，扩大疆土，打得不可

开交。这表面上看是国与国的战争，说是军士双方打仗，其实祸害的都是老百姓。你说这哪一仗不死人？死人的背后都意味着什么？都是一个又一个悲哀的家庭啊！凡是这些战死的家庭，有的是妻离子散，有的是孤苦伶仃，有的是哭瞎了双眼啊，走吧，这里危险！"

王禅离开了留梦城，来到洛河岸边，抬头看见自己昔日经常歇息的洞穴，王禅沉思片刻走了过去。他刚到了洞穴口外，脚步还没有站稳，背后就被人拍了一下。王禅急忙转身一看，见一位奇怪的老头站在身后，这老头不是别人，正是老君炼丹时收入的弟子洛河白圭。

此刻王禅不认得白圭，惊异地问道："谁？请问您是哪位？"

白圭笑道："哈哈哈哈，哪位？不是当初老夫与那老君一起赐给你一粒仙丹吗，怎么着？你是想着过河拆桥吧？"

"噢，你是那个下棋的老者？"

"我是白圭，就住在洛河府邸，现今我的白圭名字还得拜谢老君所赐啊，是当初他老人家不追究我吃了仙丹，又赐给我法相，所以，我现在是行动自如啦。"

"我想起来了，不错不错，当初就是您和老君一起送我一粒仙丹的，自那以后，我也提升了功力，白圭道友真是失敬失敬。"

"王禅啊，你今天来得正好，此刻老君也该到了。"

"老君？"

"是呀，你还不知道吧，上面就是丹成集，现今的丹成集就是过去的丹成。这丹成集上还有一座丹成庙呢，就因为这丹成庙，老君才经常到此，那是因为庙内的主神雕塑就是老君。这民间就是这样，进庙磕头烧香，凡事都来祈求，不管到底有没有上人是不是上人。你想啊，人们向主神磕头烧香干啥？那都是有所求的。这民间所求要是小事，我等就算是凑合给办了完事，那要是超出了我等的能力谁还敢为？所以老君也偶尔前来巡视。老君在巡视期间经常给大伙讲道，大家都乐意听老君讲道。"

"这丹成集我知道了，可这丹成庙还不知晓，那不知此时老君他老人家来了没有？"

洞外二位正在说话间，洞内传来了一声响亮的道号："无量僧！"

对这熟悉的喊声，王禅和白圭都不陌生。又听老君喊道："无量僧，本座在此，二位进洞来吧。"

王禅和白圭同时一愣，四目对视后就走进洞去。

王禅和白圭进洞后，见老君端坐，童颜鹤发、炯炯有神，二位便急忙走到老君跟前，共同向老君施礼喊道："弟子拜见师尊！"

老君大笑着说："坐吧。王禅啊，此地还是你昔日的洞府啊。"

二位就地打坐稳当，老君又说道："本座到此，也是不得已呀！就因本座当初在此炼成了仙丹，将此地命名为丹成，民间就在这炼丹的地方修建了丹成庙，还雕塑了本座的塑像，这民间有香火，发的有心愿，不来不行啊。"

王禅闻听老君此言，说道："师尊繁忙啊！"

老君问王禅："王禅，你近日道法悟得怎样？功力长进如何呢？"

"启禀师尊，一日也不敢怠慢修行。"

"嗯，这样本座就放心啦。"

师徒正在说话间，突然见老君神情一凝，紧接着开动玄机掐指一算，说道："噢？忘了忘了，此时太清宫有了事务，本座得去矣。"

老君说罢起身，二位不及相送，老君已不见了踪影。

（二）

一日，王禅和白圭正在黑河附近的小路漫步，忽然从身后走过来一队发丧的队伍，王禅一愣，急忙和白圭与人让路。

只见一妇人哭喊道："老东西啊，你说你死得冤枉不冤枉啊！前天那河里刚刚淹死个人，俺就不让你出门，说这黑河正在涨水，正是浪大水深的时候，叫你过些日子再去过河收那一把粮食，你咋就是不听偏要逞能过河啊。如今你这老东西狠心一走，叫俺咋活呀！"

那妇人哭得死去活来，冷冰冰的棺木被人抬着直奔墓坑而去。王禅看到这些，面向白圭问道："道兄，这悲哀的妇人家是死了丈夫吧？"

白圭点点头说："看样子像是吧。"

"刚才，那妇人哭诉说黑河浪大水深，是咋回事啊？难道说她丈夫的死与黑河有关吗？"

"你没听那妇人说，是因为过河才被河水淹死河中的嘛！"

王禅惊道："啊，这还得了，走，我们前往河边一看。"

二位来到黑河岸边查看水情，果然见那黑河之水浪大水深。此刻，见河水已经基本满漕，深不见底，河水中夹杂着浑浊的杂物，流水似旋风一般打着漩涡，滔

滔河水中尽是鱼鳖蛇蚌。

王禅见状，问白圭道："白圭道友，河水如此嚣张，普通村民此时过河，哪有不淹死的道理！看此河面宽大，即使是平常，村民过河也是多有不便啊！既然这村民过河多有不便，说不定哪个一不留心，淹死河中会时有发生啊！请问道兄，你可否修建一座桥？"

白圭急忙摇头说道："我哪有这样的本事。别说是黑河啦，那洺河大桥我不是也没有修好？那不，你看那黑河两岸的村民早已备好了修建桥梁的材料，就是缺少修桥架桥的能工巧匠啊！这百姓啊，是眼看着修桥材料放在那，还得忍受着河水的伤害啊！"

王禅转身，果然看见了大堆的修桥材料。他犹豫了一下，说道："不瞒师兄，我曾经尝试过修桥，如果你肯出力帮我，再找些强壮村民搭把手，我想应该是不成问题。"

于是二人走到建材面前，估算了一下材料，便高声喊叫起来："嗨——老少爷们都听着啦，我俩准备修桥，有愿意出力的就请搭把手啦！"他们这一喊，果然招来了大批人。

王禅和白圭指导村民在河水中打桩制梁，大伙谁也不肯休息一会儿。就这样，大伙在他们的带领下连续奋战，大桥很快落成。两岸村民见到大桥建成，被吸引得欢声齐聚。

大桥修建完毕，王禅和白圭转身离去的当儿，听人们喊道："两位先生慢走，请先生留名啊！"

王禅和白圭听到喊叫只是一愣，根本没有留步，而是转眼间就不见了踪影。架桥的先生走了，百姓再也控制不住喜悦，都涌上了大桥，对着大桥连续跪拜不起，感激得泪流满面。只可惜修桥的神人走了，连个感谢的话儿也没有机会说。

这时，茶馆的罗掌柜神秘兮兮地对众人说："那修桥的人我认识，就刚才，刚才他们还在茶馆喝茶呢。"

百姓都激动地问："那他是谁？"

罗掌柜皱着眉头说："好像说是王禅是也！"

"啥王禅是也？他就是王禅庄的王禅爷吧？"

"这是不是王禅爷显灵啦？"

"现在看来就是王禅爷显灵啦！不过听说，王禅爷自己都不承认自己是上人，只说自己就是一介平民呢。"

尽管如此，一时间众人还是高呼起来："王禅显灵啦！王禅显灵啦！"

一阵呐喊过后，有人提议说："既然是王禅爷显灵给咱修建了大桥，那咱就给大桥起个名字吧。"

"对，起个名字！"

"那就叫王禅大桥咋样？"

众居民一齐高呼："就叫王禅大桥，叫王禅大桥！"

黑河岸边的百姓将大桥定名为王禅大桥，此刻百姓还是不肯离去，不少人又自发地跪拜大桥，有的人还手拿香火焚香跪拜。这时，茶馆的罗掌柜说："我说众乡亲，咱们就这样跪拜王禅爷也不是个办法，不如想一想修建个庙宇如何？"

"我看中，就这样拜来拜去是个乱场合，不如有力的出力、有钱的出钱、有人的出人，大家一起动手给王禅爷修建个庙宇更为恰当。"

"中中中，真是个好法，咱们就给王禅爷修建个庙宇吧！"

最后大家一致通过，给王禅修建庙宇。于是，一传十十传百，动手修建庙宇的百姓越来越多，很快就在黑河大桥的东北角修建了一座宏伟的庙宇，起名叫"王禅阁"。一时间，当地百姓都崇拜王禅，纷纷前来敬香，每逢初一、十五，更是人山人海。

（三）

在苦县的丹成集一带，洺河、黑河南北呼应。黑河那边的大桥，直接把黑河两岸的百姓联系在了一起。过去，这南北百姓因为这条大河，一代一代苦苦忍受着过河之苦，这冷不丁地像是从天上掉下来的一座大桥，却使人们有些害怕了，他们怕有一天，这大桥会像来的那样突然飞走，所以，人们有事没事的时候，都会到大桥一旁的王禅庙烧香磕头，这里的香火日益旺盛，前来许愿的人非常多。如此一来，那洺河岸边的丹成庙倒显得几分冷清了。这是王禅不愿意看到的，为此他的内心十分不安，尽管白圭在一边安慰，王禅还是觉着对不住老君他老人家。有几次，王禅突然想废掉王禅庙，都被白圭拦住了。

一日，王禅对白圭说："白圭道友，这百姓自发地修建了我的庙宇，可他们哪里知道世上哪有什么上人，这算不算是有些标榜自己啊？唉，这香火是不是忒旺盛啦？"

白圭说："这有什么？这世道，哪个人为民间尽力，哪个就应当收到回报，这

是天经地义，不必放在心上。那这世道上还有无中生有，窃取他人成果，然后再弄虚作假地标榜自己的人呢。你又不是这样的人，你是实实在在地给百姓办了事，怕什么呢？"

王禅还是摇摇头说道："唉，道友只知其一不知其二，这老君同为我俩师尊，百姓这样对我，你看那边的丹成庙如此冷清，这不是对老君不尊吗？"

白圭说道："这又不能怪你，何必耿耿于怀。"

王禅说："不行，我得去太清宫，当面向老君解释一二。"

王禅说罢，与白圭摆摆手，直奔太清宫而去。

王禅刚到太清宫门外，那里早有道童在等候。王禅一露面，没等王禅开口，道童就笑盈盈地上前搭话施礼问道："来者可是鬼谷子王禅？"

王禅急忙还礼说："不错，在下便是王禅。"

道童说："师尊眼线汇报说你前来太清宫，师尊在上房等候着呢，请随我来。"

王禅拱手说道："谢了，请道友前头带路。"

王禅随道童来到上房，正在闭目打坐的老君神目一亮，说道："无量僧！"王禅急忙施礼喊道："王禅拜见师尊！"

老君摆摆手说："免礼，坐吧。"

王禅落座，道童端了茶水。老君说道："王禅，近日在民间有何收获？"王禅说："启禀师尊，王禅不敢谈有何收获，只是……"

老君笑着说道："只是什么，说出来又有何妨？"

王禅说："前不久，王禅与那白圭去了黑河，眼见得村民被滔滔河水淹死，啼哭的人们是那样的撕心裂肺。王禅不忍，又闻听黑河内总是淹死过往行人，心中更是不安，就带领村民在黑河上架起一座大桥。"

老君微笑着说道："这是善举呀，这说明你已心系民间，知道为民间办实事啦，善举善举呀！"

王禅说："可百姓们因为这给我修建了一座王禅阁庙，因此弟子心神不安，多次想着拆除庙宇，可白圭说拆除庙宇不妥，弟子就不知道该怎样了。"

老君笑道："此更好啊，你给百姓架桥，百姓给你修建庙宇，这说明人心都是知恩图报的嘛，如此这般地流传下去，大家都一心向善地活着，人人都知道做好事有好报，这天下就有希望走向以德相报的世界了。"

老君虽然这样说，王禅还是着急地说："可现今的王禅阁，已是香火旺盛，而丹成庙却有几分冷清啊！"

老君这下听明白了，一边摆着手，一边手把银须笑着说道："你是说这些呀，这就是大道规律呀，自古铺路架桥，人之圣德，民间自发了了心愿，为何不安？"

王禅说道："此恐有沽名钓誉之嫌啊！"

老君摆手说道："非也，非也！有功受禄，天经地义，何嫌之有？更何况尔等之善举，实乃急吾之所急，想吾之所想，成吾无为既有为之心法也，幸甚！幸甚！"

王禅闻听老君之言，才面带喜色。

第十五回　三煞寻仇到丹成　恐怖暴徒害苍生

（一）

天下事有根有缘，万般果从不虚名。天地四海都难逃一个因果，这是不虚的真理，哪怕你嘴上不服，脚步抬到齐腰高都没有用，最后还得按照因果设定的规律转圈。

话说四海山洞府，一日，这里突然云集了大批暴徒。所谓暴徒，是因为他们的所作所为而赢得的恶名。这一批人，大多处事阴暗、低级、肮脏、邪恶，个顶个的身怀绝技，以杀人为快的不乏其人，或许是因为这些，才被天下称为暴徒。有趣的是，这伙人竟然给自己命名为暴徒门，以此名震慑天下。

今天大批暴徒门人士的突然聚合，可不是一件小事，此刻这四海山已有数百暴徒聚集一堂，欢乐响器响遍山野。看那洞府门口，悬挂着一块牌匾，"三煞洞府"几个金字闪闪发光。洞府内还有一块牌子，上书"恭贺三煞爷千年大寿"。洞府的主座位上，威风凛凛地坐着一位大暴徒，他就是三煞洞府的主人濮三煞。此刻，濮三煞正在端坐饮酒，突然有一位小暴徒一路跑来，喊道："报——启禀三煞爷，纹身格爷到了！"

三煞急忙起身，结结巴巴地喊道："啊好，啊啊小的们，啊随爷出迎！"

说话间，众魔怪在三煞的带领下来到山口，老远就看见了纹身格一帮在山口等候着，濮三煞慌忙赶来迎接。此刻那纹身格早已站在山口等待濮三煞前来迎接。

三煞快步走到纹身格跟前，抱拳说道："啊啊，啊恭迎纹身格爷，大大，大驾光临！"

纹身格见到濮三煞，抱拳还礼道："三煞老兄，你的大寿本座焉能不到？"

三煞笑着说道："那那，那是爷给俺的面子，啊请到洞府叙话！"

纹身格说："请！"

两位暴徒肩并肩大笑着走向山中，又大笑着进入洞府。二位还没有坐稳，又一位暴徒飞奔来报说："报——五黄爷驾到！"

三煞即刻面向纹身格说："啊啊，老弟稍等，待我我，我出迎啊五黄老兄！"纹身格说道："噢？这个老怪物也来啦？"

三煞听得此言，说道："啊热闹热闹吧，哈哈哈！啊我知道，你你，你俩有有过节，啊啊你就当他不是个东西，不往心上放，啊！"

纹身格说道："我纹身格在天下之中不是个好玩意，他五黄更是个臭虫，哈哈哈！"

三煞说道："啊对，臭虫！啊臭虫！哈哈哈！"

三煞说罢，转身出迎五黄。

此刻的五黄站立山口，正在等待濮三煞前来迎接，一副杀气腾腾的模样。三煞一见到五黄，就上前喊道："啊啊恭迎五黄爷，大大，大驾光临。"

五黄见到濮三煞，抱拳说道："三煞老弟，你这千年大寿，要办得隆重一些啊，可不要给我们暴徒门丢人现眼！"

三煞说："啊啊全靠各位帮忙！有请。"

五黄说："请！"

三煞和五黄并肩走进山中。五黄刚刚进洞，抬头看见纹身格也在，就对三煞说："啊老弟呀，我说你这过大寿的，咋弄来一堆粪呀，在此臭烘烘的！"纹身格听得此言，即刻回应："三煞老弟，我说咋听见了驴叫唤，原来你是牵来了一头驴呀！"

五黄闻听纹身格骂他是驴，正要发怒，突然有小暴徒再次飞奔来报："报——山下太岁爷驾到！"

三煞、五黄、纹身格都急忙站起，一块走出洞府迎接山下来客。

再看那山口，太岁一帮更是威风凛凛，这阵势，真不愧是天下暴徒门总掌门的行头，太岁所立之处不但杀气腾腾，更是功力强大得紫光四射。再看太岁左右，由军师月忌日和大将羊公忌伴随着。此时三煞、五黄、纹身格急忙赶到太岁近前抱拳施礼，三位同时喊道："恭迎太岁！"

话音刚落，太岁面向纹身格、五黄说道："哦？听说这三煞过大寿，你们比本座来得还早啊，哈哈哈哈！"

三煞上前一步说："啊请，请请，请太岁爷洞府落座！"

太岁说道："好，前头带路！"

三煞同太岁一帮进山，此时的四海山唢呐迎道、红毯铺地。太岁走进洞府落座，各位才敢相继落座。坐定后，太岁和军师私下交头接耳一阵后，太岁就说道：

"我说三煞啊，难道还有贵宾未到？"

太岁刚刚问话，军师也问道："是呀三煞老弟，你这不开席面，还在等待哪个啊？难道天下之中，有比太岁更重要的人物吗？"

三煞不好意思地埋怨着说："啊这这这，啊这娘们，啊咋至今没有来到？"五黄说道："啊，原来老弟是在等情人呀，哈哈哈哈！"

太岁更是一愣，说："哦？老弟还弄了个娘们？哈哈哈哈！等得，等得！"军师左右观望又说："既然得等一会，咱们就请这寿星三煞老弟露一手，如何？"

太岁也说："好好好，这濮三煞的神武，何人比得了！"

三煞不好意思地说道："啊军师，啊别拿我开心啦，啊我我，我啊会啥？啊能露个啥？太岁和诸位在此，啊怎么可以胡闹？"

军师笑道："哎濮三煞，你可是四海之中少有啊，就你这同时出将三处元神作战的魔术功夫，还能变化成三头六臂的人形，我看天下之中没人比得啊，你就不要谦虚啦。"

听得军师此言，三煞说："啊，啊这算个什么呀！"

军师见濮三煞推辞，就上前说："露一手吧，让大家开开眼界，也算是给你自个祝寿啦！"

太岁一旁也说道："三煞，听说你会变魔术，大家抬举你，你就将这三头六臂的魔术功夫展示一下又有何妨？"

既然大伙都这样说，三煞猛然说道："啊，啊就献丑了！"

（二）

太岁一帮暴徒都想看一看濮三煞的魔术功夫到底如何，就叫濮三煞当众表演。濮三煞见太岁在此，怕迁怒太岁，尽管是一百个不乐意，却根本推辞不掉，便勉强答应了。

于是，濮三煞就跟着太岁一帮走到洞府外，来到了一处山岗。太岁看着濮三煞一摆头说道："三煞啊，看见了吧，就前面那座山岗够宽敞了，你这是骡子是马得拉出来遛一遛啊！"

濮三煞扭着头看了看前面的山岗，又看了看太岁一帮，一声怪叫就飞了过去，瞬间到了山岗之上。濮三煞运功一番过后，接着大喊一声变化了模样，此时的濮三煞，同时将身体化作三处，变成了三头六臂。紧接着，三处元神都将功力打向了一座山头，但见那山头顷刻间被打崩裂，濮三煞自认为很满意，得意地哈哈大笑，急忙收功飞回原处。

这时太岁、军师、五黄、纹身格都拍手叫好。太岁说道："三煞老弟的功夫名不虚传，的确厉害呀！"

三煞笑着说："啊厉害个什么啊！啊啊就太岁爷一泡尿，啊就，就就，就能把我冲跑了！"

太岁见濮三煞有点拘束，随即用手比画着说道："哦？这桀骜不驯的三煞也谦虚啦！"

五黄听到濮三煞这话，骂道："你谦虚个什么啊，还不赶快请爷吃酒！"

濮三煞这才急忙说："好，请到洞府。"

一帮暴徒现场看到了濮三煞的表演，了了心事，一个个走进洞府准备吃酒。此刻酒席也早已摆好，大家也都陆续落座，可这时的濮三煞就是不说开席的话。五黄问道："我说三煞，你拖延什么，是不是想把爷急死啊？"

这时，濮三煞又起身向外张望。军师就问道："三煞，你那相好还来不来啦？"五黄也说道："就是，即使是千里遥远，想必老弟所找的相好也会功夫吧，咋至今还不到？"

军师又问道："三煞老弟，你这相好是哪里人氏啊？"

三煞说："啊啊金花山的，啊离此不远。"

军师一愣，急忙问道："啥？不会是金花娘娘吧？"

三煞点点头说道："正是正是。"

军师摇摇头说道："我就说嘛，老弟的相好不会是一般人，哈哈哈哈，看来就是肥水不流外人田呀！"

就在这时，一旁的纹身格突然起身说："你说什么？是金花娘娘？"

三煞说道："啊是呀。"

纹身格说道："她来不了啦！"

三煞着急地问道："啊，为啥？"

纹身格说："因为她已经死在鬼谷子王禅手中了。"

濮三煞急忙起身问道："啥？此话当真？"

纹身格点点头说："是我亲眼所见！"

三煞听到这话，大叫一声坐在地上，两眼顿时流出两行血泪。

太岁转身就问纹身格："怎么回事？说详细一点。"

纹身格说："那金花，早些年与王禅结下了大仇，这大仇结下近百年，她也没有机会找到王禅报仇。"

太岁问道："什么？百年寻仇？"

纹身格点点头说："在王禅二十岁那年，金花曾经发现了王禅。就在准备杀他时，王禅遇见了老君，老君帮王禅提升了功法，又把他带进大山传道授法。所以，金花娘娘还是没有机会杀掉王禅。可金花娘娘不甘心啊，就前去王禅的家乡，一怒之下屠杀了王禅村庄的大部分村民。"

太岁吃惊地问道："啊啥？那金花娘娘为何屠杀那些村民？"

纹身格说："金花娘娘说啦，她杀不了王禅，但凡是与王禅有关系的都该死！"

太岁猛然一愣，说道："啊？这怎么能行！我们虽是暴徒门中人，暴徒门也有暴徒门的规矩，是不允许屠杀无辜的，你们就是不长记性！那后来呢？"纹身格接着说："金花娘娘正在尽兴屠杀村民之际，不料王禅归乡，王禅大怒，就把金花娘娘斩杀了！"

听到这话，太岁摇摇头说道："唉！这个金花娘娘啊，她滥杀无辜，死就死了吧！"

就这样，一场寿宴不欢而散。

（三）

一日，三煞来到楚国苦县的黑河岸边寻找王禅报仇。他手持一坛酒，已经喝得东倒西歪。此时，他在丹成黑河岸边一边走一边喊叫着："王王禅出来，王禅你你在哪里呀，啊快快把你的狗命拿来！"

三煞一边走一边将随身的混元黑风功力祭了起来，瞬间，黑河上下已经是天昏地暗、日月无光。此时，喝得昏昏沉沉的濮三煞抬头观望，突然见一处庙宇，便顺手扔去手中酒坛，晃晃悠悠地走近庙宇。

快要接近王禅庙的时候，撤去了黑风，远远就闻见了诱人的香火，三煞近前一看，果然看见不少的贡品摆在桌案上。三煞一见这些贡品，立刻口水下流，忍不住靠了上去。见众人不肯让路，他急忙扒开众人，到了供案跟前伸手取下贡品就吃。

濮三煞这一举动，可气坏了善男信女，人们不认得三煞，一下子便将他围住，大家你一言我一语地训斥着。三煞大怒，呼啦一下化作了三头六臂，同时喊道："嗬！吽吽吽！你你你，啊不认得我？你不认我，我也不认你！啊哪哪哪哪个不不不，不叫我吃？"

三煞攥拳怒目，瞬间妖风四起。人们一见他长有三头六臂，相貌凶恶，都被吓坏了，一时间四处逃去。三煞一看周围没有了人，就一口气将王禅阁内所有贡品吃光。他抬头一看，庙门上书有"王禅阁"三个大字，又向庙内观看，他也不认得庙内雕塑的是谁，观看后摇摇头，一口气将牌匾吹掉，然后抬头哈哈大笑一阵子。他施展功法突然腾空而起，又看见洺河岸边的不远处还有一座庙宇，立刻大笑道："吆嗨，莫非那里也有贡品？"于是驾驭小风赶往此处。

此时的丹成庙门前已是鸦雀无声，因为人们早就知道黑河那边王禅阁出现了畜生，人们害怕畜生，早已跑得不见了踪影，但供案上有不少的贡品还在庙内。三煞大笑："哈哈哈，爷我今天交交，交了好运了！"当下胃口大开，又把贡品吃得一干二净。吃完后，扭头向庙内一看，这才一惊，自言自语地说道："哦？原来是这个老头，哈哈，爷我认识你。唉，黑河边的王禅阁是是怎么回事？啊我得问个究竟！"

三煞在王禅阁附近四处打探，叫出来一个小地头蛇暴徒。三煞见到小暴徒就问道："啊，尔尔尔等可知，啊此啊此庙内，啊内的王禅是是，是谁？为为，为啥啊香火这么旺盛？"

小暴徒说："启禀三煞爷，此人道行不小，不知从哪里学会了一些能耐，先后在黑河和洺河之上各架了一座仙桥；此一带居民为了答谢他，就给他修建了一座庙宇，因此他天天香火旺盛。"

三煞一愣说："哦？啊此人叫叫叫，叫个啥？"

小暴徒说："叫王禅，也叫鬼谷子！"

三煞瞪着眼："啥？啊啊，啊你是说里边这个叫王禅的就是鬼谷子王禅？可恼！"

小暴徒说："他就是叫个王禅，还叫鬼谷子啊。"

三煞咬牙切齿地问道："啊啊，啊金花娘娘是不是他杀的？"

小暴徒连忙点头回应说："是是是，就是他。"

三煞此时大怒，吼道："啊吽吽，吽吽吭！"

三煞听小暴徒说庙内就是鬼谷子王禅，即刻兽性大发，瞬间运功祭起了大风，化作三头六臂立于王禅阁上空。周边的黑风越刮越大，黑河上下早已昏天黑地，转

眼间树木都被连根拔起，两岸的民居即刻就房倒屋塌，居民一片哀号声！眼见得已经有不少居民惨死在狂风之中。再看此时的王禅阁，已被大风掀起了上盖，王禅庙宇瞬间不存。三煞又来到空中怒视大桥，一脚将大桥蹬了个倒塌，如此这般疯狂一阵作恶完毕，扬长而去。

小暴徒见状，惊慌地露出半张脸说道："唉！这三煞平常就爱嫉妒人，不要说见了仇人，只听说这王禅这么点道行就享受人间香火，不嫉妒死你才怪呢！嗨，这大桥咋着他了？好端端的一座大桥和这无辜百姓，顷刻间就被这心术不正、嫉妒心极强的主子给毁喽！看吧，下面该有好戏喽！"

小暴徒说罢，趁着百姓慌乱之际，转眼间也不见了踪影。再看百姓，早已乱成一团，到处是房倒屋塌，死伤场景，不堪入目。

再说太清宫中，老君正在和王禅下棋。原本专心下棋的王禅突然心神不宁，感觉右眼急跳，还看见有一道绿光在眼前闪过。同时，老君的眼线来报说丹成集出事了，老君手中茶杯也是一晃。几个观棋不语的道童见状一惊，急忙立掌高呼："无量天尊！"

老君手把银须说道："无量僧。"

王禅吃惊地起身问道："难道有了恶事不成？"

"不错，有了恶事。"

"哪里有了恶事？"

"是丹成集呀！"

"啊？所为何事？"

"这个恶魔到底还是来了！"

"谁？哪个恶魔？"

"濮三煞！别说了，你我赶快前往丹成。"

第十六回　习功功力挺恶魔　悟功力天道相助

（一）

老君和王禅来到丹成，查看了黑河和洺河两岸，见到处是百姓哭喊，到处是房倒屋塌，树木都被连根拔起，整个大地一片狼藉。也看到了一些村民们正在相互救助，不停地向大街上抬出受伤的人。此时的丹成集和五顷寺一带，真是一片悲惨景象。

王禅目睹此景，沉重地说："师尊，这个三煞暴徒也忒恶毒啦！"

老君紧锁眉头，点点头道："是恶毒！"

二位正在说话间，当地的土地官匆匆赶来，上前施礼道："见过老君。"

王禅不认得土地官，急忙问道："何人？"

老君说："他是当地的土地官。"

土地官说道："老君啊，那恶魔功力高强，在此撒泼尽兴，小的真是无奈啊，只能看着那暴徒作恶后悻悻离去！"

老君对土地官说道："本座知道了，那濮三煞可不是一般的暴徒，你要是出面，根本就是螳臂当车无济于事啊！"

王禅听到这话，急忙问道："他现在何处？"

土地官说："谁知道去哪里找他，况且，要是平常遇见他，别说除害啦，就是我俩加在一起也不是他的对手啊！"

土地官说到此，老君点头说道："土地官所言不虚，王禅你不要性急啊！"

"三煞这么厉害？难道师尊也奈何不了他吗？"

"那还不致如此！"

王禅急忙上前一步说道："那就请师尊为民除害吧！"

老君说道："王禅，本座知道你现在的心情，只是这三煞的出现，确实也是天道定数呀！别看就这个暴徒三煞，如没有玉人门的旨意，四海之中哪个也不愿意动他。"

王禅不解地问道："为啥？"

老君沉思不语。

一旁的土地官说道："为啥，出力不落好呗！"

老君看看王禅说道："走吧，去你的龙洞坐坐。"

二人来到洞穴，分别坐下。王禅再次着急地问道："刚才师尊说是定数，此到底是何故？请师尊明示。"

"王禅啊，你可知道，这四海之中可是诸元混杂啊，除天地人外，还有五大教派林立，另外还有黑道、魔道、妖道、鬼道、邪道，现在又出现了暴徒门啊，他们都是一个不可忽视的门类啊！"

"不用说，此黑、魔、妖、鬼、邪五道还有暴徒门都是人类的灾星喽？"

"他们不光是人类的灾星，同时也是四海的灾星啊！"

"师尊是说四海都奈何不了这些灾星吗？"

"那也不是这样，按照大道规律，各司其职，像我们正道玉人门都是这些恶魔的克星，这正是魔高一尺道高一丈啊！但是，这些恶魔也非常厉害，他们在四海之中也有一席之地。四海之中，如果哪位忘记了他们活动的规律，就可能受到他们的伤害，到时玉人门也只能睁一只眼闭一只眼。"

"四海之中有他们的一席之地？还有他们的活动规律？"

"那是盘古时期的遗留问题了，至今无法更改啊！"

王禅惊讶地瞪大眼睛说道："原来四海之中，这么复杂啊！"

老君站起身，在洞穴中一边踱步一边说道："这一切，都是大道之中的三运九数、三元奇数变化的呀！"

"三运九数？奇数变化？"

"是呀，这些恶魔在并存中也各司其职，各行其道。"

"噢？他们也值班轮岗？"

"先不说其他，就说暴徒门吧。他们分有凶暴徒、恶暴徒、煞暴徒，以及太岁、五黄、三煞、黑道、月忌日、九土鬼、大红煞、小红煞等，四海之中统称他们为凶神恶煞，而这些凶神恶煞也都参与天下大小事务，有的甚至耀武扬威。他们的出现和逆行倒施，都是明摆着的，可就是没有人出来说不。这是为什么呢？就是因为天下人早有狼狈为奸，早有秘密联络相互通气。面对这些黑恶势力，谁人不知他们到处作恶为祸，可要是只有个别看不惯就出来与他们较量的话，就等着吧，无疑是落个头破血流，满身不是。最终结局是暴徒门骂你和仇视你，其他门派嘲笑你，甚至连玉人门都有人在里边起哄，说你在社会上影响差、素质低下、能力平平。这样的结局大伙都知道，试问谁还敢越雷池半步，这就是定数！而且，这些凶神恶煞的功力还都很强大。王禅你说，这么大的风险，谁愿意去蹚浑水？"

听了老君一席话，王禅噌地一下站起来，问道："这就是定数？天下之中任其暴徒门逍遥作恶？"

老君说道："就说这个三煞吧，此人因懂得一些超级百变魔术的功法，经常装神弄鬼，像是真的长有三头六臂，并因此而得名三煞。他行走时动不动就操练起特大风速，所到之处都是房倒屋塌，大树连根拔起。这四海之中，恶人有恶人的道，一般情况下，人们都是采取避开这些恶人的法子，才能相安无事。"

"老君刚才说，暴徒门人活动有规律，那请问老君，这些暴徒门人的活动规律是啥呢？"

"王禅，你将来必是这暴徒门的克星，三煞作恶时，你在太清宫神情愤怒；刚才讲到暴徒门，你又反应极强，看来，渡你提升功力也是定数啊，将来你会和那些暴徒有几个回合呀！"

"既然如此，我就想知道这些暴徒门人的活动规律是啥。"

"各有各的不同，就像这个三煞吧，他相信老祖宗留下的老黄历，依据六十花甲的规律做事，更是相信和依靠上中下三元甲子汇局而定，有时候也依据十二地支对冲方向而霸占一方。"

"就是说在每年的值班地支方位上查找对冲方位，就能找到三煞，是不是这样？"

"三煞不是这样。一般情况下，他在值班地支的汇局位置上。所以要找到三煞，就在地支汇局活动中寻找。"

闻听老君此言，王禅来回走动着，沉思片刻后，突然回身说道："何为地支的汇局位置？是不是如亥卯未年，天地四海汇木局，他长期霸占西方；申子辰年，天地四海汇水局，他长期霸占南方；寅午戌年，天地四海汇火局，他长期霸占北方；巳酉丑年，天地四海汇金局，他长期霸占东方……"

王禅刚刚说到此，老君就连连点头，惊讶地看着王禅，说道："看来，你已有了寻找三煞踪迹的法子喽？不过天下都知道，凡是三煞霸占的方位，一般情况下，没有玉人门的旨意谁也不去惹他。这正好也用来约束人们的行为，让四海知道有的地方可为，有的地方不可为，这也是定数。"

"看来，这些凶神恶煞还都有来头啊！"

"无量僧！明白了就好。"

"这么说来，这太岁、五黄、纹身格等，都是了不得的高手喽？那他们的功力是不是又都在三煞之上呢？"

"是这样，四海之中凡是他们值班的地方，玉人门都不让惹他们，可这些恶煞也都明白，凡是有玉人门值班的地方，他们也不轻举妄动，这也成了他们的生存之道。"

"那太岁的活动规律是啥呢？是不是盯紧了十二地支，在每一位地支值班的时候，他都会亲临地支的位置而立，所以他是一年一动，是不是这样？"

王禅的话出乎了老君预料，老君满意地点点头笑道："天意天意呀，看来是该向暴徒门说不的时候了！天意天意呀，太岁的活动规律就是这样啊！"

王禅表情肃然，感觉到要治理天下任重道远，无奈地仰面叹气。

（二）

次日，王禅来到一座大山脚下，向上抬头一看，见是老君山，便徒步上山。他一口气爬到了山顶，见到一块巨大的彩色圆石，毫不犹豫地直接跳到了上面，席地而闭目打坐，不一会儿就进入了梦乡。

梦中，一位老者手持拂尘，突然出现在王禅面前。老者问道："王禅，何事闷闷不乐？"

王禅说："为暴徒门的恶煞作恶人间而烦恼。"

老者反问道："有何烦恼，此都是定数。"

"定数？定数咋不让恶人自行灭亡？定数，就该让无辜百姓死伤？"

"噢？看来你王禅不是为了一人修道啊，而是胸怀四海呀！那你有何打算？"

"绝不能让那些凶神恶煞肆意祸害人间。"

"你有办法了？"

"还没有。"

那老者突然用手中的拂尘在王禅头上敲了三下。王禅顷刻间浑身上下都冒出白烟，整个身体也在不知不觉中升起，紧接着整个身体迅速旋转，不知不觉中已坐在了彩色的光柱之上。不一会儿，光柱突然消失，王禅才慢慢地又坐在了彩色巨石上，浑身骨骼还在咯咯作响，就在这时，老者又问："有办法了没有？"

王禅突然惊喜地说："有了，我突然悟出了一个阵法！"

"啥样的阵法？"

"降魔阵法！"

"哈哈哈哈！孺子可教，孺子可教也！"

"老人家您是哪个？"

"我也不知道啊，哈哈哈哈！"老者说罢，将手中拂尘再次敲了敲王禅的脑壳，然后一阵白烟就不见了踪影。

王禅突然惊醒，见是一梦，但此时浑身上下还在出汗，浑身骨骼还在咯咯作响。他噌地一下站起身来，自言自语地说："难道梦境是真？"想到此，王禅迟疑一会儿，害怕忘记了刚才梦中所学，又开始打坐。他努力闭目，回想梦中手势，模仿着刚才梦中的动作慢慢地做了一遍。

就在这时，突然冒出来一位不人不鬼的畸形人，战战兢兢地跪在王禅脚下不停求饶。

王禅站起身来喊道："你是谁？"

那人胆怯地说道："我是这山下面的猎户，人称我榆树人！"

"榆树人？"

"是是是，我是榆树人。"

"那你为何在此鬼鬼祟祟？"

"我没有鬼鬼祟祟，这个山中现今是我的地盘，大王不在家，临时就我说了算。刚才见你来到山中，不知你来此何故，就跟踪至此，不料，被你这天神的功力拘捕过来了。"

王禅看看自己的身体和双手，立刻明白了，心中暗想："哦，原来刚才梦中真是学会了降魔阵法。"

他一下子大胆地从巨石上跳到榆树人面前，问道："说，你都干了哪些坏事？"

"大侠饶命，大侠饶命，这些年来我就干了一件坏良心的事。"

"噢？那就快说，到底是什么坏良心的事？"

"那一年，山后有一个被人称为梅花鹿的猎户，给我送来一些金银，托我见一见大王，他是想与大王要一点打猎的功力。可后来我自己贪污了金银，也没有给他要来什么功力。就这个事吧，是我骗了那老实的梅花鹿。后来梅花鹿见我给他办不成事就想要回那金银，可我这人有点怕内眷，手里有了好东西，都及时交给内眷了。谁知那贱人竟携带金银去贪图别家富贵，与人祸乱私奔去啦！所以金银就没有

退给梅花鹿，我也是有苦难言啊！"

"噢？此举就是贪污人家的金银，不过是你那内眷红杏出墙带走了金银。"

"是是是，没有给人办事就贪污了人家的金银，是坏良心的事，这不是有了报应吗？"榆树人比画着自己干瘦如柴的身体说道。

"什么报应？"

"近年来，病灾不断地降临，每一次都是要命的。就这次，还在胸口插了一根藤条，没有这藤条支撑着，我早就憋死了。我想，这就算是坏良心的下场。"

"哦，那你还干过其他坏良心的事没有？"

"没有没有！绝对没有！"

"哦，凡事都有因果报应，贪污受贿又没有给人办事就是坏良心，下面你知道该咋办吧？"

"知道知道！小的努力追回金银退给梅花鹿就是了！"

"好。那么现今，你可愿意为民间做一些好事？"

"我早想为民间做一些好事了，可就是不知道从何做起。"

"此向东去，有一个丹成集，那里还有一位槐树人，此人也是一位修成正果的君子，你可到那里同他一起为方圆的百姓办一点实事！"

"那敢问大侠，您是哪位呀？"

"在下鬼谷子王禅是也。"

"啥？您是鬼谷子王禅？"

"正是在下。"

"那这么说，金花山的金花娘娘就是您杀死的？"

"你认识金花娘娘？"

"岂止是认识啊，我这干瘦如柴的身体就拜她所赐！"

"咋回事？"

"那个不正经的女人，每年来这里一次，取我灵气练功，说我是畸形人有能量，稍有不从就被她鞭打，我是生不如死啊！"

"哦，原来如此！这回你就安心了吧。"

榆树人连连鞠躬道："好好好，王禅大侠，我将金银追回，退还给梅花鹿后就去你说的那里效力。"

王禅看着榆树人心甘情愿到丹成效力，再看看自己手上突然得来的功夫，大笑一阵，转眼间就不见了踪影，榆树人还在原地连连鞠躬。就在此刻，山下的一条大河之上，一位老者踏水而行，边走边喊道：

阴阳日月最长生，可惜天理难分明。

若有真圣鬼谷子，一出天下定太平。

第十七回　三树人效力王禅　解疑惑天地府中

（一）

丹成洛河岸边，榆树人半遮半掩地出现在洛河岸边的树林里，他东张西望一阵，口中嘟囔着说道："王禅大侠说这里是丹成集，说这里有位槐树人也是畸形人，可这槐树人在哪呀？"

一阵寻找之后，还是不见槐树人，榆树人索性在河边的草地上就地一躺，仰面朝天。就在这时，洛河岸边的槐树人发现了榆树人，心里犯嘀咕，看他长相人不人鬼不鬼的，像是一棵榆树。再次细看，突然发现对方也是一个畸形人，便隐蔽起来观察对方，只见榆树人鬼鬼祟祟像是寻找什么东西。他就转身离去，急忙去拍邻居柳树人的门，说道："出来出来！"

再看那柳树人，虽然是女性，但也是一位畸形人。此女子因行走似风摆柳，被人称为柳树人。

槐树人见到美女柳树人，说道："柳树妹妹你看，那边的小子在干什么啊？哎？他不是前来骚扰你的吧？"

柳树人顺着槐树人手指的方向，观看了一阵说："槐树大哥，我根本就不认得他，他像是在寻找什么东西吧。"

"寻找东西？那他寻找什么东西呢？"

"不知道，这你得去问他。"

说话间，槐树人突然用手捂着肚子喊道："哎，柳树妹妹，我这肚子怎么突然痛起来了？你先盯着点，我去去就来，别让那小子把咱的什么宝贝弄去了，不行的话，你就一阵子风摆杨柳，吓跑他得了。"

"好的，你快去吧！"

这边，榆树人还在寻找着。柳树人悄悄走到他面前，突然大喊一声："哎，干什么的？"

榆树人看了看柳树人，不高兴地说："你这小姑娘咋像个野鬼呀，吓了我一跳！"

柳树人说："你是谁？在这里偷偷摸摸干啥呢？"

榆树人说："想当年我好歹也是个人物，何必说得这么难听？"

"哦？你是个什么人物啊？说来听听。"

"当年，在那遥远的老君山上，我可是要风得风要雨得雨啊，在仙山山民中，是一人之下万人之上啊，咱一直是身居第二啊。不过这第一大王常年闭关，或者去南海听高僧讲经。所以如此一来，在老君山上大小事务都是我说了算啊。"

"噢？那你到此为何？刚才又在寻找什么？"

"听说老君在此炼成仙丹，我想看看能不能寻找一些残余仙丹，好滋补一下啊。"

"哦，原来是想找到仙丹啊，你既然在老君山干了个二大王，想必是功法了得？那你叫个啥？"

"刚才我就猜到了你，是不是被人称为柳树人？"

"正是本姑娘，那你是谁？"

"在下榆树人是也。"

"原来是老榆啊！那你到此为何呢？真的是为了寻找仙丹？"

"不是不是，是一位叫王禅的大侠指点我到此的。"

"噢？那王禅叫你到此干什么啊？"

"说是这儿有一位槐树人也是我们畸形人，在黑河岸边的王禅阁和洛河岸边的老君庙，经常为百姓做一些好事，叫我来此也是干好事来了。"

柳树人喜悦地说："原来如此啊，我们也都是王禅的左膀右臂呢！"

柳树人的一句话，使槐树人不满地说道："噢，你们都是左膀右臂了，那我算什么？看来我就是将功补过啊。"

（二）

王禅又到了丹成，见到不少百姓还在自行修建房屋，清理杂乱，从这些凌乱的场面，还能看出当初的悲惨场景。王禅见后一阵怜悯，不知不觉走至王禅阁附近，这时，只见不少的百姓正在动手重新修建王禅阁庙宇。

就在这个时候，他听见百姓们议论纷纷。

"哎，有人说，这一股子邪风，就是那个三头六臂的畜生用嘴吹出来的。"

"那这个畜生也忒坏了，吹口邪气就死了这么多人，真是该天杀的！"

"听老李说，他是亲眼看见了那个畜生，说是他肩膀上扛着的那几个头都和忙牛蛋一样大小！"

"不错不错我也看见了，肩膀上几个头都跟菜园子里的南瓜一样！"

"哪儿呀，我也看见了，没有那么大，三颗头颅就像忙牛蛋一样大小！"

"哦，怨不得那么大的邪风，这一个畜生三个头，三张冒气的嘴吹邪风，不将人吹死才怪哩！"

"那咱这一带，咋得罪他这个恶人啦？平白无故地给咱降下那么大的灾祸，一下子死了这么多人！此等妖人，没事刮邪风残害无辜！"

"听西头的疯婆子说，这冤有头债有主，说是这一带有人在地里干活时遇见了一只三个头的青蛙，认为不吉利，就将青蛙打死扔在了井里。后来，青蛙给这个人托梦说她有一个儿子也是三个头，不久就会给他报仇。"

"啥？怨不得这畜生那么大的火，原来是有人把他亲娘扔井里啦！"

"别听那疯婆子瞎说，一天到晚，把瞎话说得正儿八经！"

"就是，纯粹的胡编乱造！她这人啊，成天干正事外行，干邪事内行！按照她说的，那个打死他娘的人得罪他了，这王禅阁也得罪他啦？"

"哎你别说，听说王禅阁还真是得罪他了！"

"啥？王禅爷得罪了他？"

"不信你看看，那边的丹成庙咋没有事？"

众人都向丹成庙遥望着，果然见丹成庙完好无缺。

"说的是啊！丹成庙咋没有事呢？"

"我有个表亲就在王禅庄，听他说，王禅就是他那里的人。说是一日，他村内也来了一帮恶人，见人杀人，见房放火，见东西就抢，领头的还是个老妖婆，叫什么金花娘娘。那金花娘娘，正在村内屠杀村民的时候，王禅爷回去了，他看见了恶魔杀人，一怒之下就将这些恶魔全部杀光。说其中那个老妖婆金花娘娘，就是那个三头六臂大恶人的老婆！"

"又是暴徒门，暴徒的事谁知道，不是又在扯淡吧？"

"都是传下来的，说咱这王禅庙的王禅就是过去叫鬼谷子的王禅。"

"哦，这话挨边！"

"这些话，都是王禅爷那个村的人亲口说的！"

百姓们的话语王禅听得真切，他心中暗想："啊，原来这丹成一带的灾祸跟我还有关联呀，三煞呀三煞，王禅与你势不两立！你小子原来同那妖婆金花娘娘是一伙的呀！你们都是干着屠杀无辜百姓的勾当，罪大恶极，该死呀！"

（三）

林间小路上王禅正在徒步行走，忽然背后有人拍他肩膀，王禅猛然回头看着来人，惊喜地叫道："这不是不老上人北辰星君吗？"

北辰笑道："哈哈哈不错，老夫就是号称北辰星君的不老上人。王禅你还记得往事啊？"

"小时候，相识多年，岂能忘记？"

"噢？那说说看，你小时候看到的我是个啥样？"

"原来小时候结识的不老上人，就是一个世外高人啊！"

"怎么你才明白？哈哈哈！"

"小时候，是您救了我的命，还把我引到红袖家里，再后来还给了我很多宝典让我攻读成才。"

"噢？哈哈！"

"我为人一生不知道是咋啦，总是有些古怪的事！"

"王禅啊，不知道的事情慢慢就知道了。你现在已是身怀绝技之人，就好好做你的善事吧！"

"不老上人，我现在就是为这做善事发愁呢！"

"噢？发什么愁呢？"

"不老上人，您没见这丹成集的祸害吗？"

"看见了。"

"这些灾祸，都是一个叫三煞的暴徒作的恶呀！"

"听说了。"

"可身为玉人门成员不能保一方平安，还算什么玉人门成员？"

"那你有何打算？"

"我想祭天帮助这些灾民，可又担心违反天条。不老上人您看，多好的百姓啊，他们竟然无故受到暴徒三煞的伤害。我现今既被民间尊为玉人门大侠，却不能保一方平安，实在是可悲啊！"

"可悲什么？"

"暴徒这样作恶，他们肆无忌惮地任意害人，可四海之中就是无人问津。面对暴徒惨无人道，天下的正道人士都视而不见，有的在装聋作哑，有的竟然还通风报信，私下里联络紧密。听说，四海之中还有这些暴徒的一席之位，这难道是各路上人只顾自保？还是说个别人士与这些恶魔有瓜葛，而充当了他们的保护神呢？我就不信这个邪，我要帮助百姓恢复修建，任凭谣言四起！"

北辰听得此言，摇摇头说道："帮助修建，我们精力有限。"

"为啥？"

"凡事都有定数。大小皆有因果，你可想知其真相？"

"噢？还有真相？"

"有，正所谓因果定数啊，随我来吧。"

北辰前头走，王禅紧随其后，北辰转身说道："王禅，离此丹成向坎位方向三十里的地方，有一座高峰你可知晓？"

"知道，那里应该是五峰之中的水峰。"

"不错，那个地方叫水峰，而就在这水峰之中生成有一座府邸你可知道呢？"

"府邸？不曾知晓。"

"是呀，被人称为神府的府邸。"

"是什么神府呢？我只知道那里是水峰的所在地。"

"那里，有一处四海之中唯一的天地府啊。"

"天地府？"

"是的，此天地府专门管理大地上的一切生灵发展。想不想去天地府看看？"

"能有机会拜访天地府，我是求之不得呀！不知天地府中是哪位上人？"

"是道家赫赫有名的天地真君，此人也被民间尊称为天地爷。"

"天地爷？"

"是天地爷，既然你想去，我们就去一睹他的真面目。"

"全听您老人家安排。"

北辰和王禅同行，算是高人同行，说话间就到了天地府门外，二位观看着眼前的天地府。但见一座俊秀的建筑，阁楼上书"天地府"三个大字，房上有飞龙屋脊挑起四角，下有十二生肖雕刻圆柱，好威风的一座府邸，府邸四周仙气缭绕，四周生长着的千年松柏已是奇形怪状。

北辰手指殿堂说："这些都是对世人公开的，而上房和后院才是主人隐居的地方，我们去上房。"

王禅赞叹道："此天地府甚是辉煌啊！"

北辰哈哈一笑，示意前行。二位刚来到门口，那里早有道童等候。道童见北辰和王禅前来，急忙上前施礼问道："请问，可是北辰星君和王禅二位上人？"

第十八回　揭谜底王禅大悟　学古艺再添神功

（一）

北辰和王禅见到天地府门外的道童相迎，同时说道："我们正是你家主人之客啊，烦请通报一声。"

道童说："真君早知道了你们来，他老人家在上房等候，二位请随我来。"

道童说罢前边带路，北辰和王禅紧随其后，直奔真君客堂。到了真君客堂，果然见真君稳稳地端坐，气如长虹。真君见北辰和王禅走进，急忙起身双手抱拳说道："二位上人亲临我天地府，不知有何见教？"

北辰抱拳说道："真君啊，你我虽已相识，可这位王禅你可认得？"

王禅上前施礼，真君还礼说道："哪会不认得？若要没有善根的造就，我这大地之上，岂能无故出个功力非凡的上人，又怎会惊扰北辰星君的陪同啊！二位就请坐吧，童子上茶！"

北辰和王禅落座，道童端来两碗茶，分别放在北辰和王禅面前。

这时北辰说道："真君啊，王禅进入玉人门时日尚短，对天地四海定数之说不甚了解。前几日，暴徒三煞作恶丹成，王禅甚是不服，雪恨无门，甚至有些牢骚，他想看看是不是有什么定数前因。我怕他误入歧途，又担心他一意孤行，惹出是非惊扰玉人门，就带着他到你府上探讨究竟，还请真君赐教啊！"

真君说道："赐教不敢当，那既然是二位问起了此事，我就斗胆说一些吧。"

"真君请讲。"

"这中原大地，自古就有天定的白河、红河、青河、黑河、黄河五色河流，你们可知？"

"知道一些。"

"人们只知道，中原大地悠悠流淌着不起眼的五色小河流，可就是这些小河流，早在盘古时期就开始各负其责，它们冥冥之中都在各自孕育两岸生灵，还担负着聚气纳财的特殊使命。岂不知，此五色河流自古就孕育了古气神变。长久以来地壳变化，这五道古气就慢慢地汇聚成了金、木、水、火、土五座高峰。也就是说，因为先是有了这五色河的古气神变，才带动地壳发生了变化，直至后来这些变化，竟然神秘地拔地而起了五座大土丘。这五座土丘，自然地排布在东、西、南、北、中，中间的为土峰，就是现今的丹成，自丹成向南是火峰，西边是金峰，东边是木峰，我这里是水峰。此金、木、水、火、土五座土丘，它们既相互呼应，也连体同气，这是一个既神秘又非常现实的五峰要诀。可现今的丹成人，却把土峰几乎给推平啦，要知道，此金、木、水、火、土是同气的，那中间要是没有了土峰，这周边的四峰在千年后也不会存在。所以，这无形中就破坏了大道之法，破坏了自然之法。"

正在品茶的北辰听得此言，点点头说道："此言不虚！这就是人类今后发展的样板啊。"

真君接着说："可那三煞，正好钻进这个牛角尖，借此机会祸害生灵。所以丹成集遭此劫难，不是没有前因啊！"

王禅说："可人类将来的发展，就是在妨碍大自然的情况下发展的呀，此也绝非丹成一地如此，将来天下都会是这样的啊。"

真君阻断王禅的话语说道："就因为如此，我们都要阻止人类破坏大自然，不然真是可怕呀！就像我这天地府，千年后也会只剩下一片废墟呀！"

北辰不解地问道："真君何出此言？"

真君说："二位随我到外面看看趋势便知。"

于是天地真君陪同北辰和王禅出了天地府，到了天地府四周。真君手指天地府周边地形说道："二位且看，此天地府外围，是不是也有五座丘陵高坡。我这水峰之地就贵在此五座高坡啊，这是当年古气神变时留下的伏笔，被称为小五峰南望大五峰之大小五峰联姻宝地啊。此地，就因为有此五座高坡而得名五座坡。当年，本座寻龙追凤至此，突然见龙立足、凤卧槽，就发现了此处不寻常啊，因此本座就在此立府邸造神台，静心修道至今啊！"

王禅说道："不错，此周边正好有五座高大的丘陵。"

真君说："对啊，此地名就叫五座坡，地名就是根据这些丘陵而得名啊。"

这时，北辰上前拍拍王禅说道："王禅你看，就这个五座坡的地名都有来历是吧？"

王禅点头："是是是。"

真君说："我这里，也是每逢初一、十五和三六九日集市繁华，你们看这一带

的居民，他们都向这一带集结，现在就开始平整这周边的五座高坡了。"

王禅诧异地问道："平整这些高坡为何？"

真君说："为了建造居住场所和一些肮脏的东西啊！"

王禅下意识地看看周边，果然见到被破坏的丘陵，直摇头叹气。北辰和王禅顺着真君的指引进行观看，见不少的百姓在平整高坡修建房屋。真君也是不停地叹气，一边指点给二位一边说："二位上人可知道，在我这天地府周边的五座高坡，也分别代表了金、木、水、火、土，所以这五座高坡也是相互连着气的。此五座高坡之中，任何一座被铲平，其他四坡也将不存，这就是定数。"

王禅惊奇地说道："原来如此！"

真君说："千年后，这五座坡不再叫五座坡，该改名叫五座台啦。到时，我这天地府也将成为一片废墟啊！此已有了前因，后果还不知是啥呢！这里一旦有了后果，可没有丹成那么幸运啦！"

王禅问道："请真君讲明白一些，为啥没有丹成幸运呀？"

真君说："因为丹成有上人和老君经常巡视，无形中就对地域进行了庇护，还有老君炼丹时在那里失迷了不少的仙丹，而每一粒仙丹都如同白丹龙的元神所在，这些因素都会在冥冥之中庇护丹成的！"

"真君这么说，看来丹成是沾了老君和白丹龙不少的光啊！"

"那当然，没有老君在丹成炼丹，你这王禅上人恐怕也出不来了。"

三位正在说话间，北辰突然眉头一皱，抱拳说道："本座有事务，先走一步！王禅你就在此慢慢悟道吧。"

真君抱拳说道："您是大忙人啊，请便！"

见北辰要离去，王禅无奈抱拳相送，北辰一转眼就不见了踪影。这时，王禅转身问真君："刚才如真君之言，皆为人祸喽，可世人都知道靠山吃山、靠水吃水的道理，而不知有错啊！"

真君笑道："人与自然，皆有法则，顺之则昌，逆之则亡，此乃天经地义。若无规则可依，不出数年，我这天地府、老君的太清宫、北辰的玄丹宫，也都将被夷为平地，岂不哀哉！"

真君说到此，王禅愣了半天才说道："真君言之有理，只是眼下各界暴徒趁机插手残害无辜百姓，实属可恶！"

"是呀，近年来四海之中，暴徒门都在蠢蠢欲动，他们不但野心勃勃，还到处伤害无辜，只是天下之中没有哪个去招惹他们呀！"

"这是为何？难道任凭妖魔泛滥，天无宁日？"

"走吧，我们去上房说话。"

（二）

上房之中，真君和王禅坐定，真君示意道童退下。

真君对王禅说道："王禅，你刚才说话间元神发威，本座料定，你将来必是天下暴徒门的克星！"

王禅说："不瞒真君，我认为人与妖孽本性不一，必势不两立。我生为人之身，又步入玉人门，自当为天下分忧解难，想必也无可厚非。所以，还望真君传我治世良方，消除人间祸乱，使天下安宁啊！"

真君说道："然然然！不知道你想学哪些良方啊？"

王禅说："老天注定的灾祸，我也不敢违逆，可天下的暴徒门来祸害百姓，我就要管一管啦。所以，真君如肯将一些决战阵法传授于我，禅将竭尽全力报效天下！"

真君将一捋胡须，眯着眼点点头说道："啊，看来北辰把你带来，是有计划而来呀，哈哈，不错，我这天地府中是有一些独特的决战阵法。那好吧，你我今日相见也是缘分，我就送给你一些见面礼吧。"

王禅急忙起身施礼道："多谢真君厚爱。"

真君说："那好吧，法不传六耳，你附耳过来。"

王禅急忙将耳贴近真君口边，真君低声细语，外加手势，一会儿就将决战阵法传授给了王禅。王禅接法大喜，又一次向真君施礼。

真君大笑道："王禅，此决战阵法你要熟记习练，到时天下之中任何暴徒门恶人只要进入阵法之中，必然被擒！"

"从今后，禅将代真君为天下排忧解难。"

"既如此，天地府中没有其他宝贝，老祖宗留下的国学天地玄学还是有的。"

"天地玄学？"

"是呀，想学吗？"

"想学想学，请真君赐教，何为国学天地玄学？"

"玄学者，天地四海之大法，上可通天，下可伏地魔，中间可以造福人类啊，内含'八门玄妙''地上五诀''天地日作'也。此天地玄学，乃依据天地甲子大定

之格局，精心分出了上中下三元甲子，每个甲子六十年为一期，循环不断，更迭有序。"

"噢！看来这天地玄学是非常神秘喽？"

"如'八门玄妙'可独立使用，也可与决战阵法合并使用。八门者，就是玄学中的休、生、伤、杜、景、死、惊、开。"

真君说到此，王禅已是惊讶万分："噢？"

真君又说："八门中，唯休、生、开为吉门，其余当令时也可，但死门却有自行杀戮之功力。如若布阵，犯者若是进入八门之中，你只需封住休、生、开三门即可，到时来犯者必将被擒，或顷刻间灰飞烟灭！'五诀'者，龙、穴、煞、水、向，其中，龙有飞龙、卧龙、顺龙和逆袭之龙，个个不可小视。"

真君这厢传授惊天国学，王禅不迭惊叹道："噢？真君才大！真君道高啊！"

二位说话间，门外的天空中突然一声炸雷。二位急忙来到庭院，抬头仰望天空，见一个火球，似流星一般带着彩霞飞向地面。真君面色一惊，急忙喊上王禅跑向一处高地，向火球落地的方向查看，看着看着真君叫道："看那东南巽宫方位有一座高岗。"

王禅点点头说："看见了。"

真君说："走吧，去看看火球落在那里是为什么。"

（三）

真君带着王禅来到了落下火球的高岗，纵身一跃跳上高峰，发现高岗周边树木野草茂盛，同时发现还有几只猛虎在惊慌中逃窜，再次细看方才明白，有一只头上长着王字的大老虎，被天空飞来的特大陨石砸在下面。那陨石将地面砸出一个大坑，把老虎的身躯大部分拍在坑中，留下一个虎头露在外面。二位在高处看得明白，真君示意下去看看。

二位来到高岗，走到老虎跟前，发现老虎已经死亡。再抬头一看，见一旁竖立一个石碑，石碑上书"乱虎岗"三个大字。二位正在纳闷，乱虎岗土地官突然出现。

王禅问道："来者何人？"

真君急忙拦住王禅说道："他是此处土地官。"

土地官上前施礼："见过真君，见过上人，不知二位驾临有何吩咐？"

真君手指老虎问道："这是何故？"

土地官急忙上前答道："启禀真君，此地原来为羊头岗，方圆数十里啊。"

真君说："哦，这个地方本座知道。"

土地官说道："近年来，岗上不知从哪里来了一群老虎在此作恶。"

土地官提起老虎，王禅问道："来了一群老虎？你是说原来没有老虎吗？"

土地官摇摇头："原来没有，是突然间冒出来的。现在岗上其他生灵都被老虎吃光了，此地已被人称为乱虎岗啦。可自今年以来，这些老虎竟然在方圆数十里内吃人！至今，已有数十人命丧虎口。前日，王庄的王善人去五顷寺进香，还没有走到地方就被老虎分食啦！那村村长上告帝王山玉人门，玉先生方才派法师张天石前来捕杀老虎，没想到正好赶上天降陨石，将恶虎正法。"

真君听得此言，方才一愣："刚才陨石飞下，一声巨响，原来是天意镇猛虎啊！"

土地官摇摇头说："可惜只镇压了一只。"

真君眉头一动说："中原丘陵之地出现恶虎，其中必有蹊跷！"

王禅说："真君，这乱虎岗既然有了老虎就得平息呀，可不能叫老虎再伤害人啦！"

真君点头说："我也正有此意。"

真君转身面向土地官说道："此地恶虎必须治理，你暂且躲避。"

土地官说："好，我在这只能添乱，有二位出马，虎患必除。"

土地官转身离去。真君对王禅说道："王禅，你刚刚在天地府参学的中华道祖绝妙功法'八门玄妙'，此刻就展示一下吧。"

"就请真君帮助完成阵法。"

"'八门玄妙'中有休、生、伤、杜、景、死、惊、开，你将阵法布好，待老虎入阵，就将其赶到杜门，这些畜生就会被困在阵中。当然，本座会在远处看着。"

"然后呢？"

"本座既是四海尊称的天地爷，就知道它们也有一席之地，所以就得给这些畜生找个生存的地方。"

"敢问真君，这些大虫，生存在哪里才不会伤害人呢？"

"放心吧，有地方。"

"既然有去处，待我排布阵法。"

王禅站立稳当后，迈开阴阳步子，见他前前后后左左右右走了一番，突然

掐指念道:"休生站位开门立,伤杜之门定两端,景死二门法不虚,惊门威力定乾坤。"

王禅头一次排布这些阵法,心里根本没有任何胜算,只是认真地操练运功。真君在近处查验后说道:"哦,休、生、伤、杜、景、死、惊、开八门全部到位,这金、木、水、火、土五行也已列阵完毕,还有那天盘、地盘、人道、五道、八诈道也已齐全,好好好!王禅啊,你的悟性超出了本座的预见,你生成的智慧超群悟性极高啊,你的潜力深厚,看来我这泱泱中华千年道家绝妙玄学真的是遇见主人了,哈哈哈!"

王禅见阵法排布完毕,尽管还不知道此阵法的厉害,却开始有点不放心地问道:"真君,此法果真不会伤及老虎吗?"

真君点头说道:"放心吧,不会的,我们赶快隐身,老虎说话间的工夫就该到了,只要擒住这些畜生,这怎么处理还不是任你发落吗?"

二位说罢即刻隐身。

第十九回　除虎患验证绝学　恶三煞情有源头

（一）

　　王禅在真君的指导下刚刚布阵完毕，二位对所布阵法甚是满意。没多大一会儿工夫，果然有一群老虎嗷嗷叫着向阵法走来。这群老虎到了阵法跟前，稍作犹豫过后，领头的老虎一声长鸣进入阵法之中，紧接着，一只接一只的全部走进阵中。躲在一旁的王禅和真君面色大喜，待老虎完全进入阵中之后，王禅开始鼓动暗器操手。就在这时，老虎似乎有些警觉了。这些灵物非常机灵，一旦一只有了警觉，便是一个个开始传递着信息，即刻都警觉起来。突然，它们一个个调头想跑，但为时已晚，瞬间就有数不清的滚木礌石冲击着它们的身躯，特别是老虎的四条腿都被飞来的石子击中要害部位，虽然恼怒却是动弹不得，还有个别没有被击中腿部的老虎，任凭它们在阵法之中发疯，但是总被飞来的暗器所伤，根本找不到任何走出去的门路，于是它们就在阵中像醉汉一样跌跌撞撞，乱窜乱撞。

　　这时，真君一跃而起，飞至一棵大树顶端，在空中伸出一根金色大棒，剑指发气，对着大棒上书"伏虎"二字，喊道："无量天尊！"刚刚喊毕，那"伏虎"二字即刻闪闪发光。再看阵中老虎，见到大棒带有"伏虎"二字，都不再发疯，很乖地卧在地上一动不动。

　　此时，真君跳到王禅面前说道："待我把这些畜生送走。"

　　"请问真君将它们送往哪里？"

　　"大地的艮宫方位。那里群山连绵，处处高山峻岭，千里没有人烟，正是这些畜生生存的好地方。"

　　"如此甚好！只是不知真君如何将它们送走？"

　　"本座还有看家的本领呢！"

　　"噢？不知是何看家的本领，可以送走这些老虎？"

　　"天下之中，天地府独一无二的赶虎妙法！"

　　"真君怎会有独一无二的赶虎妙法？"

"我家祖上原本在群山之中饲养老虎，我家的虎骨酒也很有名气。所以，缉拿老虎是祖传的本领。"

"就请真君展示。"

真君急忙从行囊中取出一捆带刺的金线，哗啦一下扔了过去，他握住金线一端，左晃右晃，上下翻飞一阵子，再看老虎悉数被擒，个个脖子上缠绕着带刺金线，个个四条腿都被带刺金线限制着自由。

这阵势，一边的王禅已经看得目瞪口呆了。他转身又看看那只被巨石拍死的老虎，说道："真君，这里原来叫羊头岗，因为来了一群老虎才改名叫乱虎岗。现在老虎没有了，此地名应该叫什么呢？"

"此虎来路蹊跷，是不是和原名羊头岗有关联？"

"我看也有点关系。"

"这个羊头岗不能再叫了，容易招来邪祸，此处到现在还有一只死虎呢！"说到此，真君和王禅围着死虎走了一圈，见庞大的陨石将老虎身躯葬于土中，外面只留下一个老虎头，真君微笑着说："有了，就叫虎头岗吧。"

"好，此名有意义。"

土地官再次出现在二位面前，笑着说道："多谢二位上人为民间除去虎患，此地名乱虎岗不宜再叫，羊头岗也不宜再叫，就叫虎头岗吧，听起来威武！"

真君问道："这么说土地官没有异议喽？那从此就叫虎头岗吧。"

土地官急忙端来一块托板，上面备有笔墨，走到真君面前说道："请真君书写地名！"

真君提起笔墨，在陨石上写下了"虎头岗"三个大字，真君刚刚书写完毕，土地官即刻撒上金粉，三个大字顿时闪闪发光。土地官大喜，又深鞠一躬笑着离去。

这时，一旁的王禅说道："真君啊，现今虎患已除，地名已定，我也就此别过。"

真君说："也好，待我把这些畜生送往群山之中。不过你已学会了不少的中华道家绝学降伏阵法，将来在天下之中也不可乱来啊，绝学是帮助正道的，而不能用于个人恩怨，更不能用在民间的百姓身上。"

听得此言，王禅急忙上前施礼说道："请真君放心，禅自有分寸。"

真君说："那好吧，我们就此别过！"

（二）

一条林间小路，王禅正在徒步行走，忽然听到了北辰的喊叫："王禅慢走！"王禅急忙回头，惊喜地看见了北辰，忙上前几步到了北辰星君面前问道："不老上人，您咋在此啊？"

北辰说道："我也是刚才到此。"

王禅说："这么巧？"

北辰反问道："你此去何处呢？"

王禅说："就是想走走看看。"

北辰问道："看什么？"

王禅说："看能不能找到那个危害丹成百姓的濮三煞！"

听到这话，北辰说道："噢，要是专门寻找这些恶人也不是一件易事，就像当年本座寻找金花娘娘一样，到处寻找她都不见踪迹，很多时候都是阴差阳错地错过了。"

王禅说："我也知道，专门寻找一个人就好比大海捞针一样，可我担心，如不早些找到这个恶魔，他还会祸害百姓啊。"

北辰说道："要想寻找他们，还需要了解他们才行。我来问你，就这个濮三煞，你对他了解多少？"

王禅摇摇头说："还算是一无所知。"

"那不行，必须对他有所了解才行，你只有掌握了他的前前后后，才能对他做出准确的判断。"

"这么说，想必是不老上人知道一些三煞的情况？"

"了解一二。"

"就请上人说来听听如何？"

"那好，我就说给你听。"

二位寻找了一块空地双双打坐完毕，北辰说道："这个濮三煞，他起先和你一样也是个正直人，并不是什么天生的暴徒。"

王禅惊奇地问道："正直人？"

北辰说："对，起先他不是个暴徒，而是后来误入歧途，练习了魔功而走火入了魔。就在他走火入魔的时候，又结交了一些暴徒门的大暴徒，才成了现在真正的恶人。这里面也有一番前因后果。"

北辰娓娓道来：

话说一日，蔡国的将军府中，有一员大将，正在府中习练武功。突然，门外来了急促的脚步，一位士兵一边跑来一边施礼喊道："报！濮兰将军，大王请您即刻上殿！"

濮兰一愣，问道："噢？何事惊慌？"

士兵说："大王说是紧急军情。"

陡然间听到这话，濮兰一惊，即刻收拾妥当跨马飞驰，一会儿就来到大殿。见满朝文武已经乱成了一团，而大王就坐在大殿上，此刻早已呆若木鸡。濮兰见状急忙上前施礼问道："大王，不知发生了何事，大殿上下竟然如此惊慌？"大王沮丧地说："濮将军，楚国重兵压境，他们要扫平我蔡国啊！"

濮兰一愣，说道："启禀大王，不用怕！这自古就是兵来将挡，我们蔡国的大将都是吃干饭的吗？"

大王冷笑着说道："哎呀，濮将军啊，本大王岂能不知兵来将挡的道理，可你有所不知，我们蔡国凡是能打的大将均已战死沙场啦，剩下的你还不知道吗？他们都是一些徒有虚名的权贵之家啊！他们平常要说是拉帮结派、排斥正道、弄虚作假、狐假虎威还算是可以，这要干真事他们行吗？"

"啊？怎会如此？我蔡国虽没有楚国强大，但也算是兵强马壮，为何在我不上朝的短短数月，就如同一盘散沙了？"

"唉！都是本王平常听不进你们这些忠臣的劝告，相信了小人之言，才有这误国误民的下场啊！"

大殿之上，濮兰闻听大王此言竟哈哈大笑，此笑声震得大殿之上掉下了尘土，满朝文武皆吓得浑身发抖。

濮兰说道："大王，你只知道小人误国，却没有料到，他们不是误国，而是亡国啊，哈哈哈哈！就因为小人当道，你又偏信谗言，你们合伙架空和排斥本将军，本将军随你心愿，才不愿上得大殿。罢罢罢，今日我不与大王计较，尔等在此等候，待我点上兵马前去迎敌！"

大王几乎哭喊着说道："哎呀将军，就是因为如今没有了兵马，才把你请来呀！"

"啊？这么说来，现在我们已经没有一兵一卒可用？"

"实在没有了！"

濮兰大惊："这么说兵将均已战死沙场？"

大王再次摇摇头说道："即使有一些没有战死的，也四处逃散了！"

濮兰怒目说道："既如此，为将者要战死沙场，报效国家，就让小人在此苟且偷生去吧！"

濮兰说罢转身就走，大王吃惊地问道："将军，难道要一人前往沙场？"

濮兰愤怒地说道："身为大将，即使亡国，也要让楚国人知道，我蔡国既有不干正事、专干邪事的小人，也有侠肝义胆、忠义报国、不计个人得失、光明磊落、顶天立地的爷们！"

大王闻听濮兰之言，顿时泪下，感激地走到濮兰面前，规规矩矩地给濮兰磕了一个响头！濮兰也不搭理大王，愤愤地走出大殿，即刻上马飞驰。没走多远，正好拦住了已经杀入的楚国兵马。濮兰大喊一声，一人杀入楚国兵马阵中。此时，他抡起春秋大刀左右砍杀，一气砍杀了无数楚国兵将，但最终还是因势单力薄被困阵中。濮兰眼见得楚国兵马铲平了蔡国，军士还将蔡国的大旗踩在脚下，他不甘受辱，就挥刀自刎。

濮兰战死的消息传入大殿，大臣们一哄而散，大王也挥刀自刎。再看濮兰的将军府，已是满门亲众皆被杀！就在这时，暴徒门女恶人金花娘娘出手将濮兰带回了金花山金花洞府，金花娘娘不甘心濮兰就这样死去，就用功法帮助濮兰起死回生。

王禅闻听北辰叙述，一脸惊讶地说道："如此说来，那濮兰还是一名良将啊？""是呀，但他的主子却昏庸无道，听信谗言、排斥忠良，使用小人治国，岂能有不亡国的道理？"

"这个大王使用小人治国，换来的不是误国而是亡国呀！"

"对，这就是因果定数，凡事都有前因后果！"

"那濮兰一命不死，应该珍惜呀，可他……"

"要知道，救助他的是那位金花山金花洞府的暴徒金花娘娘啊！跟着金花娘娘能学好？"

"这么说，你和那金花娘娘的恩怨，就从那时起有了瓜葛？"

"不错，本座不忍心看到原本一名良将就这样沦入暴徒门，才经常出入金花山的，不料，唉！"

"不料，被金花娘娘的女儿缠住不放？"

"正是如此，唉！"

"那照此说来，濮兰也不应该有这么大的功力呀？"

"听我说来。"

北辰讲述道：

话说金花娘娘为了救治濮兰，经常用内功帮助濮兰练功。一日，金花手捧一颗宝丹对濮兰说道："濮兰，本座已经用内功帮你增加了很强大的功力。照这样下去，你很快就能实现报仇的心愿啦，哈哈哈哈！"

濮兰咬牙切齿地说："我一定要练成天下独一无二的功夫，要杀尽所有该死的人！"

金花闻听濮兰的胡乱言语，心下一惊："难道这个濮兰已走火入魔？"

金花正在诧异，濮兰突然看见了她手中的宝丹，就伸手拿来吃下。金花惊慌地喊道："快，快吐出来，不然会要你的命啊！此丹只可放在身边练功使用，不可吞下，否则会有性命危险啊！"

再看濮兰，此时已经吞下了宝丹，顿时失去知觉，浑身上下开始冒烟，然后扑腾一声摔在地上。金花娘娘正在惋惜的当儿，濮兰突然腾空飞起，在半空中哈哈大笑。紧接着，听见"咔咔"几声炸雷，那濮兰已变成了三头六臂。此时，濮兰才肯落地，来到金花面前。金花目睹眼前的一切，只顾吃惊。

再看那濮兰见了金花，发威地问道："是你救了我？还教授我使用百变魔术？"

金花点点头："濮兰，你咋变成了这个模样？"

濮兰一愣，反问道："谁是濮兰？濮兰是谁？"

金花问道："你失去了记忆？"

就在这时，远处的山峰上哈哈大笑一阵，就听一个声音说道："金花，他不是濮兰了，他是濮三煞！"

濮兰一愣："啊对，我我，我是濮三煞！刚才，听说你你，你叫金花？"金花更加惊讶地说道："我是金花娘娘，是我在战场救你回来！你怎么叫濮三煞？"

"我我我本来就叫濮三煞，你你，你不知道？"

"哦，濮三煞，你眼前功力至少也在本座之上。还有，你刚才说我教授你使用百变魔术，你这三头六臂难道是魔术？"

"不不，不是你教授我的百变魔术？"

金花娘娘一头雾水地看着三煞。

一日，暴徒门首领太岁及随从纹身格、泥头和麻面突然来到金花山上，金花娘娘慌忙在山口迎接，喊道："太岁大驾光临金花山，这山中必是蓬荜生辉呀！"

太岁说："金花娘娘，听说你这金花山上有一位三头六臂的神将，我等想见识见识。"

金花看了看太岁随从，难为情地说道："这？"

太岁说："啊，我来引见，这一位是纹身格，那一位是泥头，这位是麻面，他们都不是外人。"

就在此时，濮三煞突然飞来，且立在了泥头的肩上。泥头见状，大吃一惊，带着口头语骂道："哪个坏种，敢如此放肆！"

三煞的突然举动，大家都大吃一惊，随即泥头便与三煞战在一起。麻面也不甘示弱，冲上去与泥头合力大战三煞，纹身格不问青红皂白也打上去了，三位一起大战三煞。三煞不干了，就听"嘭嘭"几声，三煞变成了三头六臂。

金花喊道："濮三煞，来者是友，不必发威！"

三煞停住手，说："果然是几位高手，啊金金，金花娘娘，啊这些都是你你，你的朋友？"

金花听见濮三煞说话也变得结巴，表情一愣："三煞，你咋学结巴啦呀？"

三煞也是一愣："啊谁是啊结巴？我我本来就是这这个样子。"

此刻金花不解地说道："咋会这样啊？"

一旁的太岁把金花拉到一边，问道："金花娘娘，你是说三煞原来不是这样？"金花摇摇头，说："不是这样，他吃了我的宝丹后，就成了三头六臂，还说是我教授了他百变魔术，没有想到，他说话也变成了结巴，而且性情变得特别恶劣！"太岁面色大喜，说："这是我暴徒门又添人才啊！"

金花诧异："难道？"

太岁点头："有道是近墨者黑，他被我暴徒门相救，每天和我暴徒门打交道，他要没有超常的魔性咋叫暴徒门？这正是青出于蓝而胜于蓝啊。"

从此，三煞就成了暴徒门一名暴徒，其凶残与其他暴徒相比，有过之而无不及，他还经常主动寻衅滋事残害无辜的人。

听北辰讲完，王禅遗憾地摇摇头说："可惜呀，这濮兰本是天下良将，就这样步入暴徒门了，这难道说也是天意不成？"

北辰点点头说："不错，是天意，现在的三煞已是天下有名的暴徒了。"

王禅问："玉人门怎能让这些暴徒任意发展？"

北辰说："这就是定数。你在无形中杀了金花，三煞找你报仇，你又找三煞报仇。"

第二十回　暴徒集聚月忌山　恶人问计黑军师

（一）

　　月忌山是专门供给黑道的狐朋狗友聚集的地方之一。一日，充满仇恨的三煞来到了月忌山。这三煞前来月忌山不是游山玩水的，他是怀揣着仇恨而来问计的。在天下，特别是暴徒门，人们只要听到月忌山这个名字，就会联想到此处可不是一个息事宁人的地方，更不是一个省油的地方，因为这里，是个出了名的藏污纳垢、无事生非的地方。一些煽风点火的坏点子，大多出自这里。

　　这座山的名字叫月忌山，而山的主人就叫月忌日。这月忌日更是名不虚传，他不单是一位凶残的暴徒，而且是暴徒门知名的高参军师。但凡是暴徒门人士没有不服他的，暴徒门人士服他不是因为他的功力有多高，而是因为他月忌日想出的点子在四海之中无人能及，特别是坏透顶的点子。因此，他被暴徒门掌门人太岁看中，纳为暴徒门的军师。

　　这次，月忌日听说濮三煞来到月忌山，他身为暴徒门军师，早早就出迎在山口。这恶人相见，真是臭味相投。月忌日见到三煞非常亲切，像是见到了骨肉同胞一样，慌忙上前抱拳道："三煞老弟呀，听说你大驾光临，本座就荒废一切，赶紧下山出迎啊！"

　　三煞结结巴巴地说道："啊月忌日大大，大军师，你你你号称军师必有妙计吧？"

　　月忌日笑道："老弟呀，妙计不敢当，要说是出个点子啥的，本座还是绰绰有余的。"

　　"啊快，快给我出个啊啊好点子。"

　　"不知老弟，你想要个啥样的点子啊？"

　　"就是啊，啊报仇的点子。"

　　"找谁报仇？报什么仇啊？"

　　"你真的好啰唆，啊就就，就是王禅那小子，啊他杀死了我的金花娘娘，啊他该碎尸万段，你你你就给我出个点子，宰了王禅就行！"

月忌日沉思片刻，说道："此事好办，一个小小的王禅算什么东西，那根本就不在话下。老弟呀，你要是问这样的办法，找着我，算是找对人了，四海之中有你三煞在，哎，咋显着他王禅啦，你说是不是？"

"那你有有有，有办法啦？"

"哼，有办法，要说干正事我还真不中，出个治人的坏点子，我可多得很呢！"

三煞大喜。

（二）

一日，王禅在不知不觉中也到了月忌山下附近的一个村庄，站在峻岭上观望着四周的风景，突然，他看见下面一个村庄似是发生了异样，接着又见到村内狼烟四起。王禅感觉不对，就飞奔进村子。

到了村头，他抬头看见了村庄的一块牌子，上书三个字"老祖村"。王禅正在村头诧异，这时突然从村内跑来一帮村民，个个面色惊慌。王禅还发现不少村民已经身受重伤。

王禅上前拦住一位村民问道："尔等如此惊慌，难道村内发生了什么凶险？"

那位村民惊慌地说道："快跑吧，村内来了两个奇怪的年轻人，他们到处寻找孕妇，见有孕妇者，就要开膛破肚吃掉孕妇的胎儿。面对这等惨无人道的东西，村民哪能容忍。可当村民奋起捉拿他们时，才发现这两个人竟然像是传说中的牛头马面一样，令人毛骨悚然。一开始，人们还以为这是恶人化装的呢，当把他们团团围住，正要下手的时候，没想到那两个怪人就开始杀人啦。你说，俺们普通村民哪见过这样凶残的人啊，根本不是他们的对手，现在呀，已经有很多村民都被他们杀死了！看样子，那两个怪人已经杀人上瘾啦，不逃不中啊！"

王禅吃惊地问道："噢？这两个怪人现在何处？"

村民惊慌地说："就在村内，你就赶快跑吧，可别丢了性命啊。"

王禅摆摆手说道："不要怕，我去对付他们。"说罢，纵身飞奔村内。村民见王禅此举，个个摇着头不敢相信他，但又半信半疑地跟着向村里跑去。村内，王禅还没有立住脚，果然看见怪人正拉着一位孕妇向外走。

王禅大喝一声："住手！"

两个怪人听到王禅喊叫，即刻放下孕妇，相互递了一个眼神后，就直奔王禅而来。到了王禅跟前，围着王禅观看了一圈。

一个叫泥头的大笑说："吆喝，不知是哪个坏种吓我一跳？就刚才，刚才是不是你小子冷不丁地叫唤一声啊？"

另一个说："你活腻歪了不是？自己送死来啦，是吧？"

王禅大怒，喊道："大胆畜生，你们是何方畜生？青天白日朗朗乾坤，肆意杀害孕妇，难道不怕天谴？"

泥头道："哦，我当是哪个坏种哩，原来是个不要命的愣头青啊。"

一旁的麻面也叫嚣着说："你小子快跑一步能活命，慢跑一步活不成！唉，估计这会儿，你小子想跑也不成啦，恐怕是你没有那一步千里的神脚啊！"

泥头说道："哎，现如今你小子如果自个愿意，把心掏出来，给我哥俩下酒，我们就少砍你一刀如何？"

王禅更加愤怒："看你们两个的模样，也不是什么省油的灯。听好了，你家爷爷我可不是愣头青，爷爷是来要你们两个狗命的老祖爷呀。你们俩想着爷爷这颗心下酒是不是？如果你俩打得赢，爷爷自会奉上，打不赢，你俩的狗命就得留下来。大胆狂徒赶快报上名来吧，爷爷手下不杀无名之鬼！"

王禅这样叫阵，麻面瞪眼说道："哎哎哎，你小子在这吖吖啥呀？就省点力气吧，待会到了红脸王爷那里还得接受审查呢。现在就告诉你吧，这是你泥头爷爷，我是你麻面爷爷！小子你可记好了，下辈子报仇，找我俩就行啦！"

这时，泥头上前一步问道："你小子刚才说啥来着，你是老祖村的老祖爷？哦，怪不得你管闲事，这合情合理，待会儿劈死你了就给你留个全尸，到时你的后人会好好地把你安葬的。"

麻面咧着嘴向王禅问道："我说老祖啊，这管闲事得有能力呀。你在这嗷嗷叫，有啥用？说，想如何个死法？"

王禅说道："呵呵呵，看来王禅今天又要大开杀戒啦。"

听眼前人报出"王禅"二字，泥头麻面相视一愣，就见泥头扭着头向麻面问道："啥？麻面你听清楚没有，这小子刚才说的啥？"

麻面点点头，吃惊地说道："听清楚了，他说他是王禅。"

泥头突然后退一步，向王禅问道："你小子又是老祖又是王禅的，到底是个什么人？"

麻面也后退一步问道："你真是老祖王禅？"

没等王禅说话，泥头就吃惊地又问道："那金花山的金花娘娘就是你所杀？"

王禅冷笑着说："呵呵，是那金花犯下滔天大罪，她死有余辜！"

泥头吃惊地说道："哦，我说是哪个坏种这么大胆，原来是有来路的呀！"

麻面说："这次，俺俩真是碰见了王禅啊！"

王禅大喊："我就是你老祖爷爷王禅，怎么，害怕了？害怕了就自己放下头颅，免得脏了我这一双手！"

泥头、麻面对视一下，哧溜一下不见了踪影。王禅见状，急忙追赶，却不见了泥头、麻面的踪影，就回到村内。此时，村内早已热闹非凡，大伙一见王禅归来，便一起上前跪倒在地，众村民高呼："叩谢老祖爷！"

王禅说道："我叫王禅，不是你们的老祖。"

"咋不是俺的老祖？俺村就叫老祖村，刚才您和畜生已经报过姓名，您都承认了是老祖啊。"

"是呀老祖爷，您就是俺村的老祖。"

"您看，这老祖村众村民被老祖所救，这不是天意吗？"

王禅急忙问道："那你们村民都姓啥呢？"

"全村一姓，都姓王啊。"

"噢？天下有这么巧的事？"

"是吧，您称王禅老祖，俺这村叫老祖村，又都姓王，这都对上号啦不是！"

王禅一阵大笑："既如此我就认了，你们都各自回家去吧，我还要寻找那些杀人的暴徒和怪人呢。"说罢纵身一跃就不见了踪影。

（三）

再说月忌山中，月忌日和三煞正在大厅饮酒，泥头和麻面突然从外面慌慌张张跑来。

泥头老远就喊："军师，军师，哎咋不见你这个坏种啦！"

麻面也喊："哎哟，关键的时候有事找不着他了！"

听见外面呼叫，月忌日急忙出迎，抱拳说道："啊，原来是两位老弟到了！"

泥头喊道："出事了！出事了！"

月忌日问道："两位何事慌慌张张？咱慢慢说好吧。"

麻面说道："我们哥俩碰到王禅老祖啦！"

"王禅老祖？"

泥头说："是呀，本来要论本事，他不是我哥俩的对手，可那坏种身上有法术，咱不知深浅，就来向你这狗头军师合计合计。"

大厅内，正在饮酒的濮三煞，闻听外面泥头和麻面的喧嚣，早不耐烦了，噌地一下站起身，急忙冲到泥头和麻面跟前，想弄个究竟。

濮三煞刚刚走到泥头、麻面近前，泥头一愣，说："哦，原来三煞老弟也在呀？"

三煞上前问道："啊你们两个刚才说什么啊啊王禅老祖？啊他在哪里？"

泥头迎上三煞说："就刚才在老祖村，我俩正在纳粮，那小子突然就叫俺俩碰上啦，被我哥俩不由分说一顿猛打，现在就不知去了何处。"

三煞大怒，喊道："吖吖吖啈！我去宰了他！"

三煞说着，一边咬牙切齿，怒气满面，一边提起大刀就向外走。

月忌日急忙上前拉住濮三煞，说道："老弟且慢！"

三煞生气地说道："为何阻拦？你你，你与那王禅是同伙？"

"嗨！老弟去哪儿找他？"

"去老祖村。"

"那王禅还能在那儿等你吗？"

"你说，他在哪里？"

见濮三煞怒火冲天，泥头也上前说道："是呀三煞老弟，这军师说得对，那坏种不会在那里等你了，你就是赶去了也见不到他人啊。"

三煞问道："那那，那他去哪啦？"

月忌日笑道："哈哈哈，不就是杀个王禅吗，何须忙乱？杀他，本座自有主意。"

三煞瞪眼说："啊有招快使，别在那装装，装圣人啦！"

月忌日说："本座已差人去请那黑煞和五黄两位大将去了，估计他们马上就到。"

说话间，一位哨兵来报："报！黑煞爷、五黄爷驾到！"

月忌日说："看看，说到就到了。"

这时，黑煞、五黄威风凛凛地来到山上，月忌日大笑着迎出来，见到他们就抱拳说道："恭迎两位老弟大驾光临！"

五黄一扭头，看到月忌日就问道："军师何事着急见我哥俩？"

月忌日招招手说："前天太岁旨意，要我等帮助三煞铲除王禅，以消除暴徒门的共同敌人。"

一旁的黑煞说道："哦，区区一个王禅，咋就叫我等都如临大敌啦？难道他王禅有这么可怕不成！"

泥头上前说："黑煞老弟，莫要轻敌呀，没听说吗，那金花娘娘就命丧他手。"

黑煞说道："噢？我等身为暴徒门大将，岂能被他小小王禅而吓倒？"

听得黑煞此言，月忌日招招手说道："不要争了，我等今日聚合，正是商讨对付王禅的大计。"

五黄问道："什么大计？"

月忌日狠厉地说道："我们在此守株待兔，布下天罗地网，叫那王禅自己走进来。"

月忌日说到此，一旁的泥头咧嘴大笑："哈哈哈，这个点子好，像个坏点子！"

所有暴徒都是一阵哈哈大笑。

五黄说道："那你说吧，我们如何做，才能叫那该死的王禅自己走进来呀？"

月忌日说："那王禅号称王禅老祖，我们就在这月忌山之顶修建一座老祖庙，庙内庙外遍布机关，四周布满兵将。而后，请五黄爷和黑煞爷变化成王禅的模样，下去民间任意所为，可杀、可抢、可奸、可烧，尽量把民间搞得生灵涂炭，一句话，就是无恶不作，尽量把坏事做绝。接着，再请泥头、麻面两位装扮成普通百姓，到民间散布谣言，就说月忌山上的老祖庙，是一座歪门邪道的庙宇，还说庙宇内的主神就是王禅老祖，说庙内不行正法，图财害命，里边尽是一些胡作非为、男盗女娼、强抢民女等恶劣行径。我要你们下去尽使谣言疯起，叫百姓人心惶惶。"

月忌日把惊天的计谋说到此，泥头赞同道："嘿！这个计谋好，我们这样下去闹法，估计那个坏种该是坐不住了，他闻讯必然上山进庙看个究竟的。"

麻面也说："到时叫他有进来的门，没有回去的路！"

三煞笑道："哈哈哈哈，啊啊，啊军师果然名不虚传！"

这时，月忌日急忙吩咐："大家分头行动，我与三煞去修建老祖庙。"

众暴徒都认为忌日的计谋可行，又感觉到麻面对月忌日的总结符合现实，也都满意离去。

第二十一回　月忌日恶毒布局　战暴徒王禅显威

（一）

话说王禅阁内，已经成为一代高人的王禅为了不图虚名，为了树立王禅阁的信誉，就不遗余力地替人办事，百姓不管庙宇内到底有没有上人，只管前来烧香磕头。住庙的王禅等人，为了不使善男信女的发愿落空，经常暗地里帮助人逢凶化吉、遇难成祥、有求必应、惩恶扬善，总之尽量满足善男信女的心愿。这样的日子，还算是按部就班地循环着。

一日，白圭突然从外面匆匆忙忙跑来见王禅，上气不接下气地说道："不得了啦！前几天我外出四海云游，听说了一件怪事啊。"

王禅问道："什么怪事？慢慢说。"

白圭一边喘着粗气，一边比画着说道："我的天哪，我听说……哎咋说呢，我都不好意思了！"

见白圭吞吞吐吐，王禅转身问道："说吧道兄，到底是什么事？"

"咱是不是有人在月忌山修建了一座老祖庙？"

"什么，月忌山？老祖庙？我不知道啊！"

"那就怪了！"

"怎么个怪法？说来听听。"

"现在民间四处谣言，而且传得是有鼻子有眼的。"

"都传些什么啊？快说呀！"

"他们说月忌山有一座老祖庙，庙内主神是王禅，那庙内不干正事，专干一些男盗女娼、图财害命的坏事。"

"啊？怎会如此？"

"唉，只要不是你干的就行，咱可丢不起人啊。那既然不是咱，咱就不去管它了吧。"

王禅着急地说道："不用管它？那怎么能行？此败坏我的名誉，让我如何在天下立足！"

白圭见王禅性起，便问道："那你想怎么样？"

王禅说："我要去看个究竟。"说罢起身就走。

山路上，王禅心急如焚地赶路。待赶到月忌山附近，他就被月忌山上的烟雾弥漫所惊，只见整个月忌山中，似有怨气冲天，到处是陷坑毒蛇，到处是杀气腾腾。王禅见状，特别警觉地一边走一边留神。突然，在大山深处的一个山坳里，王禅看见一座庙宇，急忙赶到近前，见庙门上果然书有"老祖庙"三个大字。王禅不看"老祖庙"三个字倒还罢了，一看见老祖庙，他似乎相信了传言，不容分说，快步飞奔到了庙门口，然后在庙宇的前前后后看了一遍，一转身又进入庙内查看。就在王禅犹豫的时候，突然，庙内神像一个个陡然间"嘭嘭"作响，再看那些神像，一下子都变成了数不清的刀枪剑戟，处处寒光闪闪，瞬间的工夫，所有兵器一齐刺向了王禅。

王禅大吃一惊，想要离开庙宇，但为时已晚，他发现庙宇的大门怎么也打不开了，被完全封死，根本没有退路。他知道是中了埋伏，不敢怠慢，即刻运功将那些刀枪剑戟"嘭嘭"折断。再看庙内被折断的刀枪剑戟都如魔法一般，在一阵烟雾中一个一个地没了踪影。

王禅喊道："是哪位要陷害我王禅？快快现身！"

王禅刚刚说到此，就听门外一阵大笑。他急忙伸手想打开庙门，可怎么也打不开，无奈得很，庙宇内的地面和墙壁如金石一般坚硬。这下，王禅有些着急了，正要再次喊话，庙外却已是喊叫声不断，其中就听三煞喊道："王王王，王禅，你的死期到了，金花娘娘要你偿命啊！"

听见泥头喊道："你这个坏种，今天就死在此地吧！"

麻面也喊道："小子，在老祖村你追我像狗撵兔子，今天该是你狗急跳墙了吧，哈哈哈哈。"

王禅大怒，对着庙宇大门向外喊道："你们都是些什么东西？有本事我们公平决战，设计陷害算什么好汉！"

就听三煞说道："啥好汉，我们本来就就不是啥好玩意。啊啊啊王禅，你死在我我三煞手上，啊不亏，算是给金花娘娘报仇啦。"

王禅骂道："你这个畜生，无缘无故就残害无辜，真是罪恶滔天。有朝一日，只要你这个畜生犯到我的手上，定将你碎尸万段！"

三煞说："啊啊来世吧，你小子今天就就，就活不过去啦，还说什么有朝一日

127

的屁话，啊你小子受死吧！"

庙内的王禅明明知道庙宇已经被暴徒封死，退路全部不存，只好就地打坐，开始运功。而此时的庙外，众暴徒还在一阵忙乱着，大暴徒军师月忌日说道："弟兄们，这王禅已被咱困在庙内，咱可不敢轻易打开庙门，以防那王禅诡计多端伺机逃走。为了以绝后患，彻底铲除暴徒门大敌，今天我们必须在此灭掉王禅。弟兄们听我号令，赶快取大量干柴来，将庙宇团团围住，我们今天要在此火烧王禅！"

身为暴徒门大军师的月忌日刚刚发号施令完毕，庙宇四周的大小暴徒门人即刻一起动手，各自搬来诸多干柴，大量的干柴瞬间就堆在了庙宇外围。月忌日看着庙宇和干柴，仰天长啸一声，紧接着对着庙宇一挥手："点火！"瞬间，大火围着庙宇熊熊燃烧起来，这山中干柴遇见了烈火，可想而知啊，简直是一片火海。再看庙宇，一下子就被火海吞噬了。众暴徒见状都哈哈大笑。

此刻，就听泥头喊叫着说："我说坏种，还敢和俺对着干不？昨儿个是耀武扬威的老祖王禅呢？这会儿咋不嘚瑟啦？我看那，今儿哪个来了也救不了你啦，哈哈死去吧！"

麻面也喊道："这一回叫你小子狗急也跳不了墙了，我们就等着吃烤全禅吧！"

说话间，大火烧得越来越猛，整个庙宇火光冲天。

正当众暴徒得意忘形地狂笑之际，没有人想到，"嘭嘭"几声爆响过后，突然就见庙宇的上盖伴随着火光瞬间冲上了云霄。庙内的王禅心想，大火既然掀开了庙宇的上盖，此时不走还待何时！接着，大小恶人眼睁睁地看着王禅也窜入了天空。众暴徒见这阵势不知所措，一个个正在纳闷的时候，再看空中，王禅突然调头转身，就见他左手立掌，右手竖起剑指，浑身上下霞光万丈地带着功力冲向了众暴徒，众暴徒都大吃一惊。

暴徒们没有料到，王禅不但冲出了庙宇，还能够打了过来。就在众暴徒诧异的瞬间，王禅已经如一道闪电般袭来。转眼间，已有不少的暴徒门人毙命。王禅落地时，四周早已尸横一片，王禅趁机排布了阵法。

就在这时，只见暴徒月忌日向众魔怪挥手喊道："不要放王禅走，大伙快些围住他。"

月忌日一声令下，大小暴徒一批又一批嗷嗷叫着冲向了王禅。但是暴徒没有料到，此时王禅舞动的兵器真的是密不透风，四周好像是一道无形的铜墙铁壁，没有哪个暴徒知道这是什么功夫。众暴徒到了阵法前，瞬间都被强大的力量打了回去，紧接着他们即刻灰飞烟灭。

月忌日目睹此景，大吃一惊。一旁的三煞，看到这样的情况就不干了，他提起鬼头大刀，恼羞成怒地喊叫着："王禅，拿拿拿，拿命来！"

说话间，三煞冲到王禅头顶与王禅打在了一起。但三煞一不小心碰到王禅的兵器，如同触电一般也被功力打了回来。

在一旁观看的月忌日见状，声音颤抖地喊叫着："弟兄们，那王禅已排布阵法，我等不可轻易冒进，最好是把他引出阵法，再行剿杀。"

五黄也怒不可遏，像狂风一样冲向王禅，二人也打在一起，但终因没有着力点，五黄很快也败下阵来。黑煞也是如此，上去打了一会就败下。众暴徒就这样轮番进攻。再看周边，还有数不清的暴徒门人已将整个大山包围得水泄不通。

这时，一直细心观察的月忌日，不停地寻找着角度进行观望，看着看着，他大声喊叫着："弟兄们，我们一起运功，从上面打向王禅。"

月忌日话音未落，众暴徒一个个飞向空中，他们一起运功与王禅打斗。那王禅面对诸多暴徒的进攻，也不示弱，奋起反击，与数不清的暴徒门人激战着。

此次大战，震惊了天下。

（二）

月忌山上的一场正邪大战，看似在民间，实则已经牵涉天下各大门派。这一场不寻常的战事，不但引起了各路高人的高度重视，还惊动了各个族人门派，甚至是各大掌门人。那些惯于打邪锤、踢阴脚的，煽风点火的，混淆视听的，甚至一些躲在暗处坐山观虎斗的，都在一夜之间蹦了出来。他们眼见得暴徒门人困兽似的与王禅大战，就开始了各怀鬼胎，各自打着各自的小算盘。他们之间，趁机作乱者不乏其人，趁机篡权者不乏其人，趁机打击报复者更是不乏其人！当然，还有幸灾乐祸瞎起哄的人。月忌山大战，真可谓是有哭的、有笑的、有拍手的，也有一蹦三跳的。

话说四大门派之一的帝王山玉人门，这里有一座凌霄宝殿，这里的掌门人以玉先生为主。玉人门在玉先生的治理下，看似歌舞升平，万里安居，一片祥和。实则是十面埋伏，波涛汹涌，甚至暗藏杀机。因此，玉先生执掌玉人门也是一日也不敢懈怠，可以说是兢兢业业。

但那一日，这百年的灵霄宝殿突然一阵摇晃。到底是因为什么摇动了凌霄宝

殿？或者说是因为天下之中的什么事摇动了这百年的凌霄宝殿呢？玉先生和王夫人都在猜测着。玉人门的突然晃动，大殿上的众人也都是大吃一惊，不知道到底发生了什么大事。

玉先生坐不住了，惊慌地问道："看这架势，不是宇宙发生了什么事，而是地壳在摇动啊！或者是民间发生了何事。哪位前去探明啊？"

这时，人称千里眼和顺风耳的两位大将急忙走出大殿飞奔下山。半天工夫，二位就返回大殿禀报。

千里眼说道："启禀玉先生，凌霄宝殿之所以摇动，是因为一场战事，是那月忌山上的暴徒门一帮暴徒，此刻正在与王禅在月忌山大战，现已持续了数日。"

玉先生一愣，说道："啊？那王禅不是新入玉人门吗？他这是咋啦？咋会这么快就与暴徒门结怨？顺风耳，你快去听一听他们都在说些什么。"

顺风耳急忙近前禀报，说道："启禀玉先生，已经打探清楚，大战是因为暴徒门惹祸在先。他们在民间肆意残害无辜百姓，王禅看不惯暴徒门为非作歹，就出手斩杀了一个暴徒金花娘娘，因此引起了大战。"

玉先生面色一沉，说道："这暴徒门又开始杀人了吗？"

这时，千里眼急忙上前禀报道："因为王禅斩杀金花娘娘，由大暴徒三煞挑起的讨伐王禅的大战一触即发。那暴徒门军师月忌日，本来就一肚子坏水，他借助这个机会精心策划，蓄谋挑起正邪大战。就在几日前，暴徒门通过精心准备，设下了一个圈套，将那不知情的王禅引诱到月忌山老祖庙内，将王禅困在庙内。他们原本是想用大火烧死王禅，不料王禅却冲了出来。王禅没有逃走，面对数不清的暴徒他也没有机会逃走，所以，他们就在月忌山展开了一场正邪大战，现今已经厮杀了数日。"

玉先生看了看各位谋臣和将军，问道："各位卿家，民间厮杀，已经震动玉人门，这事玉人门该如何应对呢？"

一旁的陀天天王上前说道："启禀玉先生，那王禅乃我正道人士，他是为了维护正道、爱惜百姓才与暴徒门结怨。此时玉人门应当过问此事，派兵剿灭暴徒门。"

太白也出班，说道："启禀玉先生，那暴徒门人马遍及天下，其势力玉人门哪个不晓得？臣认为，贸然剿灭暴徒门甚为不妥，到时恐怕会引起天下大乱。请玉先生三思啊。"

听完太白讲话，玉先生一愣，问道："那太白到底何意呀？"

太白说道："应以和平罢息为好，尽量不动刀兵，以和为贵嘛！"

这时，东方神宫出班说道："启禀玉先生，这些年来，暴徒门势力一直威胁着玉人门。玉人门今日讲和，明日招安，至今，这些暴徒门鬼怪，哪个安分守己啦，哪个又把玉人门当做一回事啦？大家说是不是！"

听完东方神宫讲话，玉先生问道："东方神宫，依你所言，甚是符合玉人门现状，那你认为，玉人门应该如何处置呢？"

东方神宫拱手说道："一位新入玉人门的普普通通的王禅，他尚能奋起大战暴徒门，为天下清理魔障，我看，玉人门不如趁此机会，将暴徒门铲除殆尽，以绝后患。"

这时，王夫人闻听各路人马发表意见，再也坐不住了，开口说道："东方神宫，你轻易说出铲除暴徒门，这谈何容易啊？不过你刚才说到，王禅孤身大战暴徒门，这倒是眼前影响玉先生决议的关键。那眼下玉人门到底应该救助王禅，还是坐山观虎斗为好呢？"

东方神宫再次上前拱手说道："启禀夫人，那王禅可是为了天下正义才与暴徒门结怨，依我看，玉人门此时出兵救助王禅，那真是理所应当啊。"

这时，南方圣光也出班说道："启禀玉先生，启禀夫人，臣以为玉人门不能为了一个王禅去结怨暴徒门。但也不能看着一个正义人士，就这样毁于暴徒门之手。"

玉先生问道："南方圣光，你如此说来，那玉人门到底应该如何处置？"

南方圣光说道："还是息事宁人，保持中立为好啊。"

玉先生问："依你之言，如何保持中立呢？"

南方圣光说："玉人门应该派出能说会道的属下，前去调停祸乱，尽量罢息争斗为好啊。"

玉先生听完这一席话没了主张，无奈地看看左右叹气。此刻王夫人想说话，被玉先生看了一眼，欲言又止，无奈地坐在一旁。二人对视，左右为难。

可就在大殿上争吵不休的当儿，一位号称九天玄女娘娘的，再也等不及了。她是一位善恶分明的大侠客，因为祖上继承了传说中的九天玄女功夫，所以被人称为九天玄女，她经常在民间行侠仗义，又被人称为九天玄女娘娘。此刻她见各位不是自保就是和稀泥，一气之下甩手离开大殿。

玉先生和王夫人看到下面一个个离去，几次欲言又止，几次伸手招呼离去的人马又无奈地放下。大殿上，二人对视一眼，也叹气离去。

此刻，唯独九天玄女飞奔山下，义无反顾地前往月忌山而去。

第二十二回　四海山歹徒献计　丹成地奇降瘟疫

（一）

惊动玉人门的正邪大战，在月忌山已经持续数日，月忌山上早已烽烟冲天。数不清的暴徒门兵将个个如狼似虎，再加上濮三煞的仇恨、月忌日的阴谋，以及暴徒门对王禅的污蔑和藐视，统统地发泄出来了，他们在暴徒门军师月忌日的煽动下，将王禅一人困在中间，进行困兽似的打斗。整个月忌山上妖风四起，杀声和尖叫声不断，山上山下怪象丛生，喊叫声一片。

就在这时，从天空中慢慢飞来了一只鸣叫的玄鸟，随着玄鸟落在山顶之际，九天玄女娘娘也在此时登上了山顶。九天玄女娘娘登高望远，俯视着漫山遍野的暴徒门兵将，也在瞬间看到了王禅正在力敌众暴徒毫不逊色，大战使得天昏地暗，日月无光，山摇地动。

九天玄女娘娘不由得对王禅心生敬佩，她一闪身，立在空中，大声喊道："嗯，大胆狂徒，还不罢手！"

这一声喊叫，带着强大的功力冲击着每个暴徒门人的两耳，使得众暴徒皆是一愣。

正在一旁得意观战的月忌日听到喊叫，猛然抬头，见是九天玄女娘娘立在空中，慌乱地叫道："啊？是九天玄女！不好啦！九天玄女娘娘来了！"

五黄不以为然地说道："她来了咋着？她是什么人？令军师如此慌张！"

月忌日正色道："兄弟有所不知，上面的九天玄女娘娘，是传说中的上神九天玄女后人，她家有特异功法，她的先人九天玄女乃当年皇帝之师，又称玄女娘娘。上古年间，曾下界助皇帝大败蚩尤，非常了得啊！而今她来了，我等必有麻烦。"

五黄吃惊地喊叫道："啊？这，这还真是一件麻烦事啊！"

说话间，九天玄女娘娘已经飞临到了战场之上，她那横扫千军的架势，满面杀气腾腾，根本就没有哪个敢直面观望。这下可吓坏了月忌日，他一边急急忙忙地招呼其他兵将住手，一边已经拉开了逃跑架势。五黄见到月忌日如此害怕，也有些惊慌。再看月忌日，已胆怯地躲在一旁，向众暴徒挥手说道："快跑！"

众暴徒正杀得起兴，听见月忌日喊叫快跑，瞬间都不知所措。大伙抬头看见天空中似有霞光万丈的九天玄女娘娘已经临阵，又看见军师和五黄魂不附体的模样，瞬间都吓得一阵混乱，一个个在惊慌中逃窜而去，月忌山上云开雾散。

就在此时，只听北辰星君一声喊道："无量天尊！"

北辰星君眼看着大小暴徒门人已经逃去，抬头看见了九天玄女娘娘，正要与九天玄女娘娘打招呼，九天玄女娘娘却是一闪身到了他的跟前。

北辰星君说道："哈哈哈，这真是神出鬼没、神出鬼没啊！您不愧是人称的九天玄女娘娘！"

王禅突然间没有了敌手，抬头才看见九天玄女娘娘和北辰一前一后而来，再向远处遥望，见众暴徒已经逃窜得无影无踪。

北辰见王禅还在发愣，就到王禅面前说道："王禅啊，我来给你引见一下。"王禅急忙上前施礼说道："不老上人，敢问这仙姑是？"

看着王禅愣愣的模样，北辰星君笑着说道："我刚才不是说了吗，神出鬼没。站在你面前的这位呀，就是天下都有名望的大侠客，人称九天玄女娘娘啊！"

北辰一边说话，一边向九天玄女再次施礼。

九天玄女说道："北辰星君，这王禅能有今天的作为，也是你引导得好啊。"

王禅好像是听明白了，吃惊地说道："原来是九天玄女娘娘啊？"

九天玄女问王禅道："怎么？王禅你认识本座？"

王禅说道："娘娘，禅小时候就听红袖说起您，没有想到今日真的见着您了！"

北辰问道："小时候？又该提起红袖姑娘了吧？"

九天玄女微笑着说："好了北辰，本座知道他有红袖的记忆。这王禅是天下关注的人物。你看他从修道、自悟，冥冥之中不都是得到了各路正道门派的帮助吗？你我只是其中之一罢了。"

北辰说道："娘娘所言极是。"

这时，王禅急忙上前施礼跪拜说道："刚才多谢娘娘出手驱赶恶人。"

九天玄女娘娘说道："王禅平身。这些暴徒在月忌山上胡作非为，这么好的一座大山，怎能叫他们肆意毁坏。"

九天玄女娘娘一边说话，一边取来一片彩色的羽毛，随手将彩色羽毛贴在了

月忌山的山门上。

王禅见状，一脸诧异地问道："娘娘这是？"

九天玄女娘娘说："哦，这一片羽毛是我朋友玄鸟的羽毛，有羽毛在此，也好用来警示众暴徒门人，以后不得在此造次。"

王禅二次上前施礼。

九天玄女问道："王禅何意？你还有话要对本座说是不是？"

王禅说道："请娘娘开示玄机！"

九天玄女娘娘问："你想如何？"

王禅说："从前那红袖说过，她是您的亲眷。这些年来，禅一直渴望能再见到红袖。所以请娘娘开恩，让禅再度见到红袖姑娘。"

九天玄女娘娘看着王禅说："嗨，既有前因，必有后果！那好吧，本座答应你，来日有了机缘，你们再度相见吧！"

（二）

再说那四海山暴徒门洞府中，此刻，四海山暴徒门洞府的主人三煞，已是独自喝下了十余坛闷倒驴。眼看着三煞一个人苦闷地喝酒，左右属下都知道濮三煞的秉性难改，无人敢上前阻拦，任凭三煞喝了一坛又一坛。三煞已经喝得大醉，一会儿嗷嗷嚎哭，一会儿疯狂大笑，那模样似是一头疯毛驴。众属下见濮三煞这样，都不敢近前规劝，怕三煞发起了无名火似的酒疯，说不定谁一句话得罪了他，就把人一脚踢死了。

三煞一边呜呜地哭着，一边喊叫着："金花娘娘啊，三煞，如不不，不能亲手宰了王禅，啊我我我誓不为人啊！"

就在此时，山下一名兵痞突然飞奔上山，一边跑一边喊道："报！纹身格爷驾到。"

声音传到洞内，三煞醉醺醺地说道："啊请！"

说话间纹身格已经到来，此刻的三煞一边东倒西歪地起身相迎，一边胡乱地摔打着东西。

三煞醉醺醺地说道："啊老兄啊，你你你，就知道啊咱想你呀？"

纹身格见濮三煞已经大醉，笑道："三煞老弟啊，那月忌山一别，大哥我放心不下你呀，这不是来看你了吗？"

三煞顷刻间泪下，说道："啊大哥，啊你，就是我我我三煞的亲人啊！呜呜——"

三煞再次发出了号叫。纹身格见三煞号叫着落泪，安慰道："兄弟不要难过，那王禅迟早都是我等的刀下鬼！咱就先把他的狗命记下啊！"

三煞哭诉："啊大哥呀，没有金金金花娘娘，就没有我濮三煞，啊天下之中，金花娘娘就就，就是我的亲人啊！那王禅他他，他竟然杀死了我的亲人，我我，我和他啊啊，啊势不两立！"

纹身格说道："哦，听说了，当初是金花娘娘救了你的命是吧，后来她又帮你疗伤练功，你才有今天。你思念她，人之常情，换了谁都会给她报仇雪恨的。"

"所以，四海之中，金花娘娘的事，就就，就是我三煞的事。"

"那兄弟你有何打算？"

三煞痛哭流涕地说道："啊报仇！"

纹身格问道："如何报仇？"

"啊寻找王禅的亲朋好友，啊见一个杀一个，啊纹身格大哥，我我，我还想请你助我一臂之力。"

"老弟请讲，你想让我如何帮你？难道叫他灭绝了？"

"啊对，啊就是灭绝了！"

"啊？那样的话，恐怕会伤及无辜啊，似有不妥，似有不妥！"

三煞摇摇头说道："啊我不管，就就，就是要王禅和他的亲朋好友，一个两个统统死绝才好！"

"那不行啊老弟。"

"啊咋不行？你给我说说，啊咋不行？"

"如果是那样的话，我家父王会惩罚我的。"

"啥父王？说的什么话？"

"这天下之中，一般人不知道我的家世，老弟呀，我纹身格也好有一比呀。"

"啊说来听听，啊你啊比什么？"

"提起家世天下稀，爷不是少姓没有名啊，我的家啊，就好比高山头点灯啊老弟。"

"啊此话怎讲？"

"哈哈哈哈，不是第一，也是第二啊！"

"哦？你你，你别卖关子了，痛快点说，到底是第几名？"

"老弟啊，你听说过远古时期的专享第没有？"

"啊听说过这个人，啊不得了！"

"哈哈哈，他即是家父啊。"

三煞吃惊地喊道："啥？"

纹身格说："我原本就是那专享第之后啊。"

三煞不相信地问道："啊？你你你是什么东西？"

"自幼，我的性格偏执和胆大一些，做事手段狠一些，时常遭到父王的训斥，我是一怒之下就走上了暴徒门。哈哈哈哈，我纹身格现在与他们正道，已经是势不两立了。"

"啊这么说来，专享第那那那个老头是你爹？"

"错不了啊老弟！"

"啊那你还帮我不不帮啦？"

"帮啊，为何不帮你？这事如果不帮助你我就不叫纹身格啦！"

"啊咋帮？"

"我杀人向来不用刀枪。"

"啊那你杀人，都都，都使用啥兵器？"

"向丹成一带释放一场瘟疫如何？"

"释放一场瘟疫？有用吗？"

"你就在一边看好吧！"

三煞复仇心切，纹身格臭味相投，二位一拍即合，他们决定干一件天良丧尽的大事。

再看纹身格，让三煞躲在一旁，从行囊中拿出一些异物说："老弟，如果将这些异物送往丹成，那里将会发生一场瘟疫。"

三煞不信，他看着纹身格有点可笑，咧着嘴问道："啥？不是哄人的吧？"

纹身格笑道："哈哈哈哈，只要把这些东西送到丹成，到时候被大风一吹，就会有千万只老鼠、千万只蟑螂、千万只蝗虫到丹成，那丹成人就会有一场较大的瘟疫，够丹成人喝一壶的啦，老弟你就看好吧！"

（三）

这一天真的来到了，纹身格算准了天上刮风的日子，就将异物放到风头，瞬间丹成一带开始了天昏地暗、日月无光的日子。阵阵黑风从天空中压来，这黑风非同一般，如狼似虎般席卷而来，大风之中夹杂着似哭泣的魔鬼声音，伴随着大量的飞沙走石一起压上丹成的上空。黑风过后，大地上突然就出现了无数老鼠和蟑螂，一时间不论大街小巷、房前屋后，满地都是老鼠和蟑螂。

人们见此情景，个个不知所措，全都害怕起来，就听百姓甲大声呼叫："乡亲们啊，都快动手打老鼠蟑螂啊！"

百姓乙高呼着："快动手啊，这些老鼠蟑螂都开始咬人啦！"

百姓丙吼叫着："我的天啊，这是从哪里弄来这么多老鼠和蟑螂啊，把我家小孙女的耳朵都咬掉了半个啊！"

就在这时，百姓丁从村外慌慌张张跑来，一边跑一边喊道："乡亲们啊，不好啦，咱地里的庄稼都叫蝗虫吃完了呀！"

百姓甲急忙问道："啥？地里有蝗虫？"

百姓丁着急地说道："有，到处都是，黑黝黝的都看不见天了，别说是庄稼啦，现在就是地头的树上也不见了树叶子，都叫蝗虫吃光了啊！"

百姓甲头一次听到这种灾祸，吃惊地说："啊？我的天啊，这可咋办啊！"

这时，一位被称作老爹的年长老人匆匆走来，说道："孩子们，这突然而来的老鼠、蟑螂、蝗虫可没有这么简单，这一定是怪天象。我们可不能坐以待毙，得行动起来。要不然庄稼叫蝗虫吃完了，百姓都该饿死啦。"

百姓甲着急地问道："老爹你说吧，咱们该如何办？"

老爹说道："一边组织人打老鼠和蟑螂，一边去地里放火。"

百姓甲问道："放火？去地里放火？"

老爹点头说："这蝗虫怕火，我们赶快去地里燃起大火，驱赶蝗虫要紧啊。"

众人在老爹的带领下，在田野里交叉放火。果然见效，那些蝗虫看见了大火，都一阵风地飞走了，凡是挨着大火的蝗虫，即刻被烧焦，随着噼噼啪啪的声音，被烧焦的蝗虫散落一地。一会儿工夫，蝗虫退去，但是大地上剩下的庄稼已寥寥无几，众人怨声载道。

众人都集中在村内议论纷纷。突然，一老妇慌慌张张跑来喊道："快看吧，村内有很多人家已经染上怪病啦，不少人都死了！"

众人同时大吃一惊："啊？"

百姓甲慌忙向家中跑去，果然看见老伴和孩子都已躺在地上，他顿时晕倒在地。再看百姓丙家，他家就剩下一个被老鼠咬掉半个耳朵的小孙女了，此时小孙女

趴在地上大哭着。老爹没遇见过这种灾难，也不知道该怎样应对，无奈之下，只能找来郎中，来到染病的人家中细细诊断。那郎中先是摇头晃脑了一阵，好像是不知所措，紧接着那郎中表情突然吃惊，浑身也发抖起来，看样子已是非常害怕。

老爹不知道郎中发现了什么，战战兢兢地问道："怎么啦？大家到底得的是什么病？"

郎中惊恐万分地说道："像是一种鼠类的瘟疫！"

老爹更是吃惊："啊？那赶快治呀！"

郎中摇摇头说道："这种病，恐怕这天下一时也难以寻找医治的良方啊！"

第二十三回　求仙草再遇红袖　释定数玄女下山

（一）

一场可怕的瘟疫从天而降，这确实不是天灾，而是实实在在的人祸，只不过普通人不知道这是人祸而已！老爹原本希望郎中可以化解这场灾难，没想到郎中也无计可施。

老爹痛心地问郎中："你既然号称神医，果真没有办法能治好这病吗？那无论怎么着也不能就这样看着村民一个个死去？"

郎中无奈地摇摇头说："还是赶快逃吧，这个病传染得很快，现在不要说这些已经染病的人啦，就是我们几个当中，也不知道哪一天会被传染死去啊！"郎中说罢，急忙收拾行囊离开。村民个个都吓得呆若木鸡。

这时，村民乙对老爹说："这病传染得这么厉害，这样下去，咱村会有灭顶之灾呀！"

老爹半天才说："走吧，我们去王禅阁求求王禅爷，看看咋样吧！"

到了王禅阁，众人呼啦一下都跪拜王禅。老爹已是泪流满面地面向王禅雕塑，抱拳喊道："王禅爷呀，咱丹成一带遭受了百年不遇的灾难啊，这眼看着村民相继死去，现在是家家死亲人、户户有哀号，还请王禅爷显灵救人啊！"

老爹说罢泪如雨下，众人也都拱手喊道："王禅爷啊，俺们这一带遭大难了呀，您老人家就显显灵救人吧！"

这时，隐藏在后院的王禅正在闭目打坐，被众人的哀号惊醒，听见百姓的嘈杂声，就侧耳细听一番，自语道："哦，这到底是咋啦？一个一个还很伤心。难道说是发生了什么惊天大事？"

思及此，王禅悄悄地离开了王禅阁。到了村子附近，他留意观察，发现这里的百姓们真的出大事了，怎么就连着片地离奇死去呢？

土地官也满面惊恐地跑到王禅面前，抱拳说道："王禅上人啊，这丹成一带突然降下了灾祸啊。"

王禅急忙说道:"我正想打探此事呢,到底是怎么回事?还请土地官细说分明。"土地官唉声叹气地说道:"这块大地上,不知怎的突然来了千万只老鼠、蟑螂和蝗虫,现在是鼠疫泛滥,庄稼遭受蝗虫,人口大量死亡啊!"

"怎会如此?"

"像这种灾祸,丹成一带百年不曾遇见啊。"

"土地官可知内情?"

"此次灾祸有点蹊跷,好像是人为啊!"

"噢?说来听听!"

"我察觉呀,像是纹身格所为。"

"啊,纹身格?真是可恼!此等手段甚是歹毒,真是一些遭天杀的孽障,我一定要铲除这些妖孽。"

"我看,先不要着急找纹身格,这眼下百姓陆续死亡,庄稼颗粒无收,百姓流离失所已成为现实,我们还是先看看怎么救人吧!"

这时,洺河的白圭早已到了王禅身后,也说道:"对着呢,眼下还是先想想怎么救人吧!"

王禅急忙转身问道:"白圭上人?你此时赶来,想必是有了救人的办法了吧?"

白圭说:"听说东海岛上,生有一种仙草名曰三七,此仙草最能清除瘟疫,老一辈水族掌门都是这样传来的。"

王禅说道:"那好,我即刻前往东海岛取仙草,眼下救人要紧啊。"

(二)

王禅跨马到了东海岛上。他先是在岛上礁石处仔细地观察了一遍,没有发现仙草的踪影。又在草丛中挨个寻找一遍,还是没有发现仙草的踪影。王禅不甘心,又走进一片茂密的草丛之中寻找仙草。

突然,只听哗啦啦有了异样,茂密的草丛像排山倒海般躺倒。王禅还没有反应过来,就见一条大蟒蛇呼啸着从草丛中飞了起来,那蟒蛇张着血盆大口,发疯似的逼向了王禅。王禅猛然一惊,即刻顺势跳出了草丛。王禅离开了草丛,那蟒蛇还是不肯罢休,再次张开血盆大口冲向王禅,王禅大喝一声:"畜生!还不逃走,等待丧命吗?"

那蟒蛇突然停了下来，口中发出了"嘶嘶"的响声，张开的血盆大口中，突突突地吐着瘆人的信子。王禅再次说道："还不走开，等待何时！"

王禅刚刚说罢，那蟒蛇还算是听话，很不情愿地调头离去，碗口粗的尾巴慢慢地在草丛中消失。王禅吁了一口气，眼见着蟒蛇离去，便继续在草丛中寻找着仙草。王禅心想，难道仙草就在那蟒蛇藏身的地方不成？如果真是那样，与蟒蛇的一场大战是在所难免啦。主意已定，王禅前往蟒蛇消失的草丛中查看。不曾想还没走出几步远那蟒蛇果然不肯让步。蟒蛇见王禅不肯离去，即刻乱叫一阵子，不大一会儿，蟒蛇瞬间将前半身立在空中，同时也张开了血盆大口，吐着紫色的信子，等待着王禅走近。

王禅见状，急忙向蟒蛇拱手说道："蟒蛇上人，看您这身段，想必是几百岁了吧？我今天根本无意冒犯您，我确实是为了三七仙草而来，是着急用仙草救人，才来到这荒岛之上的，还请您行个方便，让我查看一下您这儿到底有没有仙草。如有，我取来一些就走，如无，我也即刻离去，绝不冒犯。"

王禅说罢，再次向那蟒蛇拱手。那蟒蛇似是听懂了王禅的话语，果然呼啸而去。王禅趁机查看了草丛，还是没有发现仙草的踪影。于是，王禅很失落地向蟒蛇消失的方向看了一眼，无奈地离去。

王禅在东海岛上，不停地翻山越岭，涉水攀岩，从一个地方到另一个地方，几乎走遍了东海岛，根本没有看到仙草的影子。王禅几乎绝望了，仰天长叹一声说道："难道是白圭记错了地方，难道这东海岛上根本就没有仙草？"

正当王禅绝望的时候，眼前突然一亮，随即看见了一座山峰。他毫不犹豫地来到了此山下，不敢漏掉任何一处地方。没想到，这山峰之上还有山峰，王禅就再一次翻越山峰之上的山峰。他刚刚翻越了这一座山峰，脚步还没有站稳，突然被一位架着拐的女子拦住了去路。女子见了王禅怒目而视，示意王禅不可以再向前行。

这女子不是别人，正是王禅的少年知己红袖。但是，此时的红袖根本不认得眼前的王禅。她大声喊道："站住！大胆毛贼哪里走？"

红袖一边喊叫，一边手持拐杖，不由分说刺了过来。王禅一愣，急忙躲过拐杖，正要发问，很快又面带喜色地惊叫一声："是红袖，你咋在此啊？"

红袖听得此言，大怒，说道："少与我嬉皮笑脸！你在这喊叫什么？"

王禅说道："红袖，是我啊，我是王禅啊。"

这时，红袖用拐杖指着王禅问道："你到底是谁？来此做什么？又为何与我相识？"

王禅惊讶地说道："红袖，我是禅啊，当年你我曾为知己呀，难道你都忘记啦？"

红袖慢慢放下拐杖说："荒唐荒唐！我身为上等侠客，你为凡体，真是天大的胡扯八道！"

王禅说："红袖，你且听我说，你难道忘记了过去吗？"

红袖转身将拐杖收回，愣愣地看着王禅不语。

王禅见此情景，说道："红袖啊，我现在虽然是个普通百姓，但因为我吃了老君的仙丹，使我功力大增，现今也成了上人啊。"

红袖却是大笑不止，根本不信王禅之言，说道："真是一派胡言！老君那仙丹岂是你说吃就能吃的？只要玉先生不点头，我看就连老君本人也不敢食用半粒，还说什么你吃了老君的仙丹。哼，真是滑天下之大稽！说！来此何干？"

王禅说："因为丹成一带遭受了鼠疫，百姓们都性命不保，我是为了三七仙草而来的。"

红袖取笑地问道："真的来取仙草？"

王禅点点头："对，来取仙草！"

红袖突然怒目说道："没门！"

王禅说道："可我急需仙草救人啊，红袖！"

红袖大怒，喊道："那你就死去吧！"

红袖说罢就刺向王禅。就在这时，九天玄女娘娘赶到，大喊道："红袖住手！"

说话间九天玄女娘娘到了红袖面前："红袖，这王禅说得不错啊，你又要莽撞行事。"

王禅看见九天玄女娘娘到来，激动万分地上前施礼道："拜见九天玄女娘娘。"

九天玄女娘娘说道："罢了王禅，此次丹成一带的瘟疫已惊动玉人门，本座前来，就是为了瘟疫一事，红袖快去取些仙草。"

红袖不情愿地说："姑姑，这仙草可从来没有被人采割过呀。"

九天玄女娘娘说道："去吧，仙草再金贵，也是救人要紧。"

红袖又说："姑姑，他这人好生无礼！"

"他怎么啦？"

"他上得岛来，见了我就直呼我名，说与我相识，还还……"

"还怎么样？"

"说跟我曾是知己！姑姑您说气人不气人？"

"那王禅所说没有虚言。"

"啥？姑姑，既是知己，我咋不知道啊？"

"那是我消去了你的那一段记忆。"

"啊？真有此事？"

"真有此事！"

"这这……"

"那都是过去的事啦。"

"过去的事？过去是啥事啊？"

"这王禅已被北辰星君点化。"

"这么说过去我们真是知己？"

"唉，那一段缘分啊。"

这时，红袖突然指着王禅说道："姑姑，可你看他那副模样！"

九天玄女说："王禅得到了很多世外高人的传功，你没见他现在已是仙风道骨了吗？你就不要犹豫啦，赶快取来仙草帮助王禅救人要紧。"

红袖最终很不情愿地取来仙草，递给了王禅。

王禅拿了仙草，对红袖说道："谢谢红袖，救人一命胜造七级浮屠啊！"

红袖不满意地哼了一声，根本不想搭理王禅。

九天玄女娘娘走到王禅跟前说道："王禅啊，你现在是天下之中正道人士都看好的君子，是个可塑之才。当初，玉人门渡你成为上人的时候，也曾经有不少的争论。他们有断章取义的，也有混淆视听的，有颠倒黑白的，也有拉帮结派的。总之，他们就是不想让你成为上人，还是那老君深明大义，力排众议，冒着被人误解的代价，赐给了你一粒仙丹。你成为上人后，没有辜负众望，果然是胸怀四海，为民间做了大量善业。这些，玉人门各路人马都看在眼里，也堵住了一些人的嘴，印证了玉人门渡你成为上人的决策是正确的。王禅啊，本座希望你今后还要坚持正道，继续弘扬正法正业。"

王禅拱手说道："这都是王禅应该做的。"

九天玄女说："但你可知，玉人门正在面临一场灾难啊。"

"玉人门也会有灾难？老君怎没有告知我呢？"

"那老君不愿理会那些虚伪之辈，独自在太清宫修道，做自己该做的事。啥时候玉人门有了难处，请他出马时他才出来干事，完了还回太清宫。他不愿看到玉人

门有一帮扇阴风点阴火、打邪锤、不务正业的鼠辈。"

"那玉人门会有啥事？"

"天下之中都是连体同气的，玉人门的灾难都是与民间的灾难联系着的。玉人门的各路人马争权夺利，而暴徒门就趁机捣乱。这当儿，不少的玉人门上人还充当着暴徒门的保护伞，致使天下大乱，魔鬼当道。就像丹成一带的瘟疫，明摆着就是纹身格所为，可玉人门中硬是有人说，纹身格乃专享第之子，要网开一面。这不，暴徒门作恶后见玉人门无动于衷，下面就觊觎玉先生的灵霄宝殿啦。"

"啊？暴徒门敢同玉人门公开作对？"

"是呀，近日暴徒门仗势公开袭击正道上人，扬言要夺取玉人门！"

"啊？玉人门的各路神圣都坐视不理？"

"一部分主张以德治理，一部分叫嚣要以法治理，还有一部分坚持以礼治理。众上人针锋相对各不相让。玉人门如此，四方妖孽就趁机作乱，他们上蹿下跳，到处扇阴风点阴火，妖言惑众，颠倒黑白，恨不得乾坤立马倒转！除此，玉人门还有一些上人两面三刀，当面笑嘻嘻、故弄玄虚，背地里竟是勾勾搭搭、拉帮结派、排斥正道，这些上人善于巧夺别人成果，把好事说成是自己的，而出错的事都是别人的。这玉人门，岂不是危机四伏吗？"

第二十四回　斗黑帮玄女传功　救苍生再显奇功

（一）

王禅在东海岛索取仙草时无意间遇见了红袖，还正好赶上了九天玄女娘娘下山。这当儿，王禅听到了九天玄女娘娘说与的天机。这常言说天机不可泄露，可九天玄女娘娘为什么要把这惊天的大天机说给王禅听呢？这其实是九天玄女娘娘埋下的一个伏笔，因为九天玄女娘娘知道，天下的玉人门上人是不少，可既正直又忠诚的上人少，要说主动操闲心维持公道的上人就更少了。九天玄女娘娘看准了王禅，就开诚布公、推心置腹地道出了玉人门的核心机密。

王禅头一次听说了这么大的机密，不听则已，闻听过后很是吃惊，整个人痴呆了半天。

九天玄女娘娘走到王禅面前，伸手拍了一下王禅的肩膀问道："王禅啊，你是没有听明白，还是被天下大事给镇住啦？"

王禅一愣，说："娘娘，如您所说，这玉人门也是不清静的场所啊！"

九天玄女娘娘说："是不清净啊，要不说那老君如何要避开这些复杂的圈子，刻意回避这些乱七八糟的上人呢？"

王禅略有沉思地说道："哎，我刚刚出世，更没有资格过问这些复杂的上人。"

"本座观察，天下将来能为玉人门分忧的，恐怕就是你王禅了。"

"娘娘何出此言？"

"王禅我来问你，你自从步入玉人门以来，是不是无缘无故地就知道了很多功法？"

"娘娘怎会知晓？"

"天地四海还有瞒过本座之事？"

"也是啊。"

"王禅啊，眼见人间的战国纷争愈演愈烈，天下的诸侯争霸一波未平一波又起，可谓是战祸不断。这天下的战国纷争，不论是谁做诸侯国的主子，受害的都是

145

百姓啊！眼下民间，到处是生灵涂炭。难道不是这样吗？"

"娘娘所言极是。"

"这只是民间的，可怕的是天下皆是如此，岂不叫人寝食不安啊！"

"娘娘，禅也观察到了这些民间的事实。"

九天玄女娘娘仰天长叹道："身为正道上人，不能及时为百姓解除痛苦，还算什么正道上人。特别是一些善于装腔作势、挑拨离间、两面三刀的玉人门人士，你别看他们表面上看似袖手旁观，实则唯恐天下不乱，趁机作乱者比比皆是啊！"

九天玄女娘娘又说："王禅啊，玉人门的残局，自有玉人门的定数。可这人间的残局，看似在人间，其实都在与四海同气连体啊，所以啊，要玉人门稳定，民间首先得稳定啊。因此，也该有人出面收拾这民间残局了，你说对不对？"

"那娘娘何意呢？"

"我看，不如你去辛苦一些。"

"娘娘，我其实是想说这暴徒门如此猖獗，他们无缘无故就残害百姓，我想……"

没等王禅说完，九天玄女娘娘就说："哦，本座知道暴徒门无故挑起混乱，可这些还是与玉人门有关，我们要是把玉人门的事办好了，暴徒门自然也就安分守己啦。你放心，玉人门有玉先生在呢。暴徒门虽有一些乱贼，这只要有忠实的正道上人在，我们谁也不会袖手旁观的。我看，这场瘟疫平息后，你就着手治理民间的一些残局去吧。但要记住，说是治理民间，其实是与人间、暴徒门、玉人门邪恶派的一场较量，这就需要认真仔细地对待才行，你只管做你的事，本座会始终关注你的。"

王禅拱手说道："甘愿为民间祥和效力，请娘娘放心。"

王禅这般的决心，令九天玄女娘娘大喜，说道："好，你行走民间治理民间，将来还会有一些直接参与的战祸发生。"

王禅点点头说："是呀，听说这诸侯各国，或多或少都与一些暴徒门人士有来往，到时少不了与天下的奇人异士结怨，更是少不了得罪一些世外高人。娘娘你看，现在就已经有不少人惦记着我这小命呢，到了那时，恐怕会有更多人想要我的小命啊！"

九天玄女娘娘点点头说道："不错，在平息战乱的时候，很有可能要得罪一些诸侯国，而这些诸侯国，可能都结交了一些暴徒门黑道恶人，他们根连根，瓜葛不断。所以，虽然看似是治理民间，实则是在与暴徒门黑道较量。"

王禅说道："娘娘所言极是，这也正是禅所担心的事啊！"

片刻，九天玄女娘娘问道："王禅，你是怕他们这些妖魔鬼怪都联合起来对付你？或者，怕他们联系到个别正道上人，到时会在玉先生面前颠倒黑白、混淆视听？"

王禅摇摇头说道："不，禅不惧怕他们狼狈为奸，也不惧怕他们联手为敌。"

九天玄女娘娘问道："那你惧怕什么？"

王禅说道："怕的是玉人门有人袒护他们，给我设下通天彻地的连环陷阱，到时影响我的前程不算什么，可就怕辜负了正道上人对我的扶持啊！王禅主要还是害怕，到时会给曾经帮助过我的上人带来负面影响。"

九天玄女娘娘听后点点头说："担心得不无道理。"

王禅又说："怕到时更是对不起娘娘的栽培啊！"

九天玄女娘娘沉思片刻说道："这一点本座也考虑过，不过放心，玉人门只要有玉先生在，四方天地就不会没有正义，只要一心为公，没有私心杂念，本座还是相信邪不压正的。"

"但愿如此吧！"

九天玄女娘娘转身向外走出几步，表情深沉地俯视着群山峻岭，然后突然转身说道："天道既是如此，那本座今日就传授你一套神兵法术吧。"

"噢？神兵法术？"

"说是神兵，其实是一种超常规的障眼法而已，也似是一种超常规魔术。但是，你一旦掌握了这样的神兵，到时却是可结草为马、撒豆成兵的。此法是一种超常规的魔术障眼法，让人错认为有神马出现供你驱使，就是当你需要战马的时候，可以随意就地取来一根野草，使野草瞬间化为一匹神马。"

王禅吃惊地喊道："这么神奇！那撒豆成兵呢？"

九天玄女娘娘说道："也是一种超常规的魔术和障眼法，就是当你需要军士为你作战时，可以将一把黄豆撒向大地，那些黄豆，顷刻间就会变成数不清的军士，一个个以不死的身躯为你斩杀敌兵。"

"不死的身躯？"

"是的，这些东西本身都是障眼法，超常规魔术怎么会死呢？可就是这些东西让敌人从骨子里害怕，所以真正杀死对手的还是你自己。"

"噢？居然有如此神奇的神兵法术？"

九天玄女娘娘左右观看一遍，然后走到王禅近前低声说道："接受超常规魔术

绝招吧，王禅，你是天下唯一一位学到超常规魔术神兵法术的人。"

王禅激动得连连向九天玄女娘娘拱手说道："多谢娘娘厚爱，多谢娘娘厚爱！"

九天玄女娘娘说道："快些附耳过来，接收口诀。"

王禅将耳贴近九天玄女娘娘，九天玄女娘娘小声对着王禅耳朵，就这么这么这么地将口诀传授给了王禅。王禅接法大喜。九天玄女娘娘又随手将一包演练超常规魔术使用的黄豆递给了王禅，正要再次嘱咐王禅什么，这时红袖上前说道："姑姑偏心，那么神奇的法术为何不传授于我？我到底还是不是你侄女啦！这天天跟着你前前后后的，到末了，还不如一个刚刚认识的毛头小子呢！"

九天玄女娘娘听到红袖怨言，转身笑道："你这丫头，习惯于任性行事，要是传授给你神兵法术，那你还不闹翻了天？"

这时王禅上前说道："娘娘，这神兵有黄豆在此，我自当不疑。可这结草为马，禅能否一试呢？"

九天玄女娘娘点点头笑道："去试一试吧。"

王禅说话间，顺手在一边取下野草又配上了道具，随即念叨口诀。瞬间，那根野草闪闪发光，从王禅手中落地，紧接着扑棱一下，化为了一匹闪闪发光的神马，那神马咴咴乱叫，威风凛凛，顷刻间四只蹄子脚下生烟，瞬间腾飞起来，接着一声长鸣呼啸而去，窜山越野，如履平地。王禅哈哈大笑，驱使神马走到九天玄女娘娘面前，收起道具，念叨口诀，神马便消失得无影无踪。

王禅兴奋地走到九天玄女娘娘面前施礼说道："多谢娘娘赐禅超常规魔术，神马真是神力无比，禅当竭尽全力报效天下。"

王禅说罢，转身看了看红袖，也拱手表示谢意。完毕，王禅急急忙忙将仙草揣在怀里，正要向九天玄女娘娘辞行，九天玄女娘娘却摆摆手示意稍等。

九天玄女转身面向红袖说道："红袖啊，此次丹成遭难，你一同前去帮助王禅处理善后吧？"

红袖摇摇头说道："姑姑，红袖不愿意离开你。"

九天玄女娘娘说道："去吧，你也算是为民间效力啦，本座也会助你们一臂之力的。"

九天玄女娘娘既然发话，红袖只好无奈地说道："既然如此，那好吧姑姑，红袖遵您吩咐前去就是了。"

王禅急忙上前施礼说道："娘娘，丹成灾难紧急，刻不容缓，我们去了！"

九天玄女娘娘点点头，摆摆手说："快些去吧！"

（二）

东海岛归来，王禅与红袖结伴而行。王禅由于救人心切，行踪定然神速，红袖自然也不示弱，二人一前一后，很快就到了丹成。

二位脚还没有站稳，白圭和土地官早已在此等候。王禅看到白圭和土地官，一边上前打招呼，一边观察着村民的情况。此时，红袖亲眼看到丹成一带的惨状，不由得大吃一惊。

这时，白圭突然看到王禅，身后还跟来一位妙龄女郎，便不明缘由地埋怨起来："王禅啊，你这是去取仙草啊，还是去勾搭美人啦？哎，这里现在到处是死人，你咋还有这心情？"

王禅瞪眼说道："胡说什么，这位是九天玄女娘娘的亲侄女红袖姑娘，她是来帮助咱的。"

白圭一愣，连忙向红袖拱手说道："哎呀我的天，你看我这笨嘴，真真的不会说话啦！"

那红袖根本就不搭理他，只瞟了他一眼。白圭急忙无趣地转身对王禅说道："哎呀我的天啊，这事情紧急，救人要紧啊。我看，咱们几个都应该现身民间，直接找到病人医治，这样才更快一些。"

王禅点点头说道："好，就这样吧。"

一旁的土地官急忙说道："各位上人啊，我的功力浅薄，百姓对我口碑不佳，我出现怕会引起误会，不适合一同入户。我看呀，有你们几位在，足可以解决百姓的灾情啦。"

王禅就回应土地官说："土地官请便，我等当竭尽全力消除瘟疫。"

土地官说："那好吧，我去也。"说罢转身不见了踪影。

王禅和白圭上人以及红袖姑娘，一起徒步走到百姓家门前。

王禅喊叫起来："乡亲们啊，这里有了治病仙草，你们凡是能动的都来取药吧，不能动的大家要相互帮助一下。"

王禅刚刚说到此，正在痛苦哀号的百姓，一个个都呼啦一下赶了过来。这边，王禅和红袖急忙帮助架起锅灶，十万火急地将草药熬了出来，然后向大家分发。

就在此时，村头早已来了九天玄女娘娘。九天玄女娘娘看到王禅他们把草药

已经熬好，便用一片玄鸟羽毛连连拍打着那一锅草药。正当围观和前来取药的百姓诧异的当儿，天空中突然下起了小雨，而且雨水中还散发出浓厚的草药味。至此，村民算是明白了，这天上下的，根本不是普通的雨水，而是救命的药水。其实百姓哪里知晓，小雨本是羽毛把草药拍打而成。

这时，只听有人激动地喊叫着："快出来呀，天上下药雨啦！快出来淋雨呀，天上下药雨啦！"

众人闻听喊叫，呼啦一下都跑到了大街上。果然闻见了雨水中的草药味，无不兴奋不已，奔走相告。这时，已经有不少感染瘟疫的人们淋着了雨水后瞬间都病愈了。

百姓激动地喊叫着："天上真的下药雨啦，王禅爷真的显灵啦！"

霎时间，众人都闹哄哄地喊道："天不灭亡丹成啊！王禅爷显灵啦！"

这时红袖看看王禅，王禅看看天上，他们都看见了九天玄女娘娘还在运功拍打羽毛和草药降雨。

有百姓跑到王禅几位面前，问道："你们是神人？"

"你们一定是神人！"

"不错不错，是他们救了咱啊！"

王禅摆摆手说道："乡亲们，救人的不是我，是这位红袖姑娘和九天玄女娘娘救了你们。"

众人一个个都非常惊讶地喊道："啊？咱们这灾难都惊动了九天玄女娘娘啦？"

王禅说道："不错，如果没有红袖姑娘和九天玄女娘娘的出手相救，这场不寻常的劫难，恐怕将毁灭了咱们这一带啊！"

白圭在一旁插话道："乡亲们啊，这都是真的。"

众人一个个都围住了红袖，呼啦一下对着红袖齐刷刷地跪拜起来，喊道："感谢红袖姑娘！感谢九天玄女娘娘！感谢各位神人的救命之恩！"

这些声音，是一个个发自内心的喊叫，是一个个感人肺腑的喊叫，也是一个个万般感恩的喊叫。由于人多，声音此伏彼起。红袖头一次被人这么崇拜，这么发自内心地敬着，不由得面生感激。她看着王禅，由原来的敌意，突然就亲近起来。王禅看着红袖，面带微笑。

红袖向王禅示意赶快离开，王禅点点头，伸手拉住红袖就走，白圭紧随其后，众人跪拜间就不见了神人。

一场瘟疫，在王禅和红袖以及九天玄女娘娘的通力合作下消除了，人们兴高采烈，丹成又恢复了繁华景象。

第二十五回　四海忧源自大道　诸侯国战乱频繁

（一）

林间小路上，王禅和红袖并肩行走，红袖突然说道："多谢了！"

王禅问："谢什么？"

红袖说："刚才你把被人推崇的光环戴在了我的头上，使我第一次感受到了人间大爱的力量，在民间受到这样诚挚的敬重是这样的珍贵。"

王禅沉思片刻说："这民间是最公道的地方，虽有人心不古之说，但还是公道自在人心。在他们叫天天不应叫地地不灵的时候，若不是你赐给的仙草，怎会战胜这一场瘟疫啊？要不是取来你的仙草，哪能这么快帮助百姓灭掉这场瘟疫？百姓心里都有一杆秤啊，他们感激你是应该的。"

一向没有多少笑意的红袖脸上突然有了笑容，王禅突然问道："今后有何打算？"

红袖说："王禅，你口口声声说，我家原来就住在苦县的什么五顷寺村，是不是真的？"

王禅点点头答："是真的。当年就是在那五顷寺村里我们相见的，那里应该还有我们的记忆。"

红袖沉思片刻说："不是姑姑跟我说，我才不信呢！"

"九天玄女娘娘不会有虚言的。"

"那好吧，既然如此，你就带我去五顷寺村看看，如何？"

"真的想去看看？"

"去看看吧，假如你们说的都是真的，到了那地儿说不定能触景生情，我还真的能想起点什么呢！"

"那好吧，我这就带你去。"

就这样，王禅带着红袖来到王禅庄。岂不知，王禅到底离开五顷寺村多少年了，连他自己也不清楚，这时的五顷寺村已经过了多少个年头。不过五顷寺村大致位置应该不错的，村庄的原貌也应该没有错多少。

说话间，王禅领红袖进到村内，抬头一看，尽管有些陌生，但还是确定这个村子就是五顷寺村。

村头有一座木牌坊，牌坊上有"王禅庄"三个大字，虽然显得有些破旧，但还是可以证明该村就是王禅庄。

红袖抬头见到村庄名字是王禅庄，一脸诧异地问："不是说五顷寺村吗，怎么又成了王禅庄啦？"

王禅也抬头看见了牌坊，见牌坊上的村名果然是王禅庄，一开始也愣了半天，但接着他似乎明白了什么，微笑着说："或许是这样吧，说不定是哪一次村内突然遭了难，我正好及时赶来救下了乡亲们。这民间嘛就是这样，你对他们好，或者给他们办了一件他们根本就办不成的事，他们就会把你永远记在心里。这时候，如果再有人虚张声势地赞美你，那你可真就成了被他们怀念的人啦。比如眼前这个村子，过去就叫五顷寺村，可能是因为那一次我打跑了恶人，挽救了村子，村民就将村名改为了王禅庄吧。"

红袖又是一愣，说："既然是你出手相救了村民，他们应该取名鬼谷子王禅庄啊，现如今咋将鬼谷子去掉就剩下王禅庄了呢？"

王禅说："民间嘛就是这样，这普通人想事忽东忽西的，到底他们是怎么想的，谁也左右不了。就像当年，一场血雨根本就与你无关，可巫婆为了报复你，非得编造说天上下血雨与你有关。于是，无知的人们在巫婆的煽动下，硬说你是个妖女。他们为什么这样？不就是一位见人说人话、见鬼说鬼话的巫婆借机煽动蛊惑人心，假公济私呀，说出了什么妖女不除、祸害全村的鬼话。就那巫婆一句鬼话，当真就有人相信，而且竟然没有一人出来反对。结果是什么？结果是活埋了你红袖，失踪了掌柜的，而我再次落个孤苦伶仃。你说，这不都是民心不明而出的祸端吗？"

王禅一五一十地说到此，红袖却是愣愣的："算了吧，你像讲故事一样，我根本听不懂。"

王禅大致看了看村子的外形，点点头说："想当初，是我王禅太不知天高地厚了，现今细细想来，都感觉到幼稚至极呀。"

说话间，王禅带着红袖到了村内的一条街道上，然后又带着红袖来到曾经红红火火的酒坊废墟前，手指着废墟说："红袖你看，这里就是当年你家的酒坊。这个酒坊曾经生意兴隆，客商满门，我就是前来拿酒才被北辰星君用计留下的。你父

亲金千阁，就是酒坊的掌柜。"

没等王禅说完，红袖急不可待地问道："你是说当年我家在此开酒坊？"

王禅点点头说："是呀，当年你家就是开酒坊的呀，你父亲就是这家酒坊的金千阁金掌柜。"

红袖不相信地问道："我的父亲金千阁？"

王禅点点头说："对，这里就是当年金千阁伯父开建的酒坊啊，我和你都曾在这儿居住过。"

红袖说道："你的话，怎么听着还是像讲故事一样，我怎么一点印象也没有呢！"

王禅走到红袖面前，问道："红袖，难道你见到了酒坊，还不能记起往事吗？"

红袖摇摇头说："确实没有一点印象。"

王禅只好苦笑着说："走，我再带你去一个地方。"

红袖一愣，问道："去哪儿？"

王禅说："就是当年你走的地方。"

说话间，王禅一把拉住红袖的手，急匆匆地向外走去。

（二）

不大一会儿，王禅拉着红袖来到一座墓地。红袖一边跟着王禅走，一边张望荒郊野外，问道："我们要去哪里？"

王禅也不答话，只是拉着红袖快走。二位来到一座旧坟茔，王禅手指着坟墓说道："看，这就是你的坟墓，还有这块石碑，当年我亲手给你立下的，你看这上面的字句还清晰可见呢。"

红袖一把撒开王禅的手上前观看，果然看见石碑上刻有"红袖之墓"，除此之外，还有落款"弟王禅立碑"。

红袖看着看着，慢慢地上前抚摸着石碑说："难道真有此事？"

红袖一动不动地看着坟墓，慢慢地进入了回想状态：

"漫天乌云，狂风四起。电闪雷鸣过后，天上下了一场血雨。然后村内死了很多人。再后来，村内很多的百姓冲到酒坊，人们手指红袖：你是妖女，你要不死，全村都得遭难。于是，众人一起动手，将红袖拉到村外，残忍地将红袖活埋，一个叫禅的小孩，拼命地呼喊着……"

红袖通过回想后，突然说道："我有印象啦，你就是那个禅，是吧？"

听到红袖这话，王禅点点头说："是呀，我就是当年的那个禅，这可一点没有造假啊。"

红袖一脸诧异地问道："这都多少年了，过去的事你咋记得这么清楚？"

王禅说："是北辰星君帮助我的。你想想，一个大上人帮助我，要没有点特殊的地方能行吗？"

红袖点点头说："哦，那也是。"

王禅看着坟墓说："当时就是因为人们把你说成了妖女，才活活将你埋掉。我都拼命了，可还是没有拦住那些不明真相的人群。"

王禅说到这儿，没想到红袖反问道："他们活埋我与你何干，还去与人拼命？"

王禅说："刚才不是和说你了吗，当年我和你就住在一起的，你想想，他们冷不丁地要活埋你，我怎会忍心看着你被活埋呢！"

红袖突然笑道："哈哈哈，那也是因为我不回去不行，哦，是九天玄女姑姑将我召回的！"

王禅如梦方醒道："哦？原来如此啊！"

（三）

此时已是深夜。王禅与红袖在一处丘陵上燃起了篝火，他们坐在篝火旁边，不时地一起仰望着星空。

王禅说："红袖，九天玄女娘娘叫我们治理民间诸侯纷争，真不知道我们应从何处做起啊？你是不是已经有了治理天下的良策啊？"

红袖急忙说道："我？那与民间诸侯国打打杀杀的，是一个女孩子该干的吗？"

王禅说："不是有这样一句话，巾帼不让须眉吗？像九天玄女娘娘一样，天下无人不知啊！"

红袖叹气说："哎，都是姑姑给我们找的麻烦！"

王禅说："哎红袖，这怎么能叫麻烦呢？天下诸侯纷争，战祸不断，受到伤害的都是一些无辜百姓啊，我们身为上人，就应当主动化解民间的战祸啊。"红袖一

本正经地说："这都是四海定数，非一人之力可以扭转，难道姑姑她会不知道？仅凭你我微薄之力，就想扭转这已经病入膏肓的诸侯国大乱，我看啊，只不过是一厢情愿罢了。"

王禅听见红袖说"定数"一词，急忙问道："定数？你难道也知道一些定数的渊源不成？"

红袖压低声音，对王禅说："王禅啊，实不相瞒，这些年来，姑姑在玉人门也不痛快啊，我每日里看见她为了玉人门愁容满面、一筹莫展啊。"

王禅吃惊地问道："噢？怎么回事？说来听听。"

红袖眼睛瞟着天上的繁星说："近年来，一向神秘的玉人门，突然也有了很多小人。他们唯恐天下不乱，还时不时地拉帮结派。他们上对玉先生是花言巧语，极尽欺瞒之事，下对同僚阳奉阴违，暗辱正道门派，还有偷偷勾结暴徒门者。他们这一伙人，其实就一个目的，那就是蓄意搞乱天下秩序。为此，姑姑一边辅佐玉人门，一边应付暴徒门的捣乱，一边还得与组团的阴谋家小人斗智斗勇。王禅你说，姑姑她辛不辛苦啊？"

王禅吃惊地问道："啊？这民间人人敬仰的玉人门怎会这样？"

红袖点点头说："就是这样，王禅你说姑姑累不累？"

王禅沉思片刻说道："看来，九天玄女娘娘才真是辛苦啊，玉人门如没有娘娘的鼎力相助，也会有不测风云啊！"

红袖说："正是因为这样，姑姑也因此与不少门派结怨。你知道那些人都是什么家伙啊！他们不敢明斗，可背地里没少扇阴风、点阴火。所以，姑姑也是一肚子的苦水呢！"

王禅感叹道："娘娘才是真正的胸怀四海啊！"

红袖不满地说道："可有时玉先生却只听信谗言，对姑姑表示不满，姑姑真是有苦难言。"

"唉，玉人门也有不公啊，真是难为娘娘啦。"

"所以作为晚辈，我时常替姑姑的安危担心着。"

"担心什么？"

"怕姑姑蒙受不白之冤啊！"

"蒙受不白之冤？"

"是呀，就怕到时，小人们联手对付姑姑，而那时玉先生又睁一只眼闭一只眼。"

红袖一边说，一边叹气，说得王禅也忧心起来。

二位正在交谈，不知怎的，突见红袖摆摆手着急地就要离去，而且去意坚决，无论王禅怎样问她要去哪里她都不答话。王禅望着红袖离去的背影，十分无奈与不舍。

红袖走了老远才回头说道："忙你的正事去吧，千万不要惦记着天下的美人，这会误了你的前程！"

（四）

王禅独自一人在一座山岗徒步行走，走着走着突然看见不远处狼烟四起，紧接着就听见了一片杀声震耳。王禅见状，急忙登高远眺，见是有两方兵将正在作战，他们一个个正杀得死去活来。再看双方的后阵，都在拼命地擂鼓。

王禅看到这个场面，面色一沉道："这都打打杀杀多少年了。这天底下，到底是谁的诸侯？又是谁的子民呢？就是因为这打打杀杀个不停，百姓都战死了，这样下去当上诸侯又有何意！"

就在这时，王禅发现，在另外的一座山岗上，两位年轻人隐蔽在树林里，也在认真观看着前面的战事。

王禅悄悄走近两位年轻人，到了他们背后，又分别用手同时拍了拍两位的后背，说道："二位好兴致啊！"

两位年轻人原本在集中精力观看双方的对阵，都被这突然的一拍吓了一跳。他们急忙转身，见到眼前的老者王禅，更是一脸的诧异，都张着嘴半天说不出话来。

王禅问道："怎么了两位？难道是吓着了吗？"

两位年轻人你看看我、我看看你，对视后又低声细语交谈了几句。这两位年轻人不是别人，他们正是孙膑和庞涓。此时，孙膑惊讶地看着庞涓问道："哎庞涓，你说这位老人家是不是咱俩刚才做梦时所见的老人？"

庞涓也吃惊地打量着王禅说："孙膑大哥，我看就是刚才梦中所见的老人。"

二位私下议论完毕，突然共同上前施礼，就听孙膑说："老人家，请问您是从哪里来的？"

王禅微笑着说道："从该来的地方来呀！"

庞涓急忙也插话问道："那，哪里才是该来的地方呢？"

王禅不紧不慢地用手摸摸胸口说道："就是这儿啊！"

王禅的非凡话语，使得孙膑和庞涓肃然起敬，尤其孙膑更是吃惊，上前问道："先生是说，这人心才是主宰该从哪里来，又该到哪里去的地方，是这样吗？"

王禅哈哈大笑道："哈哈，此子聪明啊！你是何人？你们为何在此观看战事呢？难道你们与这下面的战事有什么关联不成？"

王禅也产生了好奇心，一边问话，一边对眼前的两位年轻人细细打量。王禅看着眼前的二位，似乎已经感觉到了什么。

他们正在说话间，忽然听到战鼓骤停，细细查看才发现，刚才作战的一方已经在一路烟尘中不见了踪影，战场上留下的定是战胜的一方。

此时就听一员大将急匆匆地喊道："启禀大王，那魏国兵马已经败走，这样的大好时机，我们要不要追击下去？"

被称为大王的回道："那魏国向来是诡计多端，虚中有实，不知他这败走是真是假呢？"

就听大将说道："败走如果是假，可这儿还有他们留下的无数尸体呢，依我判断，魏国兵败应该是真，请大王定夺！"

就听大王说道："现在是留着他，我发愁；留着我，魏国发愁。目前看来，他们败走也是好事，我们不去上当受骗。只要有我们在一天，他们就会不得安心，他们不发愁那才怪呢，哈哈哈哈！"

那大王的一番话，着实让人一惊，特别是正在和王禅说话的孙膑，心中暗想："这是一招好棋，为了生存，特意留下互为掎角的阵势，这不用说，交战双方很有可能都有着第三方的朋友或者敌人，在这样的情况下，留着对手，或许就是一步非常有用的高招啊。"

第二十六回　招弟子为平纷争　斗才干孙膑庞涓

（一）

山岗上，王禅的突然出现，令孙膑和庞涓着实吃了一惊，特别是孙膑，激动地上前施礼说："晚辈孙膑，齐人也，这位叫庞涓，我俩是好友，今日有幸得见前辈，实属幸运之至。"

听到孙膑自我介绍，王禅说："原来是孙膑和庞涓两位后生啊。"

这时孙膑和庞涓同时上前施礼说："正是晚辈。"

王禅再次打量着孙膑和庞涓问道："孙膑庞涓啊，你们和我本是初次见面，那刚才二位见了老夫为何一脸诧异？难道我们之间有什么瓜葛不成？"

孙膑再次近前施礼说道："回前辈，这事说来蹊跷。这要说我们曾经认识，今生确实不曾在世间谋面，但也确实在梦幻的世间见过面啊。要说不认识，那也确实没有打过交道！"

王禅问道："噢？此话怎讲？"

孙膑说："要说认识，那是因为我俩刚才就在此地，共同做了一个奇怪的梦，在梦中见到了您老人家。要说不认识，那是因为我俩从来没有在世间见到过老人家您呀！"

王禅甚觉不可思议："噢？有这等事？你们竟然在梦境中见到过老夫？"

庞涓也说："事情是这样的，先生。前响我俩路过此处，感觉到有些疲累，就决定在此歇息片刻。不料我俩都睡着了，这一觉醒来时，我俩都说刚才做了一梦，结果相互把梦境一说，奇怪了，没有想到我俩的梦境竟然一样啊！"

王禅问道："这么奇怪？那究竟是什么梦境啊？"

孙膑急忙说："我俩都在梦中见到了您。在梦境中，您亲口告诉俺说，此处将有一场大仗，要我们两个留心观察，还说如果有缘分就收下我俩为您的弟子呢！"

庞涓也说道："梦醒后，我俩就半信半疑地讨论着这不可思议的梦境。可就在说话间，果然听见了不远处的两军在此开始对垒。面前两军的冲杀，加上我们的梦

境，我们就感觉到，这绝非寻常的巧合，于是我们就决定在此观战。"

王禅听了两位所说，诧异地点点头，随即转身闭目，不大一会儿突然呵呵大笑着转过身来说："缘分，缘分啊！"

孙膑急忙上前说道："老人家您看，奇怪不奇怪，我们真的有缘分吧？"

王禅点点头说道："奇怪奇怪真奇怪，苍天要渡有缘人啊，看来我们是有一段缘分啊！"

孙膑施礼道："那请问老人家，我们该怎样称呼您呢？"

王禅笑道："人称老夫鬼谷子王禅是也！"

王禅一句话令孙膑大惊："啊？您就是传说中的鬼谷子王禅老人家？"

王禅笑道："不错，老夫就是鬼谷子王禅啊！"

孙膑和庞涓二位忙跪倒在地，向王禅叩头，并同时喊道："在下孙膑、庞涓，恳请先生收下我们为徒！"

王禅笑道："噢？你们要拜在老夫门下为徒，你们两个这么有诚意，那你们说说，想在老夫这里学些什么呢？"

孙膑说："先生如有安邦定国、强民富民的学问肯教授给晚辈，就足够矣！"

听到孙膑这话，王禅点点头。

庞涓则说："晚辈庞涓，想与先生请教一些扩疆域占城隅的强兵之策啊！"

王禅笑着说道："好好好，老夫就收下你们为徒吧！"

见王禅答应收徒，二位又向王禅叩头。

（二）

日出日落，王禅收下孙膑和庞涓已经有些日子了。一日，在一座大山中的羊肠小道上，王禅带领孙膑和庞涓在山中漫步，师徒一边走一边讨论着治国安邦的策略。

就听孙膑说："师父，近日弟子总是在想，我们要是按照您传授的去做，这天下诸侯国之间必有翻天覆地的变化，那我们该扶持谁呀？是不是要看各个诸侯国的大王，看他们谁更有仁慈之心。仁慈者，我们就可以帮助他强大；昏庸无道者，我们就可以使其灭亡啊。弟子的观点是不是与您的相似啊师父？"

王禅点点头说道："嗯，基本是这个意思。"

一旁的庞涓插话道："师父啊，弟子近日也突然悟到了扩疆的法则。"

"噢？说说看，你都悟出了什么法则呢？"

"弟子近日总是琢磨师父传授的'权益篇''谋计篇'以及'本经七篇'。"

"嗯，那你都从中琢磨到了什么呢？"

"手中有了权力，就要让权力发挥作用，还要用权力征服一切！"

王禅听了，愣道："庞涓呀，权力不仅只用在这些地方啊，要用在为天下苍生所谋。天下每一个正直的人都要记住，得到权力要慎用，要为了苍生所谋。"

庞涓说道："师父，您老人家难道没有看清楚这世道吗？这个世道的公平是谁说了算？还不都是达官显贵者说了算吗？师父您再看，一些龌龊的达官显贵都在干什么？其实他们都在糟蹋百姓啊。这天下，为什么总会是达官显贵糟蹋百姓？道理很简单，那是因为普通百姓这个群体根本就没有能力反抗那些达官显贵。因此，弟子也总结了，人在世间不需要学会别的什么，我看只要学会不择手段就可以光宗耀祖啦！"

庞涓滔滔不绝的谬论，听得一旁的孙膑瞪大了眼。王禅面色沉重地问道："那你说，应该怎么个不择手段呢？"

庞涓说："要学会对上说瞎话，对下说狠话，再学会乱中求巧就可以了。"王禅斥责道："一派胡言！此乃装神弄鬼的伎俩，是小人之为，我们正道中人岂能效仿这些下流做派！"

一旁的孙膑急忙拦住庞涓道："唉，庞涓师弟，我们参学师父的绝学，就是为了用我们的智慧帮助贤明，铲除昏庸无道，以达到乱中求稳、安定社稷、造福黎民百姓。可不能用在争强好胜、贪图斗狠而乱了天下，到时成了人间一妖啊！"

山岗上，师徒的讨论原本是围绕着治国安邦，而此时竟然因为庞涓的谬论惹得王禅不高兴。孙膑见状，想拦住庞涓的话题，可他没有想到，自己不但没有拦住庞涓，反而令庞涓更为激动。

庞涓摆摆手说道："孙膑师兄此言差矣，师父在《求本》中说，不可干而逆之。"

庞涓又准备夸夸其谈，王禅再次问道："庞涓，那你又是怎样理解《求本》中'持枢，谓春生、夏长、秋收、冬藏，天之正也，不可干而逆之'的呢？"

庞涓说道："师父，弟子认为掌握了枢纽，就是掌握了权力，而权力就能控制一切规律，这是个硬道理，逆之者不可取也，难道不是这样的吗师父？"

王禅面色再次一沉，训斥道："一派胡言！"

孙膑急忙反驳庞涓说："庞涓师弟，这么说来你对师父的《进策术》和《备

明》都有一番别样的理解了？"

孙膑此言，惹得庞涓不耐烦地说道："师兄，权力是什么？权力可不是你天天在那摆弄泥沙阵法，什么趁火打劫、什么声东击西、什么诱敌深入、什么四面埋伏就能够得到的！这老话说得好，智者不与愚者争论，我看你就是个愚者而已，多说无益，简直是对牛弹琴！"

孙膑一愣，对着庞涓无奈地摇摇头。

（三）

天下诸侯国中有一个齐国，盛产粮油、优质牛羊和彪悍的战马，因此，齐国在天下诸侯国眼里算是一块肥肉，或者说是大家都想瓜分的肥羊，但齐国也是孙膑的家乡。在战国时期，齐国因为出了个孙膑，也使齐人在天下诸侯国面前感到荣耀。

话说一日，齐国大殿外突然飞奔而来一匹战马，马上坐着一位面容紧张的前哨士兵。士兵骑着战马，一路马不停蹄地飞奔到了大殿前，还没站稳脚，就噌地一下跳下战马，紧接着一路跑向大殿，一边跑一边呼叫着："报——"此一声喊，来得非常突然，齐国大殿上下都把目光转向他，大伙谁也不知道此时究竟发生了什么，但大伙都明白，要是没有特殊的情况，这边关探马是不会急匆匆赶回大殿的，此刻，就连齐国大王都吃惊地看着那火速跑进来的士兵。

探马士兵进到大殿，脚还没有站稳就急忙施礼说道："启禀大王，魏国大军已经将燕国东南大片城池夺取，现正在攻打我国边陲，请大王定夺！"听到士兵的禀报，端坐在大殿的齐国大王大惊道："啊？这魏国又公然发起战乱，背后必然有秦国的支持，各位爱卿可有良策啊？"

这时，站在大殿下面的大将田忌近前说道："大王不必惊慌，这自古就是兵来将挡，我即刻率领大军驰援边陲就是了！"

见大将田忌主动提出来要率兵出征，大王说道："那就辛苦爱卿了，你去整顿兵马吧！"

田忌急忙施礼转身走出大殿。

再说那大山之中，此刻鬼谷子王禅叫来了孙膑和庞涓说道："孙膑、庞涓。"孙膑和庞涓听到师父喊叫，忙跑上前去同时答道："弟子在。"

王禅说道："师父在此山中前前后后好多年了，现如今为师想到外面云游一番。我看你们二位，也该下山去展示一下自己的才能了。这样吧，你们也就此下山去吧，择机锻炼一下自己，如何呢？"

孙膑闻听师父这话，说道："弟子所学有限，悟性也低，还想再跟随师父参学时日啊。"

一旁的庞涓则说："孙膑师兄，这师父都说了，他老人家要外出云游，叫你我下山展示，你这磨磨唧唧什么？再说，现在天下诸侯国大乱，正是需要我等施展的时候啊。"

王禅也说道："去吧，现在正是你们施展才华的时候，这老话说得好，是骡子是马得遛一遛才行。"

孙膑上前施礼说道："师父，弟子感觉离开了师父真的就会一事无成啊。"王禅见孙膑不肯离去，便说道："师父领进门，悟性靠个人。往日师父是怎样传授你们的，自悟去吧。"

孙膑说："师父，我们今日一别，不知何时还能见到师父？"

王禅说道："师父云游天下无有定期，就看缘分啦！"

（四）

数年后的一日，王禅阁外突然来了洺河府邸主子白圭。白圭偏偏抱来了一个大酒坛子，一边走一边乐呵呵地呼叫着："王禅王禅，看看道兄给你弄来了什么！"

此时，王禅阁内已经有了槐树人。王禅和槐树人大老远就听到了白圭的喊叫声，二位笑着说道："一准是白圭道兄弄到了什么稀罕物件了，瞧他高兴的样子。"

白圭说话间就到了王禅阁，见了王禅和槐树人，自个哈哈大笑着说道："来来来，这天下有名的大上人回来了，尝一尝我这百年佳酿，咱可有话说在前头，只此一坛，要不是听说你王禅回来了，我可没有这么大方过哦。"

槐树人说道："白圭上人，我说你近日总是不在家，是不是偷偷地到外地弄好酒去了？"

白圭说道："哎，槐树上人说得不错，老夫近日在魏国一带云游，确实弄回了这一坛好酒，不是咱的大上人回来我才舍不得喝呢。"

王禅说道："噢？白圭上人的好酒不喝可是白不喝呀。"

三人一起笑过，此时的王禅阁内，几位举起酒碗共同碰了一下，接着都咕咚咕咚地喝个痛快。

一会儿，白圭兴奋起来，说道："各位啊，这一次本上人在魏国差一点插手民间一事啊！"

槐树人一听，说道："哎，上人不许插手民间事务，你可不要犯下律条噢！"

白圭说道："就是，后来一想不是还有玉人门的律条管着的吗？嘿嘿，咱就没出手！"

白圭说话间一仰脖又是一碗。喝完酒，又说道："我的天哪，这民间也有的人不如畜生呢！"

槐树人问道："到底是怎么回事嘛？别在此故弄玄虚。"

白圭说道："啥故弄玄虚？是有名有姓，唉，活生生的惨案啊！"

"哎哎，要说就说清楚一点，要不说就把嘴闭上。"

"你们听说过庞涓和孙膑之战没有？"

听到白圭说起孙膑和庞涓，王禅一愣，但他不动声色，静听白圭继续往下说。

槐树人说："听说过呀，怎么啦？"

"他们可都是了不起的人物呀。"

"你是说他们啊，那这一仗还是齐国大胜吗？"

"你说这个庞涓，他无事生非，今天打这家明天打那家。"

"是呀，说来也是奇怪，这庞涓打别人一打就赢，可每次打齐国都是大败而回。"

"就是，听说还是齐国的孙膑给他留了面子。"

"没有想到，这民间也算是出了两位奇才呀。"

"不错，此二人确实是奇才。不过，现在却是那庞涓为人不义了。"

槐树人惊讶地问道："怎么啦？"

白圭说："听说这孙膑和庞涓原本是好朋友，可能是庞涓技不如人，打不过人家就设计陷害人家。"

"怎么设计陷害的？"

"那庞涓邀请孙膑到魏国做客，说是再叙弟兄情分。不料，孙膑到了魏国就被庞涓打入了死牢，还将人家孙膑的双腿砍去啊！"

槐树人更加吃惊，大叫一声："啊！"

白圭和槐树人你一言我一语地讲述着，一旁的王禅面色越来越难看，突然将手中酒碗扔在地上，表情凝重地问白圭："此话当真？"

"全是实情。哎，你是怎么了？"

"二位有所不知，那孙膑和庞涓都是在下的弟子啊！"

白圭和槐树人同时惊叹："啊！"

白圭说："我说这些奇才咋这么厉害，还怀疑是有鬼魂附体呢，原来是鬼谷子门徒！"

王禅懊丧地说："庞涓这个畜生！"

槐树人说："主人，你可不能插手啊。"

白圭瞪眼："胡说！既是弟子岂能不问？"

槐树人也瞪眼："白圭上人，你可不能在一边煽风点火啊！"

白圭瞪眼："你以为都像你槐树人一样没有一点人情味！"

槐树人又瞪眼："请你们记住，还有玉人门律条呢！"

白圭说："那我们将孙膑救出算不算触犯律条呢？"

槐树人沉思片刻："只要不亲手屠杀百姓，或者不计划参与屠杀普通人，就应该不算是触犯律条吧！"

白圭说："那我去把孙膑救出，然后送到齐国就不再过问了，这样不算触犯律条吧？"

第二十七回　出牢笼孙膑归齐　败庞涓齐国雪耻

（一）

　　孙膑在魏国死牢受尽了师弟庞涓的磨难，原因没有别的，就是因为号称天下奇才的庞涓不能容忍孙膑也有超人的才华，在他眼看着就要驰骋天下的时候孙膑却出来了，并且自己还缺少战胜孙膑的信心。

　　说也奇怪，在诸多战事中，当庞涓率领魏国大军掠劫别的诸侯国时，都是旗开得胜马到成功，但是只要遇见孙膑就必败无疑。这一下可是恼坏了庞涓，他不但觉得自己在孙膑面前丢尽了面子，还怕孙膑日后将他吞并。为此，他们师兄弟两个是明争暗斗了数年，最后庞涓算是明白了，孙膑就是比他庞涓技高一筹。庞涓怕孙膑给他带来潜在危险，怕这样下去在天下诸侯国之间没有了声望，更怕魏国大王对他这个魏国大将的信任有所动摇，所以，庞涓每每想起孙膑就寝食难安，于是只好设计陷害孙膑。终于有一日，庞涓派人向孙膑送去了花言巧语的书信，更是送去了甜言蜜语和甘拜下风的诚意。身为同门师兄的孙膑，虽然早就知道这是庞涓的缓兵之计，但念在同门的手足之情，还是应邀到了魏国去见庞涓。孙膑没有想到，此去魏国会见师弟，庞涓不但不讲同门手足的情义，还狠心将他陷害。庞涓设计灌醉了孙膑之后，随即将孙膑押入死牢，还趁机将孙膑的双膝残忍地挖去。孙膑在疼痛中醒来之后，无论怎样要求面见庞涓都无济于事。

　　消息传到齐国，齐国上下眼看着孙膑在魏国遭难，却没有半点招数救出他，弄得齐国上下怨声载道，大骂庞涓小儿不义。甚至于，齐国各地自发地出现了敢死队，甚至有侠义之人愿意找庞涓以性命赎回孙膑，可最终都以失败告终。

　　王禅阁内，得知消息的白圭非常愤怒，冒着违反条律的危险把孙膑从魏国牢笼救出，然后又将孙膑送回齐国丞相府。王禅知道了孙膑落难的消息也非常气愤，最令他气愤的是，孙膑不是遭受了别人的陷害，而是同门师弟下此毒手。王禅在痛惜中赶往齐国丞相府，亲眼看到了面目全非的孙膑。一时间，王禅接受不了这个现实，但事实就在眼前，他不得不心痛地面对着被庞涓挖去膝盖骨的孙膑。

孙膑见到师父，兀自坐在轮椅上发呆。王禅便运功向孙膑注入了一点内力，这时孙膑才恍然发现是师父王禅已经到来。孙膑难过得痛哭流涕，王禅上前抚摸着给予他安慰。

孙膑撕心裂肺地哭诉着："师父啊，弟子身残不能起身施礼，请师父见谅啊！呜呜——"

王禅一边抚摸着孙膑的肩膀一边说道："师父都知道了，都是那畜生庞涓，他不顾同门之情，残忍地陷害于你！"

孙膑哭诉道："那庞涓，嫉妒弟子在齐国的作为，他自己又非常害怕在魏国大王面前失宠，更是害怕弟子带领齐国称霸中原，他眼看着齐国在弟子的精心设计下蒸蒸日上，这叫他寝食难安啊！他视弟子是他称霸中原的第一障碍，就一心想除掉弟子啊！"

"嗯，这些为师都知道了。"

"师父啊，弟子让百姓过上平安祥和的日子难道有错吗？"

"那庞涓早有狼子野心揣在怀里，他吃人是迟早的事。当初，为师念你带他归依我门下，不愿意把他赶走，以免伤你心志影响学业。期间，老夫不止一次地发现他易于小人得志，平常就爱装腔作势、不懂装懂，这令老夫极为害怕，怕他将来误国误民，更怕他步入国妖之道，但老夫没想到，他竟然会对同门师兄弟下手，真是畜生不如！"

"师傅啊，弟子也不想做什么齐国丞相了，不如就跟随师父回去吧，还请师父应允啊。"

"孙膑啊，师父云游天下没有定所，丹成的王禅阁虽然是师父的道场，也是常年劳累槐树上人他们值守庙宇。那王禅阁，如你愿意前往，就在你完成民间使命后，可到那王禅阁报到，然后了此余生。"

"弟子原本就没有刻意要做这个丞相，只是阴差阳错地任了齐国丞相而已。没想到，弟子自任齐国丞相以来，无意间惹恼了庞涓啊！"

师徒正在说话间，门外突然传来兵将的吆喝声："报！"

客厅内，王禅和孙膑听到喊叫都是一愣，王禅拍拍孙膑的肩膀说："你好自为之吧，师父不能插手民间事务，咱们就此别过。"

孙膑眼看着师父王禅转身离去，挥手向门外问道："何事禀报？"

兵将说："启禀丞相，魏国大军在庞涓的带领下攻打赵国，眼看着就要攻下赵国了，大王担心魏国的胃口大，怕下一步战火烧到齐国，大王请丞相计划退敌。"

孙膑沉思片刻，兀自冷笑一阵。

没过一会儿，大将田忌急匆匆走来说道："丞相啊，情况危急，请丞相计划退敌啊！"

这时，孙膑看着田忌说道："那庞涓急功近利，屡屡挑起战乱，天下百姓饱受战祸之苦，多个诸侯国对此人恨之入骨。今天，咱们就教训一下这个狂妄的小人。"

"丞相是有了退敌妙计吗？"

"将军作何打算呢？"

"丞相有所不知，如今赵国上下一片混乱，他们大有臣服魏国之意。今天那赵国使节前来说，如果齐国不及时援救赵国，那赵国就决意臣服魏国了，到时，赵国很有可能会与魏国一起发兵攻打齐国。所以，如今咱们齐国也是一片混乱啊！"

孙膑只是点点头。田忌看着他不急不躁的样子，便近前问道："丞相，我们现在出兵赵国救援如何呢？"

"这个时候，你们应该出兵攻击魏国必救的地方才是上策！"

"攻击魏国必救的地方？"

"对！"

"请丞相明示！"

"此时，你们出兵赵国是下策，不如派一支强大的队伍，直接攻打魏国的都城方为上策。"

"直接攻打魏国都城？"

"你想想，那庞涓急功近利，为了快速拿下赵国，以彰显他的实力，他必然将魏国的精兵强将都调往了赵国。这主要兵力都调往了赵国，那其都城必定空虚，此刻你们派兵攻打其都城，那魏国都城必然告急。他们唯一的办法，就是召庞涓回援，到那时就自然形成了围魏救赵之势啊。"

田忌一拍手说道："对呀，这一招妙啊！"

孙膑继续说道："待到庞涓回援时，你们就将大军埋伏在桂陵一带，定可伏击回师救援的庞涓大军，到时就可大获全胜。"

"妙计！妙计呀！"

"快去吧，兵贵神速。"

（二）

田忌按照孙膑嘱咐，即刻挑选了精兵强将，亲率大军直击魏国都城。魏国都城果然空虚，在田忌精兵强将的攻击下，眼看就要破城，这时候，只见魏国接连派出快马向庞涓求助。田忌此时只是紧紧地围住魏国都城不放松，没有真去破城，就等待着庞涓回援。田忌仔细地算了算日子，突然放弃攻城，急匆匆挥师直奔桂陵而去。

再看桂陵。齐国丞相孙膑早就算定了庞涓必然走近道回援魏国都城，田忌将大军按计划在桂陵实施埋伏。齐国大军刚刚埋伏完毕，就看见庞涓率领大军浩浩荡荡地进入了齐国的埋伏圈，齐国大军上下欢喜。就听田忌将军吩咐说："大家注意了，庞涓回援的大军到了，大伙准备出击！"待到庞涓军队全部进入伏击圈内后，田忌一声令下，齐国大军便一齐动手，瞬间万箭齐发，无数滚木礌石从天而降，转眼间，魏国大军已经死伤无数。

庞涓大惊失色，焦急地喊道："不好，我们中了埋伏！"

但为时已晚。此刻齐国大军士气高昂，他们一起喊叫着冲杀魏国大军。再看魏国大军，已是溃不成军，一时间魏国大军的尸体已经漫山遍野。这时，还听齐国大将喊叫着："活捉庞涓，为丞相报仇！"

齐国大军的冲杀声一浪高过一浪，而魏国兵将的惨叫声此起彼伏。这时，庞涓带领亲兵冲破杀声四起的埋伏，一路拼命冲了出去。庞涓满身伤痕地跳出伏击圈后，身边已经没有几人了。这时，庞涓回头看看那些被围在伏击圈内的魏国兵将，已是惨不忍睹，庞涓顿时气得身体直摇晃，差点跌落在地。

有兵将上前手拉庞涓喊叫着说："将军快走！此地不可久留，我们来日方长啊！"

庞涓悲伤地哭喊："我的大军啊，我的大军啊，这该怎么向大王禀报啊！"再看整个桂陵战场上，魏国大军留下无数尸体，只剩下小股兵将扔下战旗，与庞涓一起狼狈逃窜，一路败退而去。

庞涓一边逃跑，一边仰天长叹："苍天啊，这是为何，为何如此啊？"

（三）

齐国，凯旋而归的兵将兴高采烈，齐国大王亲自出迎，带着美酒犒赏他们，

此刻齐国上下都在欢庆大捷！

丞相府中，孙膑闻听大军凯旋，也长长地吁了一口气。一会儿，有兵丁来报："启禀丞相，门外有不少兵将前来看望丞相。"

孙膑摆摆手说道："一律回绝，就说我身体不适，一律不见！"

这时，齐国大王已经来到孙膑床前，对他说道："丞相身体不佳，别人就不来打扰了，但是朕必须亲自到府上看望朕的丞相啊！"

孙膑见到大王亲临，急忙抱拳说："大王，孙膑身残，不能起身相迎，恕罪恕罪。"

大王笑着说道："丞相啊，这一仗总算是给齐国的士气点了一把火啊，不过那庞涓小儿害得丞相身残，这个大仇，今后我们齐国一定要报啊！"

再说王禅阁。齐国大败魏国的消息早被白圭和槐树人知晓，白圭哪能守得住寂寞啊，一高兴就到了齐国丞相府，二话不说背上孙膑就走。白圭背着孙膑到了王禅阁，将孙膑放下，槐树人早已放好了桌椅，摆上酒宴准备庆贺。

孙膑抱拳说道："白圭上人，不是您出手相救，孙膑如何脱离那庞涓的魔爪啊！"

白圭笑着说："孙膑啊，今天叫你来此，一是为了叫你认识一下你家师父鬼谷子王禅的道场，将来好知道如何寻找我们；二是庆贺你教训了庞涓小儿，这可是个大快人心的事啊。"

一旁的槐树人插话道："孙膑啊，今后你要是到这个道场来，必须是晚上才能相见，因为白天民间事务繁忙，还不便我们说笑，要记住哦！"

孙膑急忙施礼说道："多谢各位上人对孙膑的厚爱！"

孙膑四处观望一阵，槐树人见状急忙摆摆手说："你是在找你家师父吧？不要再看啦，你家师父云游去了，此刻他不在道场。"

这时白圭高兴地说："我们闻听你设计大败庞涓，前天槐树人还与我抬杠来着，非说要弄明白你孙膑到底用的啥招，槐树上人说，你孙膑是用了王禅的围点打援，那到底是不是这样呢？"

槐树人说："哈哈哈哈，现在看来，孙膑用的应该是围魏救赵啊！"

白圭说道："我看更像是四面埋伏！"

关于齐国大败魏国之事，普通人根本不在意是谁胜谁负，也不在意是谁灭谁，在漫漫日月中，有关桂陵之战已经成了一段历史。

（四）

十年后的一日，魏国的一个酒馆门前，四处云游的王禅突然来到了这里。他直接迈步进了酒馆，见到酒馆掌柜就吆喝道："掌柜的，请给我一坛上好的酒。"

掌柜的见到王禅，随即答应了一声："哎，来了！"

王禅在酒馆坐定后，发现酒馆的客人已经不少，就一边喝酒，一边听几位酒客摆龙门阵。

"老弟，你们那里近日抓丁怎么样？"

"别提了，疯魔得不得了，从十五岁到六十岁的男人，几乎无一幸免啊！"

"造孽呀，我们那里也是这样啊！"

"都是那该死的庞涓惹的祸啊，他为了使自己的前程稳固，就在大王面前卖好，闲着没事的时候，不停地向别人发起战争，闹得生灵涂炭啊！"

"听说赵国、燕国、齐国的百姓，也都拜这个庞涓所赐，受尽战祸之苦啊！"

"哎呀，这谁不知道，他庞涓生成就是个祸害人的玩意啊！这么好战，他不是没有对手，他也有对手。像十年前那次，他庞涓在桂陵不是叫人打得落花流水吗？能够捡回来一条狗命就已经不错了，还不长记性！"

"他现在不是光叫咱魏国受尽战争之苦，咱那邻国，不都是让他搅浑了水不是？听说人家齐国都不愿意打仗，可是为了应对庞涓，还得硬着头皮与庞涓作战啊，那齐国民间，都自发地组织了刺杀庞涓的敢死队了！"

"听说没有？那庞涓也不是普通百姓啊，就前天夜里，就有一个刺客去将军府刺杀庞涓。你说咋地，那刺客悄悄地摸到庞涓卧榻，瞄准了庞涓的脑袋就是一刀，结果被刺客剁了一刀不假，取下的人头却不是庞涓的，而是将军府内一名打杂的，你说这替死鬼亏不亏？还有这刺客，杀错了人也没有走掉，被早已埋伏好的庞涓一阵子乱箭射死了。"

众人哗然。

此刻，突然就听一位酒客说："听说他师父王禅，才厉害呢！"

另一个酒客说："啥样的师父教出啥样的徒弟啊！"

大伙说到此，一酒客翻着白眼说道："错！听说那王禅可是天下有名的大善人啊！"

"善人？善人能教出这样的徒弟！"

第二十八回　庞涓死孙膑退隐　再授徒巧遇张仪

（一）

一日，齐国丞相府中，孙膑正在手捧着书卷聚精会神地研读。突然，齐国将军田忌急匆匆走来。

天下太平很长一段时间了，齐国丞相府像一湖静水一般。孙膑抬头看见田忌如此慌张，问道："田将军，何事慌慌张张？"

田忌急忙上前拱手说道："启禀丞相，魏国大军正在攻打韩国，今儿上午，那韩国来人说，如果齐国不能及时出兵相救，韩国恐怕也撑不住几天，其结果是必亡。咱大王为了此事已经朝议半天啦，满朝文武皆是一策难求，大伙又怕打扰丞相静心休养，都不敢冒昧前来，这下可急坏了大王，大王说，如此下去要不了多长时间，下一个被魏国攻克的就是我们齐国啦！所以眼下又是一个迫在眉睫的紧急要务啊，身为齐国大将，不得不慌张啊！"

听了田忌一席话，孙膑突然笑道："哈哈哈哈，这个庞涓小儿，他真的不长记性啊！没想到，时隔十年，他又要称霸中原，真是荒唐至极，也真是不作不死呀！"

"难道丞相又有妙计？"

孙膑架起双拐，慢慢地在大厅走动了一阵，突然仰天长叹，提起一支拐杖用力敲地，发出"咚"的一声，随即说道："将军过来。上一次你成功地围魏救赵，打败了不可一世的庞涓，抹杀了魏国的锐气，可他庞涓还是死不悔改！这一次，你要上演围魏救韩，把握住火候，适时地将大军埋伏在马陵一带。这一次庞涓大军路过马陵时已是深夜，你们可以在此时打一个漂亮的伏击！如果打得好，可全歼魏国兵将！到时，你们看见一座山岗上亮起了火把，就向那里万箭齐射！"

田忌不解地问道："丞相，何以见得庞涓是在深夜过马陵？"

"那庞涓生性多疑，急功近利，你这边将魏国都城围住破城，庞涓肯定认为你又是在围点打援，所以他就不着急回援。到时，你将计就计即刻破城，当然，你也破不了城，但那魏国大王岂能相信你破不了城呢？所以，魏国大王必然派出快马，命令庞涓回援，可他庞涓还是担心你打他的埋伏，就会绕道马陵回援魏国。所以细细算来，那庞涓应该是深夜过马陵才对呀！"

田忌赞叹道："丞相妙计，妙计啊！只是山岗之上是何人亮起火把呢？"

孙膑冷笑着说道："哈哈，是该死的人啊！"

用心谋者，谋真理，精心用心谋者，必出惊天动地的大招。这一切，都没有出乎孙膑的意料，庞涓的所作所为，真的都是按照孙膑的设计而行。夜晚，庞涓真的是准时到马陵。此时再看齐国大军，早已按照设定埋伏完毕。刚刚到了深夜，魏国大军果然如流水一般涌进了伏击圈。齐国将军一声令下，顿时漫山遍野灯火通明，万箭齐发，滚木礌石和设定的梭镖，像排山倒海一般，一起飞向魏国大军。

庞涓大吃一惊，急忙号令撤退。但为时已晚，魏国兵马无论如何也冲不出去了，几乎是任人宰割。双方交战不大一会儿，就见魏国大军尸体已经堵住了自己的前后退路。一时间，齐国兵将的冲杀声和魏国兵将的惨叫声，响彻山野。庞涓惊慌失措地喊叫："大势已去！大势已去呀！"

这时，有几个兵将拼了命地拉住庞涓，护送着庞涓向一边的山岗逃去。庞涓带着所剩无几的一行残兵来到一处山岗，发现整座山岗的树木早已被齐国大军铲平做滚木礌石去了，唯有一棵大树奇怪地立在山岗。庞涓好奇地近前观看，见此大树上的树皮已经被人剥去，树身上还有密密麻麻的一些字迹。庞涓喊道："来呀，看上面都说些什么！"

有随从急忙近前，观看后摆摆手说："有一行字，但看不清楚！"

庞涓说道："亮起火把！"

随从即刻亮起火把，庞涓上前一把夺过火把，走到大树下近前观看，见大树上写着："庞涓死于此树下！"

庞涓即刻大吃一惊，来不及逃走就被乱箭射死树下。至此，魏国跟随庞涓的大军已经全军覆没。

一座山岗前，王禅已经将庞涓安葬完毕，一旁的孙膑，架着双拐望着庞涓坟墓不动声色。王禅仰天长叹说道："唉，自作孽不可活，自作孽不可活呀！"就这样，鬼谷子爱徒孙膑和庞涓，以举世震惊的才智相斗了数年，最终又以举世震惊的马陵战役结束了为人不仁的庞涓一生。随即，孙膑也退出了政治舞台，退隐山林，潜心修道，老死山中。

（二）

一条林间小道上，红袖和王禅正在漫步行走，二位寻找了一块地方坐下，随即又燃起了一堆篝火。

红袖说道："王禅，我还是称呼你王大哥吧。王大哥，现今你那两个弟子均已不在世上，而这民间诸侯国的治理还任重道远啊，你下面有何打算呢？"

"嗨，原本是想让那孙膑和庞涓一起共同治理天下，没有想到，这师兄弟两个竟然成了政治对手。"

"这也是天意，现今他们既然都不在了，王大哥你这治理天下的任务，就不要再想着他们了。"

"还想什么呢？既然天意如此，我们就不问也罢。"

"那可不行。"

"为何？"

"你难道忘了九天玄女娘娘交给你的任务？"

二位正在闲聊，突然不远处有一位青年跌跌撞撞地跑来。这青年名叫张仪，已经身负重伤，正在挣扎着拼命地逃跑。坐在篝火旁的王禅和红袖见状，大吃一惊。说话间，张仪已经跑到了近前，王禅急忙起身上前问道："前方来者何人？"

张仪不予搭理，继续跌跌撞撞地跑着。

王禅再次问话："来者何人？"

这时张仪停下脚步，痛苦地捂住伤口，见眼前的二人没有敌意，便艰难地说："我叫张仪……先生救我……"

王禅正在诧异，突然看见前面冲来了一队兵马，他们手持火把，嗷嗷叫着冲着篝火这边跑来，还有军士舞着大刀喊叫着说："快看，前面有人，快！"

说话间，一帮军士直奔篝火而来，王禅不想惹得麻烦，一把提起张仪与红袖飞向身后的峻岭。

转眼间，那帮军士已经到了篝火旁边，围着篝火转了一圈，有军士禀报道："启禀将军，你看，此处篝火燃烧的状态，不像是张仪那小子燃烧的。"

将军近前观看一阵说道："哦，看这么一堆篝火，像是燃烧了一会儿啦，如果是张仪燃烧，那他绝没有这个胆量在此消遣。"

"将军，那此篝火是何人燃烧呢？"

"搜查一下，看一看有没有张仪在此。"

"是。"

军士呼啦一下在附近寻找着，一会儿工夫，又都回到将军跟前摆摆手说道："没有发现张仪那小子！"

将军一挥手说道："撤退！"一帮军士上马离去。

王禅见军士手持火把离去，就带着张仪纵身飞回篝火前，红袖也紧跟其后。王禅问张仪："你是什么人？他们为何追杀你？"

张仪艰难地说道："先生，我不是坏人，我叫张仪，魏人也。"

"刚才追杀你的又是什么人？"

"他们是楚国军士。"

"噢？你既然是魏人，楚国军士为何追杀你呢？"

"说来话长啊先生！"

"那好吧，我先给你疗伤，伤愈了再说不迟。"

王禅拉着张仪就地打坐稳当，选准了张仪的背后坐定，然后伸出双手对着张仪后背就是一掌。紧接着，他的双手在张仪背后上下翻飞一阵子，然后用力打通了张仪经脉，张仪"噗嗤"一下子吐出来了一口鲜血。

王禅说道："坚持一下，马上就好！"

然后又用双掌，在张仪的后背上从上到下推了一遍，不大一会儿，张仪浑身上下冒出白烟，又一会儿，张仪舒了一口气。

王禅问道："感觉怎么样了？"

张仪惊奇地说道："先生奇功啊，舒服多了。"

王禅站起身，说道："你活动一下看伤势如何。"

张仪随即就伸展一下筋骨，顿时惊喜地说道："先生您真是神人啊，我感觉这伤已经没有大碍了。"

"那好，说说你既是魏国人士，那楚国军士为何追杀你呢？"

"自周天子失控以来，天下诸侯就各自称霸一方，这就苦了天下百姓啊！"

"所以，我就劝说魏国大王，要养精蓄锐，把防御视为国策。"

王禅一愣："噢？"

"可那楚国不甘寂寞，他们屡屡侵犯魏国，由于魏国采用了防御的国策，固若金汤，那楚国每次来犯都是大败而回。"

王禅再次惊叹："哦？"

"为了使两国百姓少些战祸之苦，我就去了楚国，设法劝说楚国大王不要挑起

战祸。不料，这时魏国就有小人禀告大王，说我在楚国出卖魏国。大王偏信谗言，将我一家老小一并拿下；又差人在楚国散布谣言，说我是魏国派来的奸细，是来铲除楚国的。"

王禅摇摇头说："此乃小人之举。"

"消息传到楚国大王那里，楚国大王深信不疑，派军士去驿馆缉拿我，无奈我在逃跑中身体多处受伤，所以就……唉！"

王禅点点头说："哦，原来如此。"

这时张仪问道："先生您是哪位啊，怎么称呼呢？"

"哦，就叫我鬼谷子吧。"

王禅刚刚亮了名号，张仪便大惊："鬼谷子？！"

"对啊，人称我鬼谷子王禅，你就叫我鬼谷子吧。"

"您就是传说中的鬼谷子？先生大名听着怪吓人的。"

（三）

就在王禅与张仪促膝长谈、相见恨晚的时候，一旁的红袖却早已悄然离去。

张仪问道："鬼谷子之名，难道是有什么玄机不成？"

"一个名字而已，有什么玄机啊！"

"鬼谷子先生，看您也是关心着天下诸侯国纷争，那不知您对时局有何高见？"

"老夫看来，天下时局应采用收和放并进啊。"

"噢，请先生细说。"

"眼下，天下的时局怎么治理，可不是一句空谈，那要治理天下，就必须采用一些非常手段。比如，要采取文治和武力相结合，收与放相结合，聚与散相结合，生与灭相结合呀。"

王禅一席话，令张仪很是震惊："先生谈吐非凡，不过……"

见张仪欲言又止，王禅问道："不过什么？"

"不过这天下诸侯国，又不是你自个囊中物件，想怎么做就怎么做，他们一个个都是猛虎，说得好，就任你欣赏；说不好，即刻翻脸。他们之中，任何一个诸侯国与你翻脸，都可以灭你九族，叫你身首异处。所以，刚才先生说得这么容易，请问先生，对付这些个诸侯国，如何能做到收放自如呢？"

"容易啊，要采取该降服的降服，该剿灭的剿灭啊！"

"先生，这些诸侯国有的凶如猛虎，他们说吃人就吃人，如何降服？"

"这天下无论诸侯国大小，其实都有条件使其强大，也都有因素使其灭亡啊！"

"先生神人啊！先生竟然一下子把握住了这么多诸侯国的命脉啊！"

王禅看到张仪如此兴奋，问道："为何惊呼？"

"听先生所言，博大精深，您定有经天纬地的文韬武略，看样子，先生有医天下之术啊！"

王禅笑道："雕虫小技而已。老夫不是说了吗，这些诸侯国要是猛虎，其实就一定有使他们成为猛虎的条件；他们要是羔羊，也有一定的令他们成为羔羊的因素，所以要把握住这些条件和因素，就如同牵住了牛鼻子啊！"

张仪听得王禅一席话，佩服得五体投地，急忙就地跪拜，连续向王禅叩头。

王禅见张仪行如此大礼，笑着问道："这是何意呀张仪？"

张仪诚恳地说："我想拜先生为师，请先生收我为徒。"

"噢？这么说你是愿意为尽快平息天下纷争出力？"

"不瞒先生，学生怀揣此心愿，已不是一朝一夕了，只恨没有门路而已。"

"张仪啊，这可是个很辛苦的差事啊，你真的有心理准备？"

"张仪愿意跟随鬼谷子先生完成治理天下。"

"起来吧，老夫答应你就是。"

"谢过师父！"

王禅收得张仪，甚是满意，一转身才发现不见了红袖，急忙走近篝火，在红袖坐过的地方发现了一封信札，信札上写道：

"王禅，不要忘了九天玄女娘娘的嘱咐，心中须以天下计，治理天下要审时度势，且不能为了儿女情长而误了治理天下，更不能辜负九天玄女娘娘的苦心。红袖去北方一游，顺便办点小事，就此别过。"

王禅随即将信札揣在怀里，向张仪招手说："我的朋友去了北方，她做事的性格我不放心，怕要莽撞行事，我们也去北方看看吧。"

张仪答道："谨遵师命。"

第二十九回　平暴乱怒斩牛蟒　遇真人再得奇书

（一）

王禅和张仪来到一座大山脚下，师徒刚刚要进山的时候，突然从远处急匆匆冲过来一队彪悍的兵马。王禅和张仪见这队兵马像是刮风一样地呼啸而来，不知缘由，急忙立在一旁仔细观看。待兵马近前，王禅观察着他们的动向，目睹冲过来的这一队兵马有人手持着魏国的旗帜，当下心想，原来是魏国的兵马。

王禅和张仪正在纳闷，也就是说话的工夫，那兵马已是呼啸而至又呼啸而去。

不大一会儿，从兵马过去的对面急匆匆地过来了几位百姓，个个面色惊慌，拼着命地一路小跑。王禅叫张仪上前搭话问个明白。

张仪上前问道："请问老乡，前面发生了什么事，你们咋如此惊慌？"

惊慌的百姓也不敢停住脚步，一边小跑一边回应着张仪："打听啥？赶快跑吧！"

张仪一头雾水，也随着那些百姓一边小跑，一边打听。就听一位百姓喊叫着说："快跑吧，前面有杀人挖心的暴徒，见人就杀人、见牲畜杀牲畜啊，都吓死人了！"

另一位百姓说道："暴徒好厉害呀，那吃人心都是整个吞下的，吃人都不吐骨头啊！"

张仪问道："这朗朗乾坤，从哪里来的这么没有人性的畜生？"

"说不准，听说是从牛山那边过来的。"

"那暴徒长的什么模样？"

"没见着！这跑还来不及呢，谁还想跟红脸王爷套近乎啊？"

张仪看着王禅，等待王禅发话。王禅挥手说："走，过去看看。"

"师父，这人不与畜生斗，那前面既然是吃人的畜生，咱又何必招惹它呢？"

"既然叫咱赶上了，咱就过去看个究竟。"

王禅说到此，便领着极不情愿的张仪，径直走向山中。张仪心中暗想：师父明明知道山中有畜生，还是坚持前往，师父这葫芦里到底是啥药？

师徒还没有走进山中多远，老远就听见了山中的一场鏖战。二位急忙走近观看，见那里已是人呼马叫，杀声四起。王禅和张仪躲在一边观看，他们发现，是刚刚冲过去的魏国兵马正在与赵国兵马厮杀，这时眼见得赵国兵马已经大败，根本就抵挡不住彪悍的魏国兵马，一个个畏缩着向后败退。

张仪问道："师父，这里应该是魏国地界，怎会有赵国兵马在此？"

王禅也不解："难道是赵国入侵魏国不成？看这架势也不像啊。"

王禅师徒正在说话，又看见赵国一男一女两员大将经过。他们不像来打仗的，对赵国兵败根本就视而不见。

这一男一女赵国大将男的叫牛哥，女的叫蟒妹。他们见赵国兵马已被对方打败，都在一边哈哈大笑。这时，就听蟒妹对着惨败的赵国兵马喊叫着："我俩外出消遣一下都不成吗？唉，就这点小事，你那赵国大王都赶紧派来兵马监视我们。我还以为你们多有能耐呢，这区区魏国一队兵马，就把你们打成了这样，原来你们来的都是一群草包啊！"

蟒妹说完，又对一旁的牛哥说道："咱俩再也不去做那赵国的什么狗屁将军啦，也免得他们这样监督那样监督，牛哥你说行不行？"

牛哥说道："我看行！"

二位一拍即合，急忙脱去盔甲扔在地上。大笑一阵过后准备离开。

就在这时，一位赵国军士突然上前抱住男将领牛哥的腿，喊道："牛将军，你可不能走啊，我等为了寻找你们，连命都快没有啦！"

又有一位赵国军士跑来，也抱住将领牛哥的腿哭喊着说道："牛将军救命啊，请将军出手救命啊，好歹我们也是你的部下啊。"

可是任凭军士怎样哭求，牛哥就是不答应出手相救。就在这时，那蟒妹突然发飙，一阵白烟变成了一条大蟒蛇，再看那蟒蛇头"咔咔"两下，将那两位纠缠牛哥的军士开膛破肚，熟练地挖出血淋淋的人心吞下，然后一掉头，冲向本来就没剩几位的赵国军士，又是"咔咔"几下，赵国军士都来不及喊叫，瞬间都被开膛破肚，挖出人心吃了。那牛哥也不示弱，一阵白烟变成了一头高大的神牛。只见那神牛发疯似的冲向魏国军士，转眼间，魏国军士只留下一片死尸，唯有几匹战马落荒逃走。

蟒妹和牛哥杀人的时候，躲在一旁的张仪看得浑身发抖，王禅却是大怒。

王禅纵身飞到蟒蛇和神牛面前，大喝一声："嗯！大胆暴徒，你们一会儿人身

一会儿妖魔，明显在故弄玄虚，使用超常规魔术障眼法残害无辜，你们两个到底是什么人，为何如此恶毒？"

王禅一声喊叫，使正在得意的神牛和蟒蛇一愣，接着二位都恢复了人身。

牛哥看清楚了王禅模样，上下打量一番过后，问道："你刚才问我们是什么人？"

一旁的蟒妹也笑道："哈哈哈哈，我们不是好人！听好了，就我眼前这个，他是神牛转世，瞧我这身段不是，俺肯定是一位超级艳美的蟒蛇精转世啊，这回听清楚了吧？哈哈哈哈！"

王禅一愣，说道："大胆狂徒，不论你们是什么牛鬼蛇神，也不可随意伤害普通百姓，不知道这是罪孽深重吗？我来问你，有村民传言，说畜生吃人心的事件，是不是你们所为？"

蟒妹大笑道："哈哈哈哈，正是我们干的，你不都看见了吗，开膛破肚吃人心都在这明摆着的嘛！"

牛哥扭头看着王禅说道："嘿，你个老朽，能站在这喘气还不知趣？趁大爷我这一会儿出气匀和，还不赶快滚？"

一旁的张仪惊慌失措地喊叫着："师父快走！快走啊师父！"

蟒蛇人听见躲在一旁的张仪说话，即刻飞身冲向了张仪。就在蟒蛇人伸手撕杀张仪之际，王禅甩手一道白光，飞出一把飞刀，瞬间将蟒蛇人打翻在地。神牛人大怒，即刻发疯似的冲向王禅，王禅又甩手一道白光，神牛人也被打翻在地。此刻，蟒蛇人爬到神牛人面前，二位同时"嘭"的一声巨响绝命身亡，顷刻间灰飞烟灭。

张仪惊呆了，急忙跑来王禅近前问道："师父您没事吧？"

王禅摇摇头说道："师父没事，有事的是这些狂徒。"

张仪吃惊地问王禅："师父会武功？"

王禅正色道："走吧，看来北上是对的，要不然，不定有多少无辜性命惨死在这些狂徒的手中啊。"

"师父，我们下一步去哪里？"

"一直北上，啥时候遇见适合我们静心参学和传授方略的地方，就不走了。"

"哦，师父是说，我们要去一处非常安静的地方吗？"

"何止安静，该地方需有我等安身的条件才行啊。"

"不知师父说的是啥样的条件？"

"一是便于静心传授你治世方略，二是要便于老夫修道的地方啊。"

（二）

王禅和张仪来到一座大山，张仪一脸诧异地看着眼前的大山，似有惊魂未定的感觉。王禅见张仪如此惊魂未定的样子，就问道："怎么了张仪，怎么突然间魂不守舍呢？"

张仪抬头观看前面的山口，一边看一边说："师父，这座大山看似古怪啊，难道这山中还有畜生吃人？"

王禅也抬头观看了一阵子，说道："山中即使有畜生，我们也得进去瞧瞧！""师父，咱的目标是治理天下诸侯国大乱，这斩妖除魔的差事应该是那些地方官吧，咱师徒就没有必要趟这浑水啊师父。"

"张仪啊，照你说来，这山中果真有畜生吃人的话，难道就要等来了地方官再出手吗？那如果地方官根本就拿不住畜生呢，地方官是不是也没命了？况且，这天下到底有多少地方官真的有本事拿住畜生呢，你难道不清楚吗？"

"也是啊，这天下，原本就有不少滥竽充数的人，他们根本就没有像师父您这样出手一道白光就把畜生拿下了的本事啊。"

"所以，如果是山中有畜生吃人，我们就不等地方官啦，还是要管一管闲事的。"

"那就照师父所说的进山咯？"

"你且先去看个究竟，看此处是个什么山。"

张仪急忙跑向山口，抬头看见山口有字，就近前观看一番，然后回头说道："师父，此山叫云山，我们进山吗？"

王禅挥挥手说道："进山。"

说话间，二位并肩走进了大山，一边爬山一边观察。

没多会儿，张仪气喘吁吁地说道："师父，此山气势磅礴、山清水秀、风景宜人啊。"王禅观察一番，说道："我等脚踏生路，不明真相，要小心才是。"

"知道了师父。"

二位攀爬了很长的山路，眼前已是悬崖峭壁、怪木丛生，山林中还有瘆人的猫头鹰"嘎嘎"的尖叫。放眼望去，漫山尽是怪木勾肩搭背地生长着。就见那些怪木，有的竟然不顾一切地冲入了云霄，一路披荆斩棘，穿过很多大树躯干，严丝合

缝地与这些大树躯干生长在一起。旁边还有一些禁不住岁月考验的大树，它们已经长得是东倒西歪了。当然，这些东倒西歪的大树很知趣，它们凡是遇见了那些不顾一切、披荆斩棘冲入云霄的大家伙，都低下头，侧着身，把自己的心愿变成了别人的心愿，任劳任怨地委曲求全，把自己长成该弯曲的弯曲、该断裂的断裂、该干枯的干枯、该腐蚀的腐蚀。这一切，都是为了别人的张扬和辉煌。

二位正在观看，张仪突然身体一阵摇晃，扑腾一声倒在地上。而此时，王禅也感觉浑身无力、神情恍惚。

王禅内心一惊，说道："不好，此处有瘴气。"便急忙就地打坐，运功定神。王禅刚刚入定，冥冥之中听到有人说话，他努力睁眼却怎么也睁不开，隐约觉得来了一人，就听那人手持拂尘说道："阴阳日月最长生，可惜天理难分明。来人若是鬼谷子，一阵清风送太平。"

来人话音刚落，接着就一阵清风刮来，王禅顿时感觉舒服了许多。这时王禅慢慢睁开眼，见来人是一位老者，问道："您是？"

老人将拂尘一摆，说道："我是什么？你是鬼谷子王禅就行了。"

王禅说道："我们见过面，您是在老君山传授我降伏阵法的老人家吧？"

"什么传授阵法，那是你自悟得来的降伏阵法。现今长进如何？"

王禅说："既得降伏阵法，不敢有半日怠慢。"

"现今天下大乱，你的治世韬略自悟得如何？"

"初有打算。"

"民间治理也非常复杂，大小事看似发生在民间，可又都与上界有关联，所以你要小心行事。"

"老人家，您肯定来自仙山，那您到底是哪位啊？"

老人摇摇头，笑道："我也不知道啊，哈哈哈哈。"说完又用手中拂尘敲了敲王禅的脑壳说："你的名字既然叫作鬼谷子，可不要辜负了那一棵灵气十足的谷子啊。"

王禅问道："老人家，那件事只有北辰知道，您是从何知晓的？"

老人笑道："哈哈哈哈，什么只有北辰知晓？你就不要问了，你眼前要明白的是，如何尽快将人间战祸消除，可不是计较其他呀。"

老人说罢拂尘一摆，纵身一跃就不见了踪影。在老人站立的地方，留下了一个包裹。王禅急忙上前打开包裹一看，即刻面色大喜。原来包裹里边工工整整地藏着五卷经典。王禅逐一概览，就见有《天经》《地经》《人经》《治经》《武经》。他急忙将其包好挎在身上，又急忙对天空施礼。此时，张仪还在昏睡，王禅就近前将其唤醒。

张仪说道："师父，我不知怎么就突然昏睡了。"

王禅说："此处有瘴气，我们赶快离开。"

二位又翻越几座峻岭峭壁，张仪摆摆手说："师父，弟子真的走不动了。"

王禅放眼看看四周，突然发现不远处有一处洞穴，便说道："那好吧，我们休息一下。"

"等会儿还走吗？"

"张仪何出此言？"

"师父，弟子累得半步都不想走了。我们像这样一直北上，何年才能走到头啊，到时，天下不定会成什么样呢！"

王禅点点头说："好，那我们就不走了。"

张仪兴奋地问道："真的吗师父？"

王禅手指着不远处说道："那儿有一处洞穴，过去看看。"

张仪大喜，即刻忘记了劳累，起身就走。二位很快就来到了洞穴，细细查看，见此洞穴藏于大山深处，十分清静。走进洞去，又细细地观察了一遍。张仪一高兴就在洞穴外面的山岗上赋诗一首："云中青山上，巍巍道气高。法熏三重千，天人圣神钦！"

第三十回 苏家庄秀才论道 秦大殿奇才受辱

（一）

中原一个叫苏庄的村落，村内有一大户人家，这户人家的府邸大门上有金字招牌"苏府"二字。这一日，苏府的公子苏秦在苏府迎来了大量的四方宾客，苏府一阵欢声笑语。今天来这里的四方宾客，还是如往常一样先是对诗饮酒，以文论道。午时，还有很多年轻后生云集在此，这些秀才公子来此不为别的，大部分都是来结交文友的。

高大的苏宅门外，有一幅常年悬挂的对联甚是喜人眼球，就见上联写道：日迎天下墨客三千不嫌多；下联写道：夜读世上万卷经纶只恨少；横批：求才若渴。

今天都已经过了午时三刻，前来拜访的才子还是络绎不绝，苏宅的公子哥苏秦也不厌其烦，凡是登门者他都以诚相待，热情出迎到大门外。突然有下人一路跑来禀报说："启禀少爷，门外晋国的晋公子前来求见。"

"好，待我出迎。"

苏秦来到门外，看见一位气质不凡的公子，料定此人便是晋公子，便急忙上前抱拳施礼。晋公子也急忙拱手还礼。

苏秦说道："不知晋公子光临，苏秦有失远迎啊。"

晋公子再次抱拳还礼说："这天下谁人不知苏秦才高八斗，晋某今日特来拜访啊。"

苏秦笑着说："过奖了晋公子，请里边用茶！"

晋公子与苏秦并肩入院，二人直奔客厅。

一阵寒暄过后，大家落座饮茶。苏秦问晋公子道："请问晋公子，这晋国到此远涉山水，路途遥远，难道兄台还有其他要事？"

晋公子说道："不瞒苏大哥，在下自认为也是满腹经纶、通晓天下，可今日一见苏大哥，才知道什么是真正的壮志凌云啊！"

"晋大哥过谦啦！"

"不是过谦，想必苏大哥也知道，现今天下各个诸侯国都在网罗高才，其目的都是争霸和称雄天下。像我们这些士子，学会文武艺，不为他们出力，所学何用？"

"晋大哥，人各有志，世间有人愿意将所学效力给帝王，有人愿意将所学效力民间，还有人愿将所学效力大自然啊！"

晋公子哈哈大笑说："苏大哥，今日一见，你果然与众不同啊！难道苏大哥就愿意将所学付诸东流？"

苏秦闻听，只好谦虚地说："苏秦原本就是一介乡民，谈什么壮志凌云！"

晋公子说："不瞒苏大哥，我此次前来苏庄，实在是受人之托啊。"

"噢？何人所托？又所托为何呢？"

"我家有个表叔，他老人家在秦国做大臣，他说，天下各个诸侯国之间都在招募奇才，各自以图称霸天下。为此，我自认有些本事，就不知天高地厚，怀揣着满腹经纶和壮志凌云去了秦国，不料，那里早已是人才济济，像我等之辈多如牛毛。表叔见我才华平平，就不敢向大王推介，索性把我推介给一位大夫。没有料到，那大夫更是才华过人，所问离奇，我一时对答不及，差一点被当作骗子杀掉。"

"噢？天下有这等选才的？"

"要不是表叔及时赶到将我保下，我已是身首异处了，他老人家还训斥我不该给他丢人现眼。"

"噢？这么说来，秦国都是一些才高八斗的人士喽？我要不去亲眼看见一下奇才云集的秦国，才是一大损失呢！"

（二）

一日，苏秦果真来到了秦国。他走在秦国的都府大街上，亲眼看见秦国的军士训练有素，百姓安居乐业，到处是一派繁华景象，当下心想："怪不得秦国对招募奇才有要求，看此井井有条的百姓生活，就知道了秦国的治理方略。如此看来，秦国真是人才济济呀。"

正走着，苏秦突然看见一处榜文，就近前观看，见是"招贤纳士"的榜文，向下一看，榜文的落款是"公孙府"。苏秦按照一位围观者的指路，直奔公孙府而去。

不一会儿，苏秦果然看见了一座大院，上书"公孙府"，便毫不犹豫近前一

步，不料被兵丁拦住去路。

兵丁甲问道："何人？干什么的？"

苏秦急忙上前施礼说道："我叫苏秦，乃是中原苏庄人士。"

兵丁乙问道："那你到此干什么？"

苏秦说："我是找你家老爷的。"

兵丁乙上下看了看苏秦，见他一副文人墨客的模样，就问道："你是前来应招的才子？那你有啥本事啊？"

苏秦心不在焉地说道："没有啥本事。"

"吆嗨，奇怪了，所有来人都是胡乱吹捧自己，说自己没有啥本事的还是头一个呢。"

这时，兵丁甲对兵丁乙说："你先盯着点，我去禀报老爷。"

兵丁甲一路小跑进了大院，不大一会儿又返回来，见这兵丁后面还跟着来了一位师爷。他们到了苏秦跟前，兵丁甲手指师爷说道："这位是我家师爷，你就跟他走吧。"

苏秦抱拳施礼说道："谢过军爷。"说罢转身跟着师爷进了大院。

师爷带着苏秦来到大厅，这时就看见秦国大臣公孙衍，正威风凛凛地坐在大厅内手捧书卷。师爷领着苏秦走到公孙衍面前，介绍说："苏公子，这位是我家老爷公孙衍大人。"

苏秦急忙上前施礼，说道："苏秦见过公孙大人。"

公孙衍放下书卷，摆摆手说道："罢了苏公子，刚才兵丁禀报说，你自称没有什么本事是吧？那既然自称是没有什么本事，还到我府中作甚？"

苏秦一边施礼一边说："晚辈是来看公孙衍大人一眼。"

公孙衍听到这四不靠边的话语，一脸诧异地问道："噢？老夫有何好看？你难道没有看清榜文就来叩门不成？"

"看清了榜文。"

"那好，那就说说你有何才华吧。"

"启禀大人，你哪里需要我都会不辱使命。"

"噢？我需要治国呢？"

"自有治国良策，使国家富强、百姓安居乐业、人人奉行大王法令。"

"我需要治军呢？"

"那就要军士达到令行禁止、效命沙场、勇往直前。"

"如有外敌入侵呢，我该怎么办？"

"定当叫其有来无回！"

公孙衍满意地点点头，笑道："苏秦啊，你应该是秦国需要的大才呀！"苏秦急忙摆摆手说："不不不，苏秦于上没有将相之才，于下没有兵丁之勇，没啥本事呀！"

公孙衍问道："那你意愿做个什么职位为好？拿个什么满意的俸禄呢？"

苏秦说道："有立足之地和一日三餐即可。"

（三）

苏秦在公孙衍的府邸，通过了公孙衍的考验，公孙衍认为苏秦必是大才，就带领苏秦见秦王。他们来到了大殿外，公孙衍叫苏秦等候，他一人入殿启奏秦王。

大殿上，秦王不是在忙于朝政，而是在与妃子嬉戏着。公孙衍目睹此景，面色一沉，但还是硬着头皮上前施礼道："启禀大王，臣在民间寻得一位大才子，特向大王推介。"

秦王挥手退去妃子，对公孙衍说道："公孙衍大夫，你天天说招募到奇才啦，招募到奇才啦，那奇才在哪里？不都是一些吃才吗？"

公孙衍说道："启禀大王，这一次臣遇见一位叫苏秦的中原苏庄才子，他真是一位旷世奇才，微臣已经考察了他，上可为国分忧，下可治理百姓，对外可以安邦啊。"

"哈哈哈哈，天下果真有此奇才，还能等到来秦国？那魏国、赵国、齐国还不把他分吃了！"

"大王啊，不妨见上一面就知道了。"

"那好，本王就给你个面子吧。"

不大一会儿，兵丁将苏秦带上大殿。苏秦抬头看见秦王眼神中透露出的傲慢无礼，就心中不悦，但既然来了还是得上前施礼，便说道："苏秦参见大王。"

秦王摆摆手说道："那就自个说说吧，你想要个什么官职？拿个什么俸禄吧！"

苏秦说道："苏秦不为官职而来，也不为俸禄而来啊。"

秦王一愣，讽刺地问道："噢？那你想要什么？难道是想要本王的美人不成吗？"

苏秦摇头说道："草民也不为美人而来。"

"你叫苏秦是吧？你这一不为禄，二不为俸，三不为美人，那你是来逗我玩？"

"不不不，启禀大王，苏秦闻听秦国招募天下奇才，就自恃有一点能耐，前来与各位学子共同扶持秦国。"

"扶持秦国？那得有扶持秦国的本事啊！"

"到时，大王所要本事苏秦定当奉上。大王要治国，苏秦当尽力使得国富民强；大王要治民，苏秦当有教化百姓之策略；大王要御敌，苏秦自有妙计，叫那来犯之敌，有来无回。大王……"

此时，大殿上的秦王早已趴在龙案上鼾声大作。公孙衍自知情况不妙，急忙上前拍拍苏秦肩膀，示意他退下。苏秦只好无奈地退出大殿。

当公孙衍再回身，又见大王端坐停当，就上前施礼问道："难道大王不喜欢这个苏秦？"

"像这样的人，本大王没有当场驱赶，就已经给足你面子啦！"

"臣愚钝，请大王明示。"

"你难道没有听清楚他的吹捧吗？这上比我能力大，下比你本事高，他这样的狂妄之徒，我这秦国岂能留他在此？他若在此，这指不定哪一日不是把你顶翻船了，就是溜进本王的后宫，把本王的妃子一个个给忽悠了去！"

"哦，那大王确定不用这个苏秦？"

"绝不能留！"

公孙衍便咬着牙说道："那，就杀了此人吧！"

秦王陡然吃惊地问道："为何？"

公孙衍正色道："大王啊，此人确为旷世奇才，秦国如确定不用此人，那咱们就应该杀掉此人呀，以绝后患啊！"

秦王哈哈大笑道："公孙大人，你也太危言耸听啦！一个小小的自吹自擂的玩意，就能叫你吓成这样？"

公孙衍说道："大王啊，此人既不为我用，那也绝不能放走此人，我来安排杀掉这个小子吧！"

"胡说，杀掉一个学子，天下如何看我？一个狂妄小子，不足挂齿，叫他快一点滚就是！"

（四）

再说苏秦回到客栈，由于受到秦王的冷落，心情十分不悦，便倒头躺在床上，恍惚起来，似睡非睡。一会儿，客栈掌柜叫门来了，喊道："苏大哥你回来了？"

听到掌柜的喊叫，苏秦表情沮丧地把门打开。

掌柜进到屋内问道："苏大哥下去吃饭吧。"

苏秦问道："哦，已过了吃饭时间？"

掌柜说："过了，我安排小二给你做点好吃的中不？"

苏秦点点头说："好吧，请把银子带上。"

苏秦说罢转身去拿行李，突然大吃一惊，急忙问道："掌柜的，我的行李呢？"掌柜问道："行李？什么行李？"

苏秦手指着床头说道："就放在这儿的啊。"

掌柜摇摇头说："不曾见过。"

苏秦更加吃惊地说："可我这行李，内有银两呀！"

掌柜怒目圆睁："什么？你不会是告诉我你没有了银两吧？"

苏秦点点头。

那掌柜喊道："啥？你说你没有了银两，那你欠下的谁来付账？还吃饭呢，我看你是准备骗吃骗喝咋的？"

苏秦面色通红说道："掌柜的你放心，日后我一定把欠银还上。"

"还日后呢，你现在就得赶快滚蛋！"说话间，掌柜拉着苏秦就向大街上推。苏秦无助地在大街上游走，狼狈得无地自容。

这时，苏秦身后突然走来一位公子，此人正是鬼谷子之徒吕耕。那吕耕到了苏秦背后，用手拍了拍苏秦。苏秦一惊，急忙转身，诧异地看着吕耕，问道："请问兄台何人？拍我何意？"

吕耕抱拳说："在下吕耕，乃楚国苦县五顷寺村鬼谷子先生门徒，你就是苏秦吧？"

苏秦点头道："在下正是苏秦。"

吕耕说："刚才已听到大街上一些传言，怕你有个闪失，就过来寻你了。"

苏秦无奈地摇头说道："唉，真是没有想到，不知怎的这秦王听不进我半句言词。既然如此，我原本计划再到别的诸侯国看看，不料，在客栈又遭遇窃贼将我的银两拿去，如今是囊空如洗啊。"

吕耕说："那秦王日日遇见天下奇才投奔，能说会道的学子多如牛毛，他岂能听进一般演说。"

苏秦说："唉，这不下海不知道水深，不登高看不见小我啊。苏秦现今已是无颜回去苏庄，就是要饭也要寻找到名师啊。"

吕耕说："哦？我家先生就是名师啊。"

苏秦很是吃惊地问道："刚才兄台说是鬼谷子门徒，这鬼谷子现在何处？"

吕耕说："先生现今藏于仙山之中，苏兄如愿意拜见先生，我当陪同引见。"

第三十一回　深山中藏龙卧虎　定乾坤智慧超群

（一）

几经辗转，在秦国受辱的苏秦跟着吕耕来到一座大山，二位刚刚进入山口不久，苏秦就被眼前大山之中的老林怪树吸引了。吕耕只顾前头带道，二位转眼间已是攀爬了很长的山路。

苏秦抬头望去，眼前已是悬崖峭壁、怪木丛生，在陡峭的山峰上，时常听到瘆人的猫头鹰嘎嘎的尖叫着。顺着四周的悬崖峭壁放眼望去，但见满山遍野尽是怪木成林。此刻的苏秦看着那些怪木生长的状况，不禁勾起了人生坎坷的联想。就眼前这些已经成了气候的奇怪山林吧，它们竟然知道搭肩勾背地生长着。再看那几棵参天大树，不但长相奇怪，看得出，它们是不顾一切地要冲入云霄，一路披荆斩棘穿过了很多大树躯干。当然，参天大树的周围，也有一些禁不住岁月考验的大树，它们为了给人让路，已经把自己长得东倒西歪了。这些东倒西歪的大树一棵棵都很知趣，它们凡是遇见了那些不顾一切、披荆斩棘，拼着命想冲入云霄的大家伙，都低下了头，似乎都妥协了，很乐意地侧着身，任由自身弯曲、断裂、死亡、干枯，甚至腐烂。这一切为了什么，说白了，都是为了把别人的实力张扬，统统化为辉煌。

苏秦看着这山景，不禁落下了眼泪，引路的吕耕回头问道："怎么了苏秦老弟？"

苏秦手指着树林说道："原来这里也有压迫，也有无奈啊！"

吕耕明白苏秦在说什么，微笑着说道："这一切都是定数啊，这样的结局，好像早就被上天设计好啦！"

吕耕一句话，令苏秦更是肺腑发热，说道："这上天也真是的，为什么要设计压迫？为什么要设计无奈？为什么要设计牺牲这个去辉煌那个啊！"

这才高八斗的苏秦，原本就是受不得半点委屈，还自幼爱触景伤情，就连与人对诗都是怆然泪下，何况这次不但在秦国遭受大王之辱，还在客栈被人当作了骗

吃骗喝的小人，最后落得个沦落街头，心中甚是委屈。

一会儿工夫，两人已经到了一处洞府。吕耕老远就听见了留在山上的师兄弟和师父谈笑风生，此刻，正好就听见王禅说："你们今日想从老夫这里学些什么啊？"

王禅话音刚落，就听张仪说："先生啊，这天下大乱，何时是个头啊！我们今日就请先生传授我等一些平息战乱的本领吧。"

王禅正要说话，吕耕带着苏秦赶到。吕耕进到洞内上前施礼说："吕耕拜见先生。"

王禅问道："噢？吕耕，你这么快就返回啦？"

吕耕手指身后说道："回先生话，这次吕耕是为了引见一位好友而回。"

苏秦早已看见了鬼谷子王禅，急忙上前施礼喊道："苏秦拜见先生。"

"噢？来者可是苏庄的苏秦？"

"正是晚辈苏秦。"

"呵呵，此子可教，苏秦，你今日前来何为？"

"苏秦今日愿拜在先生门下为徒，还请先生收留。"

"噢，拜老夫为师，那你想学些什么呢？"

"晚辈是想学些医天下的手段啊，不知先生可否传授？"

"噢？苏秦啊，你原本是中原的一大才子，老夫早有耳闻啊，那好吧，既然你今日投奔老夫，老夫答应收你为徒。"

苏秦急忙跪拜，口中喊道："谢帅父！"

王禅摆摆手说："好说，我们从今后就有师徒名分了。你看，旁边这些都是你的师兄弟，今后你们要相互照应才是啊。"

苏秦急忙转身看看左右，又急忙向各位施礼说道："苏秦见过各位师兄弟。"众师兄见状，一起说道："请师父放心，我等定当亲如兄弟，刻苦攻读，誓为天下计，誓为百姓计。"

听到弟子们表决心，王禅说："当今世道，诸侯群起，引来了战火纷纷，老夫正是为此寝食难安啊。"

张仪说道："是的师父，天下诸侯征战，受苦的都是百姓。"

王禅说："为了尽早平息这些战争，救百姓于水火之中，老夫也确实有学识要传播给你们。"

众弟子同声说道："一切全听师父安排。"

此刻，一旁的吕耕说："现今天下，狼烟四起，真是没有多少安生的地方啊。"苏秦插话说道："师父，纵观天下，这中原的战事最多。"

王禅点点头说："那是自然，自古得中原者得天下，所以就出现了诸侯国争夺中原的大战。现今是，小诸侯国都在逐步被大诸侯国消灭，而大诸侯国则野心更大，他们都想称霸中原，更想独霸中原，这样一来，中原的战事就接二连三了。"

对于师父王禅的论断，张仪、苏秦都点点头说："师父明断，当今世道就是这样，还请师父下猛药啊！"

按照众位弟子的要求，王禅开始教授一些平天下、治战乱的本事，这原本就是张仪和苏秦的愿望，更是王禅的初衷，这是师徒一拍即合的事，计划和教授就付诸实施了。

（二）

一日，王禅带领众弟子漫步山中，他们一边走一边做着手势，一会儿，他们又蹲在地上，王禅不停地用石块在地上摆布着天下各个诸侯国的情况，并说道："你们看，楚强的趋势已去也。现今天下形势紧迫，容不得我们消磨更多时光了，我们赶快回去洞府，抓紧研讨医治天下的大计。"

洞府内，王禅与张仪、苏秦等众弟子继续授课，他们一会儿认真推演各个诸侯国的形势，一会儿又各抒己见地讨论着。每当众弟子讨论激烈的时候，王禅总是沉思不语，一会儿摇摇头，一会儿又点点头。众弟子不解，只能在一旁候着。

稍许，王禅打坐稳当又开始讲授。众弟子见师父又准备授课，也都急忙打坐稳当静听王禅讲授。

王禅说："今天，师父就给你们讲一讲决策之法和备明之法。"

众弟子一起拱手说道："悉听师父教授。"

王禅说道："目贵明，耳贵聪，心贵智。以天下目视者，则无不见；以天下之耳听者，则无不闻；以天下之心虑者，则无不知。"

王禅刚刚讲到此，从没有听到过如此精辟讲义的苏秦，在一旁按捺不住，激动地喊道："好一个'目贵明，耳贵聪，心贵智'，好好，好啊！师父推理明白，弟子会受益终生！"

王禅摆摆手说道："要治理好当今乱世，你们还要学好老夫的《本经》七篇啊！"

洞府内的授课，真可谓是声情并茂啊。

一转眼数月过去了，一座山岗上，张仪和苏秦等众弟子都自恃学到了不少的学问，他们在山岗上忙碌地摆布了很多草人，不难看出，他们正在按照学到的知识，用草人排布着各种各样的阵法。待到大伙将草人摆布完毕，就见苏秦突然挪动草人，喊道："趁火打劫！"一旁的张仪见状，急忙也挪动着草人喊道："声东击西！"张仪的这一个动作，苏秦也不敢怠慢，再次挪动草人喊道："诱敌深入！"一旁的吕耕看到这阵势，也不示弱，一边挪动草人一边喊道："四面埋伏！"一会儿，众弟子站起身来，都哈哈大笑。

这时，站在远处的王禅特别留意着苏秦，见苏秦全神贯注地投入阵法，很认真地做着每一个动作，累得满头大汗，他满意地点点头。

过了一会儿，王禅将苏秦、张仪叫来跟前，说道："老夫现有太公阴符和天下诸侯论赠给你们二位，今后你们二人要以苍生为己任，力促天下太平，万不可只计较输赢得失而淡忘亲情友谊，可行否？"

苏秦急忙施礼说道："师父，弟子自当以天下太平为己任，请师父放心，绝不敢有半点私情。"

张仪也说道："请师父放心，我等定当亲如兄弟、齐心协力，医治天下战祸。"

王禅点点头说道："你们二位，到此习练已有时日，所学也应施展一番啦。"

苏秦不解地问道："难道师父要我等下山？"

张仪也着急地问道："是呀师父，您老人家何意？不是叫我等下山吧？"

王禅点点头说道："老夫正有此意。"

张仪、苏秦几乎同时说道："啊？师父何意啊？师父啊，是不是我等做错了什么？"

王禅说："老夫已经观察了数日，众弟子中唯你二人悟性极高、学业有成，叫你们下山，也是老夫想看一看你们的能力如何，况且这天下战乱也是时不我待啊！"

苏秦上前施礼说道："师父啊，弟子自认学业尚浅，倘若就此踏入世间，弟子恐有失手啊，到时丢了我自己的脸面不要紧，这要是别人知道了我是您鬼谷子王禅的门徒，岂不是也给您老人家丢人现眼不是！"

张仪也说："是啊师父，我等所学刚一知半解，到底能不能达到运筹帷幄，还是个未知数呢。"

王禅摆摆手说道："好了，你们二位的心思老夫早已看出，你们人虽说在此参学，可这心早已介入各个诸侯国了，是不是这样啊？"

苏秦、张仪急忙施礼说："师父啊，弟子虽有现场实习的想法，但要我等离开师父也确实难舍啊！"

王禅说："你们一个个如果都难舍师父，那师父传授你们治世绝学还有何意义？去吧，天下百姓需要你们，为师会关注你们的。"

看样子，王禅已经下定了决心。苏秦想了想，问道："那请问师父，我等下山该从何做起？"

"是呀师父，我们从何做起呢？请您老人家指点。"

"师父领进门，修行在个人。你们这些日子都是做了哪些计划？"

张仪说道："这些天来，弟子与苏秦曾经探讨过，我们怎样能笼络各个诸侯国。"

苏秦也说道："嗯，这些想法，曾是师父传授的五行生克之术。"

王禅问道："噢？你们是如何理解？"

张仪说："这些诸侯国都像老虎，而每一只老虎又都很凶恶，他们要孤身闯荡时，天下就会有战争，而有了战争百姓就会有灾祸。"

王禅满意地点点头，苏秦接着说："如果将他们都牵引起来，让他们相互克制，致使谁也不敢轻举妄动。这样就会减少战争，而减少了战争百姓就会少受战争之苦啦，此不正是师父的初心吗？"

王禅呵呵大笑，说道："果然没有让老夫失望，真是青出于蓝而胜于蓝啊！"

张仪问道："师父是认为我等可行？"

王禅点点头说道："可行可行，如这些天尔等悟不出这些东西，那老夫的心血就算白费啦！老夫要你们二位下山后，一个行纵向运动，一个行横向联合。到时，促使各个诸侯国之间哪个也不敢轻举妄动。这样，就算你们不虚此行啦，到了那时，就是你们回山的日子。"

张仪、苏秦同时上前跪拜喊道："请师父放心，我等定不辜负师父。"

苏秦、张仪辞别鬼谷子王禅下山而去，分别开始了游说各个诸侯国的活动。

（三）

转眼间，苏秦、张仪辞别王禅已经三个月了，他们是否不虚此行？王禅在山中洞府先后做出了几类设想。再看整个洞中的墙壁上，已经被画满了一条一条的细

线、一个一个的圆圈。就见那些细线上，分别被王禅写上苏秦，那些圆圈上分别被写上了张仪。自从苏秦和张仪下山后，王禅几乎是天天盯着这些细线和圆圈发呆。

一日，王禅在洞中打坐，突然一位弟子飞奔而来，弟子喊道："启禀师父，师兄张仪和苏秦归来。"

王禅双目一亮，微笑着看向洞外。说话间，苏秦、张仪已经进洞跪拜，二位几乎同时喊道："弟子拜见师父。"

王禅急忙招招手说道："噢？此时归来，莫非已把纵横之策做好了？"

张仪说："弟子不辱使命。"

苏秦说："按师父吩咐，弟子与师兄一纵一横游说各个诸侯国，使他们都相信了对方有强大的后盾联合体。"

张仪接着说："所以，如今的各个诸侯国之间，已经形成了哪个也不敢轻举妄动的局面，这天下进入到此等状况，算不算完成了师父之命呢？"

王禅笑道："你们二人纵横天下，已初见成效。"

张仪说："师父，接下来该如何处置？"

王禅点点头说道："此种状况虽已经很好了，但只能短期维持，而不会长久啊。"

张仪吃惊地问道："师父是说还有变故？"

苏秦也吃惊地问道："师父是说，今后还会有大的战争？"

王禅站起身，在洞内来回走动着，突然转身说道："你们想想，现今的各个诸侯国都不敢轻举妄动，他们的精力干什么呢？"

张仪说道："弟子愚钝，请师父指点。"

王禅说："他们都会在这个时间段内养精蓄锐。"

苏秦点点头："久久养精蓄锐，必定蓄意大的战争。"

张仪吃惊地说："这么说我等徒劳了？"

王禅摆摆手："不，你们的纵横策略影响了发展局势，也让天下得以一时安定，减少了民间战争，这是真的。"

张仪说："可大的战争还会发生啊。"

王禅沉思片刻说道："这就看定数如何了，到时你们还得下山继续你们的纵横天下。"

苏秦不解地问道："定数？"

王禅说："天下暂时的稳定期间，肯定会出现一些昏庸无道的帝王，还会出现一些贪污腐败的官吏，到时他们会不顾百姓的死活，比如在百姓中行花言巧语、言行不一、失去信誉等。久而久之，社会上就会怨声载道，逼着百姓造反，那这个国家就会衰败，出现不攻自破的局面。这样的国家，就会被别的诸侯国轻而易举地吞并了。"

苏秦算是听得明白，高兴地点点头说道："师父，弟子明白了，到时还会有一些亲民爱民的君王，他们会利用这有利时机大力推行国富民强，将他们的国家治理得更加强大，使百姓富裕、社会安康、拥护君王。这样的诸侯国，就有可能成为新的霸主。师父您说是不是这样啊？"

王禅点点头说道："正是这样。"

第三十二回　平战乱才子下山　惊燕王苏秦任相

（一）

一座山岗之上，王禅一改以往的授徒方式，把经典理论和实际战法相结合起来，与各位弟子面对面地切磋，不停地指导着众弟子研习着各类阵法，习练着各种各样的排兵布阵。

经过调教，众弟子不辱师命，在排兵布阵中各显身手，喊叫声不断，他们有的不停地移动着草人，有的手拿盾牌和兵器在配合排兵布阵的师兄弟，总之，一个个都在很认真地演练着阵法。

王禅面带笑容走出阵法，在远处观望一阵，满意地点点头，然后又走近大伙，一边观看一边微笑着向众弟子招手说道："今日阳光明媚，空气怡人，为师就在此给尔等讲一讲《本经》七篇，尔等都过来听讲吧。"

众弟子闻听师父要教授《本经》，一个个都急忙跑了过来，即刻就围着王禅就地打坐，静听师父讲解。

王禅说道："《本经》者，谋天下也，谓之大计……"

就在王禅讲授《本经》的时候，周围山上奇怪异象出现了，但见群山之中，突然群鸟飞临周围，它们竟然一起喧叫争鸣。王禅急忙抬头看了看树上的百鸟，点点头，继续一丝不苟地讲解着。

王禅说道："一曰盛神，盛神法有五龙五气，神为之长，心为之舍，德为之人；二曰养志……"

王禅刚刚讲到此，突然大山之中陡然升腾起一些雾气与流云。再看这些流云，看似流水之象，又似万马奔腾，细细品来，这些流云中还似有万物阵阵颤抖的怪叫着，深处似含有惊天动地之象。

王禅面色一惊，沉思片刻，急忙掐指捻诀一番，然后又继续讲道："三曰实意，四曰分威，五曰散势，六曰转圆，七曰损兑，损兑者几危之决也，事有适然，物有成败。几危之动，不可不察。故善损兑损益者，如决水于千丈之堤，转圆石于万丈之谷。"

王禅讲到此处，众弟子齐声高呼："师父神智！天下之福！"

流云突然退去，弟子吕耕听见了山下有动静，就转身向下瞭望。看着看着，吕耕突然手指山下惊呼道："师父，山下有一位将军奔着这儿来了。"

众人急忙起身观看，果然看见一位身受重伤的将军，此刻他已经慢慢地爬上了山岭，众人都瞪大了眼，王禅却摆摆手，示意不要惊慌。

一会儿，那将军来到近前，一头栽在地上，张仪等急忙上前将来人扶起。

王禅上前问道："将军何人，为何受伤到此？"

那将军浑身上下疼痛难忍，满面痛苦地说道："我乃齐国军士，奉命联楚抗击魏国，不料中了魏国奸计。现在已被魏国大军杀得溃不成军。适才，一位将士说，这山中藏有高人，故此前来拜访求救。请问先生何人？"

王禅说道："我乃鬼谷子是也，这些都是老夫的弟子。"

将军说道："请问先生，此处可有异人帮我退去那魏国兵马？您能够出手相助，将会免去更多的生灵涂炭啊！"

王禅问道："噢？天下纵横联合已稳定了许久，是何故又起战争？"

将军说道："先生您是不知道啊，近年来，魏国兵强马壮，他们总是犯我齐国。自去年以来，我们与楚国结下了联盟，魏国就又不断地攻打楚国。因此，齐国总是千里驰援楚国。这一次，就是按照楚国的求救齐国才出兵救援楚国，可我们刚刚到此，就中了魏国的埋伏，被魏国杀得措手不及，所以就……唉！请先生帮帮我们吧，我们都是为了百姓啊！"

王禅手把胡须，沉思片刻，转身手指苏秦说道："苏秦，你去助他退去魏国兵马，完后即刻回来。"

苏秦急忙上前一步说道："谨遵师父之命！"说完便随将军离去。

大山之中，王禅继续召集众弟子讲授。

王禅说道："韬光养晦者，此隐藏才智也，是不露真心、暂收锋芒、待时而动的谋略。"

王禅讲到此，众弟子齐声高呼喊道："师父神训，弟子铭记！"

山上师徒正在授课，山下却是百鸟一阵惊飞。大伙一个个正在诧异，忽然看见苏秦跑上山来。不大一会儿，苏秦就跑到王禅近前，向王禅施礼说道："师父，弟子回来了。"

王禅问道："噢？苏秦，你怎么半日时间就返回啦，莫非魏国兵马已退啦？"

苏秦喘着气说道："回师父，弟子不辱使命，只一个回合就将魏国兵马打得落花流水。"

苏秦说到此，众人都愣住了，唯有王禅点点头笑道："哈哈，老夫料到是如此结果。"

一旁的张仪可是着急了，急忙向苏秦问道："师弟啊，你是用何手段，这么快就结束了一场战争？"

苏秦摇摇头说道："也没有什么手段，只是那魏国兵马不堪一击罢了。"

一旁的王禅说道："苏秦，你此次下山打败魏国兵马，一定有非常的手段。不妨就给你的师兄弟讲一讲，你们也好相互交流一下，让他们学习一下经验嘛。"

苏秦急忙向王禅施礼说道："是，师父。苏秦下山后，就叫那败将收拾残兵。你们是没有见着，那些个残兵败将见我一个赤手空拳的山人，根本就没有把我放在眼里。面对这种情况，我就一把拽出了一位将士的腰刀，大吼一声强行列队。待弟子弄清敌我后，就一个声东击西，差一点没有活捉敌首，我军大获全胜，敌军一路败逃。"

王禅点点头说："噢，不错不错。"

一旁的张仪急忙问道："声东击西？"

苏秦就做着手势比画着说："是呀，两军对峙时，齐国军士一开始还没有信心作战，我一看这哪行啊！"

吕耕急忙插话道："哦？他们是不是都像打败的鸡一样害怕对方啊？"

苏秦说："就是，我见齐国军队这样的斗气怎么能行，就给他们鼓劲，告诉齐国军士，这一战我们一定会胜利。"

张仪问道："然后，这齐国军士的干劲，是不是就被师弟一下子鼓动起来了？"

苏秦笑道："哈哈哈，军士听说我是山中的奇人异士，有八方神兵相助，这士气一下子就起来了！"

张仪点点头说道："这就是士可鼓不可泄呀！"

苏秦介绍完战况，王禅笑道："苏秦用心观察敌情，做到了知己知彼，又灵活运用战术出奇制胜，此徒可教也！"

苏秦闻听师父夸奖他，急忙说："哪里哪里，都是师父教导之功！"

听到苏秦谦虚，王禅说道："苏秦下山，此一战创造了以弱胜强、转败为胜的经典战例，尔等要认真总结经验，相互交流战事学问才是。"

众弟子齐声高呼："弟子谨遵师父之命！"

（二）

一天，王禅在洞内叫来了张仪、苏秦和吕耕，对他们说道："光阴似箭，日月如梭，这转眼间我们师徒相聚已久。现今，又适逢战国大乱，为师看来，这种局面该是收尾阶段了，也就是说，一个非常的时期即将来临。张仪呀，是骡子是马该去遛遛方知蹄力呀，现在你应该下山去了。"

张仪兴奋地说道："是，师父！弟子定不辜负师父意愿。"

到了这会儿，苏秦算是明白了，今天师父是准备叫张仪下山。他心中甚是着急，再也坐不住了，就急忙上前跪拜王禅。王禅见苏秦突然下跪，问道："苏秦何意？"

苏秦说："禀师父，天下马上进入一个非常时期，弟子也想一试剑锋，也好学有所用。再说，当初我和张仪师兄弟两个，已经有了纵横的基础，弟子还想继续巩固一下，请师父应允。"

王禅笑道："噢？呵呵呵，你当真要下山？"

苏秦说道："良剑秘藏匣中，终无用武之地，要一试锋芒的话，也需要一块试刀的基石啊，是吧师父？"

王禅笑道："哦，呵呵呵，好吧，来者不拒，去者不留，顺其自然，不可勉强，有缘则渡，有德则助也，既然定数如此，那你们师兄弟一起下山去吧。"

得到师父的应允，张仪和苏秦就辞别师父，收拾停当，肩并肩说说笑笑地走下山去。

张仪和苏秦来到山下，此次下山的目的就是遵照师父的意愿，为了实现天下尽快进入安定，解决无休止的战乱给百姓带来的灾难目标。本着这个目标，张仪和苏秦师兄弟两个也有一个周密的计划。他们都在想，此次下山不光是寻找一块基石试一试自己到底有多大的本事，以验证所学是不是可以做到把握乾坤、扭转时局、平定战乱，到时给师父一个交代。他们师兄弟两个都明白，这次下山，更是肩负着一定的责任，就是弘扬一个绝对的正能量给天下。想到这些，张仪就对苏秦说："师弟啊，听说秦国这些年来变化最大，这到底是不是真的？"苏秦说："早听说秦国自商鞅变法的推进，已经扭转了秦国的发展趋向。虽然商鞅变法没有达到既定目

标，但变法留在秦国人们心目中的进步走向，还是起到了一定作用。所以，秦国已经有了较大起色，按照常理推算，秦国逐步走向完善应该不假。"

张仪望着苏秦说："既然是这样，我看师弟你就选择去秦国吧，要一试牛刀的话，那里或许是轻松一点吧。这自古就是，要得好大让小，我是师兄自然为大，你还是去秦国一试剑锋如何？"

苏秦却是摆摆手说道："不不不，师兄的心意苏秦领了。苏秦自认为，要是倚靠个强国施展才华，怎能知道是人家自己的影响力，还是我等的才智发挥了作用呢？苏秦还是更愿意去一些弱小的国家一展身手啊！"

"要一试剑锋有很多途径，商鞅不是通过变法把复杂的大国变得更加强大吗？我看倚靠大国好做事啊。"

"师兄既已看好了大国，尽管前去吧，到时我等从不同的角度把师父的绝学发挥出来该有多好哇，师兄你说是不是呢？"

"好吧，就依师弟所言，我们就此别过！"

"师兄保重！"

二位就此分手，各奔东西而去。

（三）

一日苏秦来到燕国，亲眼见燕国上下风尚宜人，百姓个个文明礼让，经商者公平交易，习武者侠肝义胆，心中大喜。他拿定主意，直奔燕国大殿。

苏秦刚刚到了燕国大殿外，燕国上下早已把消息禀报了燕王，燕王听说苏秦到来燕国，无比高兴，亲自走出大殿迎接他，并在皇宫设宴招待。

酒席间，燕王说道："本王早已闻听苏秦大名，已是仰慕久矣。"

苏秦说："在下不才，怎敢惊扰大王惦记啊。"

"这天下谁人不知才子苏秦？近年来，又听说才子投在了鬼谷子的门下参学，现今想必已是功成名就啦。"

"谈不上功成名就，要说能为燕王效力做事，在下还能将就着吧。"

燕王试探着问道："那先生何意呀？"

苏秦说："不瞒燕王，在下此次来到燕国实是为强燕而来呀。"

燕王激动地说道："我就说嘛，先生来此必给我燕国带来福音啊。"

"我意留在燕国为燕国效力，不知大王应允否？"

"求之不得，求之不得啊。"

苏秦起身抱拳说："多谢燕王收留！"

燕王大笑："哈哈，能得到先生扶持，燕国从此振兴有望了。"

眼见得燕王如此兴奋，苏秦问道："那不知大王，对现今天下的局势有何高见？换句话说，大王有没有担忧呢？"

苏秦一句话算是问到了点子上，燕王先是犹豫一下，然后面色一沉，说道："先生真是洞察一切，不瞒先生，本王还真是有担忧呢！"

燕王看看左右，挥手示意退下其他闲杂人等。待其退去后，才慢慢地说道："不瞒先生，我燕国始终担忧秦国对我燕国的威胁啊。"

苏秦说："噢？大王说说看。"

燕王说："这些年来，秦国一直对我燕国虎视眈眈，要不是秦国出现了商鞅变法的事件，恐怕他们早已腾出手来攻打我燕国了。"

燕王算是向苏秦交了实底，苏秦点点头说："大王所言确实如此。"

"先生既是知道了燕国处境，那不知先生可有良策免去燕国之灾？"

"请燕王放心，我来燕国，必有救燕的良策啊。"燕王大喜，问道："果真如此？"

"果真如此！"

"既如此，即日起本王就拜先生为相了，请先生答应啊。"

"好，我即为燕国之相，定当将燕国带入繁荣安定的境界。"

"噢？先生有何良策？快讲给我听。"

"秦国强大，燕国势弱，眼下要燕国去对付秦国，那无疑是以卵击石。"

"是呀。"

苏秦接着说："纵观天下，其他诸侯国也是如此处境啊。"

"是，他们应该也不是强大秦国的对手。"

"对呀，既是如此，那我们要将南北六国合纵联盟起来，共同抗击秦国，到时会是怎样一个结果呢？"

"噢？此策，不是你与那张仪过去就搞过的纵横之术吗？"

眼看着燕王有所诧异，苏秦摇摇头说："燕王，此次有所不同。"

"不同在哪里？请先生明示。"

"过去的那个纵横之术阶段，是适逢天下诸侯国大战频繁的阶段，那个时候，天下诸侯国都如发疯的雄狮一般，只知道打败对手，掠夺对手的美人羔羊，让对手

俯首称臣即视为满意。我家师父鬼谷子先生，为了遏制频繁发生的战祸、救百姓于水火之中，他老人家临时叫我们搞一个纵横之术。而现今情况已经不一样了。难道大王没有发现吗？"

"有何区别？"

"大王没有察觉吗？在那来之不易的安定环境里，秦国抓住了时机，出现了商鞅变法，使国力猛然增强，这安定的格局就在不知不觉中发生了变化，而有的诸侯国在稳步发展的同时胃口大开，还有的昏昏沉沉步入衰败。"

"不错，现今天下格局又从安定走向吞并了。"

"所以，要想使燕国有个良好的安定环境，我们必须将南北六国合纵联盟，共同抗击西秦。"

"好好好，就依丞相之言，怎么做你尽管代表燕国去做吧。"

第三十三回　纵六国南北结盟　惊秦庭张仪受宠

（一）

苏秦完成了燕国游说，并且顺利被燕国拜相。接下来，苏秦要干什么呢？他认为完成对燕国的掌控只是冰山一角，眼下还有其他诸侯国的大量工作，需要他来完成。想到这，他把下一个要去的地方定在了赵国。

这一日，苏秦到了赵国，然后直奔赵国的大殿。赵国的大殿外，苏秦刚要迈步前行，早有军士上前问明白了情况。那军士不敢怠慢，调头向大殿内一边小跑一边喊叫着："报！启禀大王，大殿外有燕国大使求见。"

赵国大王一愣神，问道："噢？确定是燕国使臣吗？"

军士回答说："启禀大王，正是燕国使臣求见！"

大王急忙观望着下面喊道："太子赵胜何在？"

太子赵胜上前拱手说道："父王，儿臣在此！"

大王说道："你去殿外，将那燕国使臣好好地请上大殿。"

赵胜答应说："儿臣遵命！"

赵胜一班人来到殿外，果然看见了苏秦和一名随从在殿外等候，赵胜上前拱手施礼问道："来者可是燕国使臣？"

苏秦抱拳说道："在下乃燕国丞相苏秦，请问你是哪位？"

赵胜说："我乃赵国太子赵胜。"

苏秦拱手说："原来是太子阁下。"

赵胜转身挥手说："父王在大殿等候，请！"

苏秦跟随赵胜来到大殿，赵王急忙相迎。

苏秦说："燕国丞相苏秦见过赵王。"

赵王问道："本王以为是燕国的一般使臣呢，怎么是丞相大驾光临？"

苏秦说："赵王，在下是燕国新任丞相，今日来到赵国，也是肩负重要使命啊。"

赵王说道："请坐下说话。"

大家落座后，赵王问道："刚才丞相自说是苏秦？"

苏秦点点头说道："不错，在下苏秦。"

赵王问道："敢问阁下，可是苏家庄才子苏秦？"

苏秦说："在下确实是苏秦，这才子之说是天下人对在下的误评而已呀。"

赵王又问道："那阁下可是鬼谷子门徒苏秦？"

苏秦点点头说道："也不错呀，家师正是鬼谷子王禅。"

赵王吃惊地说道："多年前，你与那张仪联手搞了一个纵横之术，当时被称作纵横天下，迄今还有传言，你们两个真是人间的绝世才子啊。"

"过奖过奖，都是奉我家师父鬼谷子王禅先生之命行事啊。"

"哦，不知丞相今日以使臣的身份来到赵国，是为何事呀？"

"苏秦此次前来赵国，是想看一看赵王有没有担忧啊！"

赵王面色一惊，问道："不知丞相所言何意？"

"就是看一看赵国的未来，有没有忧愁。"

一旁的赵胜也是一头雾水，上前拱手施礼说道："丞相何意，请明示。"

苏秦说："果然虎父无犬子呀，赵王英勇威猛，太子赵胜平原君侠肝义胆，可以说，你们父子在赵国是威震朝野，根本不会担心国内的变化。但是赵国人都知道，赵国的大敌就是秦国，你们不会不担心，有朝一日秦国大兵压境，把赵国给灭了，赵王，您说对不对啊？"

赵王吃惊地看着苏秦说道："不瞒丞相说，赵国是担心秦国这只大老虎啊！"

苏秦说道："那在下正是为了此事而来。"

赵王欣喜地问道："噢？丞相难道有了妙计？"

苏秦笑道："对付一个秦国，在下还是有办法的。"

"那就请丞相赶快说说吧。"

"目前，赵国唯一的出路就是同别国联盟啊。"

"与别国联盟？怎么个联盟？请阁下说说看。"

"赵王想一想，天下不只是你们担心秦国，那燕国就不担心吗？同样担心。但我此时身为燕国丞相，就是来救你们的。"

"那你打算怎么救我们？"

"你们只有走好一条路子。"

"什么路子？"

"南北六国合纵联盟。"

"噢？那就请阁下说说看，怎么个南北六国合纵联盟？"

"就是把燕国、赵国、魏国、楚国、宋国、齐国都捆在一起，共同对付强大的秦国，等我们完成了这些，赵王你说，那秦国再强大，他可敢轻举妄动吗？到了那个时候，我们六国不是都没有了外域的忧愁吗？"

赵王面色大喜，连声说道："妙计，妙计呀。"

赵胜问道："只是，怎样才能把六国捆绑在一起呢？谁来把六国捆绑在一起？"

这时，赵王笑着说道："哈哈哈哈，当然是丞相阁下啦！"

此时苏秦点点头说道："不错，在下愿意奔走，搭桥铺路，以完成六国统一联盟。"

赵王笑道："丞相确实是个奇才，为了完成此六国统一联盟，赵国愿意拜先生为相。"

听到赵王这话，赵胜上前拉住苏秦说道："先生乃赵国福星，赵国理应拜先生为相啊。"

赵王说道："先生，你即日起就是赵国丞相啦，那请问先生，赵国下一步该如何做呢？"

苏秦说："以赵国丞相身份为使臣，出访魏国。"

赵王点点头说道："好，就令太子赵胜与丞相一起前往魏国。"

（二）

苏秦和赵胜一行来到魏国，得到了魏国公子无忌的赞赏。无忌说道："天下早就传说苏秦才干，今日一见果然与众不同。现今秦国强大，他们时常惦记着我魏国的疆土，仅是先生此招统一联盟，就化解了魏国的忧愁，先生真乃我魏国的功臣啊，魏国愿意拜先生为相出访楚国，我且愿意一同前往。"

苏秦说道："无忌公子英明啊，有公子决心在此，那秦国怎敢来犯？"

苏秦带领赵胜和无忌来到楚国，楚国的威王在大殿盛情地接待了苏秦一班人。席间苏秦说："威王深明大义，爽快地加入了统一联盟体，那秦国再是强大，也不敢贸然来犯楚国了！"

楚威王说道："先生，下一步既然为我楚国丞相去出访齐国，那就令本王之弟春申君与先生一起到齐国吧。"

春申君急忙说道："能与天下的才子丞相一起出访齐国，春申之幸啊！"

苏秦笑着说："春申君乃人中豪杰，同行乃苏秦之幸！"

楚威王笑道："哈哈，有了此统一联盟，天不灭楚啊。"

一日，齐国的齐王端坐大殿，突然有兵丁一路小跑进入大殿喊道："报！启禀大王，大殿外来了楚国威王之弟春申君陪同的四国丞相觐见。"

齐王闻听慌忙问道："噢？那春申君来了就来了，还带来了四国丞相？"

兵丁答道："回大王，是这样。"

齐王吃惊地问道："是哪四国丞相？"

兵丁答道："回大王，是燕国、赵国、魏国、楚国的丞相。"

齐王惊喜地说道："今天是什么日子？来呀，孟尝君何在呀？"

孟尝君上前施礼说道："臣在！"

齐王说："平日里你广交天下豪杰认识人多，今日，你就代替本王接待他们吧。"

苏秦一班人到了孟尝君府内，孟尝君热情地接待了他们。酒过三巡，孟尝君说："齐国久仰苏秦先生的大名，在下深感相见恨晚。"

苏秦说："久闻孟尝君仗义疏财，广交天下豪杰，深得齐王信任，看来此言不虚啊。"

孟尝君说："我家大王身体欠佳，举国大事很少过问，在下如不替大王分忧，那大王要我这臣子何用啊！"

苏秦点点头："此早有耳闻，由于孟尝君深得齐王的信任，齐王将社稷都交与孟尝君经营啊。"

孟尝君摇摇头说道："这唯恐有误社稷呀，到时辜负了齐王的信任，岂不成了天下罪人。"

这时，苏秦单刀直入地问道："不知孟尝君眼下对天下时局有何看法？"

孟尝君说："先生此来齐国，一人已担任了数国丞相，在下就感知天下气候啦。"

"噢？孟尝君说说看，当今天下是什么气候？"

"天下诸侯国的战争已延续数年，天下百姓都处在水深火热之中。几年前，就是你苏秦和张仪在诸侯国之间搞了个纵横之术，稳定了天下局势。可这些年来，秦国出现了商鞅变法使秦国更加强大。这秦国，本来就对其他诸侯国虎视眈眈，他们经过商鞅变法后，更是犹如猛虎，随时都有野心吃掉别国的行动啊。"

"不错，正因为此，我们必须达成南北六国统一联盟。"

"六国联盟？"

"只有南北纵向统一联盟，我们才有可能与强秦对抗。"

"妙计，妙计呀。"

"只要我们形成了联盟，其联盟国都是安全的，是不是这样啊？"

"不错不错，如果那样，那秦国再也不敢轻易动武啦。"

"孟尝君，那这南北联盟，齐国是个什么态度呢？"

"还有什么态度，即刻加入联盟，拜先生为齐国丞相啊。"

"那好，从此我们将南北联盟，同心协力一致抗秦。"

孟尝君激动地喊道："同心协力，一致抗秦。"

春申君也激动地喊道："同心协力，一致抗秦。"

（三）

楚国苦县黑河岸边，丹成城外，此时各国兵马已是纷纷而至。一时间就见楚国兵马高挑大旗，威风凛凛地在校场列队，作为主宾国的楚国兵马，立在校场迎候各国兵马，他们已经准备好了迎接前来参加联盟的各国兵马。就在此时，赵国兵马已是浩浩荡荡地高挑大旗，一阵尘土飞扬，到了黑河岸边集结。这一边，魏国兵马和燕国兵马也是齐头并进而来。同时，齐国、宋国兵马也呼啸而至。至此，参加六国联盟的军队已经全部到位。此时苏秦登高一呼，各国兵马即刻静候他发话。

孟尝君走到前台，说道："今日我们南北六国兵马集会，为的是达成联盟，现在我们六国首先向苏秦先生敬献丞相印。"

话音刚落，各国纷纷献印，苏秦一一收下了各国丞相大印。随即喊道："即日起，南北六国纵向统一联盟正式成立。"苏秦说罢，各国兵马已是欢呼鼓舞。苏秦继续喊道："下面，请各国将领近前推选盟首。"

这时，各国将领一阵窃窃私语过后，有人将意见报告了苏秦，苏秦根据各国的推选意见宣布道："现在经过各国推选，大家一致推选楚国为现今六国盟首国。"一旁的孟尝君见状，激动地说道："即日起，人类历史上就出现了第一个诸侯国联合体呀。"

各国兵马一阵欢呼，欢呼声响彻天际。

此时的秦国大殿，有兵丁一路小跑进入大殿喊道："报！启禀大王，中原传来消息，苏秦在丹成黑河北岸成立了南北六国联盟。"

秦王闻听后不知所措："啊？再探！"

兵丁退下，秦王惊慌地问道："各位大臣，那苏秦成立了南北六国联盟，他是要干什么啊？"

这时，公孙衍上前说道："启禀大王，臣以为那苏秦意在与我秦国作对。"

秦王吃惊地说："说来听听。"

"大王还记不记得当年苏秦前来求职？"

"似有此事，怎么了？难道这小子要与我秦国为敌？"

"大王，当初我曾经建议大王，若不用苏秦绝不可放走他，大王还不信，这不有了后患吧？"

"现在看来是不应该放走那小子，可当时他言辞虚伪，似乎没有这么大的本事啊。"

"他当时正是乳臭未干的小儿，可他后来投奔了鬼谷子门下才学到织天经地的本领啊！"

"什么？他也投奔了鬼谷子？"

"不错，那苏秦在鬼谷子门下数年苦读，才有今天的成就啊。"

秦王问道："咱们最近不是来了一位叫张仪的吗？"

这时公孙衍才突然拍拍脑门说："哎，大王不提，臣倒是忘了，这张仪也是鬼谷子的门徒啊。"

"张仪何在呢？"

这时，张仪急忙从后边一路小跑来到近前，施礼说道："张仪在此。"

秦王问道："你叫张仪？"

"启禀大王，在下就是张仪。"

"那苏秦可是你的同门？"

"正是。"

"噢？那苏秦成立了南北六国联盟你可知晓？"

"也是刚刚闻听此事。"

"那你们是不是内外联合要对付我秦国？"

张仪大笑不语。

秦王问道："你笑什么？"

张仪说："回大王，你没听说龙生九子个个不同吗？"

"何意？"

"我与那苏秦虽为同门，但人各有志，所走的道路就会不一啊。"

"那你说说到我秦国来的理由吧。"

"想过一生一世安乐日子需要理由吗？"

"此话怎讲？"

"当今天下，哪个诸侯国可以与秦国媲美？又有哪个诸侯国可以与秦国单独抗衡？"

公孙衍急忙上前说道："张仪，这些大王都知道，你就说些有用的吧。"

张仪说："我想过上安稳的日子，就必须寻找一个可以不用担心国家灭亡的诸侯国为依靠，也就是说，我必须寻找像秦国这样有强大实力的国家为靠山，还想借此强大的实力完成天下一统啊。"

秦王一惊："什么？天下一统？"

"天下一统，非秦国莫属！"

"张仪，那你给我说说，苏秦这个六国联盟是个啥劲头？"

"大王放心，苏秦的六国联盟只是暴露了他们的心虚啊。"

"说说看。"

"大王想想，他们为什么搞六国联盟？"

"是为了对付秦国吧。"

"这正是说明了他们一个个都惧怕秦国。"

"对呀，因为他们一个个都惧怕秦国，所以来了个六国联盟。"

"在下断定，六国联盟的目的就是为了防秦而非攻秦，应不足为患。"

"张仪所言极是啊，但你们既是同门，那苏秦搞了个南北纵向联盟，你可有什么妙计呀？"

"大王，他们搞纵向联盟，我们就搞个连横的国策吧。"

秦王一惊，问道："噢？连横国策？说来听听。"

"他们以南北六国联盟，我们就派出使臣，游说一下东西六国为联合体的连横国家。"

"那些诸侯国对我有了防备之心，哪个还愿意与我连横？"

"大王不知，这些小诸侯国都惧怕秦国，这时如果秦国主动与他们结盟连横，

他们都会答应的。"

"好啊,张仪的连横国策,使本王茅塞顿开呀。"

这时,公孙衍上前施礼说道:"大王,张仪与苏秦同为鬼谷子门徒,他们六国拜苏秦为相,促使六国纵向联盟。那我们是不是应该拜张仪为相,促使六国连横的国策呢?"

秦王说:"对对对,我们就拜张仪为秦国丞相,促使六国连横的国策。"

至此,战国纷争又处于相对和平的冷战时期。

第三十四回　月忌山泥头用计　乡村医巧获宝扇

（一）

人间事，万千云云，暴徒门中的狂徒也在观察着民间。天下者，非独自人间之天下，乃是四海之共有天下。因此，天下各个诸侯国的变化，其实都与四海有着密不可分的关系。

天下大乱看似在民间，其实四海也都在参与，只不过有的是暗箱操作，有的是明目张胆，有的是煽风点火，有的是两面三刀，有的是直接使坏，有的是表里不一。诸多芸芸，人世间也就不难发现一些喜怒哀乐和阴晴圆缺啦。比如，有的被人突然用撩阴脚袭击了，有的被人突然戳瞎了眼睛，还有的与世无争者看似在平安大道上行走，其实不知不觉中，就跳进了别人设计的陷阱。

天下诸侯国的战乱，在苏秦和张仪的操纵下，再次基本控制住了局势。也就是说，诸侯国之间只要没有战争，无疑是少了许多血腥味。这样，靠着血腥味活着的暴徒门就不干了，他们是一日也不能看见天下相安无事。终于有一天，暴徒门又开始了新的酝酿，目标还是那一个，就是让天下再次打起来，再次上演血流成河、横尸遍野。

这一日终于来了，暴徒门军师总部的月忌山上，各路妖魔鬼怪都在这个阴谋日子偷偷地云集在此。纹身格不满地冲着军师月忌日说道："我说军师啊，那九天玄女去了这么久，就她留在山顶上的那个什么封条，到底还有没有功力啦？"

五黄瞪眼说道："你不去试试深浅，在这儿站着说话不腰疼。"

这时，泥头也耐不住性子了："哎，你说这民间也是，过去天天是打打杀杀的，唉现在不打了？"

泥头一句话引开了话题，他的搭档麻面接过话茬说道："这民间说打，都攒着劲儿地打；这说不打了，一个个都像个下蛋的老母鸡，老实卧着。"

一旁的黑煞却是打起了斜锤，摇摇头说道："唉，一个一个的瞎操心，那咱这暴徒门的事你办好了没有？还有闲工夫去操心人家民间打斗。"

作为暴徒门军师的月忌日，比谁都明白，这暴徒门惧怕山顶上的那封条，不敢轻举妄动，没有了机会参与四海的捣乱，四海就相对平安无事。想到这，他就顺着大伙的话茬说道："是呀，自九天玄女突然出现以来，特别是她留下的那一张封条，令各位望而生畏，叫我等都不敢轻举妄动。"

五黄瞪眼说道："哎哎哎，你这军师还有脸说，平常你是大伙的主心骨，这遇到事了就摆不平啦，你这个军师是个孬种吗？"

月忌日问道："那老弟何意呀？"

五黄说道："我们暴徒门光是大将就号称百万，现今，一个小小的九天玄女我们就对付不了啦？这大伙说说，我们丢人不丢人啊？"

月忌日上前说道："老弟不是不知道吧，那九天玄女非同寻常，你说四海之中哪个敢去惹她！"

"那也不能叫人家放这一张封条，就叫我等吓得连门都不敢出了！"

"一张封条？你说得简单，前日我就去近前看了看，不料被那张封条的功力震得我七窍出血，至今还没有痊愈呢，这不，大伙都看看我这伤势！"月忌日说着就让人看自己的伤势。

一旁的黑煞近前看了一下，当时就惊叫一声："啊？"

这时，五黄也吃惊地问道："军师所言是真的？"

月忌日点点头说道："这还有虚言？"

这时，泥头皱着眉头说："看来都是这个坏种封条耽误事！"

麻面问道："难道就没有法将这张狗屁封条去掉？"

听到这话，月忌日猛然间眼前一亮，大笑道："有了。"

五黄急忙问道："有什么啦？"

月忌日说道："你们谁愿意下山去，想办法请来一位普通百姓？"

五黄问道："做甚？太岁可说啦，暴徒门有暴徒门的规矩，不让我等随意祸害人，太岁说怕有报应。"

月忌日摆摆手说："今儿个我们不是去祸害人，而是请一个普通百姓上来，让他帮我们把封条揭去即可。"

五黄笑道："你这个办法不错，那我即刻去弄一个普通百姓过来。"

月忌日摆摆手说："你去不中。"

五黄不满地问道："为何？"

月忌日说："你的眼睛一瞪，吓死人，哪个普通百姓见到你不叫你吓死喽？"

五黄问道："那你说谁去，就赶快去呀！"

泥头一边插话说道："就是，要我说，我看哪个坏种去都不如我去合适。"

泥头说到此，麻面就不干了："呸，你小子这话是咋说的，我麻面去了，不也是个亮堂堂的人物？"

看到这些属下争来争去，月忌日说道："我看，无论谁去都要装扮一下，无论谁去，都还得有办法叫那普通百姓自愿和你一起上山。"

五黄不耐烦地说："真是麻烦，我去，我要叫谁上山，他敢不来，我就杀他全家！"

泥头瞪眼说道："你这个坏种就知道杀人放火，不懂得用点坏水脑筋，你去不合适得很！"

此时，月忌日看着泥头说："泥头老弟，你能够悟出来这一步，已经不简单了，我看呀，就是你去吧。"

泥头笑道："嘿嘿，我就说嘛，哪个坏种去都没有我去合适。"

月忌日说道："不过，你还要想法叫那普通百姓不起疑心，让他痛痛快快地来，高高兴兴地把那封条拿走才行。"

泥头说道："请军师放心，这点小事，俺还是没有问题的。你可别忘了，俺也是个坏种啊。"

（二）

泥头来到山下，没有忘记军师的安排，先是变化成一只狼狗。他暗骂道："我的天哪，咋是变成了这个坏种，一只狗还能比我这泥头好看到哪里去？这要是见到了普通百姓，不是一样把人吓死！"泥头说罢，再次变成了一位讨饭的小男孩，这次他很满意。

就在这时，从远处来了经常上山采药的李郎中。泥头看见郎中大喜，急忙上前拦住他。

李郎中问道："小孩，你想干什么啊？"

泥头笑道："俺在这等人等多时了，都等得俺难受得紧，吆嗨，这还真是来了个坏种哎。"

李郎中闻听泥头满口污秽，也不搭理他，绕开他继续前行。泥头见状，上前拦住郎中说道："大哥大哥，你这个坏种是从哪里来？叫个啥名啊？"

李郎中问道:"你这个小孩,年纪轻轻的咋还骂人呀?"

李郎中一句话使得泥头一愣,便伸手扇了自己的耳光,说道:"啊对不起大哥,我这是打小落下的口头语毛病啊。"

李郎中摇摇头说道:"唉,小小的孩子,有啥毛病不好,咋就学会了张口骂人?"

"是是是大哥,我是个坏种中了吧?"

"你这孩子,快说什么事!"

"请问大哥,你这个坏——请问大哥,你这是准备去哪呀?咋称呼你啊?"

"我姓李,人都叫我李郎中。"

"哦?你是个郎中?那肯定识得一些文章喽?"

"你是嘛事吧,赶快说,别耽误咱采药。"

"刚才,哎就刚才,我从山上下来,突然在山上见到一个彩色的玩意,那家伙还闪闪发光。待我近前一看,你说咋的?这上面有些闪闪发光的字,咱不认得是啥字,就……"

李郎中急忙问道:"啊?闪闪发光?在哪里?"

泥头指指方向说:"那边那边,上去就看见了。"

李郎中来到山上,按照泥头所指方向,老远就看见了九天玄女娘娘留下的封条处闪闪发光。他急忙走了过去。到了封条跟前,仔细一看:"哎,这形状看似一把扇子,还是彩色的,这到底是个啥东西呀?"想着便伸手拿起自个认为是扇子的东西,又一次仔细地观看着,看着看着突然大笑,自言自语道:"哦,形似大型羽毛,又像个扇子,这说不定就是传说中的宝扇呀。"于是将扇子拿在手中,轻轻扇了一下,哇,一阵清风甚是舒坦,果然是宝扇,遂将它插入腰间。

就在李郎中观赏扇子的时候,山的这一边,早已云集了一帮暴徒。众暴徒亲眼看见李郎中把扇子插入腰间,无不拍手称快。

这时,纹身格不解地问道:"军师,你说这就奇怪了,那九天玄女娘娘留下个封条,对我们暴徒门来说杀伤力如此强大,而对一个普通百姓竟然啥事没有,唉,它还成了宝贝。"

黑煞也说道:"就是,我也不解此事,难道这个普通百姓身上功力胜过我等?"

月忌日摇摇头说道:"这就是四海之中的不同之处。"

黑煞问道:"怎样不同?"

月忌日说："神有神力，魔有魔法，人有智慧啊。"

黑煞一愣，问道："啥？智慧也能胜过神力魔法？"

月忌日点点头说："不是也能胜过，而是胜过百倍啊！"

（三）

李郎中所开的李家庄药铺生意兴隆，前来看病的百姓络绎不绝，李郎中每日里笑呵呵地为人诊治着。这天，就听有一百姓问道："李郎中，听说东头王掌柜家里，数年的神经病咋一见你就好了呀？"

李郎中微笑着说："咱是搂草打兔子——捎带的！"

百姓一脸诧异地问道："啥捎带的？不是你一根银针刺好的？"

李郎中说："反正针也刺了，可我给他们刺了多少年了，都没有刺好，这一次不知道是咋啦。"

有百姓神秘地说道："哦，听说这人呢，他该吃多少苦是一定的，这老天爷要是叫你挨一百针，你挨九十九针都好不了。"

说话间，门外突然来了一班人，还捆绑了一位披头散发的男人前来。

有看热闹的百姓上前问道："哎呀，你们怎么把吴老兄绑了？他这是咋啦？"来人说："你是不知道，这一段日子，吴老兄都把家里祸害成啥样啦，邻居都没有办法，才将老兄绑来，这不是请李郎中给看看嘛。"

李郎中就近前查看后，吃惊地问道："哦？莫非此人是个神经病？"

来人说："不错，已有很长时间了。前几天，他把自个的孩子给打残废不说，还把老婆给打死了！"

一位刚刚说到此，另一位就急忙插话说："他一天到晚和狗窝里的狗卧在一起，现在把狗都咬死了。"

李郎中说道："这样的神经病，我怎能医治？你们是知道的，我是从不医治神经病人啊，咋着这会儿，竟然把这样的神经病都抬到我这儿来了？"

来人急忙说道："先生不要着急，就这病，先生如果医治不好，俺们也不埋怨你，那如果医治好了，你可是救了他们一家人的命啦！"

李郎中看了看病人，左右为难。此时，李郎中感觉到非常闷热，就走进内室取来扇子取凉，他随手将扇子轻轻一扇，奇迹突然出现了。那捆绑的疯子看到郎中，甚是害怕郎中手里的银针，又见到郎中手里的扇子，不知道郎中会怎样打他，

竟然扑腾一声跪在地上，胡乱地哀求道："先生饶命，先生饶命啊！"

李郎中面色一惊，对着跪在地上的病人说道："喊叫什么？"

疯子说："先生饶命，先生饶命啊，不是我有意要害这姓吴的，而是他们家先侵犯了我的家族啊。"

郎中先是一头雾水，后来似乎明白了眼前的局势，便顺势问道："哦？原来你是鬼怪附体呀！"

听到李郎中问话，疯子急忙说："先生只要放我一条生路，我此去，永不再寻找这姓吴的一家报仇啦。"

李郎中灵机一动，问道："那你说，你到底是何方妖怪，快快说来？"

疯子说："我是后山的黄鼠狼精。"

"哦？原来是一只黄鼠狼啊。我说黄鼠狼啊，你既为灵异之物，不能轻易涉及人间，我今天放了你，以后可不要再伤害人了。"

"是是是，保证不再伤害人了。"

"还不快走？"

"请先生后退，将你那扇子拿开。"

李郎中又是一愣，看了看手中的扇子，心中自语："噢？难道我这扇子是一件法器不成？"

李郎中一边琢磨，一边将扇子送到内室。此时，就见疯子身上突然一阵烟雾，吓得众人连连后退。一会儿，那疯子扑腾一声倒在地上。李郎中急忙上前把脉说道："病人只是虚脱，抬回去好好静养即可。"众人见状，谢过李郎中，就一起将病人抬走。

就这样，李郎中会医治神经病的消息传开了。

第三十五回　月忌山暴徒集会　楚王妃祸乱皇宫

（一）

一条林间小路上，王禅正在徒步慢走。突然，从前面慌慌张张地走过来一群百姓。王禅感觉诧异，近前观看，发现一群人正抬着一位被五花大绑的中年人，急匆匆地小跑着。王禅上前盘问道："各位慢走一步。"

领头的百姓一边继续跟着众人小跑着，一边问道："何事？"

王禅也不得不跟着快走几步，手指着五花大绑的人问道："请问，你们这样捆绑着人，到底是何意啊？"

领头的解释说："哦，你是问这个啊，实不相瞒，我们抬了一个疯子呀。"

王禅又问道："哦？那你们这是前往何处啊？"

这时就听有其他人说道："听说李家庄的李郎中，专治各种各样的神经病人，他依仗手中有个宝贝扇子，神奇得很呢。有人亲眼看见，很多神经病人，就那李郎中用扇子随便一扇就好了，我们这会儿，就是奔着他那去的。"

听得此言，王禅陡然一惊道："有这等事？"

有百姓说道："神奇得很呀，这把扇子，可是积德行善的宝贝呀。"

百姓一席话，在王禅听来觉得有些蹊跷，便又问道："那这李家庄离此多远？"百姓手指着前面说道："就在前面。"

一群百姓抬着神经病人继续小跑着，王禅愣了愣神，就跟在后头，一行人直奔李家庄。

再说李家庄药铺，此刻李郎中正手持扇子，对着每一个前来看病的神经病人轻轻一扇，病人即刻就痊愈了。

就在这时，王禅跟随的一帮人也到了药铺，李郎中急忙叫人解开绳索，随即用手中扇子轻轻地对着病人一扇。那神经病人见到捆绑在身上的绳索被解开，一时兴起，正要发威之际，正好看见了扇子，只好扑通一声跪在地上求饶，然后就从病人身上飘走了一溜白烟，众人一阵惊叹。

此时，王禅也正好把李郎中治病救人的前前后后看得明白。他近前，仔细地观看一番，然后大吃一惊道："噢？难道此物是九天玄女娘娘的镇魔帖子？"

说话间，前来求郎中看病的百姓已经络绎不绝，王禅便走近李郎中，喊道："郎中请了。"

正在忙活的李郎中猛然抬头，正好看见了王禅，也是一愣怔。他见王禅不像个病人，就问道："哦？先生，看你面色神采奕奕，可不像是前来问诊呀，你今天到此难道有何贵干？"

王禅笑道："呵呵，老夫无病问诊。"

李郎中更加诧异地问道："那先生，你是有别的啥事唛？"

王禅说道："老夫就是想问一下，你这手中的扇子是从何而来？"

李郎中闻听这话，表情陡然一惊，反问道："那你，那你问这干啥？"

王禅说道："老夫有一位朋友，在前面的大山上放了一件镇山之物，我看你手中拿的就是呀。"

李郎中听到此言，吃惊得半天说不出话来："这这这……"

王禅摆摆手说道："不要着急，我就是想知道，你是如何可以轻而易举地发现了此物并取来的？"

李郎中有些胆怯，嘴唇有些发抖，好久才小心翼翼地说道："是一个讨饭的小孩给我指的路，我到了山上，然后就拿回来了此物。"

王禅顿觉不安，但还是不动声色地说道："哦，既然此物在你手中能医治百姓，也算是物有所用啦，不过，你可不能利用此物大发不义之财，更不能利用此物胡乱炫耀，否则，此物会离开你的家中。"

王禅说罢，扭身就要离去，李郎中急忙喊道："先生，那这把扇子你不要啦？"王禅头也不回地说道："你呀，无意间就给这世上带来了不小的灾祸啊！此刻，恐怕那些所镇之物，早已混迹民间去害人啦，此时拿走此物，已无多大意义，你就暂且先用着吧。"

那李郎中看了看手中宝贝，一时间不知道如何是好。

（二）

再看月忌山上，暴徒门军师月忌日正召集暴徒门众人云集于此。待到大伙集中完毕后，月忌日说道："各位各位，我们暴徒门振兴的日子又要到来了。前不久，泥头用计将九天玄女娘娘的封条成功揭去，那九天玄女也不会怪罪我们，现今我等已没有了后顾之忧，我们以图大业的时机又来了。"

麻面咧着嘴笑道："哈哈，泥头这小子，就这事办得叫个漂亮，叫个机灵，叫个有价值。"

月忌日接着说道："今天，召集大伙前来就是告诉大伙，我已差人去请那濮三煞啦，估计这会儿也该到了，他到了我们就共谋大计。"

说话间，山下的暴徒门人一阵喊叫着跑上山来，只听喊道："启禀军师，三煞爷到！"

众暴徒都很兴奋，五黄笑道："这小子待会来了，又该吵着杀王禅了，哈哈。"泥头也笑道："嘿嘿，这个坏种，他跟王禅仇深似海呀！"

众暴徒正在说笑，三煞已迈步入内。他大老远就结结巴巴地说道："啊啊啊老远，啊就听见一群鸟叫，哈哈，原来是一群啊啊怪鸟啊！"

月忌日迎上前说道："三煞老弟，你来啦？"

三煞见到月忌日，咧着嘴问道："啊又弄啥哩？尔等啊一群啊怪鸟在这啊惊天动地的？"

月忌日笑道："老弟呀，今天请你来是有事商量。"

三煞结结巴巴地说道："你你你，有事快说吧！"

月忌日说道："三煞老弟，前一段我们都不敢轻举妄动，大伙都惧怕那九天玄女。"

三煞问道："现在不不，啊不怕啦？"

月忌日说："前天泥头用计，已将那阵法揭去。"

三煞惊讶地问道："啥？阵法已揭去？"

月忌日点点头说道："揭去啦，今天叫你来，就是合计一下如何宰了王禅。"

三煞就结结巴巴地反问道："啊啊军师，你不惧怕九天玄女啦？"

月忌日说："那九天玄女厉害，咱不明里与她争锋为敌，暗地里寻找那王禅报仇不是一样的吗？此正所谓暗箭难防啊。"

月忌日说到这，三煞大笑道："啊啊，就知道，你不干啥光明磊落的事，又是偷偷摸摸地整人！说吧，叫叫，叫俺干啥？"

月忌日说："刚才我们大伙商议了一下，大伙都决定潜伏到人间去，然后大家就各显神通、欺世盗名、搅乱是非，再嫁祸于王禅，而后找机会向王禅讨还血债。老弟，你看这样行不行？"

三煞再次结结巴巴地问道："这这这么做，到底行不行？"

月忌日说："大伙都是为了给你报仇啊！"

三煞不乐意地摇摇头，说道："啊啊算了吧！别别别拿我当枪使了，啊暴徒门哪个不知道，那只要有王禅的出现，他他，他就是暴徒门的克星，灭了他，是是是暴徒门的公干啊。"

月忌日点点头说："老弟所言也是，不过你最恨的人不是王禅吗？"

只见三煞冷笑着说道："哈哈，我不不，不仅恨王禅，更恨那楚国对蔡国的灭国之恨！所以，要大爷我干赖事，就得先从楚国下手。"

月忌日说道："好，大伙都乔装一下，我们马上就去楚国，搞他个天翻地覆。"

（三）

按照计划，月忌日和三煞来到楚国，月忌日摇身变化成一位富商，并化名乐风。而濮三煞也摇身一变化作游侠，化名苍月。

二位刚刚变化完毕，月忌日说："三煞，从即日起，你就是苍月啦，我就是乐风，万万不可弄错了。"

三煞说："哈哈哈苍月好哇，这苍月听起来秀气，比濮三煞好听，俺这濮三煞的名字就像三把钢刀，谁喜欢濮三煞呀。"

月忌日对濮三煞说："还有啊，从即日起，我们要学着民间的讲话，要讲究文明，要把戏演得逼真，这样才能嫁祸于人！"

三煞点点头说道："好，为了报仇雪恨，爷就忍一忍！"

二位说罢，一前一后降临楚国。

此时的楚国，正在举国发丧，规格空前。再看那大殿上，楚国威王王妃郑袖此刻正端坐其上，俯视下面道："怀王啊，这威王已经驾崩，国不可一日无君，我看即日起你就即位登基可好？"

怀王急忙跪拜："儿臣谢过母后。"

礼毕后，怀王起身坐在太后身边，各位大臣都在礼拜怀王。就在这时，兵丁飞奔进入大殿喊道："报！大殿外来了一位叫乐风的商人求见。"

听到禀报，怀王看了看太后说道："请母后定夺。"

郑袖一抬头，对兵丁说道："那就叫进来吧。"

兵丁拱手答道："诺！"

不大一会儿，月忌日来到大殿，见到怀王和太后就上前施礼。

郑袖问道："你叫乐风？"

月忌日抬头说："是是是，我叫乐风，是一位经商的客人。"

郑袖问道："你一个经商的，见我国王有何要事啊？"

月忌日说："听说楚国新继位了大王，我乃天下最大的盐商，这楚国食盐贸易也是大事啊，所以特来与大王见面。"

怀王问道："食盐贸易？"

月忌日说："是呀，在下是做食盐贸易的。"

此时，怀王上下打量着乐风说道："我说乐风，人人都说天下盐商是奸商，百姓出钱吃到的都是次品食盐。你莫非也是弄来次品食盐，想让我楚国百姓吃下？"

月忌日急忙施礼说："启禀大王，我乐风贸易的都是上等食盐，绝无次品。"
郑袖看着月忌日说道："看你一表人才，想来也不会坑害我楚国。"

月忌日急忙说道："不会不会，绝对不会。"

一边的郑袖摆摆手说道："好了乐风，你且退下，今后如有需要楚国帮忙的，尽管找我好了。"

月忌日急忙施礼说道："谢娘娘！"

第三十六回　黑军师挑拨离间　借是非张仪游楚

（一）

一日，变化后的月忌日到了楚国大殿。这月忌日真不愧是暴徒门军师，他为了达到不可告人的目的，变化后真叫一个深藏不露。不单举止文雅，还刻意外露富豪的身份，意外认识了楚国的太后郑袖并得到了郑袖的赏识，打那时起，他心中就已经有了如何对付楚国的计划。

这天，月忌日又开始了新的阴谋，目标就选准了郑袖，自然也对拿下郑袖满怀信心。他手捧一颗世间罕见的宝珠，到楚王的后宫去见郑袖。郑袖见月忌日手捧一颗宝珠前来，问道："我说乐风啊，我这皇宫里什么样的宝珠没有啊？"

月忌日急忙上前说道："太后娘娘，您这皇宫里自然不缺少宝珠，但这一颗宝珠绝对是不同寻常，世间少有。"

"哦？拿来看看。"

郑袖接过宝珠仔细一看，见果然是不同寻常，大笑着说道："嗯，果然漂亮，看得出，你这人还挺会讨人喜欢。"

月忌日说道："娘娘若喜欢这宝珠，说明这宝珠与娘娘有缘。这老话说得好，宝珠滋养美女，有缘分的宝珠更是如此呀，但愿这颗宝珠能够滋养娘娘红颜不老、桃花永在呀，那我改日再送一些过来给娘娘滋养滋养。"

郑袖哈哈大笑一阵，说道："你瞧这乐风，不光人长得好看，这小嘴更是讨人喜欢！"

郑袖一高兴就在后宫设宴招待了月忌日。待酒过三巡，月忌日看看左右人等，似是有话要说，郑袖见状便退去左右。

月忌日悄悄地说道："娘娘听说没有？"

"听说啥？"

"楚国管辖的地方有个苦县。"

"有哇，怎么啦？"

"近日那里有传闻，说苦县的丹成一带有个神像会说话，不知道娘娘有没有兴趣啊？"

"啥？神像会说话？"

"是这样。娘娘，我去看过，那泥胎神像确实会说话。"

郑袖闻听世上竟然有这等奇怪的事情，更加好奇地问道："哦，这么奇怪，那他是个什么神像？"

月忌日说道："是那鬼谷子王禅的神像。"

"你说的就是那个王禅救白龙的故事吧，听说他舍己救人有了好报，那老君炼丹时赐给了他一粒仙丹就成了仙，是他吧？"

"不错，就是那个王禅。"

"那他既然成了上人，百姓敬着他，他还说些啥呢？"

"我不敢说呀娘娘。"

"有啥不敢说的？我这楚国也是一方诸侯，在我这楚国没有你不敢说的话，说吧！"

"是有关娘娘的话题，才不敢说。"

"什么？有关我的话题？真是奇了怪啦！"

月忌日压低嗓门说："是有关娘娘个人私事方面的，那我还能说不能说？"

"什么个人私事？你只管说来，本宫不怪罪你就是。"

"怕娘娘听了生气呀。"

"你只管说来。"

"不说也罢，不说也罢，我看都是那王禅胡扯八道！"

"那他都是胡扯些什么？赶快说来听听！"

"那王禅说，楚国出妖妇，祸乱在后宫。"

听到这话，郑袖噌地一下站起身来，面色大怒，顺手将月忌日拿来的宝珠摔碎，怒目圆睁道："那王禅当真这么说的？"

月忌日点点头说道："是这么说的，那里的百姓也都是这么传的，太后不信可派人前往查看便是。"

月忌日花言巧语说到此，郑袖已是满面大怒地喊道："可恼！来呀，快去叫大王见我。"

听到太后怒吼，早有宫廷下人去请怀王。怀王不知道后宫发生了什么，急急忙忙赶来，见到母后如此动怒，试探着问道："不知母后唤儿臣前来有何吩咐？"

郑袖怒色说道："快派出兵马，将丹成一带的王禅神像全部砸碎，将丹成一带所有百姓统统绞杀。"

怀王惊讶地问道："啊？这这，这是为何啊母后？"

郑袖摆摆手说道："不要问为什么？快去执行！"

（二）

再看楚国兵马，得到了楚国大王应允，即刻飞驰到丹成一带。那些强悍的楚兵，到了丹成后真的是如狼似虎，丹成集可是遭殃了，到处都是兵马残杀百姓的场景，所有的王禅神像都被兵丁砸碎，大批的百姓无辜惨死，转眼间，丹成一带已是死尸遍野，红红的血水流进了千年洺河和黑河。

被烧杀声惊醒的白圭目睹此景，大吃一惊地喊道："天哪，这楚国兵马是发的啥疯啊？"

就在此时，王禅也突然赶来。见此场景大怒，随即拔剑拦住一些正在杀人的兵士，但这些兵士根本不理会他。于是他高声呵道："住手！"

王禅陡然的一声喊叫，引来了无数兵马，顷刻间一群兵将围住了王禅和白圭。王禅大怒，问道："你们是哪里来的兵马？为何残杀无辜？"

"残杀？是你们这些人都该死。"

"胡说，你们有什么理由杀人？"

"你们这些人，虽然被楚国征服管辖，但都不与楚国人王一心，背地里不但辱骂楚国太后，还有造反之心，所以都该死。"

兵将说罢，一起刺向王禅和白圭，王禅和白圭无奈还手抵抗。

此时，再看远处，还有数不清的兵将杀向他们二位，前边的刚刚倒下，后边的又一拨冲来。与此同时，其他百姓也在被残杀。白圭见状，在一边叫着："哎呀，不好玩了不好玩了。"

王禅喊道："道兄，我们两个把这帮畜生吸引过来，他们就没有机会伤害百姓啦。"

白圭摆摆手喊道："不是这样，哎，你难道没看见，远处其他的兵将还在杀戮百姓啊！"

王禅这才发现，远处的兵将真的还在杀戮手无寸铁的百姓，当下大怒："啊？可恼！"

说时迟那时快，王禅伸手从地上捡起一根野草，从行囊中拿出来道器，就开始使用超常规障眼法魔术，随即口中念念有词，再看那野草瞬间变成了一匹高大威猛的战马。战马"咴"的一声，已是窜出数丈远，奇怪的是，战马所到之处无须刀枪，已有不少兵将来不及躲闪，在他们吃惊的时候已被战马踢飞。但见那战马奔跑如风，瞬间就在鸣叫中将高低沟壑转了一遍，所到之处，就留下了一片楚国兵将的尸体，有兵将想逃走，不料那战马冲上去将其踢飞。王禅见楚国兵将已基本被消灭，就收起功力，隐藏了战马，然后跳到白圭面前。

　　白圭看到眼前的奇景，吃惊地喊道："我的天哪！王禅啊，你那战马是从哪里弄来的，现今又去了哪里呀？"

　　王禅说："要不是这一帮畜生杀戮无辜百姓，我是不会使用这样的法术啊！"

（三）

　　花开两朵，各表一枝。再说那秦国的大殿上，此时官拜秦国丞相的张仪，慌慌张张一路跑向大殿。

　　秦王问道："丞相，急急忙忙上来大殿，难道有什么急事？"

　　张仪喊道："启禀大王，天赐良机，天赐良机啊，我们的大好时机已经来了。"

　　秦王忙问道："噢？丞相说说看，是什么大好时机呀，叫丞相如此兴奋？"

　　张仪说道："大王啊，听没听说楚国的怀王继位？"

　　秦王说："哦，听说了，怎么啦？难道是楚国的怀王给我们带来了好运不成？"

　　张仪激动地说道："大王有所不知，这怀王可不比那威王啊，他就是一位乳臭未干的娃娃啊。"

　　秦王满面欢喜地说："哦，那就说来听听，这娃娃有什么事？"

　　张仪说："这怀王由于在朝中实力单薄，其实乃太后郑袖的傀儡。而那郑袖，又是影响楚国命运的主要人物。在下认为，楚国在这个不知道阴天下雨的女人垂帘听政下，这玩弄他们的机会不就来了吗？依臣看，现在正是瓦解六国联盟的大好时机啊。"

　　秦王说道："噢？如此说来，瓦解六国联盟的时机来了？"

　　张仪施礼说道："来了大王，我想啊，咱们应即刻出使楚国，不知大王意下如何？"

秦王惊叹道:"那就赶紧去吧,这如今你是一国丞相,这样的事你就看着办嘛,还在这儿启奏个什么呀!"

张仪得到了秦王的应允,几经辗转,胸有成竹地直奔楚国大殿而来。再说楚国,迎来了秦国丞相也是破天荒的头一次,所以楚国上下都很惊讶。

一时间,楚国的大小官员围观张仪。此时,张仪在楚国大殿上表现超常自信,游刃有余,他不曾说话先是哈哈大笑了一番。此一笑不当紧,郑袖和怀王对此感到困惑。郑袖一脸诧异地问:"张仪丞相,你进得大殿就是一阵大笑,那是个什么理由呢?你难道是在笑我楚国尽是顽童不成?"

张仪沉着应对道:"启禀娘娘,不知您听说没听说,这天下的定数又变化啦。"

郑袖吃惊地问道:"天下的定数又怎样变化?"

张仪说:"这天下啊,马上就要进入强强联手啊!"

郑袖问道:"啥是强强联手?"

张仪说:"就是强者与强者联合呀。"

郑袖更加吃惊地问道:"这强者与强者联合,那还不得称霸天下了吗?"

张仪笑道:"所以识时务者为俊杰,像楚国这样的国家也算是强者,我秦国也是强者,我们两家要是强强联手,试问,天下哪个敢与我为敌?"

郑袖喜悦地说:"这倒真是个事。"

张仪又急忙上前施礼道:"娘娘,您想想,如果我们两国强强联手,将来是不是就高枕无忧啦?"

郑袖问道:"我们两国强强联手,那楚国的好处是啥?仅仅就是没有他国与我楚国为敌吗?"

张仪摇摇头说道:"当然不是。我们可以共同吃肉啊!"

"如何共同吃肉?"

"秦国已有计划,准备在天下寻找几个强强联手的国家,到时吞下一些地盘,与联合者共同分割,这样不是共同吃肉吗?"

听了这话,郑袖的脸上笑开了花:"这就开始瓜分啦?"

怀王问道:"那这样一来不是又有战争了吗?"

张仪说:"战争?战争马上就会让弱者灭亡,强者生存。"

怀王说:"可自六国联盟以来,天下再没有了战争,此大好局面来之不易呀。"

张仪说:"谁说没有了战争,大王不是说笑吧?"

听到张仪这话,怀王问道:"张仪丞相何意?"

张仪说："据我了解，前几天我们得到消息，就在你们楚国的丹成一带，有大批兵马全部阵亡，难道你们那是在做游戏吗？"

张仪一番话真的说到了点子上，一时间，满朝文武私下里都在交头接耳。此刻就听郑袖说："实不相瞒，那全部阵亡的兵马都是我楚国兵马，我们正在追查起因。"

张仪说道："你们想一想，大批兵马全部阵亡，他们是怎么阵亡的？"

郑袖有些不高兴地说道："现今也没有找到敌方是谁，那肯定是一波精兵强将所为。"

张仪问道："这不是危险信号吗？"

郑袖突然问道："难道是有人向我们不宣而战？"

张仪说道："想想去吧！"

郑袖突然转变态度说："我们同意强强联手！"

怀王也说道："对，我们同意强强联手。"

张仪一席话，已经把楚国太后和怀王游说成功，楚国满朝文武谁也不敢多说半个字。

正当张仪暗暗窃喜的时候，大殿下面突然走出一人，正是楚国上大夫屈原。屈原眼见张仪的伎俩就要成功，再也沉不住气了，急忙上前大声道："慢！"

屈原一声喊叫，惊动了满朝文武，也惊动了怀王和太后。怀王急忙看了看母后，不敢说话。

郑袖问道："屈原，你有何话说？"

怀王也跟着问道："就是呀屈原大夫，你这是何意呀？"

屈原拱手说："启禀大王，这张仪胡说八道的一席话，使我满朝文武都陶醉了，可大王你不能陶醉啊！你可是楚国的主心骨啊！"

郑袖大怒道："屈原何意？难道你是说我们都是醉生梦死吗？这满朝文武就你一个人清醒是吧？我看你才是真正的胡说八道！"

屈原急忙施礼说道："屈原不敢！"

郑袖把脸一沉，说道："不敢就好！"

屈原说："臣是说，这张仪别有用心，我们楚国可不能轻易上当受骗啊。"

郑袖问道："上什么当？受什么骗？"

屈原看着满朝文武说道："大伙都想一想，我们自从六国联盟以来，不是好好的吗，为什么要退出六国联盟？我们不能单听张仪一席话，就搞什么强强联手而退

出六国联盟啊，那样，楚国的灾难也就不远了！"

这时，张仪上前说道："屈原大夫，你身为楚国挑大梁的上大夫，怎么不忠心耿耿地为楚国考虑，我看你是和楚国有仇啊！"

闻听此言，屈原大怒："张仪，你在此胡说什么！我身为楚国上大夫，如不及时揭穿你的连横伎俩，要是按你所说的去做，将把楚国带入永无休止的战争，使百姓遭殃，到时我才是楚国的罪人啊！"

满朝文武听到屈原这话，又是一阵子交头接耳，文武官员不少人点头称赞。张仪急忙说道："那请问屈原大夫，不加入强强联手的连横之列，楚国就没有战争了吗？"

屈原愤愤地说："楚国已数年没有战争，楚国百姓刚刚过上安居乐业的日子，国力正在增强，我们有什么战祸？你这个别有用心的小人，在此断章取义、混淆视听，才是楚国大敌。"

张仪问道："那你说说，丹成一带楚国兵马全军覆没是咋回事？"

屈原愤怒地说道："那次全军覆没的事件本来就不应该发生，是那乐风妖言惑众，致使楚国兵马无辜杀戮丹成百姓，遭到了天谴所致！"

郑袖听到此言，大怒道："屈原匹夫，我看你是老糊涂啦，在此胡说八道，还不滚下去！"

太后突然发怒，满朝文武谁也不敢多说半句话，大伙心里都明白，屈原是说出了不该说的话。而太后则认为，是屈原故意让其难看。

屈原见状，愤愤离去。

第三十七回　救张仪暴徒屠军　又献计防不胜防

（一）

丹成一带，早已云集了楚国的精兵强将，他们是以屈原大夫为首的宏观派人物势力，这一批精兵强将来此，不是为了别的，正是阻止张仪的连横阴谋。这样的行动不但不能公开，还得背着楚国满朝文武，所以，来这里的精兵强将都是秘密地集结的。

他们是一支训练有素的铁甲新军，按照部署，这支队伍很快就埋伏在了丹成附近。不大一会儿工夫，果然见张仪一行慢慢地赶来，走进了伏击圈。大伙即刻出击，有将领挥手喊道："杀！把他们全部杀干净！"

说话间，一批铁甲新军将张仪围在中间。张仪被这突如其来的攻击吓呆了，吃惊地问道："你们是楚国新军？"

将领说道："算你狗眼看准了！"

张仪不解地问道："为何拦截我？"

将领说道："为了要尔的狗命！"

张仪又问道："为何要杀我？"

将领说道："为何杀你？那你去红脸王爷那儿再问个明白吧！"

兵将正要动手，大伙没有想到，在这千钧一发的时刻，濮三煞突然怒气冲冲地赶来。这些新军怎么可能是濮三煞的对手呢？转眼间，所有新军全部被三煞痛痛快快地杀个干净。

濮三煞杀完新军，瞟一眼张仪，得意地扬长而去。

再说自张仪和苏秦离开，王禅始终担心由于张仪和苏秦各为其主，怕他们再次上演孙膑和庞涓的老路子，王禅计划，眼下该是他们师徒三人聚一聚的时候了。

这一日，王禅把苏秦和张仪都邀到了丹成，他们师徒在一家小酒馆把酒言欢。

席间，王禅问道："张仪、苏秦啊，你两个可知道师父为什么把你们叫来一起啊？"

张仪和苏秦都说道："师父请吩咐。"

王禅说："这世间，都知道你们是我鬼谷子的弟子，师父原本让你们下山是为了稳定天下，让百姓少些战祸之苦，可师父没有料到，你们师兄弟两个而今竟成了政治上真正的对手。对于这些，师父深感不安，所以将你们二人邀来丹成相聚。"

苏秦自责地说道："师父，都是弟子的过错，请师父责罚。"

张仪也自责地说道："弟子也有过错，请师父责罚。"

王禅笑道："看你们两个，一个是六国联盟的丞相，一个是秦国连横的丞相，这天下两大政治敌对丞相，怎么在此谦虚起来了？"

苏秦说道："师父，弟子由于操之过急，急于显示自己的才干，突然间就把六国联合起来了，并担任了丞相，此确实有过错啊。"

王禅摆摆手说道："今天叫你们相聚，目的只有一个，那就是师父想听听你们对未来天下时局的分析，不是叫你们来认错的。"

王禅示意苏秦和张仪端起酒杯，师徒三人举杯共饮。

苏秦又面向张仪说道："师兄啊，此次我们师兄弟下山，已完成了师父要稳定天下的计划，我看该是我退隐的时候了。"

张仪急忙摆摆手说道："师弟此言差矣，天下暂时稳定算是完成，但这样的局面是不会太久的，我想，师弟已经察觉到了吧？"

苏秦问道："师兄是说你搞的连横吧？"

张仪摇摇头说道："不，即使没有我的连横，天下也必定不会长久稳定啊。"

王禅插话说："那你们就分析一下，让为师听听也好。"

张仪说道："当前，这天下的局势表面上看似稳定，其实格局早已发生了变化。"

王禅点点头说："好，继续说，是什么样的变化啊？"

张仪说："有人抓住了稳定机遇，他们就迅速发展了自己的国家，而原本就强大的国家，他们会更加强大。再看那些满朝文武尽是昏庸无道者，他们已经将国家带到了灭亡的边缘了，这国家一旦成了羔羊，还有不被狼吃掉的肥肉吗？"

听到张仪的分析，王禅点点头说："哦，天下又进入了这个时期。"

苏秦也说道："不错，我也洞察到，那些强大的国家已有了野心，他们已不满足于现状，开始储备实力，正在寻找机会，看样子，随时都要吞并那些弱小的国家。"张仪也点点头说："不错，师弟所言不虚，秦国就属于强大的国家之一。"

苏秦说："所以，秦国现时没有举兵，不等于长久不举兵啊。"

张仪再次点点头说道："是呀师弟，所以我们师兄弟下山施展才能，此次是师弟你赢了。"

苏秦说："师兄是指我的六国联盟吗？那不过是过去的时机和演变所致。从长久看，这天下还是秦国的天下啊，所以赢者是师兄你呀。"

张仪说道："照师弟看来，这天下将来归秦了？"

苏秦摇摇头说："唉，亡六国者非秦也，乃罪在六国自己呀！"

王禅听到两个徒弟精辟的论道，沉思片刻说："医者医病，却难医命啊，此医运也！"

说到这，张仪猛然间问道："师弟既如此，那不如与我共助大秦如何？"

苏秦摇摇头说道："不可，不可啊师兄。"

张仪问道："为何不可？"

苏秦说："天运天道如此，师兄尽管去做英雄好了。"

王禅闻听苏秦此言，说道："这正是人海茫茫一盘棋，不以成败论英雄啊。但目前，你们两个至少是已经稳定了天下局势啊。为师看来，这些都是大道定数，你们师兄弟两个就不要在意这些了，还是顺其自然的好啊。"

张仪、苏秦都微笑着点点头，表示赞同。师徒三人酒馆一聚，王禅算是听明白了，他这两个徒弟，目前还没有发展到你死我活的地步；至少，他们二位还是遵照了当初为了稳定天下而下山的意愿，对此，王禅很放心地点点头，便离开了两个徒弟。苏秦和张仪见师父离去，也在一阵寒暄过后各奔东西而去。

（二）

楚国都城的一家酒馆内，月忌日和濮三煞两个暴徒也在举杯同庆，他们不为别的，就为濮三煞屠杀楚国新军而痛饮。

月忌日说道："三煞老弟，你只要想杀人，本座就会不停地给你创造机会。像这一次，你在丹成一口气屠杀了楚国那么多兵将，那感觉好是不好？"

三煞咧着嘴笑道："哈哈啊啊，甚是过瘾，甚是过瘾啊！不过，就这也抵消不了当年楚国兵马，屠杀我我我亲眷时的大仇啊！"

月忌日说道："那就再找个机会，可着劲地多杀一些，让三煞老弟报仇雪恨！"

三煞哈哈大笑说："好！这你才算是啊，啊够哥们！"

月忌日说道："这一次，咱们屠杀了楚国铁甲新军，放走了张仪，那张仪定有机会连横。等那小子连横成功了，他必定依此游说强大的秦国，向别国不停地开战，到时，这天下又有好戏啦，我们就等着瞧好吧！"

大暴徒军师月忌日说到此，三煞说道："啊啊，啊军师可别忘了，啊六国联盟也也，也是大碍呀。"

月忌日沉思片刻说道："所以，我们要尽快诛杀苏秦，以挑起六国与西秦的决战。"

三煞说道："啊军师只管吩咐，啊啊，啊俺只要能杀楚国人就行。"

月忌日狡诈地问道："那王禅的人老弟杀不杀？"

月忌日突然提到王禅，三煞瞪眼说道："杀！啊怎么不杀？啊只要与王禅有有，有关系的人，啊都该杀，啊都得死！"

月忌日又沉思片刻说道："老弟，你可曾听说过红袖吗？"

此一问，三煞一瞪眼说道："听说过，她不是是是，是那王禅的知己吗？"

月忌日点点头说："对着呢，那丫头正是王禅的知己呀！"

三煞瞪眼问道："说她干什么？那我我，我还听说，啊红袖是九天玄女亲眷呢，啊咱得离她远一点。"

月忌日说道："咱是要离她远一点，可这苏秦的来历呢？"

三煞说道："听说他是是，是王禅的高徒。"

月忌日笑道："嘿嘿，老弟呀，那我们若叫红袖手刃苏秦呢，哎，你老弟想一想，这王禅心情将是如何呢？"

三煞也咧嘴大笑，说道："嘿嘿，那弄成弄不成？你如果能够叫红袖啊啊，啊手刃苏秦的话，我看到时候，那王禅要不气死，才怪呢！"

月忌日冷笑着说道："我想也是，到那时，王禅的心情定会受到很大的刺激啊！"

月忌日做着美梦，三煞瞪着眼说道："啊那当然好了，不过，谁有有，有此手段，啊能叫红袖手刃苏秦呢？"

月忌日冷笑着说道："嘿嘿，事在人为呀老弟！"

三煞说："哦，甚是甚是，你事在人为，啊啊，你我如今都是是，是个人啦！"

月忌日仰天长叹说道："其实呀，这要论奸、论恶，非人莫属啊，莫过人也！"

三煞一阵子大笑，说："哈哈，哈哈你，就做——，一回孬种，还是这么多的坏点子！啊我看你你，你小子才是这世上啊，啊最标准的啊坏人！"

两位暴徒四目相对，哈哈大笑。

（三）

话说北极玄丹宫内，红袖在房间已经收拾妥当。这时不老上人北辰走来，红袖急忙施礼说道："红袖谢过不老上人。"

北辰摆摆手说："红袖啊，这一段时期，老夫观察了你的残腿，可以说是已经完好如初啦。"

红袖满面欢喜地说道："是是是，都是不老上人的医术高啊，现今叫红袖才有此康复之腿呀！"

没等红袖说完，北辰就摇摇头说道："唉，红袖啊，老夫哪有你说的这么高的医术啊，这都是北极子参的功劳啊！"

红袖说道："不老上人啊，这子参有功劳不假，可没有上人你的帮助，恐怕这子参也根本发挥不了这么大的作用啊。"

北辰说："可老夫还是拿不准这北极宝物在你的身上到底能不能如愿呢，现今有点担心啊。"

红袖忙问道："不知上人担心什么呢？"

北辰说道："担心这子参，它虽然治愈了你的残疾腿，可这东西也有很大的副作用啊。"

红袖吃惊地问道："什么副作用？"

北辰说："害怕将来你的脾性，有了不可思议的变化啊。"

红袖笑道："哈哈，有了啥变化？能不能把我变成一只老虎？"

北辰点点头说："差不多吧！"

红袖问道："那究竟会是什么样的变化呢？"

北辰狠狠心，说道："今天，老夫必须把话和你说明白，以防今后有了突变，自己还不知晓。"

"到底会有什么样的突变呢，叫不老上人如此担心？"

"怕将来你的脾性，变成了一个性格特别阳刚的女子呀。"

"哦，我明白了。"

"唉，孩子呀，你有所不知，那子参虽有特效，能医治你的残疾，可是子参本身就是一种阳刚烈火呀。"

"上人啊，你不是后悔把这千年子参用在了我的身上吧？"

"傻孩子，你怎会有此想法？"

"那你在此吓我何意？"

"不，不是吓你呀孩子，你只知其一不知其二啊。"

"那其二是什么啊？"

"那子参如果用在了男人身上，他将增加功力百倍，更能延年益寿。可要用在女人身上，就有很多不利的地方啊。"

"为什么呢？同是仙家宝贝，用在了男人身上就有好处，而用在了女人身上就会有不少的副作用呢？"

"是因为，这子参原本长在阳刚烈火的起源地啊。"

红袖笑道："这天下人都知道，你这北极玄丹宫是个极寒之地，现今，却偏要说成是阳刚烈火之地，您老人家不是骗人吗？"

北辰又摇摇头说道："孩子啊，天下很多人都知道我这北极玄丹宫是个极寒之地，但却不知此地乃阳刚烈火的起源地呀！"

"噢？"

"按大地通气分割的阴阳布局论断，在大地的子午线上，即最南方的午字位与最北方的子字位上，是两个极点。而人们看到的昼间午时，从表面上看是阳光烈火，而实则却是从午时开始，大地就已经进入阴气回升、阳气衰败的时期啦。而夜间的子时，看似是夜色入静，实则是已经进入了阳刚之气回升的旺盛时期。所以这子参，虽然生长在北极玄丹宫极寒的地方，却是阳刚烈火之物啊！"

见红袖一脸震惊，不老上人又反过来安慰她道："不过孩子，你不要害怕，我此时把话说明白了，就是为了让你时时注意，时时克制一下自己的脾性就可以啦，以免到时脾性变化还不知道是什么原因。"

"唉，我红袖的命就是苦啊，这残疾才刚刚治愈，就又冒出个阳刚烈火来了！"

"孩子不要怕，老夫把话给你说明白了，你心中留意一些，就不会有事的。"

"这都是命啊，怕有何用？"

"孩子啊，还有一件事也是该给你说明白的时候了。"

"上人请讲。"

"是到了该和你父亲相认的时候了。"

提起父亲，红袖吃惊地问道："我父亲？我哪来的父亲？不是一直就一个姑姑吗？难不成又有什么天机。"

第三十八回　金千阁龙洞遇难　追苏秦红袖寻仇

（一）

在北极玄丹宫，红袖听到了号称不老上人的北辰星君说起了父亲，这样的消息可不是一般惊人的消息。

她非常着急地问道："父亲？父亲不是已经去世多少年了吗？不老上人，您如今突然提起了他，这是何意啊？"

"孩子，你是有父亲在世的，这一点不虚啊！"

"到底怎么回事呀？"

"四海众生，要么是死，要么是一气化成仙，要么就人身活在世上。而你父亲当年自寻短见时被洺河府邸的白圭施救，而后一直留在龙洞修炼，所以他确实没有死去。"

"那他怎么啦？姑姑为什么就没有告诉过我这些呢？"

"那是因为你姑姑也不知道这些，或许是知道了也不能泄露天机啊。"

"那这么说来，我那可怜的父亲，一定是一个令四海都头疼的人物了？"

"你的父亲叫金千阁，他是一位道缘深厚的善良之人，他的一些朋友甚是奇特，大多是修为较高的世外高人。"

"难道，王禅所说的都是实情？"

"对，那个鬼谷子王禅所说的都是实情。"

"那我的父亲，他现在在哪里？"

"这就是老夫要告诉你的。"

红袖催促道："哎呀，不老上人快说嘛，都急死我了！"

"那金千阁虽然没有死，但常年命悬一线，尽管白圭经常给他注入内力，也只能维持生命。不过这一段情况非常好，眼看着就要康复了，此时正在丹成的洺河龙洞静养。"

"丹成洺河龙洞？"

"不错，正在随洺河的老白圭修道呢，不久即可行走江湖，成为丹成的土地官了。"

红袖听到父亲还活着，兴奋地跳了起来，高声喊叫着："啊，我有父亲啦，我有父亲啦！"兴奋呼叫的同时，两眼瞬间就落下了眼泪。

北辰见状，上前安慰说道："快些去吧，你走后，老夫也该闭关啦，我要清静一些日子啊。"

红袖再次向北辰星君施礼，然后转身离去。

（二）

一片雾气缭绕的山林中，各类树木相互缠绕着生长着，树枝茂密，林下，百草丛生。望着此处的树木和百草，乍一眼看去，不但树木生长得令人生疑，就连树下百草丛也令人望而生畏，虽然个别草的顶端也偶尔开放着几朵鲜花，但这花朵也一定是怪状奇花。还有，冷不丁地听到一些阴森森的怪鸟发出了瘆人的叫声，更是令人浑身发抖。四周的地势险要，到处是悬崖峭壁，奇形怪状的树木，好像处处隐藏着豺狼和虎豹，好像还有张着嘴的毒蛇，它们个个长相凶恶，一副时时要吃人的架势。

此处，是真真切切的树上怪鸟鸣叫，树下阴风阵阵。这种地方，一般善良的人都望而生畏。但是，这种地方也有用处，适合一些居心叵测和怀揣黑暗的阴谋家秘密聚会，更适合策划怎样挖人祖坟、烧人房屋、投机取巧、煽风点火，甚者把颠倒黑白的定论标榜成光明正大。

就是在这样一个地方，此时暴徒门的军师月忌日，正在等待大暴徒濮三煞的到来。也就一眨眼的工夫，濮三煞突然一阵风赶来。他见到月忌日，结结巴巴地说道："啊军师，又又，又急急忙忙把我叫来，啊到底想干啥？"

月忌日问道："濮三煞老弟，叫你来报仇杀人，那你不高兴？"

三煞问道："杀人？啊啊杀谁？"

月忌日说："上次我不是和你说过，这世上有个红袖吗？"

月忌日刚刚说到此，濮三煞就不干了："啥？啊杀红袖？我说你这个啊坏水，你咋不分里外的坏呀，啊，啊那你害怕啊那红袖，是是，啊是九天玄女的亲眷，啊啊，啊我我，我就不怕吗，啊咋的？将我往火坑里推是吧？我看你，啊真是坏透了！"

月忌日急忙摆摆手说道："不是杀红袖！"

"啊啊杀谁？"

"杀红袖的父亲金千阁。"

听到月忌日这话，三煞怒道："啊啊杀红袖都不敢，乖乖，啊叫叫，叫我去杀红袖他父亲金千阁，那九天玄女能饶了我！"

"不是的。那金千阁已经半死不活数年啦！"

"啥？叫我去杀死人？"

"老弟呀，情况是这样的，你听我把话说完。那金千阁早已半死不活了数年，可他被丹成洺河府邸的老白圭收拢。此时，那金千阁正随白圭修道呢，近期就将行走江湖。可他入世后，因为修得正果，要继任丹成的土地官。老弟想一想，金千阁继任了土地官以后会怎样？"

三煞说道："我我我，明白了，那金千阁是红袖的父亲，红袖又又，又是王禅的知己，啊到时，啊那金千阁就是王禅的啊老丈人，那样，啊啊，啊我们就多了一个对手，啊是不是这样？"

月忌日急忙点点头说："老弟聪明，就是这样啊，老弟你想一想，金千阁行走江湖后，他也会有很大的功力。到时，我们再对付王禅岂不是难上加难？"

三煞咬牙切齿地说："那你你说，啊下面该咋弄吧？"

月忌日说道："你应赶快去那丹成的洺河龙洞，将金千阁毁掉，使金千阁世代不得转世，然后我们再嫁祸于人。"

"啊？这次嫁祸给谁？"

"苏秦。"

"哦？把金千阁毁掉，啊啊，啊嫁祸给苏秦，然后叫叫，叫红袖亲手去宰了那苏秦。这样，王禅的心里肯定不会好受！"

"对，叫那王禅也受到内心的煎熬吧！"

"哈哈，叫叫叫他心里，啊也像驴踢的一样难受！哎，你说你，这点子咋这么坏啊！"

（三）

再说那洺河龙洞，离开北辰星君的红袖，已兴高采烈地来到洺河龙洞外。可一见龙洞，她便有了一种不好的感觉，多年前她亲眼看见的龙洞已是面目全非，怎么看，这里都好像是已经发生了一场浩劫。红袖发现，这里的山丘已经被人铲平，剩下凌乱无章的惨状甚是不堪。红袖神色一愣，即刻有一种不祥的预感，立马进入洞内，大声呼叫："父亲！父亲我来看你啦！"

洞内没有回应，红袖定睛一看，里面已是一片狼藉："这里到底发生了啥事？"

正在猜测的时候，红袖感觉到一个光环飞来，那光环在冥冥之中发出声音说道："袖儿，你来晚了，我已经被人毁掉啦，我们父女还是见不了面啊，你快去救白圭上人吧！"

听到这微弱的声音，红袖吃惊地喊道："父亲！父亲！我是红袖啊，你在哪里啊，这龙洞究竟发生了什么？"

就见那光环在洞内来回飞动，红袖见状，伸手去抓了一下，可什么也没有抓到，红袖就大声哭着喊道："父亲啊，这里究竟发生了什么？你说的白圭又在哪里？"

此刻洞内没有了回音，也没有了光环。

无奈的红袖怀里抱着破碎的尸首哭得甚是伤心，悲痛欲绝地喊道："父亲啊！袖的命为何这样苦啊！自幼不知道父母是哪个，孤身一人跟着姑姑，后来在不觉之中变成了残疾，这好不容易治愈了腿，又经历了千难万险才找到了父亲的下落，但却落得一个这样的噩耗！难道是玉人门这样安排我的吗？"

红袖在洞内伤心地哭着，就在这时，从洞外进来了变化过的月忌日。

月忌日老远就喊叫着："哪个在此哭泣？"

红袖听到喊叫，急忙伸手提起宝剑，对着月忌日就冲了过去，满面大怒地喊道："是你毁了我父亲？"

月忌日假装惊慌地说道："不不不，我是金千阁和白圭的朋友，怎会是我毁掉金千阁的！"

红袖放下宝剑，问道："那你说，到底是谁干的？"

"这事，我刚才已经打听清楚了。"

"快说是谁？"

"是六国的丞相苏秦所为呀！"

"苏秦？"

"是呀，就是那小子干的！"

"这苏秦为何要这么干？难道是他与我父亲有仇？"

"唉！这个苏秦啊……"

"到底怎样？快说！"

"他原本是一个国家的丞相，可因为他的野心，凭着一口伶牙俐齿游说了六国，后来竟然成了这六国的丞相。"

"他做他的丞相，我父亲碍他何事？"

"你且听着，那一日，这苏秦路过丹成，在洺河见到了你父亲金千阁，就上前质问，将来行走江湖可愿意跟随他左右。你父亲就告诉他，不愿再涉及人间，而是步入道家专心修道。"

"是呀，父亲本来就是与世无争。"

"可那苏秦不干，认为你父亲如不跟随他左右，很有可能就被别人所用，怕到时与他为敌。就这样，苏秦一怒之下就命令兵丁，将金千阁毁掉啦！"

听得此言，红袖愤怒地紧握着宝剑说道："可恼，可恼的苏秦啊！"

一旁的月忌日见状，煽风点火道："着实可恼！是这个该死的苏秦，使我失去了一位朋友哇。"

月忌日说到此，一边假惺惺地擦拭眼泪，一边偷偷地看着红袖。

此时红袖面色大怒，咬牙切齿地说："我一定亲手宰了苏秦这个恶人，将他千刀万剐，为我父亲报仇雪恨！"

月忌日急忙摇着头说："不容易呀闺女！"

"什么不容易？"

"杀苏秦不容易呀！"

"为何？"

"那苏秦身为六国的丞相，一定和四海有什么瓜葛。再说，他平常出入都有很多的武士伴随左右。要说杀苏秦，哪这么容易就可以得手啊！"

红袖恨恨地说道："就是有天皇老子给他撑腰，我也不会放过他！"

"那就好，真是你父亲的好闺女呀！"

红袖突然问道："你是哪个？"

"我是你月忌日大叔啊！"

"好的月忌日大叔，我们就此别过！"

（四）

一日，红袖寻仇来到楚国，到处打听苏秦的下落。这时，正好与游侠打扮的濮三煞走了一个碰面。红袖看见濮三煞游侠的装扮，上前问道："请问这位大侠，你可知道六国丞相苏秦现在哪里？"

三煞故作镇静地说道："六国丞相苏秦呀，那前几日在此还见到他，啊近日，啊听说他去了齐国，啊寻找他他他，啊干啥？"

红袖咬牙切齿地说道："他该死呀！"

"啊啊就是，啊啊该死！这个孬人，啊和一个死人都过不去！"

"和什么死人过不去？"

"啊啊听说他，啊他，他在丹成，啊要求一个命悬一线的人跟随他啊左右，啊遭到了拒绝，这个孬人啊就，啊就，啊就就把人家给毁掉了，哎你说这这，这缺德不缺德！"

"我杀此人就是为了这件事。"

"啊如此说来，这个苏秦，就就，就会欺负一个姑娘家家的，啊啊，啊真该死，啊不知道，啊怜香惜玉的玩意！"

"你是哪位？"

"我我叫苍月，啊逍遥天下的游侠。"

"苍月大侠，如果在哪儿见到了苏秦，烦请帮忙看住他。"

"啊那我我我，啊我要是帮你啊宰了他行不？"

"不用，我要亲手宰了他这个恶人，方可消我心头之恨啊！"

这一日，红袖辗转来到齐国，四处打听苏秦的下落，但仍不见苏秦的踪影。她来到一处山林，一怒之下，在一棵大树上用剑刻写了一行大字："苏秦该死！"

红袖来到魏国亦是如此，经过多方打听也没有找到苏秦的下落，也是一怒之下，在一棵大树上刻写下"苏秦该死"的字样。一直在暗地里尾随红袖的月忌日和濮三煞见状哈哈大笑。

月忌日说道："哎，老弟你说，这红袖的火候叫咱俩给烧得差不多了吧？此时，红袖要是遇见了苏秦该会怎样？"

三煞笑道："哈哈，啊啊必死无疑！"

月忌日说："对，必死无疑呀！"

三煞突然扭着头说道："不过军师，你你，你用计也太缺德啦！"

月忌日说："啥缺德？不都是为了给你报仇吗？"

三煞说道："叫叫，叫我堂堂的暴徒门大将，啊去祸害一个女子，还真有点啊舍不得呢！"

月忌日扭头看见濮三煞的模样，感觉非常可笑，问道："哈哈，你小子又怜香惜玉啦？还是又想着祸害人家姑娘呢？"

三煞说："啊啊，啊你又不是不知道，我就好干这一点缺德事啊！如今，啊有美人给爷挨着边了，啊落个眼福就不错了，啊动心思？这这，啊这不扯淡吗！"

两位暴徒一阵调侃，然后得意地离去。

第三十九回　楚国城红袖发飙　背骂名苏秦蒙冤

（一）

月忌日说起了红袖，起初只是调侃濮三煞一下，他再坏自个也明白，红袖是什么人？玉人门之美人啊，还有九天玄女娘娘护着，哪个敢去碰她！可这濮三煞差一点就当真，就眼下，濮三煞还在满面春风地回想着红袖的美姿，甚至有几分白日做梦，还有几分得意的举动。

月忌日眼看着这可笑的傻样，想让濮三煞悬崖勒马，阻止他这白日做梦的一面热，就讽刺他道："别做梦了！你还以为红袖是金花娘娘之类，一不留心就让你小子祸害了，那祸害了自然就成了你小子的相好。红袖是啥人？你小子要是敢祸害了她，唉，就是两个下场，不落个五马分尸，也得遭五雷轰顶啊！"

三煞咧着嘴，结结巴巴地笑道："啊啊，啊军师说得对，我三煞生成是个暴徒，她她，她红袖生成是个上人，哪跟哪啊！"

月忌日说道："不过，要想让这个红袖成为你的压寨夫人，也不是不可能啊！"

濮三煞闻言，兴奋地问道："啊？啊啊军师果真有办法？"

月忌日点点头说道："真的！"

就在此时，泥头和麻面突然赶来。

月忌日问道："你们来此是为了何事？"

泥头说："俺来此是听说那红袖，她如发疯似的寻找苏秦，她天天嚷嚷着要杀掉苏秦，哎，这不是明摆着吗，苏秦一死六国就乱套了。我说军师啊，这么好的计谋，难道是军师你的手段不成？"

月忌日不以为然道："哼，是那苏秦该死呀！"

麻面算是听明白了，笑着说道："我就知道，这样的毒计，就是军师大人你的杰作。"

泥头插话道："不错，像这样黑虎掏心的毒计，四海之中，恐怕也只有军师这

样的坏种才能想出来呀！"

（二）

再看那洺河龙洞，红袖一人正在龙洞发呆，她找到了一口大水缸，把父亲金千阁的尸首放进大水缸，望着大水缸甚是伤心，两眼热泪不停地流淌。

红袖一边哭一边说道："父亲放心，是那苏秦害得我们父女不能相见，打今儿起，无论费力多少，女儿一定要手刃苏秦恶人，为你报仇雪恨，到时，女儿将苏秦狗贼的心肝挖出来让你瞧瞧。"

红袖正在龙洞内发泄仇恨，眼前突然出现一畸形人。红袖不知是敌是友，即刻拔出了宝剑。

来者正是槐树人，他说道："红袖不要害怕，我乃王禅阁的槐树人，是金千阁和白圭的邻居。"

红袖辨认过后，说道："哦，以前我看见过你这棵老槐树。"

这时，红袖发现槐树人浑身上下伤痕累累，忙问道："槐树人，你身上为何如此多的伤痕？"

槐树人说道："唉，前不久，这龙洞的山丘上，突然来了大批兵马，其中还来了一伙不明身份的奇人异士，他们说是白圭朋友。我当时正在王禅阁替王禅值班，没有留下来，是白圭上人留下陪伴金千阁接待那些异士，谁知……"

红袖急忙问道："槐树人，你刚才说什么替王禅值班？"

槐树人说："嗨，多少年啦，那王禅不在庙内值班，百姓前来上香许愿，王禅不在家，百姓所祈求就无人办理。几位上人经过商议，叫我在此帮助王禅料理。同时，我还能得到一些贡品享受，所以我就一直为这里的百姓替王禅忙活着。"

红袖问道："那你身上这么多的伤痕是怎么回事？"

"那一日，我突然看见龙洞方向的山丘来了大批兵马，他们不由分说，就将山丘铲平，又有人冲进洞内，与白圭上人斗法决战。等我赶来时，就看见金千阁已经被人毁掉，而白圭也遭追杀。那伙人实在太厉害啦，我和白圭根本不是他们的对手，结果被来人打成重伤。"

红袖吃惊地问道："你们两个上人竟然打不过一群普通百姓？"

槐树人摇摇头说道："我也感觉纳闷。"

"白圭呢？他现在哪里？"

"从此不见了白圭的踪迹，我也正在寻找他呀！"

"你是说，那一伙人都会法术？"

"还不是一般的法术，他们一个个厉害着呢。"

"一群普通百姓会的是什么法术，竟然让两个上人都不是对手，难道他们都是金刚不坏之身，还是暗中有人操纵他们？"

"我也说不好啊，反正他们非常强大，用的是非常阴毒的功力啊。"

"前天也是在此，我遇见了一位姓月的人，听他说，父亲是被六国的丞相苏秦所杀，是不是这样啊？"

"我真的不知道是谁干的，你要是找到了白圭上人，也许能知道一些真相。"

洺河岸边，红袖正在岸边观望，突然就听白圭在身后喊叫："前方可是红袖？"红袖听到有人叫她的名字，急忙转身观看。发现来人可能是她正要寻找的白圭上人，便问道："你是白圭上人？"

白圭急忙走到红袖面前，上下打量着红袖道："红袖，你咋变了个人啊？"

红袖问道："哦，白圭上人，你是说我的残疾腿吧？"

白圭点点头说："是呀，过去你不是腿脚不便吗？你这是？"

红袖说："那年，我与王禅分手后就去了北极玄丹宫，在那里，我找到了北辰星君不老上人。"

白圭吃惊地问道："你去了北极？"

"我的腿就是在北极玄丹宫被不老上人给治愈的。"

"哦，那个不老上人好厉害呀！"

"白圭上人，我正在寻找你呢。"

"姑娘找我何事？"

"我问你，龙洞内命悬一线的金千阁是哪个毁掉的？"

"红袖姑娘，你问此何意？"

"不瞒上人，那金千阁是我的父亲啊。"

白圭先是一惊，接着惋惜地说道："唉，红袖姑娘你来晚了！"

"上人，我现在就是想知道，到底是谁毁掉了父亲的元神。"

红袖问起这事，白圭激动起来："这些天来，老夫一直在查询，看一看到底是谁要毁掉我徒弟的，还对我们大打出手。"

"查到没？"

"唉，原来是楚国的大王所为！"

"什么？楚国的大王所为？"

"是！就是他们！"

"到底怎么回事，快给我说清楚！"

"这洺河的龙洞，原本是王禅提升功力的地方，后来老君也经常在此传道。我也认为这里风水好，气场也好，就将命悬一线的金千阁隐藏在此处，每日来帮助他接纳阴阳，使其慢慢地康复。眼看着就要成功，不料天有不测风云呀，竟然来了这么一帮恶人，他们不由分说就将我徒弟毁坏啦！"

"那我父亲与他们有什么大仇？他们要这样毁掉我父亲？"

"都是那方士惹的祸呀！"

"怎么回事？什么方士？"

"前不久，楚国大王出巡至此，他们见此处气场极好，就在此观赏，这时，来了一位姓月的方士，那家伙上前就献出毒计。"

白圭继续讲道："一日，楚国兵马突然来到丹成洺河下游，楚国大王在一座山丘观赏美景，那大王一边观赏一边："我楚国疆土如此多娇唉！"这时有大将上前启奏说："启禀大王，听说这里就是老君炼丹的地方啊，岂能景色太差。"大王说："噢？玉人门的老君就在此炼丹吗？那这里肯定有其特别的地方。"大将说："回大王，这里恐怕不只是特别啦，而是一方非常特别的风水宝地呀！"

"此时，远处的月忌日见状，即刻化成一位方士，在远处哈哈大笑一阵。楚国大王听到有人大笑，正在纳闷时，其手下兵马呼啦一下将月忌日围住，又将他带到大王面前。大工问道："你刚才人笑何为？"月忌日说："我是笑大王只知道此地是楚国的领土，而不知道此地更是楚国的龙脉呀！"大王吃惊地问道："快把话说明白一点。"月忌日说："那大王有没有听说，这丹成的地名就是因老君炼丹而来呀？大王想一想，老君为何能在这里炼成了仙丹？"大王问："为何？"月忌日说："因为这里是一块天下仅有的五色河流聚气的宝地呀！"大王问："噢？你对风水气场看得真切？"月忌日说："不瞒大王，在下行走万里，也没有见过如此的宝地呀。"大王说："噢？怪不得老君在此炼成了仙丹，原来这里还有如此大的讲究啊。"月忌日说："不过……"大王见方士吞吞吐吐，问道："不过什么？"这时，一旁的大将也上前问道："不过什么？快说！"月忌日手指龙洞方向说："大王，看见那一座丘陵没有？"大王和楚国兵将都向月忌日手指方向看去，此时就听月忌日说："就是那一座山丘，却挡住了龙脉，可惜呀可惜！"大王问道："可惜什么？"月忌日说："就是那一座碍事的山丘，会阻碍楚国的国运啊！"大王吃惊地问道："啊！真的？'月忌日点点头说：'是真的！'大王问：'应当如何处置？'月忌日一挥手说道：'推平山丘、打通龙脉，方可保楚国昌盛啊！'在大王面前，有了月忌日这样蛊惑人心的计谋，即刻，楚国兵将就斧劈刀砍，一下子将龙洞铲平。此时，濮三煞化作游侠，率领几个暴徒门兵将冲进龙洞，将白圭打跑，又将命悬一线半死不活的金千阁毁掉。"

（三）

白圭讲述完了，红袖大怒，说道："上人放心，既然是那楚国将我父亲的魂魄消散，使我父亲万劫不复，我也一定叫那楚国上下万劫不复！"

看到红袖报仇心切，白圭说道："红袖姑娘，你要当心啊，那楚国兵将奇怪得很，有不少人会使用法术。"

红袖咬牙切齿地说道："哈哈，料也无妨！"

红袖报仇心切，说到做到。突然一日，她真的怒发冲冠，发疯似的手持宝剑，如闪电一般杀向了那楚国大殿。楚国兵将根本抵挡不住红袖，节节败退，转眼间已是死伤无数。已有兵将禀报大王，大王很是吃惊，急忙命令兵将拼命挡住红袖。

红袖正杀得起兴，一群兵将在她面前接招阻拦，不难看出，他们根本就是以卵击石地拼命。暴徒月忌日见红袖所向披靡，心下明白，一个身怀绝技的玉人门侠客，与一群凡夫俗子格斗，现场可想而知。还好，这场腥风血雨的策划者得意地出现了。

月忌日不慌不忙地拦住了红袖，红袖举起宝剑就刺向他，他大喊："姑娘且慢！"

"不想死的滚一边！"

"难道姑娘杀人不要理由吗？"

红袖看了看月忌日，问道："我咋感觉你有些面熟啊？"

月忌日摆摆手说："那就不知道了，我是常年待在楚国不出三门四户，难道姑娘是在梦里见过我不成？"

红袖面色大怒，骂道："滚开！不然我照样宰了你！"

"我刚才说过，难道姑娘杀人不给个理由吗？"

"你是哪个？"

"在下乐风。"

"乐风，你们楚国人都该死，包括你这个小白脸！"

"就算我们都该死，那也得知道我们为何而死吧？"

"是你们楚国人畜生不如！"

"姑娘不要着急，慢慢说。"

"我父亲金千阁，本来就是个半死不活的人，可你们连他都不放过！那你们说，楚国人不是畜生是什么？"

月忌日明明知道红袖在说什么，还是故意装模作样地问道："有这样的事？你父亲在什么地方？"

红袖说："就在丹成洺河岸边的龙洞内，他可没有招惹你们，你们为什么将他毁掉，使他永世不能复出！"

月忌日故作吃惊地说："噢，姑娘你是说那件事啊，姑娘啊，你可冤枉楚国上下啦。"

红袖问："什么冤枉你们楚国上下？"

月忌日说："楚国人被冤枉了，这冤有头债有主，姑娘你可不能冤枉好人呢！老话说，杀一个好人，减寿百年啊！"

红袖问："到底怎么回事，给我说清楚！"

第四十回　搅乱局红袖受骗　六国相苏秦毙命

（一）

月忌日糊弄红袖说："哎呀，我的姑奶奶，要说这事啊，我还真知道一些，毁坏洺河龙洞里半死不活之人的是另有其人啊，他就是六国丞相苏秦呀。"

红袖冷笑着说道："什么？怎么又是苏秦所为？哈哈，前不久就有人告诉我说是苏秦干的，害得我满世界寻找那个小子。后来遇见了白圭上人，他亲口告诉我，毁掉我父亲的就是你们楚国兵马，你们不单是铲平了山丘，还派出会法术的武士进入龙洞，将白圭和槐树人打伤毁掉了我父亲，这还有假？"

月忌日摇摇头说："姑娘，这话有假啊！"

红袖问："有什么假？快说！"

月忌日说："那六国丞相苏秦，持六国丞相印前来楚国面见大王，他要大王带兵，铲平丹成的一处山丘，大王不肯，那苏秦就用六国丞相的身份施压于大王，大王顾及苏秦是六国丞相，不敢违抗苏秦。这事与楚国没有关系呀，姑娘你一怒之下杀了这么多楚国兵将，楚国人冤枉啊！"

看到红袖将信将疑，月忌日趁机说："这楚国兵马奉命，只知道铲平山丘，谁知道那苏秦还另有手段啊，你看你看，真是知人知面不知心啊！"

红袖已经彻底进了月忌日的圈套，问道："我来问你，苏秦现今在何处？"

月忌日说道："哦，听说这个恶人现今就在齐国，姑娘你赶紧去吧！"

红袖"哼"了一声，转眼离开了楚国。楚国上下才算消停。

（二）

红袖刚刚来到齐国，就急不可待地四处打听苏秦下落。她走在街上，处处留意，果然发现这时的齐国戒备森严，就连客栈也非同寻常。齐国上下这一状况，令红袖彻底相信了苏秦就在齐国。她在心中说道："苏秦啊苏秦，就算上刀山下火海，

本姑娘也一定不能放过你！要说前些天追杀你，还没有看清你的真面目。这一次，本姑娘算是看清楚了你的歹毒心肠，不杀你，不足解我心头之恨啊！"

红袖正在咬牙切齿，突然，一队兵马浩浩荡荡而来，一边还有旗牌官一阵子鸣锣开道吆喝着。百姓见状，急忙站立两边。

红袖向一位百姓打听："请问，这是齐国哪家官员路过？"

百姓手指着浩浩荡荡的队伍说："看！旗牌官手中的牌子上不是写得明白吗？那是六国丞相啊！"红袖问道："莫非此人就是六国丞相苏秦？"

百姓说："是呀，除了他，天下还有哪个能有这么大的排场啊！"

红袖陡然面色一沉，伸手握住了剑柄，即刻转身离开了人群。她悄悄地来到一处隐蔽的地方，然后蒙上了脸，拔出亮晶晶的宝剑看了看，冷笑一声又把宝剑入鞘。

不大一会儿，苏秦的大队兵马正好赶来。红袖看准了苏秦所在位置，一路跟踪，突然飞身持剑，闪电一般冲向了苏秦。

再看那苏秦，根本没来得及反应，就已被红袖刺中。齐国兵马见到这突如其来的刺客，一下子乱了阵脚，兵将看见苏秦被刺，都呼啦一声冲向了红袖。这些凡夫俗子，哪能拦住红袖？而此时的红袖也不想滥杀无辜，见兵马围攻过来，即刻飞身离去。

再看被刺中的苏秦，在马上摇晃一阵，然后一头栽下，鲜血顿时从身上喷出数丈！而喷出去的鲜血，又一滴滴染红了一大片树木和房屋，也染红了齐国兵马和围观的齐国百姓。

这时就有兵将喊叫着："丞相被刺！来人哪，丞相被刺啦！来人啊，快些救丞相啊……"

齐王听到这样的噩耗，急忙跳下战马，一路跌跌撞撞地跑来。他来到苏秦跟前，手脚忙乱地检查着苏秦的伤势，见鲜血不停地从苏秦身上喷出来，更是惊慌失措。齐王做梦也没有想到，六国丞相苏秦居然在齐国被人刺杀，顿感苍天塌陷。他一边哭着命令兵将缉拿刺客，一边命令医官救治苏秦。

这时，苏秦睁开眼睛，有气无力地看着齐王，断断续续地说："大王，我不行了，六国的联盟来之不易啊！"

齐王喊道："丞相要坚持住啊，你一定会好的！"

苏秦说："刺杀苏秦是个阴谋，大王今后要小心啊！"

齐王问道："丞相啊，到底是谁要杀你呀！"

苏秦断断续续地说："你要给我报、报仇啊！"

齐王问道："找谁报仇？"

苏秦说："你附耳过来。"

齐王将耳贴在苏秦的口边，苏秦断断续续地交代了齐王，说完瞑目而去。齐王亲眼看着苏秦闭上了眼，立刻站起身来，命令兵将说道："来呀，撤回兵马，将这个奸细埋了！"

一旁的孟尝君始料不及，吃惊地问道："什么？大王说苏秦是奸细？"

大王摆摆手说道："不错！这个苏秦原本就是燕国的奸细！"

孟尝君吃惊地说道："大王，这怎么可能！"

见孟尝君质疑，大王就说道："孟尝君，这苏秦确实是燕国的奸细，你就不必再问了！"

孟尝君突然仰面哈哈大笑，说道："大王，这苏秦要是奸细，那我就是这奸细的同党啊！"

听到孟尝君这话，大王喊道："来呀，将孟尝君带回府中！"

一队兵将过来，大伙不知何意，只好将孟尝君拉走。再看那孟尝君，还一边哈哈大笑着不断喊叫："我是奸细的同党！我是苏秦的同党啊！"

大街上，百姓顿时议论纷纷。

"世间有这样的奸细吗？"

"啥样的奸细？那苏秦身为六国的丞相，还不是哪样事没有给人办好，得罪了一些权贵。"

"也是，这林子大了怪虫多出啊！身为六国的丞相，说不定哪一脚没有迈好，就踩着谁的尾巴啦！"

红袖也在一旁偷听人们议论。她正好听见有人说道："也许就是踩着了哪个恶人的尾巴了吧，这要说这样的好人是奸细，就是打死我，我也不信！"

"听说，那苏秦无论到哪，都是一心为了百姓的安定生活而着想啊！"

"就是，过去是天下大乱，百姓连年遭受战祸，自苏秦出任六国丞相以来，这天下就稳定了，你说，这不是个好人吗？可大王为何要说苏秦是个奸细呀！"

"谁知道呢！"

"哦，我明白了！"

"明白啥了？"

"可能是大王怕得罪苏秦的对手，而今见苏秦死了，就赶快调转船头，见风使

舵啊！"

人们正在议论，突然一队兵马在大街小巷张贴告示。只听有人喊道："哎快看，官府在张榜告示。"

待官兵张贴告示离去，人们就哗啦一下子将告示围住，个个争先抢看。有人说道："这告示上说了，罪犯苏秦乃燕国奸细，当五马分尸，齐王现在要重赏刺杀苏秦的义士啊！"

这时，就见有一对兵马缓缓走来，还不停地敲着锣喊道："天下行人听着，大王有令，刺杀奸细苏秦有功，齐王要当面重赏！请义士领重赏喽！"

见到此景，红袖心中冷笑："哼，重赏义士！哪个是义士？只不过是苏秦贼人该死罢了，那就叫义士前去领重赏去吧！"

红袖这样想着，转身离去。

（三）

一处山林，月忌日和濮三煞两个暴徒正在哈哈大笑，就听月忌日说道："濮三煞，这好戏马上开始了。"

三煞咧着嘴笑道："哈哈，啊啊，啊还真是好戏呀！"

月忌日说："听说那苏秦一死，齐王怕得罪秦国，当即就宣布苏秦是燕国的奸细，还要重赏刺杀义士啊！"

二煞说道："啊？这这，这些过河拆桥的坏水心思，那齐王也会啊！"

月忌日说道："啥过河拆桥，那是齐国有自知之明。"

三煞说："嘿嘿，啊啊，啊啥自知之明？啊啊，啊说变脸就变脸。我看那，这些人还不如咱们暴徒门的弟兄讲情义啊！"

月忌日说："所以，当我们去祸害这些玩意的时候，玉人门也是睁一只眼闭一只眼啊！"

三煞问道："那我我，我们这时去齐国消遣什么？"

月忌日说："你不是想那红袖了吗？"

三煞咧着嘴笑道："嘿嘿，啊咱这身份去想她，不不，不对劲啊！"

二位说话间，突然看见红袖走来，月忌日急忙拍拍三煞说道："哎看看，那不是来了吗？看来你小子这回要说不要都不中啊！"

三煞突然看见了红袖，愣道："嘿嘿，你红袖有这个贼心，我我，我三煞可没有这个贼胆啊！"

月忌日问道："为何？"

三煞说："啊啊，啊我的大仇未报，啊我还不想去招惹这女人，免得挑起与九天玄女娘娘的恩怨。"

两位暴徒赶紧躲到暗处。不大一会儿工夫，红袖就从月忌日和濮三煞面前走了过去，很快便消失不见。

第四十一回　诱真凶齐国悬赏　秦丞相张仪归天

（一）

齐国，正在开展一个庆典活动，但它不是庆祝御敌胜利，也不是庆祝帝王大寿，而是庆祝六国丞相苏秦遇刺。虽然看似一个喜庆活动，但齐王自始至终也没有笑过一次，这是因为，这个活动极为特别，正是苏秦闭眼前对齐国大王的一个秘密交代。

有了齐王亲自操办，齐国上下到处张灯结彩，广为宣传，等待刺杀苏秦的义士出现，在点校场上，仅是奖励刺杀义士的各类财宝，就堆了一大堆。就在这时，月忌日和濮三煞也已经到了点校场上。这一次，他们亲眼看到齐国上下的喜庆劲，没有半点怀疑。二位暴徒近前观看，也看到了一大堆的金银财宝就堆在台上，等待着奖励义士。

月忌日扭着头问濮三煞说道："哎老弟，你说那红袖真是个傻瓜。"

"啊啊啥傻瓜？"

"你看，这么多的财宝竟然不要就走了，这不是个傻瓜吗？"

"也也，也真是个傻瓜，这么多的财宝，啊叫谁见了啊啊，啊不眼馋！"

"老弟呀，我看啊，就不如我俩来个顺手牵羊吧，把那些财宝弄来如何？"

"啊啊要它何用？"

"送给那楚国的太后呀，啊哈哈哈哈！"

"你，啊还还，还惦记着那个坏娘们呢？"

二人正往里走，被执勤的兵将拦住问道："干什么的？"

月忌日说："领重赏的。"

兵将愣了愣，问道："那你可知道这是什么重赏呢？"

月忌日说道："不是奖励刺杀义士吗？"

兵将问道："真是你们刺杀的苏秦？"

月忌日点点头："没错啊。"

兵将问道："那你们叫什么名字？"

月忌日说道："我是月大爷，他是濮大爷。"

兵将反复问道："问你们叫什么名字呢？什么大爷大爷的！"

月忌日瞪着眼说："哦，我是月忌日大爷，他是濮三煞大爷，这哪能错得了！"

兵将再次问道："你叫月忌日，他叫濮三煞对吧？"

月忌日被盘问得有些不耐烦了，说道："对呀，哎呀，咋这么啰唆，快把那财宝拿来不就得了。"

此刻，兵将围着月忌日和濮三煞转了一圈，说道："领财宝？领财宝要大王亲自颁发。"

就在这时，台后的齐王听得真切，急匆匆走了出来，手指月忌日和濮三煞问道："你叫月忌日，他叫濮三煞对吧？"

月忌日点点头说："是呀。"

齐王问道："真是你们杀了苏秦？"

月忌日说："不错，就是俺俩干的。"

听到这话，齐王突然转身挥手，点校场四面的武士和弓箭手早已准备妥当，齐王大喝一声："领赏者死！"瞬间，箭如雨下，各类梭镖一起刺向月忌日和濮三煞。两位暴徒大吃一惊，慌乱之下狼狈而逃。眼看着刺杀苏秦的凶手逃走，齐王大声喊道："快，不要放过他们！"早已十面埋伏的齐国兵将，闻听齐王号令，一个个追赶着月忌日和濮三煞。

齐王哭着说道："丞相啊，你临终定计，要我们给你报仇，现今这恶人果然来了，但是我们没有抓住他们呀，我们实在无能啊。"

这时，孟尝君走过来说道："大王不要悲伤，丞相临终定下一计，要我们抓住凶手给他报仇，我们虽然没有抓住凶手，可我们已知道了凶手是月忌日和濮三煞。"

正在哭泣的齐王说道："爱卿啊，知道了有何用啊？你没见那凶手来无影去无踪吗，抓住他们谈何容易啊，我们齐国，根本就没有这样的能人啊！"

孟尝君说道："大王放心，这冤有头债有主，我们目前，至少知道了谁是杀害丞相的凶手啦，这只要知道了仇人，我们就有机会给丞相报仇啊，就有机会了解杀害丞相的动机呀！"

（二）

一片云雾缭绕的山林中，正在闭目打坐修道的王禅，突然睁开眼睛，愣了一下，自言自语地说道："不好，刚才一梦苏秦遇难也！"正说着，他突然感悟到了苏秦被杀，面色一惊，即刻起身，急匆匆奔向齐国。

王禅刚刚钻出地面，抬头望去，见已经来到齐国，就拍打掉身上的尘土，大踏步奔向城中。正行走着，路上遇见了红袖。

王禅见到红袖，吃惊地问道："红袖，你咋在此？红袖，这些年你都去了哪里？"

红袖面色沉重地说道："去了北极。"

王禅说："你自是去了北极，怎么也不告知我一下，让我好担心啊！"

这个时候，自认为报完大仇的红袖，见到王禅还是没有半点高兴的表情，只是下意识地看看自己的腿。这时王禅才发现，红袖已没有了残疾。王禅明白了："哦，你是去寻找北极的不老上人医治去啦？"

红袖面无表情地点点头。

王禅问道："红袖，你这是怎么啦？是谁欺负了你？"

这时红袖哭着说道："我的命好苦啊！"

王禅更是不解，问道："怎么回事？"

于是，红袖就将苏秦杀害其父亲，自己又杀害苏秦的经过讲了一遍。王禅大吃一惊，扑腾一声坐在地上，面色煞白地说道："是你，是你杀害了苏秦？"

红袖问道："怎么了？你认识苏秦？"

"我来问你，你怎么就知道是苏秦杀害了你父亲？"

"莫非你认识苏秦？"

"唉，那苏秦，他怎会杀害你父亲啊？"

"你怎知道苏秦不会杀害父亲呢？"

"唉，那苏秦是我弟子，其秉性我怎会不知？"

"啥？苏秦是你的弟子？"

"走吧，我相信，此刻你和我一起去了齐国，一定就会知道真相。"

王禅和红袖来到齐国大殿，齐王见到了鬼谷子王禅，一边悲伤地哭诉，一边道出苏秦对六国的贡献。齐王哭泣着说："鬼谷子先生，高徒苏秦，不仅是齐国的功臣，更是天下百姓的功臣，他死得好冤啊！"

此时此刻，王禅沉重地说："我就想知道，苏秦是不是伤害了金千阁他老人家？"

齐王哭泣着说道："唉，怎么可能是苏秦所为，那苏秦一直忙于六国事务，哪有时间去过问其他呀！"

王禅问道："那苏秦临终前，可有话交代？"

齐王说："苏秦为了弄清到底是哪个要他性命，临终前交代我使用一计，果然将真凶引出来了。可我们齐国，眼看着真凶出现，根本没有能力抓住凶手啊！"

闻言，一旁的红袖极为震惊。

王禅问道："凶手是谁？"

齐王说道："为了弄清到底是谁想要苏秦死，我们就按照苏秦的计策而行，结果来了一个叫月忌日和一个叫濮三煞的恶人。他们二位虽然冒出来了，可他们像是风一样来无影去无踪啊！齐国兵马根本没有能力缉拿他们，因为那两位是刀枪不入、行走如风，这样的凶手，我们齐国是闻所未闻啊！"

听到此言，王禅沉声说道："原来是这两个孽障啊！"

齐王不解地问道："先生你知道他们？"

王禅点点头，叹道："唉！他们就是四海有名的暴徒啊，看来这苏秦是为我而死呀！"

红袖喃喃自语："这么说是我上当啦！"

王禅摆摆手说道："唉，红袖啊，你好冒失啊！"

红袖备受打击，自知无颜面对王禅，愧疚离去。

这时，王禅一阵摇晃，扑腾一声坐在了凳子上。

（三）

六国丞相苏秦死在了齐国的消息不翼而飞，天下各个诸侯国都是举国发丧。再说那秦国丞相府中，此时的秦国丞相张仪正在伏案读书，他突然就感觉一阵心烦意乱，一阵心惊肉跳，随即将手中书卷扔在了桌子上，然后站起身来，一个人在大厅内来回不停地走动着。

就在这时，门外突然有兵丁一路跑来喊叫着："报！启禀丞相，据探马回报，那六国丞相苏秦在齐国遇刺身亡！"

冷不丁地听到这话，张仪大吃一惊："你说什么？"

兵丁再次说道:"启禀丞相,六国丞相苏秦在齐国遇刺身亡!现在齐国上下,正在举国发丧,其同盟国皆是如丧考妣!"

这一回张仪听清楚了,真的如同五雷击顶,不相信地问道:"那情报可靠吗?"

兵丁点点头说道:"情报可靠!"

张仪确定了苏秦遇刺后,身体猛然间一阵摇晃,然后慢慢地坐在了凳子上,随即,他摆摆手,示意兵丁退下。那兵丁走后,张仪怎么也控制不住自己的情绪,大声哭叫着说道:"老天哪!师父啊!这是谁伤害了苏秦师弟呀!"

张仪突然在大厅号哭起来,下人张安急急忙忙赶来。张安闻听丞相这么伤心地哭泣,大吃一惊。急忙上前,不解地问道:"老爷,您怎么啦?这是为何啊?"

张仪悲痛地摆摆手说道:"张安啊,天已断柱!苍天断柱啊!"

张安吃惊地问道:"啊?老爷啊,这到底发生了什么?是啥大事啊?您可不要吓唬我们啊!"

张仪哭泣着说:"张安啊,六国丞相苏秦,他,他在齐国已遇刺身亡啦!"

对于这样的消息,张安理解为好事,但见到丞相这样伤心,便吃惊地问道:"老爷,他不是您的对手吗?他死了,咱不是少个对手吗?"

张仪说道:"张安啊,你是不知道啊,我与那苏秦同是鬼谷子的弟子呀!"

张安吃惊地问道:"啊?这么说你们是师兄弟?"

张仪说:"当初,师父叫我俩下山,其用心,一是叫我们稳定天下局势,尽量减少百姓的战祸之苦;二是给我们提供一个平台,以展示我们的所学。可如今,没有想到,苏秦师弟竟然先我而去呀!"

张仪在秦国丞相府悲伤欲绝地思念着同门师弟,哭得是死去活来。张安安慰张仪说:"老爷,这人有旦夕祸福啊,这天下奇才苏秦突然遇刺,这不是明摆着吗,天下就少了一位治国安邦的大才呀!"

下人张安说到此,张仪说道:"张安啊,你是不知道啊,这战国天下大戏,原本就是我与师弟同台竞技啊。你说,这同台既然没有了,我还厚着脸皮唱个什么!"

张安问道:"老爷此言何意?"

张仪沉思片刻,摆摆手说道:"我意退出秦庭,隐居山林,从今后,你就另寻高门去吧!"

张安哭泣着说:"老爷,当初若不是您收留我,恐怕我也没有今天,这个时候，张安绝不能离开您呀老爷！我张安虽是下人，但受老爷恩惠多年，岂能忘本，老爷您既然决定退出秦庭，那您准备到哪里，我张安就到哪里伺候您。"

深夜，主仆二人商议停当，急急忙忙地打理着行囊，趁着夜黑，张仪带着张安悄悄地退隐了山林。临行前，张仪给秦国大王书信一封，书信中，张仪既婉言辞去了丞相之职务，又说明了天下同台既然少去了苏秦，自己的存在已经没有意义。就这样，一个秦国的时任丞相，凭同门之感情，一纸辞书就不告而别了。

秦国大王见到张仪书信，冷笑着说道："张仪，乃是一介书生意气，说什么念及同门之情就愚蠢地退出秦庭，真是可笑至极！"

有臣下问大王："那张仪听说苏秦遇刺就要辞职，他是不是有难言之隐啊？"

大王说道："他有什么难言之隐？我看他简直是愚蠢透顶啦！"

臣下说："启禀大王，我看，不如派人把他找回来问个明白。"

大王沉思片刻，摆摆手说道："不用了，天上白云自飘去，地上起风是常情。我看这秦国离开他张仪，一样是日出东方来，晚霞西归去。这张仪不辞而别了，我们秦国可能会有王仪或者李仪出现的！"

臣下说道："启禀大王，这天下诸侯国，自从有了苏秦和他那个六国联盟，的的确确给我秦国带来了不快。臣下是这么想的，我们要是趁着六国给苏秦治丧的时机，一举出兵灭掉他们咋样？"

大王听到此言，震惊之余，赶紧说道："现在出兵还不是时候，此刻那六国正在联合给苏秦治丧，咱们这儿一出兵，马上他们就抱成一团与我们死拼，等些时日吧！"

一座大山之中，张仪主仆跻身于一间茅屋内，相依为命。张仪自从主动退出了秦王朝，从此不问世事，但由于失去了苏秦这个师弟，整日里寡言少语，度日如年。张仪有一种自责，他是在想，虽然不知道苏秦为何被人刺杀，但唯恐天下会把苏秦之死，联系到他这个与苏秦唱反调的政治对手的头上，或许有人认为，是秦国派人刺杀了苏秦，因为这样推理更是合乎情理。所以，张仪在苏秦被人刺杀后的第一时间，就决定退出秦王朝。同时张仪还四处打听师父王禅的下落，张仪希望有一天可以见到师父，亲自把实情说给师父，可始终找不到师父的下落。于是他又暗中调查苏秦到底是何人所杀，也没有查到任何线索。

就这样，张仪一天天郁郁寡欢地活着，终有一天，他突然大病，卧床不起。在一个月黑风高之夜，他一口气没有上来，闭目而去。忠诚的张安抱着主人痛哭一番后，将他掩埋在山林。

　　林间的一条小路上，王禅一边漫步一边自言自语地说道："这治理天下战乱，刚刚有了一些起色，苏秦就被暴徒借刀杀人取了性命，这难道是天意如此吗？怨不得九天玄女娘娘说，治理诸侯国任重道远，说是天下诸侯国都可能与一些暴徒有千丝万缕的联系，看来，九天玄女娘娘此言不虚。下一步我该怎么办？是继续寻找治国安邦的奇才，还是着手收拾危害四海的暴徒呢？我看如果真是什么定数的话，与其说照这样把弟子一个个冤死在治国安邦的路上，还不如就此动手，收拾暴徒门更为现实。"

　　王禅想着想着，已是变得须发皆白、一副老态龙钟的样子。他自己也没有料到，为什么会在瞬间变成了苍老的样子，这或许又有着什么玄机。

第四十二回　天府山暴徒点兵　保正义御军出师

（一）

世人只知人间事，天外事仙人知啊。话说暴徒门，由月忌日费尽了歹人心肠的策划，算是成功了。这眼看着天下大乱即将来临，可令月忌日没有想到的是，由于前些年苏秦和张仪实施的纵横之术，对天下稳定起到了一定的作用，所以，天下尽管处于没有苏秦和张仪的日子里，各诸侯国还是相当稳定。于是，暴徒门就不干了，他们上蹿下跳，已经等不及了，因为他们还有一个更大的惊天阴谋，那就是梦想着有朝一日能够坐上统领四海的那一把金交椅。这一年，暴徒门彻底爆发，足以证明了这一切，他们已经不想等到天下大乱了。

四海暴徒也有最高统帅，这个统帅被称为大王也被称为太岁。在太岁的召集下，暴徒门在天府山举行了暴动。当暴徒门擂起了战鼓，吹响了召集令之时，天下的各路暴徒及兵将，都得像一阵风一样前来集结。待到四海暴徒门人集结完毕，暴徒门的太岁早已威风凛凛地站在前头。这些暴徒，平日里尽管耀武扬威，但此时一见太岁，一个个就像是顽童见到了爹娘一样温顺，静听太岁发话。此刻，太岁一声令下，军师月忌日就忙前忙后地整顿着兵马。

在军师月忌日的指挥下，众暴徒在天府山修建了一座与玉人门的灵霄殿一模一样的大殿。太岁见到这一座大殿，大笑道："军师手段高明啊，竟然在这天府山，造出了一座与那玉先生的灵霄殿一模一样的复制品啊，哈哈，这不是天意吗！"这时，月忌日上前拱手说道："启禀太岁，这天府山灵霄殿，与那玉人门的灵霄殿是没有二样啊！"

太岁点点头说道："嗯，不错不错！从外表看，此处的凌霄宝殿就和玉人门的凌霄宝殿没有二样。"

月忌日拱手笑道："那就请太岁登基吧！"

一旁的暴徒大将五黄，也趁机说道："对，请太岁，啊不，请太岁玉先生登基！"

五黄一句话，引得众暴徒一起高呼："请太岁玉先生登基！""请太岁玉先生登基啦！"

听到众暴徒的欢呼，太岁得意地仰天大笑道："哈哈哈哈！风水轮流转，今日到咱家。那玉人门的灵霄宝殿，本就应该是大家的，凭什么总由姓玉的一个人司掌啊，吾甚不服啊！"

这时月忌日趁机蛊惑说道："对着呢，咱太岁爷说得对，那些自命正统的上人男女，千百年来，总是千方百计地生着法子欺压我们。什么玉先生呀，王夫人呀，哦，还有陀天天王和帝君等，这还不全是他们自己封的吗！打今儿个开始，我们暴徒门也可以在无往不胜的太岁老爷领导下，开辟疆域，建立国度，纵横四海，执掌天下。"

月忌日还没有说完，一旁的五黄瞪眼骂道："你这文绉绉的啰唆个什么啊，干脆就一句话，请太岁登基，夺取玉人门就行啦！"

月忌日摆摆手说道："各位，本军师还想再啰唆一句。"

太岁问道："军师有何话说？"

月忌日说："我是说，假如我们今后拿下了玉人门，四海之中就是咱太岁爷说了算啦，到时，我等大小都是一方官员啦。根据以往惯例，官员的话语好歹也得是一本正经啊。因此，希望我们各位将领，到时别再出口都是一些不上台面的话了，大家要文雅一些，否则，别的门派会嫌弃我等的素质低下呀！"

太岁点点头说道："对，军师说得对，你们平常都是粗鲁惯了，那是因为咱们都不是人。可一旦拿下了玉人门，你们大小都是官员，到时可要洗心革面呀。"

五黄就说："我算是听明白了，太岁是说我等的素质太低吧？"

太岁点点头说道："不错，军师说得没错，由于过去我等都没干过正事，也没干过好事。今天，有了机会把尔等扶正做官，尔等可不能把过去的一些坏毛病再搬出来了，否则，别的门派会瞧不起我等。"

五黄说道："启禀太岁，这自古就是山难改、性难移啊，恐怕到时我们这些玩意根本就撑不了这个门面呀！"

泥头也说道："对，我等可不像军师这个坏种，到了人间，装个小白脸什么的都很是自然，我等都是嘴歪眼斜的玩意，哪这么容易改正啊。"

麻面也插话道："是的，我们过去干坏良心的事太多，贸然就让我等弄个职位公干，恐怕到时干点啥事，都是阴谋诡计多，哈哈哈哈！"

太岁闻听各位这样肆无忌惮，摆摆手说道："行啦，全是上不了台面的坏家伙！眼下，我们就集中精力拿下玉人门再说吧。"

月忌日就说："对，集中精力拿下玉人门！也好让玉人门知道我们不单是干邪事的，也是干大事的，各位说行不行？"

众魔兵齐声高呼："舍得一身剐，敢把玉先生拉下马！舍得一身剐，敢把玉先生拉下马！"

太岁听到这呼声，得意地笑着，就此，太岁在众暴徒的拥护下走进了大殿。

（二）

天府山的山脚下，王禅竟冥冥之中游荡到了此处。他抬头观看山中景色，发现了一些疑惑，只见天府山周边似是异样连片。他眉头紧锁，自语道："此一带，为何如此的干旱？这大地干裂、树木干枯，整个大地不见一棵绿草和庄稼，这天下可是从没有如此的干旱啊，这里怎么啦？"

王禅一边看，一边继续徒步前行。眼看着就要进山的时候，突然看见山口处竖立着一块石碑。他急忙近前，抬头观看，见石碑上书写着"天府山"三个大字。他正在猜测，突然感觉身边似有异物，同时也一阵目眩，不由大吃一惊，急忙就地打坐。但他心中清楚，此地一定有不寻常的异样，为免受伤害，也是自卫的本能，他急忙排布了降伏阵法。"难道此山之中，也有瓜葛不成？"

王禅既是知道了身边有异样，就试着运行了一下功力。就在这时，王禅身边突然出现了一位羊头人身的怪物，这怪物不是别人，正是暴徒门畸形人杨工忌。由于受到了王禅降伏阵法的威慑，这家伙来不及提防，就已经被降伏阵法反制受伤了。杨工忌的突然出现，使得王禅大吃一惊，这更加令他判定了此地方确实有异样怪状。

王禅看到杨工忌，便手持宝剑抵住他，大喝一声："嘚，大胆狂徒竟敢偷袭！快说，你是何方畜生？"

这时，杨工忌却是不慌不忙地摆摆手说道："慢！我叫杨工忌，并非畜生。"

王禅问道："噢？杨工忌？你不是畜生？"

杨工忌说道："畜生是什么东西，我哪是什么畜生，再说了那畜生能够长出我这模样吗？"

王禅再次仔细地观察了杨工忌一遍，说道："看你模样非奸即盗，绝不是什么好玩意！"

杨工忌再次狡辩道:"哎哎哎,你辱骂御军御将可是有罪的呀!那我还不知你到底是哪个呢?"

王禅问道:"什么?御军御将?"

杨工忌奸诈地笑道:"对呀,御军御将你都没有听说过?"

王禅不信杨工忌的狡辩,试探着问道:"你既是御军御将,那你在此何干?"

杨工忌说:"在此巡查呀!你,赶快报上名来吧!"

王禅说道:"在下王禅,人称鬼谷子是也!"王禅一边说话一边收回宝剑。杨工忌装出一脸满不在乎的样子,问道:"你是鬼谷子王禅?"

王禅说道:"不错,在下就是鬼谷子王禅。"

杨工忌说:"刚才我巡查,见你仙风道骨的,就没有提防你,才误入你这阵法,否则,你这小命早就玩完啦!"

王禅说:"是吗?"

杨工忌再次装腔作势道:"就你这阵法,不就是降伏阵法吗?"

王禅吃惊地问道:"你是怎么知晓此是降伏阵法的?"

杨工忌笑道:"哈哈哈哈,我怎知晓?这阵法只有玉人门才有,我乃御军御将,岂能不知?"

王禅急忙收起阵法,向杨工忌施礼说:"噢,在下有眼不识御军御将,这阵法没有伤到您吧?"

"哈哈哈哈,伤到我?刚才我是怕伤到了你才没有还手!"

"哦,那请问杨工忌上人,你在此巡查什么?"

"哦,玉先生在此练兵,我等自当效命啊!"

"什么?玉先生在此练兵?"

"看看,不知道了吧,玉先生在此练兵这么大的事你都不知道?"

"在下确实不知!"

"刚才本座见你面善,才没有提防,误入了你这降伏阵法之中,否则……"

"会怎么样?"

"恐怕你早已身首异处啦!"

"是吗?"

"我说鬼谷子王禅啊,那你到此做甚?"

"在下云游至此。"

杨工忌摆摆手说道:"无事赶快离去吧,别叫哪位不认得你的上人,将你一刀误宰了。"

王禅又问道："那请问杨工忌上人，玉先生为何在此练兵？"

"看你这岁数也不足半百岁，你哪里知晓，玉先生在此山中早有灵霄宝殿啊。"

"什么？在此天府山中有一座灵霄宝殿？"

"不知道了吧？此灵霄宝殿与玉人门的灵霄宝殿一模一样，那玉先生在玉人门玩累了，就来此处玩两天。所以，玉先生经常在此处理四海的事务啊！"

王禅更是吃惊，心中暗想："怎么前前后后这么多年，就没有听说过玉先生还在民间有个灵霄宝殿？"

这时，杨工忌突然说道："你不用瞎猜测啦，你的神情一动，本座就知道你在想什么。"

王禅一惊："啊？"

杨工忌说道："哈哈哈哈，我天府神将，如没有这一点本事，怎能护卫灵霄宝殿的安全。"

王禅急忙说："在下有眼不识真神，刚才的阵法多有得罪。"

杨工忌摆摆手说道："这不怪你，是我隐身巡山，你不曾见得本座造成的。不过，今天要是一位普通百姓遇到我杨工忌巡查，就一命呜呼啦！"

王禅眉头一动问道："为什么遇到普通百姓要伤害他们？"

杨工忌说："是因为现今四海大乱，为了有效地克制一些行为，玉先生赐给我了特权。"

王禅诧异地问道："特权？特权就可以伤害普通百姓吗？"

杨工忌说道："这些事以后你就知道了。"

杨工忌与王禅正在闲聊的时候，杨工忌突然抱拳说道："王禅慢走，本座还需要巡查。"

王禅抱拳说："请随便！"

天府山灵霄宝殿上，太岁端坐大殿，一帮暴徒站立两边，正在听太岁训话。就在此时，大殿外的杨工忌突然一口气跑上了灵霄宝殿，上气不接下气地说："启禀太岁，那……"

没等杨工忌说完，太岁猛然站起，手指着杨工忌说道："杨工忌，你慌乱什么？慢慢地说！"

杨工忌说："那山下来人，就是鬼谷子王禅！"

太岁对鬼谷子王禅来此感到意外，问道："鬼谷子王禅？"

杨工忌连连点头说："对！"

太岁眉头一皱："噢？"

五黄说道："什么？是王禅来了？待我出去把他拿下得啦！"

杨工忌说道："这王禅的降伏阵法的确了得！刚才，差一点将本座困在阵中。"

这时，月忌日上前说道："启禀太岁，这王禅此时到来又想干什么？"

太岁说："这个王禅如没有发现我们的意图，就暂且不予理睬，以免误了我们的大事。"

五黄说道："启禀太岁，那鬼谷子王禅会使用撒豆成兵和指物为马的功法，如不早日拿下此人，日后对我们的大计可能有影响。"

太岁说："成大事何虑小节，我等现在要缉拿王禅，必然又是一场大战，到时，让玉人门发现了我等的意图，会对我等不利呀，大伙说是不是？"

有了太岁此言，月忌日点点头说道："太岁所言不错，我们就暂且不予理睬一个小小的王禅，待将来，我等成就了独霸四海的大业，树立了四海霸主地位的时候，再来收拾他不迟！"

太岁点点头说："对，就这么办吧，军师，你现在整顿兵马以备大战。"

月忌日抱拳说："属下遵命！"

片刻工夫，月忌日手拿名册站立大殿喊道："下面开始点名，本座点到哪个，就请哪个站立中央。"

说话间，月忌日头一个就点到了五黄，五黄应声答道："属下在！"

月忌日看了看五黄，继续点名："濮三煞、黑道、杨工忌、泥头、麻面、纹身格、大红煞、小红煞、黄煞、九土鬼……"

第四十三回　众暴徒阴谋惊天　六上人力战三煞

（一）

天府山上乌云密布，电闪雷鸣，妖风四起。此时，暴徒门军师月忌日在天府山亲自导演一场惊天叛乱。月忌日明白，这一次大屠杀非比寻常，因为屠杀的不是普通人，而是四海的上人。

仿造的凌霄宝殿前，月忌日抓住机会整顿着暴徒门兵将，此刻所点到的兵将，皆是震惊四海的超级暴徒。月忌日点名完毕，放眼望去，见被点名的众暴徒一个个精神抖擞，一排排整整齐齐地站立在了大殿外。月忌日满意地点点头，然后急忙跑到太岁跟前，拱手说道："启禀太岁，暴徒门兵将已经整顿完毕，现今，除了西方白虎不到外，现到大将一百零七人，请太岁训话。"

太岁点点头说道："哦，那西方白虎、南方朱雀、北方玄武和东方青龙，他们四位自古就自成一家，他们不愿参加反抗玉人门，我们就不要勉强啦。今天，凡是来到的兄弟都是自家兄弟，从今往后我们就有福同享、有难同当，将来坐享四海人人有份。"

月忌日说："现在，风水大轮回啦，正值四海大乱之际，这民间的皇帝都是轮流做了，那长久坐守玉人门的玉先生，是不是也该换换啦！各位兄弟，你们回去后，要精心操练兵将，待八月十五日午时，我们共同攻下玉人门！"

月忌日刚刚说到此，众暴徒高呼："遵命！"说罢纷纷离去。

天府山中，月忌日正在漫步。这时，三煞急急忙忙从后面赶来："军军，军师老兄，啊慢慢，慢走一步！"

月忌日急忙回头，问道："老弟，你有何事要说？"

三煞结结巴巴地说道："我我我，啊跟随太岁和军师，啊干了这这，这么多年啦，啊烦请军师，你给给，啊给太岁说说行不行？"

月忌日问道："说什么？"

三煞说："叫叫，叫我也提拔一下吧，要不我我，我这个坏心肠，就就，就白

长啦！"

月忌日大笑说："老弟干得就是不错！"

三煞说："啊啊，啊基基，基本上坏事干绝，啊凭良心说，我我，我干的都是坏坏，坏良心杀鸡取卵的事！"

月忌日没等三煞说完就说道："那好，本座就给太岁禀报一下，将来加封你个副军师如何？"

三煞咧着嘴笑道："啊谢，谢谢谢，谢老兄的啊提携！"

众暴徒在天府山中不停地操练，一时间各类黑恶势力云集，各行各业的牛鬼蛇神都在秣马厉兵、磨刀霍霍。这时，月忌日和濮三煞在山中巡查，他们刚刚到了山顶。月忌日猛然抬头瞭望天空，见天空中有几朵云彩，面色一变，对三煞说道："三煞老弟，刚才本座观察，发现那天上有雨水云集中，你去查看一下，不行的话你就在那一带放几炮干瘪炮仗，驱赶要下雨的云彩也行，可不能叫老天在此降雨啊，否则，会影响到我们练兵啊。"

三煞说道："请军师放心，我我，我此去阻止降雨，哪个敢不打招呼就降雨，看看看我，啊如何收拾他们！"

月忌日摆摆手说："哎，老弟啊，先不要动武嘛，以免过早暴露。"

（二）

山下司雨官庙附近，因为长久没有得到降雨，百姓的庄稼已经全部干枯死去，各类树木也早已没有了青叶，就连百姓家中的牲畜都渴得趴在地上喘着粗气。到了这个时候，民间百姓就只好到司雨官庙烧香求雨。

这司雨官眼见百姓受苦、大地干枯，有几次一见着天上有几朵云彩，就急忙准备降雨炮仗催雨，但都被凶恶的三煞拦住。这司雨官惧怕三煞，不敢降雨，便求三煞说道："三煞老弟，天府山方圆已天地暗淡、土地干枯啦，现今已是生灵涂炭，百姓死伤无数。这降雨司职，是本座的职责，你难道就没有看到民不聊生吗？这还有，这该降雨时不降雨，如有人上告玉先生，本座可是吃不了兜着走啊！"

三煞大笑道："啊哈哈哈哈，不不，不叫降雨，啊本座就就，就是奉的玉先生旨意啊！"

司雨官不解："玉先生？那玉先生为何不让救助这些民众？"

三煞说道："你你，你在此下雨，啊影响玉先生练兵，要不不不，不是本座经常在你的庙内啊食用贡品，你你，你前几次降雨，我就啊收拾你啦！"

司雨官与三煞的对话，都被躲在桌案下面的两位逃难者听得一清二楚。三煞离去，司雨官气愤难平地说道："哼，既然玉先生不让本座降雨，我倒落个清闲，还省去几发炮仗呢。罢罢罢，那本座就云游去，也免得天天听到百姓在此哀号地求雨，我这于心不忍啊，唉，干脆一走了之！"司雨官说话间转身离去。

两位逃难人从桌案下爬出，四处观看一遍。

难民甲说道："老兄，我说咱这一带咋这么旱，原来，都是玉先生不让给咱降雨啊！"

难民乙说："这一回谁也没有办法啦！"

这个时候，司雨官庙门外早已来了很多灾民，一个个虔诚地来庙内求雨。没想到，他们无意中听见了难民甲和难民乙的说话，便一下子将两位围住。

有人问道："两位刚才说，咱们这一带不降雨是玉先生的意思，此话怎讲？""是啊，快说，你们两个是咋知道的？""难道，我们在此天天给司雨官上的贡品，都是被你们两个给吃啦？"

两位逃难者顿时感觉受了冤枉，着急地进行辩解。

一个说道："各位息怒，情况是这样的，我俩是昨夜才逃难到此的，夜里就住在这庙内的桌案下，无意中听到司雨官和一个叫三煞的对话。"

另一个接着说："我们两个，无意间听到这司雨官和那个叫三煞的说，原本司雨官见咱这一带大旱，他就天天盯着天上的云彩，时刻准备打炮降雨，可来了个叫三煞的，他不让司雨官降雨，说是玉先生在此地练兵，还说如果打雷下雨，会影响玉先生练兵。我们就听到这些啊。"

灾民吃惊地问道："真的？"

"这话说的，咱可都在庙内说话呢，那谁敢有半句瞎话！"

众灾民似乎明白了真相，都泄气地坐在地上。

一时间，灾民们相继逃离了家园，被干旱逼得背井离乡。庙内被人称为司雨官的人也云游归来，他此刻已是在外喝得大醉，走路东倒西歪，见庙内没有了灾民，就自语说："多可怜的百姓们啊，老少爷们啊，我也想给你们降雨呀，这天上就不能有云彩，有一点云彩都被三煞放几炮干瘪炮仗，你们说老天咋能降雨，三煞说玉先生有令，谁敢违抗？不过，我已将灾情报给玉人门巡视上人，他们答应去玉人门问个究竟。"

这天，府山司雨官刚进屋，后头就有四方土地官跟来。司雨官见状，赶快向

四方土地官让座。四方土地官见到天府山司雨官都无笑意，一个个带着疑问的目光看着司雨官。

南方土地官说道："就刚才，我那地方又有几人渴死。"

北方土地官说："我那里，已是路断人稀。"

东方土地官说道："因为缺水，我那一带百姓都逃难外地了。"

西方土地官说道："我那里，早已旱得铁板一块、人烟不存，这还有点道义没有！"

四方土地官一阵子埋怨过后，司雨官一一施礼说道："各位土地官爷，我岂能不知四方干旱，我早已想降雨啦，就前两天，天上集中了大量雨水云，多好的降雨机会啊，可三煞硬是向天上放干瘪炮仗。三煞说，玉先生在此练兵，不准打雷下雨，否则拿我问罪。我敢降雨吗？"

北方土地官问道："玉先生练兵就不让降雨？"

东方土地官问道："我都这岁数了，第一次听说玉先生在此地练兵！"

西方土地官问道："玉先生为什么要在此练兵？"

南方土地官也问道："我们都和玉先生说不上话，难道玉人门就这样要把我们四方的百姓毁掉吗？"

司雨官便说道："我刚才从玉人门那回来，将这里的情况报给了巡视上人，他答应去玉人门问个究竟。各位土地官少安毋躁，玉人门向来是公平的，现在我们还没有查明真相呢，不是吗？"

（三）

几位正在怨声载道，这时门外巡视上人高声喊道："天府山催雨炮手听着，玉人门根本没有在此练兵，星象官预测，半个时辰过后这里将有雨水云经过，赶快准备放炮催雨。"

一会儿工夫，就听见天空中突然一声雷响，随着雷声炸起，天府山司雨官庙急忙准备着炮仗，瞬间几发催雨弹飞向了天空。

巡视上人说："老弟呀，我刚才从玉人门来，玉先生根本没有在此练兵，也没有下达禁雨的圣旨，你这天府山中肯定有问题！"

天府山司雨官吃惊道："啊？这这这，这到底是怎么回事啊？"

巡视上人说："玉先生正在派人彻查此事。"

闻听此言，天府山司雨官说道："可恼！这么说，是那三煞假传圣旨啦？"

巡视上人摇摇头说道："还不知是何缘故呢，来来来，我们赶快多向天上放几炮催雨弹降雨，搭救四方百姓。"

天空中顿时乌云密布、电闪雷鸣，瞬间，倾盆大雨从天而下。一场好大的雨呀，如天河有了漏洞一般，仅半袋烟工夫，大雨下得已是沟满壕平！巡视上人观察一阵子，眼见降雨足够解决旱情，就转身离去。四方土地官和天府山司雨官见状，都高兴得哈哈大笑。

几位正在说笑，王禅走进庙内，他抬头看看司雨官雕塑，点点头又抱拳施礼说道："一路上，到处见到干旱得特别严重，刚才看到雨水云经过时从这里放出的催雨弹，还算是降雨及时，搭救了这一带百姓，我鬼谷子王禅谢过你了！"

王禅对着司雨官雕塑说话间，四方土地官爷和司雨官都从外面进入司雨官庙道场。王禅见到几位一惊，问道："不知各位是敌是友？"

司雨官急忙上前说道："王禅不要惊慌，我们都是正道上人。我乃本庙主持，他们是天府山四方土地官，这四方土地官也是为了旱情而来啊。"

王禅抱拳说："失敬失敬！"

南方土地官观望着王禅说："久闻鬼谷子王禅大名，说其心怀天下，今日相见，果然名不虚传！"

各位正在庙内说话，突然就听庙外赶来的三煞一阵叫骂。四方土地官、司雨官、王禅都一起走到庙外观看。

这时，三煞手指司雨官结结巴巴说："你你这死司雨官，竟敢不不，不听玉先生的话，啊偏要降雨，啊影响了玉先生练兵。看看看，啊看来你是找打呀！"司雨官大怒说："胡说！你这个暴徒假传圣旨，祸害四方百姓，看看哪个该找打！"

说话间，司雨官和三煞交上了手，一边可气坏了四方土地官。

北方土地官问道："此暴徒是不是三煞？"

司雨官一边打斗一边答复："正是这个恶魔！"

东方土地官大喝一声："嗬，大胆恶魔，假传圣旨，祸害四方百姓，今天定要讨个说法！"

三煞这才发现还有几人站立一边，便咧嘴大笑道："你你，你们几个，啊是是啊是一伙的？"

西方土地官说道："你这个暴徒，也太目中无人啦！几位爷在此，你就没有看着？"

南方土地官瞅着三煞说："原来就是你不让司雨官降雨，害得无辜百姓遭难，看来我们哥几位要替天行道啦！"

三煞大怒说："狗屁的替天行道，看来你们是不知道爷的厉害！"

三煞说罢，竟然使用了超常规魔术障眼法"嘭嘭嘭"变化出了三头六臂。他一阵风站立山岗哈哈大笑，喊道："爷号称三煞，你们不不，不知道我三头六臂的厉害啊，今天啊啊，啊就叫你们领教一下。"

此时的王禅再也沉不住气了，大喊一声冲到近前，喊道："濮三煞，老夫与你丹成的恩怨还没有了结，你在此天府山再行作恶，今天看你还如何逃脱！"三煞一愣怔，喊道："吆嗨，王禅，你你，你也在此呀，看来爷今天就是走运啊，搂草打兔子连你带上吧，啊啊多——，一个送死的不多，少——，一个送死的不少。"

王禅即刻冲向三煞，司雨官和四方土地官也一起冲向了三煞，一时间，司雨官庙外打了起来，各位上人一起动手共同与三煞搏斗。再看那三煞，同时面对司雨官及王禅和四方土地官爷的进攻也毫无惧怕，且越战越勇。

一时间，司雨官庙山岗上杀得天昏地暗，三煞的三头六臂迎战多方进攻，兵器的碰击和功力搏斗响彻山岗。王禅不耐烦了，准备使用神兵功法。突然，一位被称为陀天天王的奇人带领玉人门大军浩浩荡荡而来，所谓奇人，是因为他与传说中的托塔陀天天王一样手持一个功力强大的宝塔。这陀天天王带领十万玉人门大军赶来，正好赶上几位上人合力大战三煞。

陀天天王喊道："嘚，大胆三煞，你屡犯天条，伤害无辜百姓，真是罪该万死！"

三煞一惊，急忙抬头，看见陀天天王的宝塔已经打来，就急忙招架，一边打一边喊道："哈哈你你，你也来凑热闹？这会儿你你，你们人多，爷不玩了！"三煞说罢，驾驭大风逃去。

各位眼见濮三煞逃走，就急忙追赶，被陀天天王喊住。

陀天天王说道："暂且放他逃走！"

一群上人都止步。这时，天府山司雨官急忙上前施礼说道："属下参见陀天天王！"

陀天天王摆摆手说："罢了！"

司雨官说："启禀陀天天王，那三煞作恶多端，假传圣旨阻止属下降雨，致使方圆百姓遭受大难，属下也自身有过，请陀天天王处罚属下。"

陀天天王摆摆手说道："你一个小小的天府山司雨官怎知真假，百姓受灾其罪不在你。你已及时地将情况禀报玉人门巡视，使玉人门知道了这里所发生的一切。这一次，玉人门意外地彻查到了天府山暴徒门集会，四海的暴徒凶煞在此密谋，他们要夺取玉人门啊！"

司雨官吃惊地问道："啊？夺取玉人门？"

陀天天王说："是呀，这一帮暴徒野心勃勃，他们竟然想着夺取玉人门啊。"

四方土地官和王禅听到了这样惊天的消息都大吃一惊，四方土地官纷纷说道："真是狗胆包天！"

司雨官转身介绍说："启禀陀天天王，刚才与那三煞决战的，还有这四位土地官和那鬼谷子王禅，在下看来，要剿灭天府山暴徒就让我们一块参与吧？"

陀天天王神目扫视了一遍，摆摆手说道："要说剿灭暴徒门，这是玉人门的事务，尔等就不必参与了！"

王禅转身离去。几位土地官和司雨官不知何意，赶来问道："王禅道友，难道你不愿意参与剿灭暴徒门？"

王禅说："今天是赶上啦，我如今已万念俱灰，再不问四海之事，各位就自便吧！"

说罢转身离去。

第四十四回　遇奇阵天府山上　败大军太岁发威

（一）

天府山暴徒门的凌霄宝殿内，暴徒门头领太岁正端坐在大殿。太岁眼见得暴徒门战将百余、黑恶势力百万，暴徒个个发威，军师月忌日智囊超群，似乎已经看到了夺取玉人门的希望，也似乎看到了玉人门凌霄宝殿上的那一把金交椅，想着想着，就有些洋洋得意了。

就在这时，三煞突然驾驭着功力带动着恶风，仓惶归来，老远就喊道："启启，启禀太岁，在在，在下，啊有重要情况禀报！"

濮三煞说到此，太岁大喝一声说道："不管你有何重要情况禀报，也不能像是死了爹娘一样着急！"

三煞结结巴巴地说道："那那，那陀天天王，他他，他率领十万玉人门兵将，啊打打，打来了！"

太岁一惊，急忙问道："此话当真？"

三煞说道："不不，不敢欺骗太岁！"

濮三煞一句话刚刚说完，月忌日急忙上前一步说道："大伙不要惊慌，待我去看个究竟。"

一旁的杨工忌对濮三煞说道："怕什么？一个小小的陀天天王，何必惊慌？你这大将风度哪里去了？"

濮三煞也不作争辩，静静地等着太岁发话。只见太岁在大殿来回走动着，片刻工夫过后，一拳砸在案头上，大声说道："大战在即，大战在即啊！看来，纸是包不住火的，可能我们要夺取玉人门的计划，无意间暴露了。"

听到太岁此言，杨工忌问道："太岁爷，何出此言？"

太岁说道："你们也动脑子想一想吧，玉人门绝不会无缘无故地就派来玉人门兵将，更不会无缘无故地派来陀天天王，此时他们前来干什么？那只有一种解释，就是针对我们而来！所以我说大战在即呀，你们各自准备去吧。"

太岁话音刚落，天府山大殿外，月忌日已经从外面查探归来啦。他满面惊慌地说道："启禀太岁，在下到司雨官庙一带查探，果然看见陀天天王等一班玉人门大将，带领十万大军，在山下司雨官庙一带安营扎寨，此刻他们正在那里密谋着怎样攻打咱们天府山呀。"

太岁轻轻点点头说道："看来，该打的必然要打呀！"

月忌日说道："启禀太岁，我看没有大碍。"

太岁问道："军师此话怎讲？"

月忌日说道："太岁想一想，就他们那几个大将，怎敌我暴徒门百员战将？再说，就他们区区十万大军，怎敌我们的百万暴徒门人。我看，就这两个条件，太岁你说，谁的胜算更大一些？"

太岁眼睛一亮，说道："也是啊，军师所言不错，可我担心的不是眼前啊。"

月忌日上前说道："我看太岁不必有顾虑，我们做好充分的准备迎战他们就是。开战以后，如果他们有增兵，那我们也可随时增兵不是？"

月忌日自信满满，太岁也胸有成竹地说："军师啊，眼下就区区一个陀天天王，他不过就是个草包而已，根本不足挂齿呀！"

这时，五黄说道："启禀太岁，那陀天天王有何惧怕？不就是有个宝塔托在手里吗，他就是有十个宝塔也抵不过太岁爷的一只手，这事，谁不知道啊！"太岁扭着头说道："哎，大家可不要轻敌呀，那陀天天王近年来不停地修炼，功力已非同昔日啦。"

五黄说道："那我们暴徒门的百员战将，也不是白吃饭的呀！"

大殿上，众暴徒议论纷纷。这时，太岁急忙摆摆手，果断地说道："军师啊，我们不必闲扯，赶快召集天府山所有兵将，即刻准备迎战！"

月忌日转身，面向一言不发的濮三煞，问道："三煞，我们这一班人，都没有和玉人门兵将照过面，你是怎么先知道的，还吓成那个样子啊？"

杨工忌也插话问道："三煞老弟，你不是已经和他们过招了吗？那你就说一说吧，你有啥感受唄。"

三煞说道："啊啊，啊什么过招了？我们是已已，已经大战了五百啊回合啦！"

月忌日问道："你真和他们过招了？"

三煞对月忌日骂道："你，真是啰唆！啊打了就就，就是打了，还还，还啊问个什么啊！"

月忌日问道："那都是和谁打的？对方有什么功力？哎，你把情况说清楚了，我好掌握情况啊不是？"

太岁也对濮三煞说道："三煞，就把情况说清楚一点，不要吞吞吐吐的。"三煞结结巴巴地说道："啊我我，我奉军师之令，啊去阻止司雨官降雨去了。不不，不料那老家伙，啊不听招呼，啊竟然偷偷地，啊下了一场大雨。我我，我就和那老家伙一言不合，啊打了起来。"

濮三煞刚刚说到此，五黄就说道："不就是一个小司雨官吗，就叫你吓成那样？"

三煞急忙摆摆手说道："不不，不是一个。一个司雨官，啊四个土地官，啊还有一一，一个王禅。"

五黄急忙问道："王禅？你是说与你打斗的还有鬼谷子王禅？"

三煞再次不耐烦地说道："啊，是是，是爷我，一一，一个啊大战他们啊六个，啊懂不！"

五黄咧着嘴笑道："哈哈哈哈，我说咋吓成那样，原来是一比六啊！"

三煞说道："你你，你是，啊没有看见，啊那宝塔有多厉害！"

五黄问道："哦，明白了，一见宝塔，所以你就害怕了，这不错吧！"

三煞说道："加上宝塔，啊就，啊成了啊一比八了！我我，我是，啊拔腿，啊就跑，啊他们几个孬种，啊像兔子一样追赶我！"

杨工忌再也憋不住啦，扑哧一下笑出了声，纠正道："说反了，是他们把你追得像兔子一样！"

三煞大怒，开口骂道："你……"

濮三煞正要发火，太岁急忙拦住他，说道："好了，说正事，这照濮三煞所说，按照常理，他们一帮玉人门大军应该趁机尾随三煞，杀进天府山。可他们没有及时赶来，这说明，他们对我们暴徒门是有顾忌的。可是，这十万玉人门大军驻扎在司雨官庙一带不走，我们始终会有决战的。"

月忌日狠狠地说道："打！兵来将挡，我去调兵遣将，迎战他们！"

（二）

天府山上，月忌日正在不停地调兵遣将。他站立山岗，手拿着两个小黄旗，不停地运功，口中同时念叨着什么号令。不大一会儿，月忌日就遣来了各方大批暴徒门黑恶势力，这些黑恶势力已经排满了整个山岗。

太岁站立在月忌日身后，月忌日手拿名册站立山岗，高声喊道："杨工忌何在？"

"末将在！"

"你的兵将到了多少？"

"已到一万，还有一万正在调遣。"

"好，听候调遣，本座先看一看你们的士气如何。"

月忌日走到杨工忌的队伍前，仔细点阅了一万魔兵，然后满意地点点头说道："杨工忌，你带领本部一万兵将，去守候离宫之位，绝不能让一个玉人门兵将过来，否则定斩不疑！"

杨工忌抱拳答道："遵命！"

杨工忌领兵而去，月忌日手拿名册再次喊道："黑道，你的兵将到了多少？"

"一万人马！"

"你带领本部兵将，守候坤方位置，玉人门胆敢进犯，格杀勿论！"

"遵命！"

黑道领兵而去，月忌日依照名册分别点将："三煞带领本部兵马镇守兑宫方位，五黄镇守乾宫方位，黄沙镇守坎宫方位，大红煞镇守艮宫方位，小红煞镇守震宫方位，重丧镇守巽宫方位，九头鬼协助各方镇守，还有泥头、麻面、牛鬼、蛇神你们作为预备队留守中央。此次布阵暂且这样，如有不妥，一战过后再做调整。"

月忌日按照花名册所点暴徒的秩序依次排布完毕，太岁观看后点点头。月忌日喊道："命令其各带本部兵将守候一方，不得有误！"

众暴徒一起抱拳喊道："遵命！"

一时间，天府山上众暴徒杀气腾腾地纷纷离去。

这时，月忌日转身面向太岁说道："启禀太岁，各路兵将均已到位，还有后续兵将正在调遣之中，请太岁思量一下，此次排兵布阵可有不妥。"

太岁点头说道："暂且按此部署吧，这样八方镇守，就把守严密了，但不要忘了，还要有一万兵将镇守山顶才行啊，要以防玉人门从空中偷袭。"

月忌日说道："所以，空中镇守也极为重要，我准备叫那纹身格镇守山顶，到时，我和太岁就亲临坐镇如何？"

太岁点点头说道："就这么办吧。"

天府山上众暴徒刚刚离去，山顶上就来了陀天天王。抬头望去，陀天天王带

领十万兵将已是一阵风似的杀来。瞬间，山顶上战鼓咚咚响，玉人门的气势惊天动地，一队队兵将源源不断地吼叫着，从山顶上直奔天府山而来。转眼间，山顶上来的和天府山上的两方面兵将，已是面对面地对垒起来。陀天天王一声令下，玉人门大军和暴徒门黑恶势力杀在了一处，天府山上一场恶战就此展开。

玉人门如狼似虎，那暴徒门也不示弱，不大一会儿，双方都有兵士在惨叫声中倒下。此时的天府山四周，到处是冲杀声、惨叫声、兵器声、战鼓声。陀天天王站立山顶，仔细地观看着战况，他发现，对面的战场上，暴徒门兵将都很强大，尽管玉人门大军也不弱，但还是看不到取胜的希望，双双杀得是难分难解。陀天天王看着看着眉头一皱，随即带领一班人杀向天府山。他没有料到，山顶上太岁和纹身格以及月忌日在那里埋伏已久。当他一班人刚来到山顶，还没有站稳脚跟，瞬间就和山顶上的暴徒门兵将展开了厮杀，喊叫声更是惊天动地。一阵厮杀过后，暴徒门兵将和玉人门大军都开始使用功力。太岁更是恼羞成怒，哇呀呀地怪叫一阵过后，挥舞着双手变换招式，猛然间将双掌推向天空。

太岁推过双掌，顿时一股强大的力量就将准备血战到底的玉人门兵将打得集体飞出天府山。功力不及的兵将受到了太岁功力的冲击，顿时死伤无数，玉人门大军大败。太岁不肯罢休，只见他双手交叉，下蹲马步，又把一口气流吐向了空中。天空中随着太岁的吞吐，顿时形成了特大恶风，这恶风又变成了无数个大旋风，一处处杀气腾腾地奔向玉人门大军。陀天天王见此场景大吃一惊，急忙向各位将领挥手喊道："不好，赶快撤退！"

正在鏖战的金主木作两位大将急忙招呼左右："快撤！"但为时已晚，太岁吐出的旋风如排山倒海之势横扫玉人门大军，一时间，来不及撤退的各路玉人门大军已是死伤无数。十万兵将乱了阵脚，不知如何应对，只好一路败退。

再说玉人门，大殿上歌舞升平，各路上人都在饮酒作乐。这时，突然有兵将一路跑来喊道："报！启禀玉先生，那陀天天王在天府山大败！"

听闻此言，歌舞退去，各路上人都在观望，玉先生吃惊地说道："啊？再探！"

兵将转身离去，此刻大殿上下开始议论纷纷，一些饮酒作乐的上人更是交头接耳不断，玉先生也是叫苦连连，纵观一班上人更是长吁短叹、一筹莫展。玉先生问道："这陀天天王以及十万大军竟然都不是暴徒门的对手，看来这些暴徒真是了得啊，大伙都说说吧，这可如何是好？"

金星摇摇头说道："哎呀，万般皆是运，上人也有命啊！"

老君出班拱手，上前喊道："启禀玉先生，陀天天王大败是否有前因呢？"老君一句话，玉先生连忙摆摆手说道："唉！要说原因，就是那陀天天王向来耿直，这要论镇守一方，陀天天王倒还可以，可要是让他带领十万大军与暴徒门开战，恐怕是有勇无谋啊！"

各路上人都相互点点头，认为玉先生所言属实，也都知道，这关键时候、关键地点、关键人物最是关键啊。

此时金星又说："可眼下，是玉人门与暴徒门大战已拉开序幕，现在看来，我玉人门确实没有能够挑起这么大担子的人才呀！"

玉先生问道："金星何意啊？难道玉人门就这样让位给暴徒门？"

第四十五回　玉人门欲选良将　白丹龙复出成僧

（一）

玉人门兵将惨败，一时间，玉人门各界上人都在各扫门前雪，他们不为别的，就是怕玉人门十万兵将大败而引发的连锁反应，甚至有害怕这晦气烧身，还有怕得罪了暴徒门，担心缺少了退路，但又不敢在玉人门明目张胆，诸多云云。当然，这个时候也有一些特别耿直的上人，一言不发、静观其变，观看那些上蹿下跳者的真正嘴脸。

玉先生见各大上人装聋作哑，低头不语，气得突然起身，甩袖准备离开，就在这时，只听太白金星说道："要论镇守一方，剿灭小股叛乱，玉人门可谓是人才济济。可要论统筹全局，对规模这么大的暴徒门开战，这样的人才，玉人门稀少啊！"

玉先生闻听金星说话了，一扭头又坐下。各路上人闻听金星此言也相互点头。玉先生急忙询问老君说道："我说老君啊，玉人门每次有了难事，都离不开你老君出马不是吗，哎，那你对此次玉人门与暴徒门开战，有何见解呢？"

一言不发的老君急忙施礼说道："启禀玉先生，刚才金星说玉人门无人，这倒是叫我想起一个人啊。"

玉先生问道："那你想起了哪个？就赶快说呀！"

老君说道："玉先生，还记得鬼谷子王禅吗？"

听到老君这话，玉先生着实一愣，说道："哦，有印象，当初不是你给他求了一粒仙丹吗，听说这个成为上人后的王禅，还经常跟暴徒门斗法是吧？"

老君点点头说道："不错，这些年来，王禅一直在民间为铲除那些暴徒门而奔波，还有民间诸侯国战乱，也是王禅及其弟子平定的。"

老君话语没有说完，金星急忙上前打断老君："哎，老君说啥呢，听你这话，你不是想说叫那王禅出面与暴徒门开战吧？"

老君点点头说道："确有此意呀，怎么？你有异议吗？"

金星说："启禀玉先生，据本座了解，那王禅只不过与暴徒门个别有些摩擦，这要说带领玉人门兵将，还叫他与暴徒门大规模作战……"

玉先生急忙问道："如何？"

金星说道："恐怕，他资质不够啊！"

老君面色一沉，问道："请问金星大人，你说的是什么资质呢？"

金星说道："先不说他只是一位后起上人，这与暴徒门规模作战，这么大的事，可不是简单的斗法斗勇，你咋把这事看得这么简单，这不明摆着不负责任吗？要我说，这与暴徒门作战，恐怕还得斗智啊！"

老君哈哈大笑道："我说金星啊，那你就给玉先生推荐一位既能够统领大军，又符合与暴徒门作战的人才呀，你可别误了玉人门大事啊！"

金星急忙摇摇头说道："老君说笑了，本座，那本座可没有人才向玉先生举荐啊！"

大殿上，老君和太白金星在打口水战，玉先生摆摆手说："既然玉人门没有人才，那就听听老君介绍鬼谷子王禅吧！"

金星一愣，急忙说："是是是！"

玉先生面向老君问道："老君，那鬼谷子王禅，平常都有哪些能耐呀？"

老君说："启禀玉先生，那王禅自成上人以来，得到了多方大士和名人指点，他现在不仅精通兵法，还精通治理，更熟知暴徒门之旁门左道。"

玉先生着实吃了一惊，问道："如此说来，这王禅可是一位难得的人才呀！"

就在这时，一旁的金星急忙上前说道："请玉先生慎重啊，那王禅资质不够啊！"

大殿上一直吵吵嚷嚷，这时，久久一言不发的九天玄女上前说道："金星，这眼下玉人门兵败天府山，我看不论是天上人间，你以为还有哪个可以胜任的人才，你尽管说来呀？赶快把你认为的人才推荐给玉人门啊！"

听到九天玄女娘娘的责怪，金星急忙抱拳说道："九天玄女娘娘，在下确实没有合适的人才啊！"

九天玄女就问大伙："各位，那眼下玉人门御敌在即，你们谁有人才啊，就请赶快推荐呀？你们难道是想隔岸观火吗？"

九天玄女娘娘一席话，真的是震动朝野，各路上人相互对视后，都摇头不语。九天玄女眼看着满朝文武一言不发，说道："怎么啦，这个不中，那个也不行，难道你们是别有用心？还是笑里藏刀？亏了大家还是这凌霄宝殿的元老呢，就这样看

着暴徒门兵马肆无忌惮地夺取玉人门吗？我们身为玉人门要员，在关键时刻要勇挑重担，不要再有什么门派之争啦！我看为了玉人门和四海的稳定，本座愿意协助鬼谷子王禅一起降魔除妖，铲除这些黑恶势力！"

这个结局，玉先生面色大喜，各路上人也相互点头称赞。

（二）

话说老君山上，此时的王禅正在一座山岗上闭目打坐。就在这时，老君和九天玄女娘娘赶来。老君见到王禅，大老远就对王禅进行了观察。老君见王禅坐如静水、面无表情，便对九天玄女娘娘说道："娘娘请看，这王禅的元神出窍，他已经到了看破放下的境界啦！"

九天玄女摇摇头说道："唉，这些年来，也真的难为他了！"

王禅正在打坐，闻听老君和九天玄女说话，猛然间睁开双眼，见来者是九天玄女娘娘和老君，急忙站起身，一边上前施礼一边问道："原来是你们两位老人家到此啊！"

这时，九天玄女看着王禅说道："王禅啊，本座观察，自从红袖出手错杀了苏秦，你对民间已不过问了是吧，本座想知道，这是为何呀？"

王禅面无表情地说道："启禀娘娘，王禅本来就没有把任何事放在心上啊！"

老君问道："噢？这么说，你此刻真的是心如止水了？"

王禅说道："过去，王禅也曾为了四海奔波，无形中，就与一些暴徒门打打杀杀的，也曾为了民间的稳定授徒操心。可后来想想，这些都是徒劳的，所以啊，弟子突然悟到，原来自己的烦恼都是来自自己的一些欲望啊！"

九天玄女问道："那当初，本座叫你平定天下的活，你可曾干完了？"

王禅摇摇头说道："一切由天定，不需我徒劳啊！"

九天玄女问道："听说你去了天府山？"

王禅说："不错，曾经从那里路过。"

九天玄女又问道："那天府山上，暴徒门要聚众夺取玉人门，这事你不知道吗？"

王禅点点头说："也是凑巧听到一些。"

九天玄女再次问道："既然知道了，还在此这么安静？"

王禅漫不经心地说："玉人门事，自有玉人门问，我这化外之士，就不去操心了。"

九天玄女惊道："什么？你现今还真把自己置身于四海之外了？"

王禅急忙拱手说道："启禀娘娘，现今王禅确实正在向此修行。"

看到王禅这等心情，老君说道："王禅啊，玉人门当初渡你成上人，就是想着你日后能为四海分忧，那过去的一些时日，你做得也确实不错。现在，玉人门需要你去带领大军与暴徒门作战，你难道想推脱不成？"

王禅急忙摆手说道："启禀老君，作战的事，就不用再找我了，这打打杀杀的因果关系，您老人家比我清楚啊！"

见此情景，老君说道："可我们也不能看着玉人门就这样被暴徒门夺取呀！"

就在老君和九天玄女与王禅对话之时，玄丹宫的北辰星君也匆匆赶来。北辰到了近前，与老君和九天玄女相互施礼。九天玄女对北辰星君道："北辰星君，你来得正好，这天府山暴徒门在天府山聚有百万暴徒，他们在太岁的率领下，发誓要夺取玉人门。这眼下，由于这些暴徒的规模史无前例的大，一时令玉人门没有对策。这眼下，玉人门就缺少一位既精通兵法又可统揽全局的作战人才呀。这不，我和老君都在玉先生面前推荐了王禅，可没想到这王禅，怎么也不愿担当此任。"

北辰就对王禅说道："王禅啊，老夫都知道了，是那红袖一时的冒失才误杀了苏秦，这件事对你是个打击，可你没有想一想吗，那红袖不还是被那些暴徒的阴谋诡计所蒙骗吗？"

王禅说道："不老上人啊，那些都是天意，都是因果报应啊，所以，王禅早已忘记了！"

老君山上，无论是九天玄女娘娘，也无论是老君或是北辰星君口干舌燥地规劝王禅，都无济于事。就在此时，突然有一位和尚出现在他们面前，他不是别人，正是帮助老君炼丹的白丹龙。

白丹龙的突然出现，令几位上人大吃一惊。大家面对白丹龙正在诧异，只见白丹龙双手合十道："南无阿弥陀佛！"

老君见到白丹龙，先是眼前一亮，接着陷入沉思。白丹龙看到老君脸色生疑，慢慢地上前双手合十说道："老君，你别来无恙啊？"

老君狐疑地问道："你是……"

白丹龙说道："阿弥陀佛，我乃故交啊！"

老君摇摇头说："无量佛，本座眼拙不敢相认啊！"

白丹龙哈哈大笑，说道："我就是过去的白丹龙啊！"

老君根本没有想到，急忙说："哦？刚才，老夫还寻思着呢，这怎是白丹龙到来，果然是你啊！天意天意啊！"

此时，王禅听说是白丹龙到来，便急忙走到白丹龙面前，问道："哦，你真的是白丹龙上人吗？"

白丹龙对王禅点点头说道："阿弥陀佛，真的是我。"

王禅更加惊奇地问道："当初，你不是已经灰飞烟灭了吗？"

老君也问道："是呀白丹龙，当初老夫亲眼见到你舍身炼丹，难道那是假象？"

白丹龙说："并非假象。"

老君更加诧异地问道："那你，怎会又成了和尚啦？"

白丹龙笑道："那是当年在下拼命炼丹的瞬间被人救走，因为救我的是一位高僧，所以没有留下一点蛛丝马迹。"

在大家的诧异中，白丹龙开始讲述他的往事：

当年，正当白丹龙拼命炼丹的时候，突然被人救走，来人还随手取下白丹龙身上的宝丹扔进炼丹炉。来人不是别人，正是西方佛家一派人称燃灯僧祖的大和尚。

燃灯僧祖救走白丹龙，并将他医治康复后，就问他："白丹龙，你意往哪里去呀？"

白丹龙说："大和尚您救了我，我就跟随您如何呢？"

"你这一团气算是完好无缺啊，想干什么就去干什么吧。"

"那你是谁？怎样称呼？"

"你听好了，我这里是西方僧界，本尊就是西方僧家的燃灯僧祖。"

"僧界？这么说，我已经到了僧界啦？"

"不错，你现今已经到了西方僧界了，我就是僧界的燃灯僧祖。"

"请问燃灯僧祖，我是不是已入了涅槃，还有没有机会在此修僧呀？"

"西方僧界大门向来都是敞开的，这里是来者不拒。"

"既如此，我白丹龙愿意跟随燃灯僧祖修僧。"

"僧家向来是普度众生，既来之，僧家就接之。"

说话间，燃灯僧祖用内家功力帮助白丹龙提升功力，不大一会儿，白丹龙已是气场如灯。燃灯僧祖见状，说道："僧法无边，白丹龙你对四海的贡献大，在此立地成僧吧！"

随着燃灯僧祖的话音刚落，白丹龙即刻打坐稳当，双手合十，静听燃灯僧祖讲经。

白丹龙把自己成僧的经过从头至尾讲述一遍，王禅没想到白丹龙的经历如此传奇，一脸惊讶地问道："白龙上人，原来你的经历这么曲折，我好生想念你啊，这么说来你已经成僧啦？"

白丹龙点点头，一把拉住王禅向外走去。

第四十六回　鬼谷子统领大军　堆泥沙演义阵法

（一）

老君山上，为了让王禅替玉人门领兵挂帅，九天玄女娘娘和老君已是说得口干舌燥，就是北辰星君赶来，也没有能够说动王禅。就在这个当儿，已经成为西僧的白丹龙的出现，令局势发生了变化。

王禅听说白丹龙已经成僧，非常羡慕白丹龙，他寻思着，希望有朝一日自己也能像白丹龙一样成僧。王禅这样的心思，早被在场的所有上人看穿。

此时，白丹龙对王禅说道："放眼寰宇，四海之中已经将西僧东道划分得明明白白。道者清静无为，休养生息，只为今生；僧者救苦救难，普度众生，专修来世。"

王禅兴奋地问道："我可有缘成僧？"

白丹龙双手合十道："但有救世济民之心，人人皆可成僧，遥遥苦海无边，积德终成正果啊。"

王禅面色大喜。老君和北辰看到眼前发生的局面，就上前去拉一把王禅，但这举动却被九天玄女娘娘摆摆手拦住。九天玄女娘娘说道："我看，两位不必计较这僧道之分，眼下，暴徒门的暴乱是大事啊！"

老君和北辰见王禅这样，都叹了一口气。再看那盯着白丹龙的王禅，步步紧跟着白丹龙，还时时向白丹龙请教僧家经典，就像自己已经是个僧家弟子了。

白丹龙语重心长地对王禅说道："王禅啊，这眼下暴徒门暴乱，他们不但会给玉人门带来极大的危害，将来，乃至四海与民间，都会受到极大危害啊。所以，僧界也不会眼看着暴徒门暴乱而袖手旁观的。"

王禅问道："这么说，铲除暴徒门，僧家也要过问了？"

白丹龙点点头说道："救苦救难，乃僧家本性。暴徒门这样暴乱，他们要把好好的四海秩序搞乱，这四海大小定数都是连着民间，到时，百姓就会因此有很多的天灾人祸。所以，我们僧家为了减少民间的灾祸，是不会眼看着百姓遭难啊！"

王禅问道："那我该当何为？"

白丹龙说道："现在，既然九天玄女娘娘和老君以及北辰星君都看好你王禅，认为你可以担当剿灭暴徒门的大任，这想必也是玉人门的意思，我看你就临危受命吧，这或许就是僧祖的意思。"

王禅说："上人有所不知，王禅当初一心为百姓着想，处处与暴徒门斗法，可换来的却是噩耗连连的报应。而这些年来，我清净修道，反倒是无忧无虑了。此乃不是定数吗？今天，又遇见了僧的缘分，想必也能从僧家找到更好的修行之路。"

白丹龙说道："王禅啊，修僧与救苦救难是同步的，没有了救苦救难之心，这僧也是修不成的。"

王禅突然开悟，即刻同意接受玉人门剿灭暴徒门的任务。九天玄女娘娘见状，大喜过望，老君和北辰也欣喜赞同。

（二）

再说司雨官庙附近的玉人门兵将驻地，陀天天王眼见不少的玉人门兵将身负重伤，急得他不停地搓手跺脚。就在这个时候，他突然看见九天玄女娘娘走来，还看见九天玄女娘娘身后的老君和北辰相继走来，便急忙上前施礼喊道："各位尊长，我有负玉人门啊！"

闻听陀天天王此言，九天玄女娘娘摆摆手说道："陀天天王啊，非也非也，此次交战，暴徒门实力雄厚是实情啊。自开天辟地以来，暴徒门这么大规模的暴乱还是头一次啊，现在就连本座及各位上人都没有了绝对取胜的把握。所以，玉人门是不会怪罪你的。"

陀天天王拱手说道："谢玄女娘娘的理解。不过，下面该如何对付这些暴徒呢？现在，娘娘你既然来了，我就不着急了，属下一切都听娘娘的。"

九天玄女娘娘问道："大军伤亡情况如何？"

陀天天王沉重地说道："伤亡惨重啊！没想到，那些暴徒的组织能力非常严密，他们功力也确实强大啊！"

这时，九天玄女娘娘才发现，远处的山岗上，到处是玉人门的伤病人员，他们正在扎堆靠背，相互疗伤，直到此时，还有不少的伤残兵将痛苦地哀号着。九天玄女娘娘看过后叹了一口气。这时陀天天王跟在九天玄女娘娘身旁，说道："娘娘啊，这自打向暴徒门开战以来，我们已经接连打了三次，结果是败了三次呀！"九

天玄女吃惊地问道："怎会如此？"

陀天天王说："那暴徒门，有个军师叫月忌日的，此人非常诡秘，他布下的阵法是异常严密，因此，但凡我玉人门兵将攻到临近天府山的时候，就无从下手了。所以，大军进攻三次，败回三次啊！"

九天玄女娘娘面色一沉，说道："本座今天来，就是要告诉你，玉人门已经知道了你们战败，现如今是看笑话的人多，干正事的人少啊，此刻玉先生非常着急，就向文武询问良策，可玉人门满朝文武无一愿意出马剿灭暴徒门。你不是不知道，玉人门每位文武的心态各异。这个时候，大家都非常清楚，此次如果是局部暴徒捣乱，到时无论哪一位上人下界，都能将其剿灭。可这一次的暴徒门暴乱，是四海之中所有暴徒集会在此，他们抱成一团，其功力无比强大，现在是玉人门所有大员都看到了这一点，所以没有一位愿意出马打仗啊！"

听到九天玄女娘娘说出了玉人门实情，陀天天王说道："可眼下，玉人门兵将与暴徒门已经经过了几次交战，都这样惨败了，还是没有见到玉人门任何势力的支援。属下认为，娘娘所说确实如此啊！那请问玄女娘娘，照这样说，难道玉人门就这样怕了他们不成？"

九天玄女娘娘摆摆手说道："不，这一次，玉人门下决心请鬼谷子王禅出马，就是为了给玉人门挽回颜面啊！"

陀天天王闻听鬼谷子王禅的名字，一脸诧异地问道："什么？玉人门请王禅出马？"

九天玄女点点头说道："不错。本座愿意协助王禅来完成剿灭暴徒门的重担，这有何不妥吗？"

陀天天王还是一脸不解地问道："那王禅能胜任？"

九天玄女说道："陀天天王有所不知，现今的王禅在民间不但精通兵法战策，还精通治理。在玉人门，我和老君已经向玉先生举荐，玉先生已经恩准王禅领兵挂帅，所以，即日起我等都得服从王禅调遣，以图早日将暴徒门铲除。"

陀天天王抬头看看老君和北辰，想着可以听到不同的声音，就上前问道："两位尊长，你们也是如此想法？"老君和北辰同时点点头。

就在这时，大家才发现，王禅和白丹龙还在远处认真地探讨着僧家经典，老君喊道："王禅，这边议事啦！"

听到喊叫，王禅才和白丹龙一起到了老君跟前。老君介绍说："陀天天王，这位就是王禅。"

陀天天王说："我们见过面啦。"

这时，人们突然看见红袖也赶来，她慢慢地到了王禅跟前，不好意思看着王禅。没想到，王禅根本不搭理红袖，形同路人。不大一会儿，当红袖再次看向王禅的时候，他已经在闭目诵经了。在他旁边，还有白丹龙在不停地引导诵经。红袖只好远远地看着王禅，看着他很自然地习练着修僧的要领，自觉羞愧不已。

这时，北辰走到红袖面前说道："唉，红袖啊，都是你当年一时的鲁莽，王禅才成了这样啊！"

（三）

山岗上的一个大帐内，四方的土地官找到了王禅。这四方土地官和王禅一起大战过濮三煞，因此他们与王禅算是结下了深厚的友谊。今儿个，这四方土地官相邀来此，一来想看一看王禅是怎样统领玉人门兵将的，二来也想着帮助王禅剿灭天府山上的暴徒。

大帐内，王禅一个人不停地在一处偌大的地面上摆弄着泥沙之物。四方土地官见状，不解其意，就近前观看一阵，这才发现，王禅摆弄的竟然是一座大山，四方土地官仔细地观看一遍都惊呆了。

原来，王禅居然用沙泥堆成了天府山的全貌。四方土地官不知王禅何意，都一脸诧异。

南方土地官上前问道："王禅老弟，你这是？"

正在忙碌的王禅，突然间看到了四方土地官，抱拳施礼，请他们落座。他也不做任何解释，只是继续用泥沙堆放各类形状。

北方土地官诧异地问道："老弟，你这摆弄，到底是何意图？"

王禅头也不抬一下地说道："打天府山的暴徒门呀！"

东方土地官吃惊地说道："啥？老弟，你糊涂了吗？"

北方土地官也一脸诧异地插话说："是呀老弟，大家都不明白，你在此摆弄泥沙，就可以打败暴徒门了吗？"

大帐内，四方土地官正在议论着，都不知道王禅的葫芦里到底是啥药。

这时，九天玄女娘娘和老君走来，后面北辰和陀天天王也跟着进入大帐。他们都看见了王禅正在摆弄泥沙，也是不明白其意何为。

这时，老君上前问道："王禅啊，你不会也想在此炼丹吧？"

王禅这才放下手中活计抬起头来，发现了各位上人，笑道："呵呵，各位都来了？"

九天玄女上前问道："王禅啊，你这葫芦里到底是搞些啥名堂啊？莫不是也想做一个指南阵法？"

王禅急忙施礼说道："娘娘说对了，要想做到知己知彼，熟悉和掌握敌情，王禅就是想在此复制出一座天府山啊！"

大伙都是大吃一惊，北辰更是不解地问道："复制天府山？"

王禅点点头说道："对！我要在此复制一座与天府山一模一样的天府山模型。"

早已悄悄进入大帐的白丹龙也过来问道："敢问，此有何作用？"

王禅没有作答。

北辰问道："莫非这也是一个什么阵法？"

王禅点点头说道："对，这就叫作泥沙指南阵法。"

王禅此言一出，真是语惊四座，九天玄女面色大喜地说道："噢，是不是依据此泥沙阵法，在开战中仿照指南啊？"

王禅再次点点头说道："对，大家看，此泥沙阵法，是否与天府山一模一样？"

这时，大家都靠近了此物，仔细地观看，然后一个个都点点头。就听王禅说道："既然这个阵法与原本的一模一样，那我们就来分析一下，暴徒门的兵将都是如何部署的，又都是在什么地方排布了什么阵势？他们有多少人，他们的将领又是哪个？这些，我们中有谁可以说清楚呢？"

陀天天王急忙近前，仔细观看一遍后，就在泥沙阵法上到处指点着说："哦，这里是五黄，这里是泥头，这里是麻面的兵将，对，还有这边，这边就是是，是牛鬼，噢，那里是蛇神。"

王禅闻听陀天天王很认真地介绍一遍，就胸有成竹地点点头。一旁的九天玄女娘娘和老君，却是哈哈大笑。九天玄女娘娘说道："陀天天王上人看见了吧，后生可畏啊，后生可畏啊！哈哈哈哈。"

老君说道："有了此泥沙阵法，王禅就能做到知己知彼啦！九天玄女娘娘啊，我看这个泥沙阵法，与当年你的祖上帮助黄帝大战蚩尤的那个指南车不相上下啊！"

九天玄女娘娘说道："要不本座就说，这后生可畏啊！现在看来，这个泥沙阵法上标注得这么详细，远比那指南车更是现实啊！"

大家兴奋地说到此，王禅说道："不错，我们只有准确地掌握了暴徒门的一兵一卒，才能有机会、有计划地剿灭他们。"

陀天天王闻听王禅此言，满意地点点头，感叹地说道："看来，大军前几次攻打暴徒门，都是吃了这个亏呀，玉人门这一次总算是把真正的人才选拔上来了！"

九天玄女看着陀天天王，插话说："这回，陀天天王上人有了新认识吧，再不用怀疑王禅的能力了吧？"

陀天天王惭愧地说道："不瞒几位，起初你们说王禅出马剿灭暴徒门，我还真有点想不通，以为又是哪个在乱用权力搞一些歪门邪道，想强占一个玉人门领兵挂帅的头衔呢。要是那样的话，不仅误了玉人门，也耽误了讨伐时机啊。"

九天玄女娘娘问道："噢？那你现在还这样认为吗？"

陀天天王摆摆手说道："现在不啦，这王禅的泥沙指南阵法，绝对是真才实学。就这眼前的泥沙阵法吧，恐怕是四海之中，迄今为止，也是第一发明吧？像这样能够拿出真东西的人才，我是心服口服啊！"

王禅闻听陀天天王对自己的夸赞，摆摆手说道："哎，各位过奖，各位过奖喽，玉人门此次这么重视剿灭暴徒门，也必定是非同寻常。大家都明白，这一次暴徒门的集结，规模这么大，我们当中如有一个环节出现不慎的话，定会给玉人门带来非常危险的灾难啊！王禅今天在此，创造的是人类历史上第一个泥沙指南阵法，此物就是为了在开战前，能准确地掌握暴徒门的兵将动向，细细地研究他们的行动规律，做到知己知彼、百战不殆啊！这退一步说，各位上人也都知道，如果我们在此一战万一有了闪失，那恐怕是定数如此呀。所以，我不希望有这个闪失出现。"

九天玄女娘娘沉思片刻后问道："王禅啊，那接下来你有何打算呢？不妨说出来，大家共同分析一下如何？"

王禅说道："我想，大家首先要了解暴徒门的力量，同时也要分析玉人门的力量。我们把两方面的力量仔细地进行对比，做到知己知彼。"

陀天天王说道："我来介绍大概。"

王禅说："好，说说看。"

陀天天王说道："经过几次交锋，我发现暴徒门现在的兵将至少也有百万以上，且还在源源不断地集结。"

王禅问道："玉人门的情况呢？"

陀天天王说："现有大军已不足六万了。"

北辰吃惊地感叹："悬殊这么大？"

　　九天玄女和老君以及白丹龙和四方土地官都面色沉重，王禅却说："有悬殊不是什么大事，关键看我们怎么打。"

　　陀天天王说："王禅，你有何打算就尽管说来。"

第四十七回　天府山暴徒斗酒　专享第威震狂徒

（一）

天府山迎来了玉人门十万大军的三次大围剿，皆是以暴徒门完胜。此时的天府山大殿上，暴徒门一帮人已经迫不及待地开始庆祝大捷。太岁正带着大小暴徒大碗喝酒、大块吃肉，一时间，天府山上到处是猜拳喝酒，到处是勾肩搭背，到处是调戏女性，到处是卿卿我我，到处是花天酒地、乌烟瘴气、狼狈为奸。

月忌日醉醺醺地喊道："哈哈，那陀天天王连败三阵，该是长点记性了吧，他那个惨败呀，甚是过瘾啊！"

怀抱美人的太岁闻听此言，也哈哈大笑。

此时，五黄端着酒碗，晃晃悠悠地喊道："启禀太岁，那陀天天王不知深浅，竟敢与太岁爷开战！结果咋样，被我等杀了个三战三败呀，哈哈哈哈。"

五黄说话间，一仰脖子将一碗酒喝个干净。军师就是军师，他不同其他人，月忌日看到五黄这样饮酒，突然间有些清醒了。他愣愣地看着五黄，急忙又扫视一下四周，说道："各位各位，现在我们共同再喝上一碗，也算是庆祝大捷，但可不能过于贪杯啊！"

军师月忌日一句话，就让天府山全体兵将共同喝干了一碗酒。月忌日又看看各位的面色，上前摆摆手说道："各位各位，身为军师，我必须得提醒各位，我们都不要忘了，那司雨官庙一带，还有大军没有退去啊，我等可不能掉以轻心呀。"月忌日刚刚说到这，五黄就笑道："哎，军师啊，这连喝酒都不让喝个痛快，这时候，你提起那些草包干啥？"

泥头也咧嘴笑道："嘿嘿，你这个坏种，你这不是瞎操心吗？那自古兵来将挡，咱怕他个什么劲啊！"

正在疯狂饮酒的麻面，更是想着凑热闹，咧着嘴说道："我说军师，我看你是喝傻了吧？我们现在是三战三捷，你说那陀天天王还敢再战？"

杨工忌也说道："就是再战，那我们再将他们打败就是了！"

大伙都在发声，那濮三煞也不甘寂寞，插话说："啊啊，啊说得对，天天，陀天天王带来的大军，啊都是属蚂蚁的，啊啊，啊一泡尿，啊就冲跑了，啊怕他作甚！"

听到众暴徒胡扯八道，太岁再也坐不住了，摆摆手拦住大小暴徒胡乱言语，说道："军师所言不错，各位不要轻敌呀，等我们把那陀天天王打回了玉人门，到时本座再请各位每人都喝上三百碗。"

三煞瞪着眼问道："啊啊，啊要是我等夺取了玉人门呢？"

太岁说道："哈哈哈哈，夺取了玉人门，到时我就请每位都喝上三千碗呀！"

（二）

再看司雨官庙大军的大帐内，王禅不停地来回走动，突然说道："那暴徒门号称百万是不错，可那些兵将都是一些狐朋狗友之类，他们这些人，一旦遇见了正规上人对垒作战，个个都会抱头鼠窜。再说，我们是为了正义而出兵，而他们出兵则是邪恶用心。我想，他们也担心，他们所做的逆天行事，一旦惊动了四海所有的正道上人都来参与剿灭他们，到了那一天，才是他们真正要灰飞烟灭的时候了。这一点，他们不是不知道。所以说，他们当中，不乏一些只是凑在一起煽风点火，而根本不愿意落个灰飞烟灭、永不复出的下场的人。"九天玄女娘娘说道："所以这一次大战，表面上看暴徒门有百万之众，到时，我们几位的突然出现，也至少吓跑他们一半兵将。他们呀，会考虑永不复出的后果有多么残酷。"

王禅点点头说道："也正是考虑有几位尊长出马的效果不同，我们要学会利用几位尊长的影响，还要争取做到不战而屈人之兵啊！"

老君感觉到王禅话语藏有玄机，问道："噢？不战而屈人之兵？难道你王禅又悟出来了新阵法不成？"

王禅点点头道："对呀，不与人交战，便使人臣服，这样不是更好吗，这就是我们用兵的精髓要旨。"

北辰星君问道："哎王禅，你就别绕弯子啦，到底怎么做，才算是不战而屈人之兵呢？"

王禅说："各位想一想，如果是暴徒门自行涣散呢，到时不就省去了我们决战吗？"

陀天天王却摇头说道："这样的好事，谈何容易！"

王禅说道："据在下所知，这凡事皆有因，这因，当然也包括那些黑恶势力在内。诸位上人啊，岂不知，黑恶势力者之所以为黑恶势力，必有其根源啊。比如他们有的为情所扰，有的伸冤无门，有的将错就错，有的误入歧途。还有一些人，他们在民间倍受欺侮，被逼无奈，就当了黑恶势力的也不乏其人。"

　　王禅一席话，大伙都感觉在理，九天玄女娘娘也点点头说："王禅今天所说的不错呀，这些畜生，但凡为黑恶势力者，他们也确实各有来历。"

　　白丹龙说道："阿弥陀佛，确实如此啊。"

　　王禅说道："像那纹身格，他就特别恶，他动不动就发飙，随时可以发起一场瘟疫，一场瘟疫下去，势必就会让无辜百姓死伤无数。"

　　陀天天王也愤愤说道："是呀，这个纹身格，他对四海的毁坏力特大，动一动就使世间万物防不胜防，动一动就杀人如麻，实在是罪大恶极。"

　　这时九天玄女娘娘叹气说道："唉！这个纹身格，本是专享第的儿子啊。"

　　一旁的老君说道："这专享第可没有管教好他这个儿子啊！"

　　北辰星君也点点头说道："就是，这纹身格着实是缺少管教。"

　　九天玄女娘娘说道："收服这个纹身格，也并非没有办法，其实只要专享第出面，就会省去我们很多麻烦。"

　　北辰问道："请专享第出面？"

　　九天玄女点点头说道："是呀，这个纹身格，他是因性情偏执无羁，被专享第责骂，后来竟然与父赌气，才入了暴徒门的！所以，要是请得专享第出面压制纹身格，倒是省去了我们很多的麻烦啊，大家认为是不是这样啊？"

　　九天玄女娘娘这话，令王禅猛然觉醒，他立马走到老君面前，施礼道："尊长，那纹身格既然有如此的背景，如果我们利用好了，就能达到不战而屈人之兵啊。"

　　老君说："呵呵，怪不得你叫鬼谷子，你就是有鬼点子啊，说吧，请老夫做些什么？"

　　王禅说道："请尊长出面，陪同王禅一起去见那专享第如何？"

　　北辰却哈哈大笑着说："此举甚好，你们出面，叫那专享第来规劝其子向善，也免得我们动手替他清理门户啦！"

　　按照设想，王禅和老君很快就到了专享第的府邸。当老君向专享第说起纹身格正在天府山造反之事，专享第大吃一惊。看到专享第这等表情，王禅说道："天府山在暴徒门太岁的统领下，组织了百万暴徒，已经放出话来，意欲夺取玉人门，

还想执掌四海。这其中，成为太岁左膀右臂的就有纹身格啊！"

专享第闻听纹身格在天府山参与造反，即刻大怒。他拱手说道："老君啊，我家门不幸，都是我没有管教好这个孽子，现在看来，我就是废了这个孽子，也要将他拉回，请老君放心，也请这玉人门大元帅王禅放心。"

老君说："那就快一点吧，他这一次可不是祸害一方百姓啦，而是要夺取玉人门啊！"

专享第惊问："老君说什么祸害百姓？请老君明示！"

王禅说道："是呀，那纹身格在民间，时不时地肆意洒下瘟疫，已经让多个地方的百姓死伤无数啦。而他这一次参与造反，可不是一般的造反，而是要协助太岁夺取玉人门。专享第啊，日后，就怕这夺取玉人门的罪名坐实了，玉先生怎会罢休呢？"

专享第听到这个消息，吃惊地说道："仅残害无辜生灵这事，我就不能依他，要说夺取玉人门，就他？哼哼！"

王禅说道："夺取玉人门，当然不是他一个人可以做得到，而重点是他参与了暴徒门的集会，与那太岁一同在天府山聚众百万，叫嚣着一定要夺取玉人门，叫嚣着要把玉先生赶出灵霄宝殿！"

专享第更是惊讶："什么？把玉先生赶出灵霄宝殿？"

王禅说："是呀，这是他们一帮暴徒的目标。"

专享第问道："他们这是真的想篡位吗？"

老君说："不错，他们扬言诸侯国的皇帝都是轮流做，玉人门的玉先生也该如此。"

专享第拍案大怒道："真是狗胆包天，竟然异想天开！"

老君眼见得专享第发火，就说道："光是发火有何用？那你得有办法规劝他向善才行啊。"

专享第说道："刚才二位还说这个孽子祸害民间是咋回事？这罪名俺可担当不起呀！"

王禅说道："这纹身格，在民间的影响更是可怕啊。"

专享第问道："怎么回事？"

王禅说："我可是亲眼所见，他动不动就在民间搞一次可怕的瘟疫，致使大批无辜百姓枉死啊！"

专享第诧异地问道："啊？有这等事？"

王禅说："他先后在楚国的丹成一带和魏国等实施瘟疫数次，致使大量无辜百姓死亡，景象好惨啊！"

老君也点点头说："此话不假，本座亲眼看见。"

专享第面色大怒道："待我前往天府山，废了这个孽子！"

专享第说罢就跟随老君和王禅出了门。

（三）

天府山的山门处，此时的专享第在山下一边高呼，一边运功打碎山门。这专享第平常很少发威，当他听到逆子纹身格马上要给他这个家族增添恶行，就甚是担心玉人门怪罪，于是不得不亲自出马。专享第心里非常明白，此行，一是召回逆子纹身格，二是要给玉人门一个态度。

专享第在天府山发威，惊动了天府山的大小暴徒，不一会儿，五黄和三煞出来迎战。

五黄到了专享第跟前，上下打量专享第一遍，说道："你不像是玉人门兵将啊？"

身后的三煞也喊道："啊对，你你，你是哪个？快报上名来！"

专享第哈哈大笑，说道："报上名来有何用啊？"

三煞咧着嘴笑道："啊啊，在红脸王爷那里好给你记个名字啊，哈哈哈！"

专享第说道："哈哈，红脸王爷？他根本不记录我的名字！"

五黄瞪眼说道："吆嗨，还挺狂妄。"

五黄说话间，手持兵器已经冲了过来。专享第见状，赤手空拳就向五黄比画着。看到五黄的兵器已经刺了过来，这时的专享第一手握拳一手立掌，猛然间就见专享第将自己的拳头砸在了自己的掌上，顿时"轰隆"一声巨响，随即就将五黄和三煞震飞，就连专享第身边的山石也即刻粉碎，大片树木被"砰砰"折断。专享第仰面哈哈大笑一阵，这笑声似雷鸣一般传到了山中。他接着又大声喊叫："孽子何在？"随着喊叫声，纹身格已经丢魂失魄地赶来。

专享第手指纹身格骂道："你这个孽子，这些日子都干了什么？"

纹身格战战兢兢地说道："启禀父亲，孩儿无所事事啊！"

专享第怒吼道："无所事事？孽子，你就是不说，父亲也已经知道！"

纹身格问道："父亲知道了什么？"

专享第问道："你们这些狂妄之徒，在这天府山聚众百万密谋造反，是也不是啊？"

纹身格说："什么造反啊父亲，那玉人门本来就应该是大家轮流执掌，凭什么他玉先生一人独占啊！"

专享第大怒道："凭什么？就凭玉先生的本性和才能。"

纹身格说："什么才能？就知道派一些草包前来送死。父亲你是知道孩儿的脾性的，我不过就爱看个热闹啥的。如果玉人门派名将过来和暴徒门开战，我还愿意看些热闹。可这次真是失望，净是来了十万草包，被暴徒门打得三次大败，哈哈哈哈，父亲你说可笑不可笑？"

专享第勃然大怒，骂道："可笑？你这个逆子真是作死啊！那陀天天王，只不过是一时的败阵，你难道不知道他身后是玉人门？难道不知道玉人门背后还有四海门派吗？你们这些狂妄的乌合之众，认为现在可笑，但很快你们连哭都找不到地方！"

五黄和三煞又准备从远处过来和专享第打斗，三煞说道："啊，这个玩意是什么来来，来路？他咋有这么大大，大的功力？"

五黄说道："此人好像是那专享第！"

三煞说着说着近前一看，见是纹身格和那专享第正在打口水战，三煞就上前拍拍纹身格说道："老兄快快快，啊放出你你，你那瘟疫虫怪，啊咬他！"

专享第就笑道："来吧，你们这些畜生！"

纹身格瞪眼骂濮三煞："胡说什么，他是我父亲！"

三煞问道："啊？你你，你父亲？这个老玩意咋有这么大的功力呀？"

五黄也说："是呀纹身格，你从哪里蹦出个父亲来啦，哎，也不给弟兄们打招呼就开战了，叫爷防不胜防，刚才一声巨响，不但震聋了爷的双耳，还差一点叫爷飞向天外！"

专享第闻听五黄和三煞对自己不敬，就二次用拳震掌运功，瞬间又是"轰隆"一声巨响，把五黄和三煞再次震飞。这时，专享第伸手抓住了纹身格，然后转身离去。

第四十八回　找源头瓦解暴徒　白丹龙感化雷电

（一）

司雨官庙大帐内，老君和王禅正在召集大家讨论。王禅说道："天府山暴徒门的大将纹身格，已被他父亲专享第带走。"

陀天天王说："那纹身格着实厉害，太岁身旁少了纹身格，对我们来说确是一件好事。"

王禅又说："既然大家都看透了这一点，这事就好办了。我们再把太岁身旁的其他暴徒，分为三六九等，然后根据各自情况，对症下药。对待这些人群，要把他们分为大恶和小恶，以及随从。对于大恶而又不知悔改者，要坚定地剿灭他们；对待小恶者，要规劝从良，引导他们走出邪路；对待随从者要进行教化，讲明利害关系。"

九天玄女问道："那下一步，我们该如何呢？"

王禅说道："下面，该是解决濮三煞啦！"

北辰一愣怔："解决濮三煞？"

王禅说："对，那濮三煞吃下了金花娘娘的千年金花宝丹，其功力异常凶恶，如果及时解决了濮三煞，那太岁身旁更是空虚。"

陀天天王点点头说道："不错，大军几次攻打天府山，都是那濮三煞一马当先冲杀大军，使大军死伤惨重。"

王禅说道："所以，眼下就要解决这个濮三煞。"

北辰问道："怎么解决呢？"

王禅说："这个濮三煞的仇恨，来自我王禅杀了金花娘娘，可究其根本，这些恩怨还是来自不老上人你的缘故啊。"

北辰点点头说道："哦，本座明白了，这解铃还须系铃人。"

老君面向北辰问道："北辰道友，那你有何打算？"

北辰说道："我去解铃便是！"

天府山上的黑夜，三煞喝得酩酊大醉，醉卧山岗一动不动。这时，北辰运功将三煞唤醒，并使用传音法说道："濮三煞，你快去金花山金花洞府，那金花娘娘要见你啊！"

醉醺醺的三煞听到此言，立马一惊，便急忙站起，左右看了一遍不见一人。三煞满面疑惑，自言自语道："啊奇怪啦，啊分明听见，啊有人叫叫，叫我，啊人呢，啊咋没有人呢？"

这个时候北辰又传音说道："不奇怪不奇怪，你不要声张，快去金花洞府吧。"这次濮三煞听清楚了，一愣怔，问道："啊你是哪个？你你，你在哪里？"

北辰传音说道："先不要问我是哪个，重要的是你，赶快去金花洞府见金花娘娘去吧，那金花想见你。"

三煞半信半疑，但也只好离开了天府山。转眼间，濮三煞已经到了金花洞府，犹犹豫豫地走进洞内，不大一会儿，濮三煞果然看见金花娘娘正在被一处光亮罩住。三煞急急忙忙近前，围着金花娘娘四周的光环，前前后后、左左右右看了一遍。

这时，金花娘娘说道："濮三煞，这么多年了，你跑哪里去了？你小子是不是忘本啊！"

三煞满面泪水说道："啊不不不，啊金花娘娘啊，我我，我时时想念你呀！"

"是真的吗？"

"啊这是真的！"

"那这么多年过去了，你都去了哪里？"

"我我我，啊在替你报仇啊！"

"那你报仇了没有？"

"啊难呐。"

"为何？"

"那王禅，不不，不知从何处学得一身的功法，我们暴徒门多次合伙设计杀他，啊啊都没有成功。"

"什么？你要杀王禅？"

"啊对，就是啊杀王禅啊，杀王王，王禅给你报仇啊！"

"哎，那王禅杀不得！"

"什么？为为，为什么杀不得？难道他，不不，不是杀害你的凶手？"

"我当时是死在王禅的手中，可我的仇人不是王禅啊！"

"啊？明明啊是，啊是是王禅杀了你，他咋又不是我我，啊我们的仇人了？"

"唉！这就像当初你们设计让红袖杀害苏秦一样，那红袖杀了苏秦不假，可真正的罪魁祸首，是那月忌日和你呀！"

"这这这，啊这事，啊你也知道？"

"是北辰告诉我的！"

三煞听说是北辰，更是不解地问道："北辰？就就，就是那个让你一直追杀的北辰吗？"

"不错，就是他！"

"他不不，不是你的仇人吗？"

"是！"

"啊啊，啊那他在哪里？"

"你要干什么？"

"我我，我去杀了他，啊给你报仇！"

"这北辰，也不用再杀了！"

"为何？"

"这都是命啊。当初，我一直追杀北辰，甚至连北辰的邻居和亲朋好友都不放过。因为他，死在我手中的人太多了。现在想来，这些都是我的错啊！"

"就就，就杀北辰这件事，以后都是我我，我的事了，啊以后就由我来杀北辰吧！"

"不是说过了吗？不杀北辰了！"

"为什么啊？"

"因为本座就是北辰所救啊！"

"啊？这这，啊这到底是怎么回事？"

"当初，人们把我扔在乱石岗上，是北辰碰见了，并见我可怜，将我带进了金花洞府，用内家功将我救活，这才使我有了一个安身之所啊！"

"如此说来，那我我，我就与王禅和北辰都没有仇恨啦？"

金花娘娘点点头。此时，北辰走进洞府。三煞看见北辰大吃一惊，而金花娘娘看见北辰前来，却是哈哈大笑一阵。

金花娘娘说道："北辰，你来得正好，我正在和濮三煞说准备放下我们的仇恨。"北辰说道："金花，当初是我绝情，拒绝了你的爱女，这是起因。可是我后来才知道你到处找不见我才滥杀无辜。"

金花娘娘大笑说："哈哈哈哈，我找不见你？那是因为，我根本没有打算找你！"北辰没有听懂金花娘娘的意思，问道："为何没有打算找我？你不是天天嚷着寻我吗？"

金花娘娘冷笑着说："那是我虚张声势，我既然技不如人，找到你，也是自寻没趣，还不如杀你的亲朋好友解恨。"

北辰说道："所以，你是自作孽不可活呀，你最终还是毁在了一个不起眼的王禅手中。"

金花娘娘说："唉，是啊，这都是报应啊！"

这时，北辰转身看着濮三煞说道："三煞，你原本是蔡国的名将，是在楚国吞掉蔡国的时候，金花娘娘救了你，才使你有机会步入暴徒门。可你已经忘记，你原本是正直的呀！现在金花都不与我有了仇恨，那你与我的仇恨来自哪里呀，你说是不是？"

北辰一席话，说得濮三煞低下了头。

（二）

司雨官庙大帐内，王禅正在召集众神议事。

王禅认真地说道："我们的攻心之术，已经初见成效，但还应加强才是。"

陀天天王说："照这样下去，真的不用动武啦。"

此刻白丹龙说道："我们能做到先礼后兵、兵不血刃，为最佳之策啊！"

九天玄女说道："我们就按照这样先礼后兵，大家分头行动，一切都听从王禅的安排吧。"

王禅说道："下一步，我们就解决泥头和麻面两位魔狂徒。"

陀天天王赞同地说道："对，这两个暴徒也十分凶险。那请问，怎样解决为好呢？"

王禅转身，看了看玄女娘娘说道："解决这两位暴徒，就烦请九天玄女娘娘出马如何？"

九天玄女微笑着说道："呵呵，是啊，本座明白他们二位的来历，看来，要说找红脸王爷办差事的事，无论你们哪个去了，也不一定能叫那红脸王出动啊！"

陀天天王有些纳闷，问道："什么？红脸王？尊长是说这泥头、麻面和红脸王有什么关联？"

王禅说道："陀天天王有所不知啊，没有知己知彼的计划，我们怎样百战百胜啊？其实，那泥头和麻面两位暴徒，他们原本就是红脸王爷的两个鬼卒啊。"王禅说到此，九天玄女娘娘就辞别大帐而去。

说话间，九天玄女很快就将红脸王爷带到大帐。九天玄女娘娘之神速，真的令各位自叹不如。此刻就见红脸王爷再次向九天玄女施礼完毕，九天玄女说道："红脸王，你可没有看好门户啊！"

红脸王爷故作吃惊地问道："不知玄女娘娘，您老是指哪一件事啊？"

九天玄女娘娘说道："你放纵泥头和麻面聚众，现在他们要夺取玉人门，你是真的不知道，还是想着趁火打劫玉人门啊？"

九天玄女娘娘说到此，红脸王爷急忙说道："啊！玄女娘娘啊，您老人家可不要吓破我的狗胆啊！"

九天玄女说道："你自己去天府山看看吧！"

红脸王爷面色一沉，急忙施礼退出，说话间转身就不见了踪影。

红脸王爷受了九天玄女娘娘的训斥，心中正是一肚子窝火，转眼间就到了天府山上，果然看见泥头和麻面在此。红脸王爷大怒，随即打了一个超级喷嚏。天府山上，泥头和麻面正在玩弄着超级性感的女人，突然听到了红脸王爷的召唤，吓得魂不附体，两位即刻连滚带爬地到了红脸王爷跟前磕头。红脸王爷愤愤地看着泥头和麻面，恨不得将这两个属下拍死，看见他们不停地磕头，就一手提起一个，转身离去。

天府山大殿上，有专门操心布局的暴徒，杨工忌就是其中的一位。他发现了秘密，一路跑来见太岁。

杨工忌上气不接下气地说："启禀太岁爷，那纹身格已被他父亲专享第带走，可三煞和泥头、麻面几位老兄，好像也不知去向啊，不知这事有何蹊跷？"

太岁听到了这个消息，还真是有些吃惊，说道："啊！怎会如此？那还不赶快去寻找，看他们一个个都去了哪里呀？"

杨工忌说道："启禀太岁，已经寻找三遍了，就是不见他们的影子啊！"

杨工忌说到此，月忌日则比较沉稳地说道："不要惊慌，那泥头和麻面生性游荡，说不定是去了哪里饮酒去了。可这三煞去哪了呀，他可是性情耿直，他一般是不会游荡啊。"

太岁感觉到有些情况，有点不放心，就说道："现在是非常时期，你们再去寻找。"

再说那司雨官庙大帐里，众神都把目光集中在了王禅身上。陀天天王这时有点兴奋，大笑着说道："哈哈，王禅啊，人称你鬼谷子王禅，你果然就是点子多呀！这不动一刀一枪，就瓦解了他们几位大将啊。"

白丹龙说道："那是自然，这就是运筹帷幄之中，决胜千里之外啊。"

王禅胸有成竹地说道："那号称雷公电母的男女，他们二位原本就是亦正亦邪，我想，他们两位应该只是凑数，在一旁装腔作势而已，应该不足为惧啊。"陀天天王说道："不错，他们向来是一会儿干正事，一会儿干邪事，这两个玩意，有何理由留在暴徒门！"

王禅说道："最初雷公电母步入暴徒门的时候，他们也是抱着看热闹、瞎起哄的心态，在里面帮助恶人煽风点火而已。"

这时，白丹龙上前说道："阿弥陀佛！这两个啊，就让本座前去对付吧！"

白丹龙来到了一处山岗上，像是老早就知道雷公电母一定在此山岗游荡，双方像是有约而至。正在游荡的电母，突然看见白丹龙，先是不敢相信自己的眼睛，紧接着，有些肯定了，认定眼前的人就是白丹龙，还目睹了白丹龙浑身上下的衣着似有金光闪闪。电母看着看着大吃一惊，正准备上前看个明白，被一边的雷公拉住。

电母老远问道："哎，你怎么与白丹龙相像啊？"

白丹龙合掌说道："阿弥陀佛！不是相像，而是完全一样啊！"

电母面色一惊道："啊？你真的是白丹龙？"

"阿弥陀佛！真的假不了，假的真不了啊！"

"你你，你不是？"

"你是说我灰飞烟灭了，是吧？"

"是呀，听说你为了帮助老君炼丹就就就……"

"那也是真的。"

"那你此时怎么又成了僧？"

"那是因为我与佛门有缘啊。"

"与佛门有缘？"

"是呀！"

"当初都是本座错怪你了，还有雷公这个老东西也是鬼迷心窍，是俺俩才把你害成那样啊！"

雷公也面带愧疚，转身背对白丹龙。

白丹龙说道："阿弥陀佛！僧家讲究以德报怨，你们就不必把那些烦恼记住了。"

电母吃惊地问道："难道你此次前来，不是为了报仇？"

白丹龙说道："我不是说了吗？僧家讲究以德报怨，不去做冤冤相报的事情。"

这时，雷公转身问道："这是为何？看你现在全身金光闪闪的，我等恐怕已经不是你的对手了。你难道不想趁此机会清算深仇大恨？"

白丹龙摇摇头说道："僧家讲究普度众生，你们如果愿意放下屠刀，也可随我修僧。"

看到白丹龙的大度，电母问道："真的？"

白丹龙点点头说道："僧家从不打妄语。你们走吧，你们要远离天府山，还可以一边修僧一边造福民间。"

雷公电母感觉到白丹龙的真诚，同时向白丹龙施礼，然后离开了天府山。

司雨官庙大帐内，王禅说道："再说那暴徒太岁，传说他是苍龙转世，什么苍龙转世？一派胡言，他无非是掌握了上百种武学秘籍，便自命不凡，他争的是一个身份与地位，到时烦请玉先生予之名分或能化解呀。据观察，唯独那月忌日顽固不化，此人包藏祸心、永不悔改，不杀不足以平民愤，是人人得而诛之。"九天玄女说道："那我们就依照王禅安排，先礼后兵。"

天府山上，太岁站立山岗，一帮暴徒跟在身后。太岁气急败坏地大骂："暴徒门为什么被其他门派瞧不起？归根到底就是我们自身不争气，自己小瞧了自己呀！"

月忌日上前问道："太岁是指哪些？"

太岁说："难道军师没有看到吗？我们刚刚打了胜仗，但还是有一些玩意不告而别，那我们要是打了败仗，这些玩意还不都成了白眼狼啦！"

月忌日瞭望一阵，上前说道："唉，暴徒门在四海的位置都是靠自己挣的，多少年来，其他门派瞧不起我们暴徒门，就是看到了暴徒门的人士都在割据一方、互不买账，平常再干一些偷鸡摸狗的勾当，影响我们暴徒门的声誉。"

太岁说道："所以说，平常再三要求尔等不要祸害无辜百姓，可你们就是不听。本来暴徒门人士都是一帮秉性恶劣的玩意，再经常去干一些缺德的事，人家不叫我们畜生叫谁畜生？"

月忌日说："事到如今，太岁也不必气恼，这四海之中既然有我暴徒门的立足之地，我想暴徒门的队伍还是很强大的。"

五黄瞪眼说道："强大？再强大也抵不住今天走一个，明天走一个啊！"

月忌日说道："各位放心，该走的尽管走好了，可该来的还会源源不断地来啊！"

太岁猛然回头问道："听说纹身格回来了？"

月忌日说："是的！"

太岁说："怎么没有看到他人？"

月忌日说："纹身格被他父亲抓回，就在专享第即将斩杀纹身格时，太阳发生了日食，当时天昏地暗伸手不见五指，看守慌乱中碰开了关押纹身格的机关，那纹身格才得以逃脱。"

第四十九回　索命郎捆绑三煞　天府山暴徒自乱

（一）

这正是，猫走猫道感觉好，鼠走鼠道不认差。四海之中，正人君子见不得小人所为，而小人也到处嘲笑所谓的正人君子。这天地四海陆航八道都是这样，好人有人欺、恶人有人帮。一位走得正、站得直，心无邪念的人，他所受到的欺凌绝对是来自欺世盗名、阴谋诡计、表里不一的小人；他所得到的帮助，肯定是来自胸怀天下、两袖清风的正直人物。

这不，就连作恶多端、杀人如麻的纹身格，到了危难的时候，也竟然遇见了天出异象，使他得到了逃生！这到底是谁之过？难道阴曹官没有记载？天地四海之中到底是谁玩忽职守？恐怕这些问题的解决，最终还要依靠绝对正直又绝对忠诚公正的人。

天府山上，暴徒门统领太岁，听月忌日说纹身格已经脱离了险境，即刻欣喜万分，仰面大笑着说道："哈哈，哈哈，这么说，是天意不灭我暴徒门呀！"

太岁正在兴奋，月忌日上前说道："启禀太岁，可纹身格这一次回来，说什么也不愿意公开露面了。"

太岁摆摆手说道："这不要紧，他只要能回来就好，暂且随他去吧！"

月忌日又说："还有那泥头和麻面，他们两个已经被红脸王拘回阴槽山管仁府。这回他们两个恐怕是真的回不来了。"

太岁不语。

月忌日又说道："太岁啊，还有那雷公电母，他们两个更是让人捉摸不透啊。"

听到月忌日说起雷公电母，太岁当即问道："对啊，他们两个到底是怎么回事？"

月忌日说道："这两个玩意，本来就是瞎起哄倒还可以，可要真正冲锋陷阵，他们可不干，几次大战中，他们都是躲得远远的，看着别人送死！太岁想一想，这样的垃圾要他何用？"

月忌日提起雷公电母就愤愤不平，太岁却说道："就那也行，算是帮个人场嘛。"月忌日说："可现在，他们两个已经与白丹龙化解干戈、言归于好了。"

太岁没有什么反应。他根本不关心别人，就独关心濮三煞。他问道："那濮三煞，现在如何了？"

月忌日闻听太岁这话，面色一沉，摇头不语。

再说那司雨官庙大帐，此时北辰正好从外面回到大帐，但面有不悦。王禅上前问道："不老上人，莫非那濮三煞不愿意放下屠刀？"

北辰叹气说道："我费尽心机，可那濮三煞，只答应暂且不来追杀我。他还说，楚国对蔡国的灭国之恨不能不报。你说，那楚国灭掉蔡国都是多少年的事了，他这不是找借口吗？"

王禅说道："不老上人，那濮三煞既然知道了您的身份，也知道了北辰星君就是不老上人，您这么大的影响力都影响不了他，看来他这带着仇恨步入暴徒门的阴影真是可怕啊！濮三煞既然有了这阴影，岂能这么容易改头换面啊！"

陀天天王说道："既然这样，到时我带领金主、木作一起将他拿下得了。"

听到大伙不少的担忧，九天玄女娘娘说道："要是动功力缉拿濮三煞，我可以助你们一臂之力。"

几位正在筹划着怎样对付大暴徒濮三煞，一旁的老君似是看破了天机，不紧不慢地说道："这样，不是违背了王禅的初衷？"

北辰也说道："是呀，我们的计划是不战而屈人之兵啊。"

陀天天王瞪着眼说道："可那濮三煞，甘心跟随太岁一帮，这说明他利欲熏心、报仇心切、执迷不悟啊！"

大帐中争论不休。

再看天府山上，太岁带领一帮暴徒正在分析观望，突然，一暴徒门人飞快地跑来，老远喊道："报！"

太岁问道："怎么了？"

来人慌慌张张地说："启禀太岁爷，那濮三煞回来了。"

太岁闻听濮三煞回到山上，即刻惊喜地问道："什么？再说一遍！"

来人说道："濮三煞回来了，他就在山口！"

月忌日急忙问道："他现在山口？"

来人手指山下说道："就在山口。"

听到这话，太岁急忙带着一帮人匆匆忙忙向山下走去。太岁一帮人到了山口，见濮三煞就站立在山岗上，呆若木鸡。太岁一帮人到了濮三煞跟前，见濮三煞还是没有动静。月忌日见此情景，也有点纳闷，就上前围着濮三煞转了一圈，还是没有看到濮三煞有任何表情，这时的濮三煞，好像根本就没有看见太岁一帮的到来。

月忌日更加纳闷，上前拍了拍濮三煞肩膀，问道："三煞老弟，你这是看什么呢？咋这么入迷啊？"

三煞还是没有一点反应。月忌日再一次用手拍他时，濮三煞突然扑腾一下倒地了。濮三煞这一举动，叫所有在场的人都大吃一惊，太岁急忙上前观看，然后突然喊道："不好！这濮三煞好像是被人使用了摄魂大法。"

月忌日吃惊地问道："啊！太岁爷是说濮三煞已形同死人？"

太岁点头说道："不错，此时的濮三煞与一个死人没有二样啊！"

月忌日吃惊地问道："这世上何人亲眼见过摄魂大法？都是传言罢了。"

太岁着急了，突然摆摆手说道："那你说，人在这好好的咋就不能动弹了呢？"

在场的人都没有见到过这阵势，都想上前看个究竟。唯有那五黄，从里向外挤出人群，扭着头骂道："兔崽子，给各位爷玩的这是啥伎俩啊！"

这时，太岁突然喊道："军师！"

月忌日应答："太岁爷，我在这呢！"

太岁说道："这里的现场谁也不能动，等一会儿你派人专门看守。"

月忌日诧异地问道："太岁爷，这里到底发生了什么？"

太岁说道："三煞这种现象，很是异常，有两种情况，一是如果世上有神仙，那么他此刻就像被人将元神摄去了，我们必须利用招魂幡将濮三煞的元神召回；二是三煞可能遇见了特别刺激的一幕，瞬间大脑休克。这两种情况不论是哪一种，都得看好三煞身体，不然这三煞将永远回不来了。"

五黄闻听此言，即刻就没有了怨言，问道："有这么严重？"

太岁说道："就是这么严重啊！"

月忌日不解地问道："如果是第一种情况，那我们到哪里去找濮三煞的元神呢？"

太岁摇摇头说："在十字路口祭起来招魂幡，到底管不管用我就不知道了！"

听到太岁这话，五黄摆摆手说道："既然大家都没有把握，那还弄个什么呀，像他这样的赖人，我们暴徒门多的是！"

见五黄愤愤不平，月忌日说道："哎，五黄爷啊，咱暴徒门虽然不缺少这样的

赖人，可是缺少像他这样狠心的赖人啊！"

太岁走来，满面不高兴地说道："好了，大家别废话，现在必须全力救濮三煞！"

五黄问道："为何？"

太岁说："人人都说我们暴徒门没有人性，我们就不能有一点人性吗？"

五黄说道："可我们本来就不是人啊！"

太岁瞪眼说道："多说废话何用？"

五黄听到太岁训斥，便低头不语。

（二）

一处阴风嗖嗖的山岗上，三煞像是做噩梦了，梦见黑白无常已经锁住了自己。一开始三煞很是不服气，由于他功力高强，眼见这黑白无常非常艰难地带着他前行。三煞虽被套上了锁链，但还是一边走一边不停地与黑白无常打斗，眼看就要挣脱逃走。这时北辰赶来，用手一指三煞，那三煞即刻就被一道金光捆住，濮三煞见是北辰，只好规规矩矩地跟着黑白无常前行。

三煞扭着头扫视周围，冲着黑白无常喊道："啊啊，啊你们号称黑白无常，啊算什么玩意，自吹自擂吧，就就，就知道偷袭别人！"

黑白说道："谁说我们是个玩意？我们不是玩意，我们是红脸王爷手下人称索命上人的鬼差呀！"

无常也说道："我们可没有偷袭别人，那你是个人吗？我们根本不用偷袭别人，哈哈，哈哈，走吧，到了管仁府你就明白了！"

三煞再次扭头，看着北辰，结结巴巴地喊道："你你，你这个老玩意，爷不是答应与你划清仇恨了吗？你你，你为何又又，又来装腔作势？"

北辰说道："濮三煞，你与老夫本来就没有恩怨，是你非要狗拿耗子越位行事。"

三煞说道："我我，我不不不，不是说了吗？不再狗拿耗子啦！"

北辰问道："可你又回到天府山干啥？"

三煞瞪眼说："干啥？那楚国灭我我，我蔡国的大恨能忘了？"

北辰说："楚国吞下蔡国那是天意如此，这民间哪能任其立国划界？这是定数你不懂吗？"

三煞说道："天意如此？啊啊，啊天意为何不不，不叫我做哪个诸侯国的王啊？"

北辰闻听差一点笑岔气，说："做王？那你也得有这个德行才行啊！"

三煞说道："什么德性？叫叫，叫我在那个位置上，我我我，啊比他们干得都好！"

北辰说道："既然如此，那你就赶快跟随黑白无常，去管仁府好好认罪，早日投胎转世去吧，可别忘了，争取来世做个好人。"

三煞问道："做个好人？"

北辰说："哦对了，记住下辈子，可别再干一些缺德事啦！"

三煞笑道："我？哈哈哈哈，啊那要看，所投娘胎是个啥玩意啦！"

北辰见三煞已乖乖地跟着黑白无常走，就放心离去。可没过多久，突然一阵怪风刮来，那怪风竟然将黑白无常刮得飞了起来。三煞见状哈哈大笑，喊道："啊啊，啊一阵风，你你，你们就经不起，还抓差办案呢，啊真是丢人现眼！"

一阵子怪风过后，黑白无常已不知去向，三煞将锁链扔在地上，转眼就不见了踪影。

（三）

三煞一觉醒来，已经是浑身大汗，想到刚才一梦仍然感觉到非常后怕，守候濮三煞的暴徒门人，突然发现濮三煞的身子一动，便大声喊叫起来。听到喊叫的太岁和月忌日等人，一窝蜂地赶到濮三煞跟前，见濮三煞慢慢地坐起身。知道他已康复，便一阵子欢呼，太岁一把拉住濮三煞哈哈大笑。

一帮暴徒在天府山大摆筵席。太岁高兴地喊道："今天濮三煞转危为安，这就更说明了我们暴徒门是有上苍保佑的！"

月忌日更是兴奋地说道："是呀，先是纹身格出奇地被天所救，此又有三煞转危为安，这说明我们暴徒门气数旺盛，这不夺取玉人门看来都不中啊。"

太岁走到纹身格和三煞面前说道："来，我给二位接风洗尘，举杯压惊。"

纹身格说道："太岁不要如此，我纹身格虽然归来，可真的不能再冲锋陷阵，否则被我父亲抓回，定是灰飞烟灭的灾难啊！"

月忌日问道："那纹身格大爷是何意呀？"

纹身格说道："只能答应中立，必要的时候随机应变。"

太岁大笑说："哈哈哈哈，就这也行，帮个人场！"

举杯喝酒的三煞面向纹身格说道："你你，你就是在此睡大觉，也没有大大，大碍。啊这次，爷在外面结交了三十六洞，啊大小好汉，个顶个的都是纯正的恶人啊！"

太岁感到意外，问道："真的？"

"错不了，太岁是是，是没有见这些玩意啊！"

"他们都是啥样的玩意？"

三煞说："要论有坏点子，个顶个的都是是，是军师他爹爹无疑。要是论歹毒心肠，他们个顶个的都都，都是泥头麻面的爷爷啊！要是是，是论斗狠，个顶个的都是我祖爷呀！"

太岁大笑道："哈哈，暴徒门后继有人啊！"

三煞结结巴巴地说道："我我，我发誓，要与那个鬼谷子王禅，决一死战！"

再说司雨官庙大帐，众人正在议事，突然有兵将急急忙忙跑来，喊道："报！在我们南北两个方向，同时发现了大批暴徒门人，他们正向我们进攻！"

大帐内，所有上人都大吃一惊。陀天天王摆摆手说道："再探！"

兵将转身出去，众上人一下子围住了王禅和王禅的泥沙指南阵法。王禅说道："各位不必惊慌，大家过来看一下这个泥沙指南阵法，就很清楚各自要干什么。"

众人在泥沙阵法上巡视着，王禅手指泥沙阵法，不停地一会指向这里，一会又指向那里。王禅说道："各位看，刚才，探马说的位置就是这里。"

陀天天王问道："暴徒门已经出兵，王禅你就说，咋个打法吧？我们都听你的调遣。"

大战在即，各位上人个个精神振奋，静听王禅调遣。

第五十回　遇将日夹击大军　鬼谷子推演九运

（一）

天府山暴徒门兵将突然出击，司雨官庙大帐里的上人们谁也没有料到。事发突然，叫各路上人措手不及。

由于突然间受到暴徒门兵马的主动进攻，玉人门兵将就不得不由过去的进攻战，瞬间变成防御战。于是，大帐内再也没有了欢声笑语，大家都进入了沉思。这时，北辰星君说道："王禅啊，这暴徒门已经开始反攻啦，不知你寻思一下没有，这说明了什么呢？"

王禅不语，也是一阵子沉思。一旁的九天玄女娘娘说道："说明暴徒门已经有了必胜的把握。"

听得九天玄女娘娘此言，大家都惊醒了，特别是老君，面色一沉说道："无量佛！暴徒门这一反常举动，其中定有缘由，不得不防啊。"

王禅突然走出大帐，一班上人也随着走出，众上人登高望远，观察着暴徒门进攻的势头。王禅眼见那些恶人在五黄的率领下从北方杀来，个个奋勇争先。王禅还看到，另有一班暴徒门兵将从南面也展开了进攻，领头的正是暴徒濮三煞。王禅见此一惊，心想，五黄一帮人从北面发起进攻，濮三煞一班人马从南方进攻，这阵势已经形成了南北夹击。

王禅说道："陀天天王，烦劳你率领兵将严防死守，绝不可轻易出战。"

陀天天王急忙问道："什么？只能严防死守，不能出战？"

王禅说："对！"

陀天天王惊道："为何？难道大军怕了那些暴徒？"

王禅说："不，我们严防死守的目的，就是为了可以有机会更好地打击那些不知深浅的家伙！"

陀天天王不知王禅葫芦里装着什么东西，半信半疑地转身离去。

山岗四周，从南方进攻的三煞，率领一支精锐嗷嗷叫地冲向大军。双方兵马

刚刚照面就展开了厮杀。这时王禅发现，那些暴徒门人一个个凶神恶煞；而这一边的玉人门兵将，虽然早已排布好了阵法等待决战，但在暴徒门人到来之时还是显得手脚忙乱。陀天天王有些着急，将宝塔扔向空中，助力玉人门兵将御敌。一时间，陀天天王的宝塔在空中金光闪闪，功力强大，暴徒门兵将有些顾忌。

王禅看到了宝塔震慑威力，知道了这宝塔是个宝贝，可以给大军壮胆。再看暴徒门兵马冲到了大军阵前，一个个都被大军排布的阵法打退了。再看北方，五黄率领的兵马同样遭到了大军阵法的打击，也是死伤无数。但王禅同时也观察到，如果没有陀天天王的宝塔给大伙壮胆，那些玉人门兵将就显得不堪一击。

王禅观看了双方的交战，转身走回大帐，紧锁眉头说道："看来，这暴徒门也确实有奇才呀！"

九天玄女问道："怎么啦王禅？这些伎俩难住了你这鬼谷子不成？"

这时，红袖从外面进来大帐，手里还端来了茶水。九天玄女娘娘转身看了看红袖，示意红袖把茶水给王禅送过去。红袖走到王禅面前，王禅也不抬头。就在此时，王禅突然看见红袖的身子在阳光下的身影，这身影正好覆盖了泥沙指南阵法。王禅见状一愣，说道："哦，原来这暴徒门也确有奇人啊。"

九天玄女娘娘问道："什么样的奇人？喝口水再说吧。"

王禅一手接住水，也不正眼看红袖，便说道："从老祖宗那里就有一个传说，根据大道奇数的演变规律，今年的祸害之位就在子午线上。此祸害位的出现，使得攻伐的任何一方都占有先机，谁利用好了祸害位，把住了子午线杀进，那将取得事半功倍的效果，此传说难道应验了？"

王禅一席话，九天玄女无不佩服地点点头说道："哦，继续说。"

王禅说："尤其是在此祸害月的祸害日，就更有出奇制胜的奇迹出现啊，暴徒门正是利用了这个祸害月中的祸害日，才来进攻我们啊。这些人，是利用了封建迷信的传说提升了斗志。"

王禅此说，惊得所有人面色一沉。

就在此时，陀天天王急匆匆走进大帐，惊慌地说道："鬼谷子先生啊，那些暴徒门人今日不知怎的，都一反常态，似猛虎一样勇猛；而今天的大军都似草包一样不堪一击啊，这大军，眼看就要抵挡不住了！"

王禅说道："哦，这事我已料到！陀天天王你暂且回去，只要率部坚持到午时过去，就没有大碍了。"

九天玄女急忙插话说："不，还有子时呢。"

王禅点点头说道："对，是还有子时，但如果午时就被暴徒门攻破防守，那我们就没有机会在子时防守了。"

陀天天王诧异地问道："王禅何意？"

王禅沉思片刻说："你要是坚持不到午时，那我们就又一次败给了暴徒门！"这时九天玄女娘娘说道："所以，烦请陀天天王竭尽全力，一定要熬到午时过后才行啊。"

陀天天王着急地说道："可这大军，现在都快败下阵了！"

九天玄女说道："那就快些去吧，你陀天天王的功力，不受这大道奇数的限制，而我与老君还有北辰，随时都可以支援你。"

陀天天王诧异地问道："这是为何呢？"

九天玄女说道："因为，这是大道奇数的演变，四海之中都知道陀天天王不受大道奇数的限制。"

王禅看着陀天天王说道："快些去吧，今天是大军的难日，如果大军在午时和子时无碍，下面的事就好办了，此时三军如果没有陀天天王坐镇指挥更是犯忌。"

九天玄女又说道："尔等只需熬到午时过后。"

此刻，司雨官庙大帐内一片混乱。

看到这种情况，天府山司雨官和四方的土地官非常不理解，都无奈地摇摇头，就听南方土地官说道："玉人门十万大军，都败在了暴徒门手中，这到底是个啥世道啊！"

西方土地官也摇摇头说："唉，都说邪不压正，可今天邪却胜过了大军，你说这世道啊！"

东方土地官说道："照此下去，暴徒万一乘胜打向了玉人门，唉，要是再趁势夺取了玉人门，那将是四海五教的灾难啊！"

听到四方土地官的话语，天府山司雨官急忙摆摆手说道："哎，你们真是小庙的神，一辈子都进不了大殿啊！你们就不能让人改说一下这'生就的小庙神登不了大殿'的谣言吗？"

（二）

天府山上，太岁正在一边观战，一边面向暴徒门军师问道："军师啊，你所说的降日，到底有没有效果呢？"

月忌日上前说道："启禀太岁，我既然号称军师，平日里对天地相术有所观察。那对于玉人门的上人来讲，今天的午时，就是他们六十年一遇的降日，而这个要命的降日，就是这些上人的死穴。所以，这些上人平常都会注意闭关修行，其目的就是为了躲避这一天啊。虽然说这是个传说，这个法子别管是真是假，可咱的百万兵马听说了这个日子都提升了战斗力，这一点是真的吧？"

太岁问道："噢？这么说来，今天就可以彻底打败他们啦？"

月忌日摇摇头说道："看运气吧。"

听到这似不靠谱的话，太岁好像是没有了底气，便问道："此话怎讲？"

月忌日说道："太岁不要忘了啊，我们暴徒门，除了你太岁不惧怕九天玄女以外，其他各位但凡遇见了九天玄女娘娘，都是如同以卵击石啊。"

太岁点点头说道："哦，说这也是啊，那这会儿我们干什么，就在此等候消息吗？"

月忌日说道："还有什么办法。刚才据探马回报，那玄女娘娘就在大帐之中，听说还有老君和号称北辰星君不老上人的大座，都在此坐镇。"

太岁面色一惊道："噢？那他们既然有这么多的大员坐镇，又为何不出面攻打天府山呢？"

月忌日笑道："凭他们的修行，岂能只顾打打杀杀，他们啊都是一些讲究文雅的人啊！"

太岁说道："那他们既然不愿打打杀杀，又为何不离开呢？"

月忌日说："他们不是在等你太岁爷出马吗？那些人，就是在等太岁爷亲自出马冲锋陷阵的时候，才会出来合力缉拿你。"

太岁和月忌日正在说话间，一位属下突然匆匆赶来喊道："报！午时过，五黄爷问话，我们是否撤退？"

月忌日仰天长叹一声，说道："撤退！"

太岁急忙问道："哎，军师啊，暴徒门正在乘胜追击，为何撤退？"

就在这时，突然又一位属下一路号叫而来："不好了，不好了！玉人门兵将反冲过来了，我们已经大败而回！"

月忌日急忙喊道："赶快传令五黄，即刻撤回天府山，进行防守！"

太岁惊叹一声："啊！"

就听月忌日仰天长叹，非常无奈地说道："天不助我，这是天不助我暴徒门啊！"

司雨官庙大帐中，王禅急忙召集各位上人说道："各位，总算挺过了这个祸害时辰啊！"

陀天天王问道："我说王禅啊，难道这个祸害日，对我们上人就是个需要回避的日子？"

王禅点点头说道："这个日子非常特别，我们叫它祸害日，而实际上，它就是一个降日啊。"

陀天天王不解地问道："什么是降日？"

王禅说："就是大气需要换元，也是日月运行中气场最乱的时候。而我们平常修行所采纳的大气，都是这些气场的能量。也就是说，一旦这些气场有了盲区，我们修行的人，都无法正常使用功力。而此时，就算道行再高的人也形同普通百姓，从根本上就失去了御敌的功力。"

陀天天王又问道："这么说，今夜的子时也是如此啦？"

王禅点点头说道："不错，今夜的子时也是我们的降日啊！"

九天玄女惊叹地说道："看来，这鬼谷子的能量，远远超过了我的想象啊！"

这时，老君在一旁说道："玄女娘娘，不瞒你说，今天我们天神集体遭受降日，老夫已提前料到，别管传说是真是假，但是考虑到暴徒门会利用这个日子蛊惑人心，本座就提前安排了几员大将，说他们在这个时候将会有强敌对垒，但强敌一定会败阵，大军们都鼓足了干劲，才使暴徒门没有攻击进来。可这到了晚上怎么办？娘娘可有手段庇护？"

九天玄女面向王禅说道："王禅啊，你那撒豆成兵的超常规魔术障眼法可曾用过？"

王禅说道："回娘娘，王禅不曾用过。"

九天玄女说道："到了子时，如果暴徒门再行进攻，就只有依靠它们啦。"

王禅摆摆手说道："娘娘不必担心，我刚才进行了演算，今天也是他太岁的绝日啊。"

老君闻听王禅此言，笑道："呵呵，应了一句话，真是后生可畏，后生可畏啊！"

闻听老君之言，大家顿觉诧异，王禅说道："据上元甲子一二三、中元甲子四五六、下元甲子七八九的三元九运演算，今天的戌时，就是他太岁的绝日啊。"

陀天天王吃惊地问道："真的？"

王禅点点头说道："错不了，而这个绝日的出现就是专对太岁本人的，并且这

样的日子，每三十年才有一次。"

这么悬疑的话竟然出自王禅之口，老君笑道："这就是大自然的五行相克演变啊，这凡是有高，也但凡有低；凡是有亮，也但凡有暗；凡是有阳，也但凡有阴啊。这就是两面性的规律，它们都会出现在同一个地方，或同一个时间呀。世人，谁要是掌握了这个运行规律，那他成功的概率就高了！"

王禅说："我已经连续推演了三遍啦，确定就今天的戌时，是那太岁三十年一遇的死门降临，而且就连紫白飞宫也到了祸害的位置。所以，如果没有天道的特别关照，那今天的戌时，就应该是那太岁的大限之日啊。"

闻听王禅此言，九天玄女吃惊地说道："看来啊，这苍龙是遇见了对手啊！"

陀天天王急忙问道："什么，娘娘是说那太岁是苍龙？"

九天玄女点点头说道："是呀，民间都是这样传说，说太岁原本就是上界的苍龙转世。"

陀天天王惊叹说："哦，怪不得那太岁的功法如此了得！"

王禅说道："我们不论他是什么来路，他只要祸害四海，我们就得铲除他！"

九天玄女点点头说道："王禅所言极是，不管他是什么来路，只要与玉人门为敌，那我们就有义务铲除他！"

王禅又说道："这暴徒门祸害人间已久，既然是天道来临了，克制太岁的死穴，那我们就不能错过这个机会？"

老君急忙插话道："那你准备如何去铲除他？"

王禅说道："对付已经面临死穴的暴徒，不需要张扬。我准备夜出奇兵，估计就能制胜，到时我得手后，在山头点火为号，那时，陀天天王率部即可直接攻打天府山了！"

听了王禅这话，大家都满意地点点头。司雨官庙大帐内，听了王禅的计划，大家才算是看到了希望，一扫暴徒门夹击大军的阴影，特别是刚刚经历的危险。

再说天府山上，魔兵魔将由于一开始的完胜局面转为败退而回，这叫众位暴徒不能接受，有的开始怀疑军师的能力，有的不免有些怨言，就连太岁也对此兵败抱着一团疑云。

就在这个时候，太岁更是没有想到，月忌日一反常态地慌慌张张跑来，太岁见状不解地问道："军师何事惊慌？"

月忌日说道："太岁爷啊，可能大难降临啦！"

太岁一惊，急忙问道："什么？怎么回事？"

月忌日说："是太岁爷您的大难降临啦！"

太岁更是一头雾水："说什么？本座怎么听不懂啊！"

月忌日说："四海之中谁都知道太岁爷掌握了百余种武功秘籍。"

太岁不解地说道："是呀军师，你既然知道本座的来历，还说什么大难降临呀！"

月忌日说："可今天却是太岁爷，每逢三十年才有的一次难日啊，太岁爷啊，这不得不叫本座牵肠挂肚啊！"

太岁急忙问道："军师，你在说什么？"

月忌日一本正经地说道："太岁有所不知，根据上中下三元甲子的大运演变，又根据上元甲子一二三、中元甲子四五六、下元甲子七八九的三元九运更替换元的规律，这每逢六十年的小甲子，自然不能够对你构成威胁，可要是赶上了三个六十年的甲子同源归位，就称为上元、中元和下元，也就是说，太岁爷你每逢三十年就会有一次要命的绝日啊，这可是千真万确啊！"

听到月忌日的推断，太岁果然吃惊地喊叫一声："啊？"

月忌日说道："不瞒太岁，今天我暴徒门发动的南北夹击大军，也是抓住了大军的绝日绝时，我们利用这个机会蛊惑人心提高战斗力，可我们没有成功。这刚才本座进行演算，推出了太岁爷就在今天的戌时，恰逢绝日啊，玉人门都是一些道家高人，他们不会不知道利用这个日子蛊惑人心，派出敢死队前来偷袭太岁。"

月忌日一席话令太岁一阵不安。

第五十一回　甲子学三元九运　败太岁王禅用奇

（一）

四海之中哪个人没有尾巴？只不过尾巴有大小之分。可一般人谁也不去在意它的存在，因为人们早已忘记了自己的远古时期，所以也忘记了尾巴一说。关于这尾巴之说，谁都可以忘记，可这四海之中就一个地方忘记不了，那里就是三草山三曹官府邸。因为那里是记录四海之中所有人犯下罪恶的府邸。那里不单是功力特别，还有一套独具一格的缉拿系统，以及常年操练独特的缉拿功夫，这里的眼线遍布四海，在这里不论谁是上人、谁是恶人、谁是普通百姓，就连红脸王爷所求的四海缉拿数据，都是来自这里。这个地方的特别权利，是来自西周时期诸侯国共同公约，如果哪个诸侯国或者哪个人不遵守这里的制度，就会招来灭顶之灾，所以这里被人称为是天下最公正的地方。

这个三曹官府邸，时时刻刻地抓住每一位的尾巴进行推演。尽管很多人把尾巴都演变掉了，可总是有一处尾巴根子存在，这就足够用了。天下谁人不吃不喝不排泄？谁敢保证不留下一点痕迹？这里可以根据这不起眼的尾巴痕迹，推理出四海之中每一位大员的归宿，暴徒也好，帝王也罢，平民也好，上人也罢，这里确实很公平。

号称暴徒门军师的月忌日知道，太岁也难逃此三曹官的推演。关于太岁的人生秘密，月忌日早有发现。所以此次月忌日向太岁禀报四海的大运定数，这可不是他故弄玄虚，更不是信口开河。当月忌日说到了三元九运的运行规律时太岁就相信了。因为太岁本身就明白，四海之中无论是谁，都逃脱不了三元九运的规律。

太岁严肃地问月忌日："那军师认为我们该如何应对？"

月忌日沉思片刻说道："我们即刻进入严防死守，待太岁躲过了这个上有克制、下有泄气的戌时，太岁爷就无大碍了！今年是木方之气轮值，此气正好克制太岁爷的元神，而在戌时又是祸害之气轮值，这个祸害之气，又正好给太岁爷您带来了泄气的灾难。此就是三元九运中的玄门法术中早已界定了的，任谁也改变不了啊！"

太岁听罢，说道："好了，就按照军师说的办。你传我命令下去，叫所有兵将进入严防死守，待躲过了戌时，我们就万事大吉啦！"

众暴徒各自纷纷离去，月忌日也慢慢地离去。太岁见身边已经无人，感觉非常烦躁，就顺手抓起一个酒坛子，一仰脖将一坛酒咕咚咕咚地喝个干净。那太岁喝完酒感觉困倦，迷迷糊糊地靠在桌案大睡。

王禅独自一人来到了天府山，又到了天府山大殿的房顶，然后悄悄地坐在房顶稍做休息。过了片刻工夫，王禅再次掐指推算后点点头，确定了时机已到，突然高声喊叫："嗯！太岁赶快出来，迎接老祖啊，老祖在此。"

王禅炸雷一般的喊叫，使正在大睡的太岁一惊，太岁不知道是谁的炸雷声在吼叫，惊醒后慌忙走出大殿观看。这个时候才发现，已有数百暴徒门兵将手持火把围住了大殿。太岁抬头一看，房顶上站着一位身穿黄色战袍的人。由于是夜晚，再加上王禅刻意的变装，太岁一时间摸不清对方到底是谁，就战战兢兢地试探着问道："你是何人？"

王禅手把胡须笑道："呵呵呵呵，苍龙你是怎么啦？连老祖都不认得？"

太岁更是吃惊，浑身发抖地问道："你怎知道我的前世身份？又有何能力竟敢说是我的老祖？"

王禅哈哈大笑一阵，随手掏出随身携带的超常规魔术障眼法道具，就将一把黄豆撒向了大殿四周。再看那些落地的黄豆，一粒一粒都在地上乱蹦乱跳，瞬间都变成了一位位的神兵，而且那些神兵全都是金黄色盔甲，一个个威武雄壮地龇牙咧嘴。太岁细看那些神兵的手中一个个刀枪剑戟寒光闪闪，杀气腾腾。太岁大叫一声，也不问别人死活，慌忙逃走。其他暴徒门人更是慌乱一片，听众人喊叫着："快跑啊！老祖从天而降啊，咱太岁爷都不知深浅啊，跑得慢了就没有命了呀……"随着众人的喊叫声，那真是兵败如山倒，暴徒门兵将呼啦一下，一窝蜂地跟着太岁逃走了。

王禅在山头点着了大火。因为早与陀天天王有约定，此刻陀天天王看到了山头的大火，即刻率兵攻打天府山。再看天府山八方暴徒门兵将，他们在哄闹中见到太岁逃走，又见山中燃起大火，更是摸不着头脑了，随即也跟着嗷嗷叫落荒而逃。

（二）

山下，陀天天王率领玉人门兵将冲进天府山。眼见着大批暴徒门兵将逃走，也不去追赶，按照与王禅的约定，带领大军直接冲进了天府山大殿。由于天府山众暴徒大部分跟着太岁逃走了，那些还没有来得及逃走的恶人根本就不愿意与玉人门兵将较量，一见到玉人门兵将的到来，一个个跑得比闪电还快。天府山到了这个时候，雄踞一时的太岁等黑恶势力已全部被击溃。

此时，整个天府山上的暴徒门势力，唯独月忌日一人站立山岗。他见暴徒门在天府山的大势已去，恨恨地对王禅高声喊叫："鬼谷子王禅，你小子利用太岁的死穴，在此装神弄鬼，太岁一时受到惊吓，致使暴徒门大败，你这是胜之不武啊！"

王禅猛然抬头看见了月忌日，说道："噢？你这狂徒，平常专干一些扇阴风点阴火的勾当，你不行正道，常常歹毒地挑起事端，肆意残害无辜，罪大恶极。你是暴徒门头一号恶人，不杀你不足以平民愤啊！"

月忌日大笑道："王禅，你还号称鬼谷子呢，你难道没有想到，别人都跑了那我为什么没有跑呢？"

陀天天王大怒，说道："你是想把狗命留下！"

陀天天王说罢，直取月忌日。月忌日急忙摆摆手说道："慢！陀天天王，你小子先把命留下，爷今天只想与王禅单挑，他若能胜了，我就服他！怎么样王禅？你有没有这个胆量啊？"

王禅笑道："陀天天王将军请退下，今天我就会会这个恶贯满盈的暴徒门军师，看他到底有多强。"

王禅说着走向月忌日，月忌日却是不慌不忙随即在地上画出了一处阴阳八卦。这阴阳八卦刚刚画好，就见月忌日随手一挥，那阴阳八卦瞬间闪闪发光。王禅仔细地查看后，知道月忌日使用的也是超常规魔术障眼法，但就是这些故弄玄虚的东西，却能够提升大军的作战自信。想到这，也随手在地上画出了自己修炼多年的降伏阵法。王禅所画出的阵法内，不但有阴阳八卦，且有休、生、伤、杜、景、死、惊、开八门，而且图案在道具的配合下，此八门也是金光闪闪。二位分别跳进各自的阵法。

这时，月忌日吃惊地问道："王禅，你这降伏阵法为何多了八门？"

王禅问道："噢？这么说你认识此八门？"

月忌日说道："你这降伏阵法，配上了这休、生、伤、杜、景、死、惊、开八门，确实厉害，但不知你的功力如何？"

王禅说道："那就领教一下吧！"

山岗上，月忌日与王禅对垒拼比功力，两方功夫顿时相碰。就在二人拼比内功的时候，周围山川大地瞬间山崩地裂。月忌日大叫一声随即跳出阵法，惊慌失措而逃。天府山上，月忌日是最后一个逃走的人。

这时，玉先生和王夫人也来了，众人急忙相迎。还没等各位上人说话，就听玉先生说道："玄女娘娘啊，是你力保了鬼谷子王禅，叫他率领大军剿灭暴徒门的，现今已是大功告成，你可是奇功一件啊！"

听到玉先生赞誉，九天玄女说道："启禀玉先生，攻下天府山在下可没有寸功啊，这能够给玉人门陡然间扳回来面子，又剿灭暴徒门，是那奇谋和智慧集于一身的王禅啊！"

老君插话说："玄女娘娘说得不错，有此鬼谷子的智谋和陀天天王的威猛才有此大胜啊！"

陀天天王急忙摆摆手说："不敢争功、不敢争功啊，此大捷全是鬼谷子王禅的智谋所胜，他这一仗总算是给三战三败的玉人门兵将长了脸面啊！"

听到各位谦让，玉先生问道："噢？这王禅呢？哈哈这个王禅啊，怎不来见朕呢？"

老君急忙扫视四周，诧异地说道："哎，这王禅刚才还与暴徒门军师月忌日斗法呢，这会儿难道走了？"

大伙也是一阵观望，可都没有发现王禅。

玉先生说道："哦，听说这鬼谷子王禅，还冒充了太岁的老祖是吧？"

陀天天王急忙说道："不错不错，王禅对太岁自报家门，号称老祖啊。"

玉先生说道："那这王禅号称老祖就吓跑了太岁，我看今后他就叫王禅老祖吧。哎，真是的，这个王禅老祖，仗都完胜了他还去了哪里呀？哎，你们倒是去找一找啊，难不成叫我亲自去找吗？"

而在一边的阴沟里，人们更是没有料到，还有不少没有来得及逃走的恶人，也在窥视着大军的一举一动。

（三）

王禅去了哪里啦？他已经悄悄地行走在了另外一座山上了。就在一条上山的小路上，王禅身边没有带别的什么，除了苏秦和张仪两个弟子的牌位。此时，王禅面色异常沉重地抚摸着苏秦和张仪的牌位，自言自语道："苏秦、张仪啊，你们两个是我鬼谷子弟子，是你们把师父的智慧延伸到了民间，可师父没有想到，你们就这样与师父回来了！今后师父无论走到哪里，就带你到哪里。今天师父告诉你们，现今的丹成已经不适合隐居啦，那里的丘陵峻峰已被民间铲平。下面的日子，我们师徒就一起隐居在这大山之中吧，这里也是你们参学的地方。"

再看那丹成一带，自从鬼谷子王禅带着苏秦和张仪的两块牌位离开，那里就发生了一场巨变。

一日，人们一觉醒来，发现黑河里的河水不见了，洺河里的河水也不见了，再看所有的井水也都干了，所有的树木也都因干燥而死亡。人们乱作一团，不知道该怎么办，就这样日复一日、月复一月地煎熬着。像这样干旱的日子，一晃数月过去了，老天不但没有给这一带降下一滴雨，还时常刮一些干燥的风。

这样的环境，人们根本无法生存了，丹成一带，遭受了百年不遇的大旱，庄稼颗粒无收，田野里连根青苗也看不见，大地干裂，牲畜渴得趴在地上直喘粗气。人们不得不到外地去肩挑背驮，弄点救命之水。

王禅阁内，百姓齐聚，众人虔诚地跪在王禅像下祈求。

"王禅爷啊，请您显灵吧，就给咱这下一场雨吧，这都百日不见一滴雨啦，百姓都没办法活了呀！"

"王禅爷啊，您是咱丹成一带的大救星啊，您从来就是有求必应啊，您这次是咋啦？"

"听说，过去咱这里闹瘟疫，百姓惨死无数，后来就是王禅爷显圣救了乡亲们！"

"那可不假，老辈人都是这样传下的。"

"对啊对啊，咱这一带只要有了啥难事向王禅爷祈求，都是有求必应，大家快来祈祷吧，在这胡诌有啥用！"

一时间，百姓跪倒一片，虔诚地求雨。

躲在王禅雕塑后面的槐树人、白圭和土地官看得明白。白圭说道："哎呀，这百姓就是能给王禅派活啊，他们是真敢派活啊！"

槐树人却是说道："那有啥办法？他平常在此受用香火，能白受用吗？"

土地官说："嗨，这百姓哪里知道，王禅不是万能的。"

槐树人却说道："受人香火，替人办事，理所应当。"

白圭说道："谁说的？这世道受人香火拿人钱财，最后再骗人一通，什么事也不办者，大有人在啊！"

槐树人不干了，就说道："哎，说话注意点，这不是明摆着说榆树人的吗。"

白圭说："说啥榆树人呢？那榆树人受人金银没有给人办事，后来那金银又退还了人家，他算是凭良心啦。我是说那些连毛吃鸡的玩意，他们狠心敲诈了人家的节日贡品，还不给人办事！"

土地官像是幸灾乐祸，说道："那样的玩意，将来会比榆树人还惨吧！"

槐树人摆摆手问道："我们就别扯没用的啦，这眼下，这么多百姓求雨咋办？"

白圭说道："这事你问哪个？"

土地官说："是呀，平常王禅不在时都是你槐树人说了算，那现在还是你说了算啊！"

槐树人有点着急地说道："可这一次百姓祈求的是下雨，我哪里会下雨啊！"

土地官问道："那咋办？"

槐树人说："哎，土地官，用你那千里通系统看一看王禅现在哪里，就把这事交给他吧！"

土地官也不推辞，急忙启动了土地官特有的系统寻找王禅，果然，说话的工夫王禅就来到了王禅阁。相见后，王禅感觉到吵吵嚷嚷，示意到外面讨论，几位相继来到城外。

327

第五十二回　告御状玉人门中　司雨官胡作非为

（一）

城外的林间小路上，王禅领着土地官在前头慢慢地走着，后面紧跟着白圭和槐树人。

王禅转身问道："怎么回事？发生了什么事这么着急？"

土地官手指大地说道："哎呀，王禅爷呀，这丹成一带已大旱六个月啦！"

白圭也说道："是呀王禅，这都六个多月了，那司雨官就是不给这里下一滴雨呀！这里越是不下雨，唉，这老天还天天刮大风，还净是一些热风，你说这还叫人活不活啦！"

槐树人也说："我说上人啊，你的庙宇可是遍布了丹成一带啊，这到处都是王禅庙，我一个人确实是忙不过来呀。那黑河大桥的王禅阁内，有我等长期替你打理，还算是没有荒废；可其他庙宇就不行了，都是我等有了空闲才去看看，那要没有空闲，也只好任人祈祷，根本没法显灵啊！"

王禅问道："说什么遍地都是王禅庙宇？到底怎么回事啊？"

白圭说道："何止丹成一带，那前天老夫云游天下的时候，在其他地方也见到了王禅庙啊！"

王禅更是不解地问道："啊？怎会如此？到底是怎么回事！为什么有那么多我的庙宇？"

土地官说："是这样的，过去呢，民间一直流传，说王禅可以消除匪患，也可以消除瘟疫，还有传说王禅能够有求必应，就这些理由人们就流行建造王禅庙宇啦。民间嘛，这些理由就足够了！"

王禅惊叹说："啊，怎会如此？"

土地官说道："哎呀，上人啊，现在就别管这些啦，还是先想一想如何解决百姓祈求降雨的大事吧！"

槐树人也说道："是呀，就先想一想怎样解决大旱的事情吧。"

王禅这才言归正传，问道："对了，那这里为何如此干旱呢？难道这里也有人恶作剧不成？"

这时，土地官不满意地说道："什么恶作剧，那都是城东的陈员外所为啊！"

王禅更加不解地问道："什么？一个普通百姓可以阻止下雨？"

槐树人说道："嗨，他要有那能力阻止下雨，这里也不会大旱了。"

王禅诧异地问道："说什么城东的陈员外？到底怎么回事？"

槐树人说："这城东有个陈庄，该村有个陈员外。就是这个人，他为了修建自家的祠堂，竟然把司雨官庙给拆除了。"

王禅一听，急了："什么？他竟敢私自拆除了人家司雨官庙？"

槐树人急忙说："是呀，为了修建自家祠堂，就拆除了人家司雨官的庙宇啊！"

王禅沉思片刻，又说道："这个员外，也太无理啦！"

槐树人说道："可不是吗？那司雨官就靠这庙堂弄一些俸禄呢，他也曾愤怒至极要杀掉这个员外一家老小。后来被我等拦下，员外一家才免遭一劫。"

白圭插嘴道："就连你那王禅庙宇，也差点儿被拆除呢！"

槐树人急忙说道："不错，幸亏当地百姓不依，那员外怕得罪众人，才使你的庙宇免遭拆除啊！"

白圭又说："那司雨官，见自己的司雨官庙被拆除，按照玉人门规矩，他是一不可以找员外报仇，二不可以自己修建司雨官庙，于是，就停止给这一带大地降雨。即使是老天来了阴雨天气，这司雨官不但不去催雨，还向天上放干瘪炮仗驱赶。就这样一直闹下去，一些地方土地官受不了百姓的怨言，就把这司雨官不作为的事上告了玉人门，这才有今天的结局啊！"

槐树人说道："一日，有地方土地官上告玉人门说，丹成的司雨官不作为，已经致使民间生灵涂炭，玉先生就将司雨官传至玉人门。那时，玉先生手指司雨官问道：'丹成一带大地干旱，你这行云布雨的职责，何不作为啊？'司雨官怕玉人门责罚，更怕追究责任，哭泣着说道：'启禀玉先生，小神冤枉啊！'玉先生见司雨官喊冤，就向那司雨官问道：'有何冤枉？'司雨官说：'那丹成的陈员外，竟然将属下的庙宇砸烂拆除，致使属下无处安身履职啊！'玉先生不解地问道：'那他为何要砸烂拆除你的庙宇啊？'司雨官说：'为了修建他自家的祠堂，就毁掉属下的庙宇，这实属亵渎玉人门啊玉先生！小神宁死不肯降雨，请玉先生给我做主啊！'听到司雨官这般诉苦，玉先生也有些愤愤地说道：'这民间，竟有此等亵渎玉人门

规矩、无视玉人门尊严的事吗？'司雨官委屈地说道：'确实如此啊玉先生，请玉先生给属下做主啊！'玉先生听到这话，气愤地说道：'这还得了，为了惩戒他们，就准你三年不与他们降雨！'"

槐树人讲完，王禅摇摇头说道："原来是这样啊，这也确实是民间普通百姓有过啊！"

土地官却着急地说道："各位啊，可是才六个月没有降雨，大地就如此干枯，要真是三年不降雨，这大地岂不是寸草不生？到时，别说是草了，恐怕连一个虱子也找不到啦，这难道不是人们的灾难吗？"

白圭也说道："就是就是，我家门前这千年洺河现今就已经断流，要是三年不降雨，恐怕这洺河，也将干枯得冒出来白烟不可！"

王禅突然看见远处有骨瘦如柴的牲畜，已经渴得趴在地上喘着粗气，行人渴得面色发黄、嘴唇干裂，神情凝重地说道："这员外做事是有点过分，但也不能置这一带百姓生死不顾呀！那司雨官现在何处？"

土地官说道："他呀，此刻就在司雨官庙附近的一个龙潭旁边居住，逍遥自在。"

白圭嘟囔着说道："这个司雨官，不管百姓死活，就知道抱着一个小美人取乐！"

王禅问道："怎么回事？什么小美人？"

白圭说道："王禅你有所不知啊，那个龙潭附近有一民居，原本住着一个超级艳美的小寡妇，名叫小鲶鱼，这司雨官见人家长得出色，平常有事没事就爱到此串门取乐。得了，这一次他那司雨官庙被人拆除，他呀更是有了借口不是，干脆钻进人家家里不出来了，你看这事，把他给美的！"

王禅不愿意目睹百姓受苦，决定去寻找司雨官。

（二）

此时的龙潭民居，洺河司雨官果然正在此逍遥自在，与美人鬼混。

此刻，司雨官说道："小鲶啊，有我这个大司雨官在此，那今后，可不许再与别人勾三搭四了啊？"

那小鲶鱼撒娇卖乖地说："谁叫你啊，平常不关心我小鲶死活。"

司雨官怀抱着小鲶鱼说道："小美人你是不知道，我一个小小的丹成司雨官，岂能来去自由。你说那今天行云、明天布雨的，还不是都得按照玉人门定下的日子实施，忙啊！要不是我这司雨官庙被拆，这会儿哪有机会来陪我的小鲶啊！"

就在这时，外面传来了王禅的喊叫。司雨官和小鲶鱼同时一惊，急忙更衣完毕，到了门外。二位脚步还没有站稳，就听王禅问道："来者可是司雨官？"

司雨官说道："在下正是丹成司雨官，你看似面熟，莫非你是王禅吗？"

王禅点点头说道："不错，在下就是王禅。"

司雨官听说是王禅，惊讶地问道："那不知上人唤我何事呀？"

"为了丹成一带的降雨而来啊。"

"噢？上人，你难道要管这降雨一事？"

"为了一带百姓，就请司雨官手下留情啊，给百姓降雨如何？"

"哈哈哈哈，王禅上人，要是你的庙宇被人拆除了，你会有何感受？"

"感受肯定会有一些，但也不能忘了我等乃是受民间俸禄的上人呀。"

"受人俸禄？庙宇都拆除了，还谈何俸禄！"

"庙宇可以重新修建，我去点拨这些百姓就行，可降雨一事还请司雨官办理啊！"

"哼！那就修建好了庙宇再说吧。"

司雨官说罢，转身拉住小鲶鱼一闪身进入庭院，闭门不出。

（三）

王禅在龙潭民居吃了闭门羹，随即来到城外。就在城外的大路上，突然看见有人牵着一头驴车，车上还载着一个大木桶。王禅近前观看，问道："请问小哥，你这是何物啊？"

"嗨！拉水去了。"

"拉水？"

"对呀！我就是一个拉水的小工啊。"

王禅急忙上前观看了驴车，眼前一亮，问道："你这是从何处取来的水呀？"

"百里之遥啊！"

"小哥，请问这水是为哪家所用？"

"是我们员外家的。"

"哦，请问小哥，那不知是哪家员外呢？"

"就是城东的陈员外家。"

"就这么一架驴车,能使员外家用水有了保障?"

王禅和拉水的小工正在交谈,白圭和槐树人不知何时已经赶来。白圭上前说道:"这么说他家是不缺水了,可这百姓怎么活啊!"

槐树人更是恼怒地说道:"祸是他家惹得,他家却不缺水,真是天理难容!待我教训他们。"

槐树人说罢,就要上前砸驴车,被王禅急忙拉住。小哥眼见这阵势,吓得不知如何是好。

这时,已有不少难民围了上来。王禅就问他们道:"你们渴不渴啊?"难民纷纷说道:"当然渴啊,我们都渴得要死啦!"

王禅转身面对小哥说道:"把你的水车留下,回去告诉你家员外,说王禅在城外把水车扣下啦,让他出来见我!"

小哥吃惊地问道:"啊,那你们要拦路抢劫吗?"

王禅说道:"小哥不要害怕,你只管回去告诉那员外就行。"

说话间,难民已经将水车围住,拉水的小工无奈地一路小跑离开。王禅手持水瓢递给大家说道:"都过来吧,你们一人喝上一瓢。"

众难民接过水瓢,大家你一瓢、我一瓢,喝得好痛快。

此时,逃难的人越来越多,大伙一会儿就将一大木桶的水喝个干净。可逃难的人相继涌来,源源不断,竟然把水桶翻过来,用舌头舔了又舔。

不一会儿,员外带着家丁赶来。刚才逃跑的小哥急忙冲到前面,手指王禅喊道:"老爷,就是他!"

一伙人已经冲到了王禅面前,正要动手围攻王禅,员外突然抬头看到了王禅,大吃一惊道:"你你你,怎么这么像王禅庙内的王禅啊?"

白圭哈哈大笑说道:"错了,应该说王禅庙内的王禅,咋像眼前的王禅啊,哈哈哈!"

员外不敢相信地问道:"你难道是王禅上人下凡啦?"

王禅不紧不慢地说道:"呵呵,我是王禅不错,不过,不是下什么凡,而是我根本就没有离开过民间啊!"

众人突然听说眼前的善人是王禅,都挤着上前观看,大家谁也没有想到,这眼前站着的就是上人王禅,都异常惊喜,呼啦一下跪拜王禅,大叫着:"王禅来了,王禅显圣啦!"

王禅看到逃难的人群越来越多，怕难民之间生出来祸端，挥手说道："大家都起来吧，显什么圣，在下本来就是民间普通人士，哪里会有神仙显圣。"

大伙听到王禅说话，更是激动，又一阵虔诚地叩头后起身。员外当然也是很虔诚地叩头完毕，说道："王禅上人啊，俺这一带天气大旱，不知是何原因呀？请王禅爷显圣给俺降雨吧！"

听到员外这话，槐树人瞪着眼说道："啥？你不知是何原因？祸就是你家惹的！"

此言一出，员外如同丈二和尚摸不着头脑："啊？不知上人何意？这种玩笑可是开不得啊。"

第五十三回　大奇人鬼斧神工　助王禅修渠移山

（一）

员外不知道自己到底惹出了什么祸，竟然可以影响了老天下雨，一时间就怀疑自己到底是人还是妖魔。为了洗清自己，证明这大旱根本就与自己无关，他对王禅和白圭说道："那上人说，这大旱是因为俺引起的，请给草民说个明白吧！"

这时白圭说道："说什么明白？就是因为你家修建祠堂惹的祸，你不该头脑一热拆除了人家司雨官庙。那你说有没有此事？"

白圭话音刚落，一群百姓也都瞪着眼看着员外。员外惭愧地说道："哦是这件事啊，确有此事！难道上人是想说，这大旱与此有关？"

槐树人说道："你说有关没有？那要是有人挖了你家祖坟，你会不恼？"

员外面色一惊，说道："这这这，唉！事已至此，我愿意重新修建司雨官庙。"

王禅点点头说道："那你修建去吧，在下就去找那司雨官交涉。"

城外，员外和百姓眼见几位上人离去，也就各自回转。王禅可没有就此罢手，再次到了司雨官鬼混的地方。王禅静下心来，在此打坐，盘算着员外建造司雨官庙的时间。然后起身来到了龙潭民居，再次唤来司雨官。司雨官闻听王禅说司雨官庙已经建造完毕，依然推三阻四。王禅没有料到，那司雨官根本就不答应降雨。

末了，司雨官对王禅说道："王禅上人，你就是说破了大天，我也不能去降雨啊！"

王禅愤愤道："我说司雨官，这百姓已经知错，现在已经修好司雨官庙，司雨官再不降雨，真的就没有道理了。"

一旁的小鲶鱼也上前拉住司雨官说："是呀，这百姓都知错了，司雨官庙已经修建好了，你就积点阴德，给他们降点雨吧！"

听到小鲶鱼这话，司雨官才道出原委："唉，你们有所不知啊，那玉人门玉先生已经颁布圣谕，说是三年不能降雨啊！"

小鲶鱼大吃一惊，问道："什么？三年不能降雨？那叫百姓怎么活呀？"

司雨官说："所以，现在就是我想降雨，也不能逆天行事啊！"

小鲶鱼气愤地说："玉先生怎会如此颁布圣谕呀！"

司雨官说道："玉先生没有错，他是为了维护玉人门神威，就是要惩罚一些随意亵渎玉人门的人，要不然怎么维持四海秩序呢？"

司雨官说到此，王禅沉思不语地转身离去。他登上了一座丘陵，远远地观看了一阵，然后愤愤地走到峻岭间，开始挖大山修水渠。那架势，是铁了心要劈山。

就在这时，槐树人和白圭都赶来了，见状大吃一惊，急忙上前劝阻。

槐树人道："哎呀，难道上人想劈山开渠，引水入丹成？"

王禅点点头说道："不错，那司雨官只顾自个逍遥，推三阻四地不肯降雨，难道我等眼看着这里的百姓遭难吗？"

白圭担心王禅触犯玉人门律条，也阻止道："王禅，你可想清楚了你这样做的后果，这头脑一热就干出来这等与玉人门大逆之事，这不明摆着与玉人门作对吗？"

槐树人也劝说道："是呀，你没有听那司雨官说吗，既然是玉先生圣谕，你这么干的话，就是一意孤行、逆天而为，这可是犯大忌呀！"

几位正在说话间，突然从深沟里响起三声大炮声，一阵白烟滚滚而来，几位同时一愣。待白烟过后，一位大侠客走到王禅面前规规矩矩地施礼一番。完毕，那侠客上前说道："王禅上人，我就是这峻岭之中隐居的侠客，你这样何为？眼看着就将这丘陵劈开，你想过没有，劈开这些丘陵后这里不是又铲平了一座峻岭吗？"

王禅还礼说："这又如何呢？难道这峻岭的存在，比百姓的死活还重要吗？"

侠客再次施礼说道："上人有所不知，这些年来民间有各种各样的理由将一座座峻岭铲平。这样下去要不了多少年，这里就是一马平川的平原啦。到时土地官变性，万物失去生存的地方，这不是一样悲哀吗？"

一席话引得王禅沉思片刻，而后说道："没有了峻岭，万物生灵可以去别的大山和峻岭，他们可以再寻生存之道，可这里的百姓不能离开这里，因为这里是他们祖祖辈辈生存的地方，不能因为这干旱，百姓就要舍弃家园啊！要真是那样，我相信，咱们这些身为百姓敬仰的上人，怎么也不会心安理得啊！大侠您说是也不是？"

侠客又说："嗨，这土地干旱，听说是玉人门有圣谕，那你为了引水入丹成，就劈山开渠，这样做难道不是故意和玉人门作对吗？"

侠客一席话，白圭和槐树人都点点头，王禅却说："大侠啊，无论怎样，我觉

得百姓都是无辜的。这个时候，玉人门或许认为就是应当有人出面，有人得付出一些来搭救这些无辜生命啊。"

侠客说："那好，你身列上人之班，我乃小小的侠客，你既然执意要劈山开渠，我也不好阻拦。这一切后果你就自己承担吧。"

王禅无奈地说道："百姓有过，令其知过改过便是，何必施以酷罚。水乃万物之源，断之何以为生？"

侠客徒然叹气，转身离去。王禅见侠客离去，即刻毫不犹豫地继续挖山，半天工夫真的是山摇地动。这时，突然一阵阴风迎面而来，随着阴风袭来，王禅意识到有高人攻击，喊道："何方神圣？"

一阵阴风过后，就见一位畸形人出现在王禅面前，其人身段和面容形似蟒蛇，但浑身上下俨然一副金甲武士。金甲武士二话不说，就与王禅杀在了一起。槐树人和白圭都大吃一惊，槐树人喊道："啊呀，此不是人称蟒蛇的上人吗？"

白圭也说道："就是他，功力了得啊！"

峻岭上，蟒蛇上人与王禅的激战，已经是难分难解了，他们一会儿打到了峻岭之上，一会儿又打到了山谷之中。

王禅一边打一边问道："王禅与大侠有何冤仇，你这不分青红皂白一照面就打了起来？"

说话间，白圭和槐树人也赶来。白圭上前说道："王禅啊，你可不要轻视这大侠，他叫金甲蟒蛇上人，比我的岁数都大，其功力也相当厉害。"

王禅急忙施礼问道："不知来者何意？为何见面就打打杀杀？"

畸形人问道："你就是王禅吧？"

王禅说："在下便是。"

畸形人说："你成为上人之前，经常路过此地采药。那时，你心地善良，不肯伤害无辜生灵。而现今你已成上人数载。听说，你也为民间做了不少的好事。可现今，你为何变得如此狠心？"

王禅面色陡然不悦，问道："噢？不知上人所指何事？"

畸形人说："你难道不知道？我们就是依靠这些已经为数不多的峻岭生存吗？看你那架势，是不是想把这一座山包移去啊？"

王禅点点头说："不错，我正是想把这一座山包移去啊。"

畸形人怒问："这是为何？"

王禅笑着说："金甲上人啊，我已看过地势，如果把此一座山包移去，就离那偌大水源近了一些，这样，距引水入丹成就近了一步，别无他意啊。"

畸形人哈哈大笑，说道："难道你没有看见，此山包后面还有山包吗，你难道要把这些山包都移去不成？"

王禅点点头说道："那就日复一日，不把这救命的大水引到丹成，绝不罢休。"

畸形人转身看见了白圭和槐树人，喊叫说："老白圭，我来问你，把外地水源引进丹成是你的馊主意吧？"

白圭急忙施礼说道："蟒蛇上人啊，你是知道的，我这洺河是一条仙河，它虽然缺水，但始终不会干枯到府邸，因此，我是不会建议劈山开渠引水入我这洺河的。"

王禅立刻说道："蟒蛇上人啊，你就不要错怪其他人了，我王禅劈山开渠，是我王禅自个的想法，那也只是为了一方百姓啊。"

畸形人问道："你为了一方百姓，就可以把我们这些无辜赶尽杀绝？请问王禅，你这到底是什么上人？难道是沽名钓誉！"

王禅说道："蟒蛇上人啊，王禅根本就没有杀生之意，上人何出此言？"

畸形人说："这些年来，民间先后将山包丘陵一座一座地铲平，他们每铲平一座山包，我们就有无数生灵无家可归。现今，这些山包已经为数不多，你还将这些山包移去，不是将我们赶尽杀绝，又是何意？"

眼见惹得对方发怒，王禅说道："上人不必担心，王禅原本是将这大山整体移去。我计划，它们无论是到了哪里，还是一个整体，那样是不会影响生灵的。"

畸形人一愣怔，问道："果真如此？"

王禅点点头说道："果真如此，一点也不会浪费土方，把整个山堆积原貌，请上人放心啊！"

畸形人无奈地说道："最好是这样，不然我们将与你势不两立。"

王禅说道："上人你就瞧好吧！"

（二）

王禅在丹成徒手移动大山，这么大的动静，哪会不惊动左右啊。再看那玉人门灵霄宝殿上，玉先生和一班上人正端坐大殿，满朝文武一班上人都在饮酒作乐。

突然，一位大将跑向大殿喊道："报！启禀玉先生，那王禅正在发疯，将丹成一带的小山包一座一座向外地移去。"

满朝文武闻听这事都是一惊，玉先生问道："那王禅为何要移去山包？"

大将说道："启禀玉先生，他是为了引外地之水进入丹成啊。"

这个打压王禅的机会金星怎肯放过，急忙上前说道："啊？他王禅想干什么，他眼里还有没有玉人门？他这不是公开与玉人门对抗吗？"

眼看着金星一席话，就要把王禅推向风口浪尖，这时陀天天王急忙上前说道："启禀玉先生，我看这王禅不是与玉人门对抗，而是在帮玉人门。"

玉先生闻听此言，问道："噢？此话怎讲？"

陀天天王说道："玉先生想一想，那王禅为了谁啊，还不是为了百姓？请问玉先生，这天下的百姓哪一个不是玉先生你的百姓，你难道就忍心眼看着丹成的百姓遭难？"

听到陀天天王替王禅说话，金星说道："强词夺理，这百姓今天冒犯司雨官，明天就有可能冒犯玉人门，这样下去，还怎么得了！"

没等金星说完，玉先生摆摆手说道："陀天天王所言不虚啊！"

接着又说："那太白所言也对！今日议事到此，大家退去吧。"

另一边，玉先生急忙传令道："来呀，快去请修造大人鬼斧神工进殿。"

不大一会儿，鬼斧神工两位上人来到大殿。鬼斧神工见到玉先生，急忙上前施礼问道："不知玉先生有何吩咐？"

玉先生说："二位爱卿，天下人都尊称二位是鬼斧神工，今天请二位来是想请二位帮帮玉人门啊。"

鬼斧神工同时施礼问道："玉先生何意？"

玉先生说："今天朝事，陀天天王说天下百姓都是玉人门的百姓，可金星说百姓无故冒犯上人司雨官也是大事啊。"

鬼斧问道："那玉先生是何看法？"

玉先生说："所以，玉人门想请二位下山一趟去帮帮玉人门。"

神工问道："如何帮？请玉先生吩咐便是！"

玉先生在鬼斧神工二位耳边密语一阵，完毕，鬼斧神工悄悄地离开了玉人门。

（三）

鬼斧神工在玉人门领了密旨，悄悄地到一座山岗上找到了王禅，亮明了身份和来意。王禅急忙上迎，不知道他们用什么办法解决引水问题，只愣愣地看着二位上人。

突然，鬼斧神工展开了图纸，勾画了挖掘引水渠的蓝图。然后指引众人一起动手，投入到挖掘修造水渠的工程中。由于投入了大量人力物力，很快就初见水渠雏形。

这时鬼斧对王禅说道："王禅啊，你不要担心你的举动是在冒犯玉人门啦，玉先生已经私下给我们说，天下的百姓都是玉人门的百姓。"

听到这话，一旁的白圭问道："玉先生既然知道天下的百姓都是玉人门的百姓，那还为啥颁布圣谕不让降雨啊？"

神工说："可玉人门教化一些莽撞行事的人，也必须用些手段啊！"

就在鬼斧神工劈山开渠即将成功的时候，察言观色的丹成司雨官发现了玉人门的动向就不请自到。

白圭看见司雨官，挖苦道："噢？你来干什么？难道你这司雨官有了恻隐之心？"

司雨官抱拳说道："我身为一方司雨官，那也是享受了民间香火，岂能绝情百姓？"

白圭瞪着眼说道："噢，那就是吃人嘴短、拿人手软呗，这享受百姓的贡品，不给百姓降雨，这不是白吃白拿吗？"

槐树人接着说道："对，此等下场就是与榆树人一样的罪恶。"

司雨官急忙问道："二位，那榆树人是个什么罪恶？"

白圭说道："用手段欺骗人钱财，不给人办事！"

槐树人补充道："还不收手，继续伪装！"

司雨官问道："此罪有何惩罚？"

白圭摇晃着脑袋说道："常年大病缠身，吃药无效。"

槐树人说："久治不愈，痛苦难熬。"

听到这些因果报应，司雨官慌忙说道："啊？在下即刻降雨就是！"

司雨官说罢，一转身正好看见天上即将云集大量雨水云，就急忙准备炮仗催雨。随着雨水云的到来，司雨官赶紧向天空放催雨炮仗，转眼间天上乌云密布，顷刻间偌大的雨水已把水渠灌满，大水滔滔不绝地流向了丹成。

鬼斧说道："哈哈，水到渠成！水到渠成啊！"

王禅再次向鬼斧神工施礼说道："上人爱心，民间不忘，王禅替百姓谢过了！"众上人皆大欢喜。

第五十四回　月忌日蛇山练功　小山官无奈搬兵

（一）

鬼斧神工与王禅一同完成了移山引水，自然也就解决了丹成的旱情，至此，鬼斧神工算是完成了玉先生秘密交付的任务。二位正准备返回玉人门的时候，王禅请求二位逗留一时。鬼斧神工见王禅行为正直，就应允留下，跟随王禅到了黑河岸边的王禅阁附近，此时那王禅大桥还是一堆废墟。

王禅说道："不瞒二位上人，此大桥原本是我目睹了百姓淹死河中，就斗胆参照简易桥梁修建的。可自从濮三煞将此桥摧毁，仅凭我的功力和一点浅薄水平，再也无法修复。这眼看着百姓过河着急，我几次试探着重修大桥，根本就破解不了纵横交错的废墟，因此大桥至今没有修复。"

见此情景，鬼斧说道："王禅啊，这大自然的修修补补，就是我们的分内之事啊，你就不必客气了。"

神工也说道："请调集人手吧，只要有人手干活，大桥很快就好。"

按照鬼斧神工的安排，土地官即刻招来了大量百姓参与修建大桥。大桥在鬼斧神工亲自出马指导下，在很短的时间内就修复完毕。两岸的百姓见到大桥又神奇地修复完好，欢声笑语不断，云集到了王禅阁，给王禅烧香磕头不止。

这百姓可谓是双喜临门。他们认为，先是向王禅求雨，这神奇的大雨就下了个够；而今，这大桥也是在不知不觉中修复完好，两件事合在一起想，只说明丹成的王禅爷显灵了！为此，人们称颂了好一阵子。

花开两朵，各表一枝。

话说暴徒门虽然在天府山惨败，但四海之中谁都明白，天府山大败，根本没有伤到各个暴徒的一根汗毛，只能说是一哄而散罢了。

就在距天府山不远的地方有一座蛇山，山上有一处秘密的洞穴，而就是这么一处洞穴内，正在密谋着一场可怕的阴谋。洞穴内的主人不是别人，正是暴徒门军师月忌日。此刻，暴徒月忌日已经元气大伤，不愿意与外界来往，就躲在蛇山的一处洞穴内闭目打坐。其实，在养精蓄锐的同时，月忌日还演练了一些奇异的功法。

这一日，月忌日正在洞穴内打坐，洞穴外突然一阵风，进来了一个叫三黄的恶人。

三黄急匆匆跑到月忌日跟前说道："启禀军师，今天洞内就剩下了一位孕妇，如不及时下山再捉些孕妇，恐怕你这阴功习练，就要受到影响了。"

"三黄，你小子可不要蒙骗本座。"

"不敢不敢，三黄哪敢蒙骗军师您呢？"

"本座算定，这孕妇还有三位，你咋说就剩下一位啦？"

"这这这，这……"

月忌日怒道："这这什么？快说实情！"

"是在下用了两位。"

"什么？你用两位干什么去了？"

"在下见军师习练这阴功好生了得，俺也就，就想练一下看看如何。"

月忌日恼怒极了，骂道："你这个该死的三黄，竟然在背地里偷偷习练本座的阴功，看我不把你宰了！"

月忌日一边大怒，一边就要运功。三黄可吓坏了胆子，急忙跪地求饶道："军师有所不知，那在下为何要习练这阴功？就是因为前天去捉孕妇时，竟然被那家的一条狗给咬伤了。回来时，见军师正在练功就不敢打扰。在下一时生气，叹自己的本事太小，也怕耽误了军师交办的大事，就学着军师练功。哎，这练功也是为了下山多多捉些孕妇。我这还不都是为军师着想吗？"

月忌日一听，更加恼怒道："你这堂堂地头蛇霸主好汉，怎么就对付不了一条狗呢？"

三黄摇摇头说："不瞒军师，像我这种玩意，对付一些吃斋念经的还好，要是遇见了那些眼观六路的，我就没有能力去对付他们了；要是遇见了四条腿的恶狗，就更是技不如狗啊！"

"哦，原来你是个吃软怕硬的东西呀！"

"所以军师啊，你别看我平日里耀武扬威，那也只能在自家门前，但凡在外面惹事，吃亏的都是我呀！我要不习练一些功法，这今后要给军师办事的话，岂不白白下山送死！"

月忌日听完三黄的诉苦，认为也是情理之中，就不再追究他了。

（二）

这一日，王禅在不知不觉中到了虎头岗，信步漫游着。走着走着，虎头岗上的土地官出现在了王禅面前。王禅正在诧异之际，土地官急忙上前施礼说："虎头岗土地官参见鬼谷子上人。"

王禅问道："土地官，前一段我劈山开渠，引水进入丹成，把丹成方圆的丘陵峻峰都移去了外地。听说此举影响了不少生灵，不知你这虎头岗有没有受到影响呢？"

土地官点头说道："多少也受到一些影响，不过并无大碍。"

王禅问道："这虎头岗上现今还有没有蹊跷的灾害？"

"没有没有，只是前些日子，天气大旱的时候，给这里的万物生灵带来了些危害。"

"嗨！看来那一场灾害影响很广啊。"

"不过，这里前前后后比丹成一带多了几场雨呀。"

"哦，这就是天象异常，这路东下雨路西晴啊。"

"是是是，天气就是这样，像这虎头岗上，过去的一段时间里，就是这里下了几场大雨，而丹成一带还是烈日炎炎。"

二位说话间，王禅突然看见虎头岗上的丘陵也已经铲平，还看见不少百姓在平整高坡、修建房屋。

王禅问道："土地官，这里的百姓也在平整高坡、修建房屋吗？"

土地官说："是呀，这里自从没有了老虎，百姓就在虎头岗上面集会买卖，好不热闹。"

王禅说："看来老君和天地府的天地爷说得对呀，丹成一带的土峰一旦被铲平，方圆的金、木、水、火四座高峰也将不存。"

"是是是，现今的天地府方圆也基本铲平了，都是百姓在修建房屋、开垦农田、集会买卖时所为。"

"噢？不知天地真君现今如何了？"

"嗨，他倒是自在，每日里在上房闭关打坐，从不出门啊。"

次日，王禅来到了老君山上，他见到一块彩色的巨石，瞬间就想到了当初的奇遇。王禅近前观看，知道就是此奇怪的巨石，曾经帮助他悟出来了很多的法术。他想着想着，就走上这一处巨石。他不敢忘记，就是这巨石的力量，使他开悟道法，他知道这绝对是一块不寻常的巨石。

王禅想到此，急忙在巨石之上就地打坐。刚刚坐稳，耳边突然就响起一位老者呵呵的笑声。

王禅闻听笑声先是一愣，问道："你是谁？"

就见老者上前，用手中拂尘敲了敲王禅脑壳，微笑着说道："怎么了王禅？你这岁数一大就忘事不成？"

老者说罢大笑。王禅急忙站起身，施礼说道："岂敢岂敢，王禅见过老人家！"老者笑道："呵呵呵呵，老人家？看你也是一把胡须啦，你现在也是老人家了吧！"

王禅笑道："是呀，这不知不觉，我也已经过百了啊！"

此时就听老者说道："王禅啊，你可知道你那劈山开渠一事，也是利弊并存啊。"

王禅问道："此事老人家也知道了？"

老者笑道："你王禅搞出来这么大动静，哪个不知、哪个不晓啊！"

王禅自己也意识到了大地的变数，说道："都是我一时着急，不顾后果，惊动了左右，那也确实是为了一带百姓啊！"

老者说道："不是为了一带百姓着想，你以为你可以真的把一座一座的丘陵都轻而易举地移去外地吗？恐怕呀，那四海就是翻江倒海也做不到啊。"

"噢？有这么大的事？"

"见你劈山开渠，实在是为了百姓，后来我们几个老头就合计一下，干脆就把丹成一带划为富饶的平原算了。所以啊，才没有人出面阻止你移山啊。"

王禅恍然大悟道："原来如此！"

老者又问："王禅，听说你近日还在不断地修佛？"

王禅说："老人家，你看那白丹龙，他成了佛家弟子以后就是很有成就，且僧家讲究因果报应，弟子就感觉到修来不错，就……"

老者笑道："你的根基来自道家，又对佛家有了这么深刻的认识。那今天老夫还有一套超常规魔术障眼法拉起板凳当神马、拉起绳索当神龙的本事，你可愿学乎？"

王禅闻听老者此言面色大喜，连声说："愿意愿意，请老人家赐给弟子学业。"

老者哈哈大笑。

（三）

夜晚，蛇山下的一个村落，正在发生着一起惊天罪恶，而这起罪恶，是为另外一起罪恶服务的。在民间，一些来自民间的罪恶就足以使老实巴交的百姓束手无策啦；可要是这罪恶来自暴徒门，谁还可以躲过呢！此刻，三黄为了执行暴徒月忌日的指令，正在村内肆无忌惮地公开作恶！

他带领一帮狂徒，正在村内强抢无辜孕妇。三黄所到之处，尽是百姓叫天天不应、叫地地不灵的哭天喊地，一时间村内乱成了一团。常言道，粪堆还有一口气呢。被逼急的百姓忍无可忍，自发地团结起来抵抗邪恶的三黄。有百姓敲打着铜锣喊道："快来人啊，蛇山上的畜生又来抢人了！"远处的人们听到了喊叫，就陆陆续续向铜锣震响的地方跑去。

众村民各自手拿农具，手持火把，从四面八方冲来。这时，已经强抢成功的三黄目睹这阵势，惊慌失措，赶紧放弃抢到手的孕妇，领着一群狂徒仓皇逃窜。人们见到恶人逃走，胆大了许多。

就听有村民说道："乡亲们，这蛇山上的畜生，总是在周围村落强抢孕妇，现今，不知已经有多少孕妇死在蛇山。看来，我们必须得想个办法才行啊。"

"有啥办法可想？我们只好夜夜灯火通明地防守了。"

"那这样下去，也不是长久之计啊！"

"那咋弄？总不能看着村内的孕妇，一个一个都被畜生抢走吧！"

"要不，咱明天就去求山官如何？"

大伙认为这话在理，都喊叫着："就是就是，我们年年供奉那山官，就是叫他保我们平安的！"

这个时候，畜生虽然离去，可众人都不敢回家睡觉，他们都害怕，万一大伙分开了，会不会就被畜生一个一个吃掉呢？

话说黑河岸边王禅阁，蛇山山官已经来到此处。那槐树人不知来者何意，就上前使坏。山官正在前面行走，一不留神扑腾一下被绊倒在地，当即摔了个五体投地。

槐树人哈哈大笑道："这不是蛇山的山官吗？"

山官急忙站起，上前施礼道："打扰槐树上人啦，我前来是有求上人啊！这蛇山有点麻烦事，想烦劳上人。"

槐树人说道："何必客气，我们同为地方小吏，靠民间贡品俸禄，有何事尽管说来。"

山官说："上人有所不知，我蛇山出了个害人的暴徒。那家伙天天夜里到山下百姓家中强抢孕妇！"

槐树人吃惊问道："什么？畜生强抢孕妇何用？"

山官说道："前不久，蛇山来了一个叫月忌日的暴徒，竟对外谎称自己名叫五黄。"

槐树人诧异地问道："那他为何要张冠李戴？"

山官说："因为他是用孕妇腹中的胎儿练功，可能认为作恶太大，也可能是想嫁祸于人吧！"

槐树人吃惊地问道："啊？什么，他们竟然用孕妇腹中胎儿练功？"

山官点点头说道："是呀，手段极其残忍！将孕妇开膛破肚，吞噬婴儿以长其功。"

槐树人大骂道："世上竟有这么恶劣的玩意？"

山官说："槐树人上人啊，确实如此啊！可恨的是，这么恶劣的行径就发生在我们蛇山之上啊！可怜我功力有限，根本无法制止这些恶魔，所以前来向上人求助啊！"

槐树人说道："看来，这些狂徒着实可恶，不过如你所说，本上人也没有能力去对付他们啊！"

听到王禅阁的上人有所推脱，山官无奈地叹气。

第五十五回　木板凳化为骏马　月忌日败走蛇山

（一）

蛇山山官原本是来王禅阁搬救兵的，可他没有想到，这槐树人竟然推三阻四，他实在拿不准王禅阁到底能不能帮助蛇山平乱。

山官又试探地问槐树人："我看上人就不必推辞啦，那天下谁人不知，这王禅阁向来是有求必应啊！那既然是百姓前来祈祷，上人都可以给予帮助，我好歹也算一方诸侯，也算是小小的头吧？那我今天前来祈求，上人难道就不给一点面子吗？我们那里的百姓啊现今已经是家家自危，孕妇人人如坐针毡啊，百姓已怨声载道了，就请上人出手相助吧！"

槐树人为难地说："唉！就和你们说实话吧，王禅阁有求必应不假，那都是一些鸡毛蒜皮的小事，那要真是遇到一些降妖除魔，或者瘟疫天灾之类，那还得王禅爷他老人家亲自出面才行啊！"

山官又向王禅雕塑抱拳一通，说道："所以啊，槐树上人，我们就是想请出这王禅爷啊，哎，咱可没有看不起你的意思。就那暴徒月忌日现今的功力，像我等这样的小人物，一大堆加在一起也不是那家伙的对手啊。你说现在我来了，要是一高兴把你槐树人请了去，那不是要了你命吗？"

槐树人说道："那好吧。我自己几斤几两清楚得很，我可不会逞那能，自找没趣。既如此，待我请王禅爷回来议事，不就得了吗？"

槐树人派人去请王禅。王禅在几位面前刚刚站稳脚步，山官就急忙上前施礼，喊道："拜见上人！"

王禅摆摆手说道："不必客气啦，你我同为道友，何必如此啊。"

山官说："上人啊，我们同为上人不假，可王禅爷乃上人之班，我等乃小民之体呀，根本没法比呀！王禅爷，我今天前来拜访，实有大事相求，全是为了蛇山一带百姓死活的大事啊！"

王禅说道："山官不要着急，蛇山百姓到底怎么了？"

接着，山官就把月忌日怎么在蛇山作恶的前前后后讲述一遍，王禅即刻拍案大怒："这还了得，趁着现在天色还亮，我们务必将他们铲除，以免这些恶魔夜里又去害人啊！"

这时，一旁的槐树人提醒王禅道："王禅爷，您要当心啊！"

"当心什么？"

"刚才，听他们说，那蛇山的恶魔到底是五黄呢，还是月忌日呢？你这连是谁都不知道，怎么和人打架啊，是不是？所以您得当心一些啊！"

"无论是谁，他们都该死！"

"可它们这些恶魔，都是功力强大得很啊。"

"槐树上人不必担心，请你把王禅阁的事务尽力办好即可。"

槐树人就拍着胸脯说道："放心吧，这王禅阁事务，在下理应尽力。"

王禅点点头，转身说道："山官，我们尽早走吧，免得夜长梦多啊。"

（二）

此时，蛇山洞穴内，月忌日正冲着三黄大发雷霆，三黄在一边瑟瑟发抖地说道："军师啊，也不都是小的无能，军师你是没有看见啊，当时那村内啥情况，一人敲锣，瞬间就涌出来了几百号人啊，他们个个手持火把，手里都捎带着家伙，那场面真是吓人啊！"

月忌日厉声骂道："混账东西，你说你堂堂一个恶霸，连一群普通百姓都奈何不了，真是个废物！"

三黄说道："军师啊，在下也没有想到，那些普通百姓当中，真的也有不少凶猛之人啊，他们厉害得很呐。"

月忌日问道："那你为何不和他们练习两招？你不知道吗，再凶猛的普通百姓，一旦见了你凶恶的原形和龇牙咧嘴的样子，他们没有不害怕的。"

三黄睁大眼睛问道："练习两招？"

月忌日说："你如果在人群中突然变成了一条张牙舞爪的大恶霸，难道人群不被吓跑？"

三黄闻听大叫："吓跑？我要现出来了原形，他们会一窝蜂地把我乱刀砍杀的！"

三黄的话可气坏了月忌日，当下怒吼道："什么？一条凶恶的疯狗，吓不跑普

通百姓？"

三黄狡辩地说："这事，搁到过去还可以，那过去他们这些凡夫俗子，见了我黄霸主都抱头鼠窜，可现今已经不一样了。"

月忌日问道："有什么不一样？"

三黄说："这些年，这些凡夫俗子好像都有了胆量，他们见了我等牛鬼蛇神，好像都有了自卫意识啊。"

月忌日不解其意，问道："啊？那你后来，没有把我的真实身份透露给他们吧？"

三黄不知月忌日何意，便说道："他们都知道你是五黄，没人知道你是军师。"

"他们？他们都是谁？"

"就是山官那个笨蛋！"

"山官？那他现在在哪？"

"一般情况下，他都在土地官庙。"

"走，前头带路。"

"干什么去？"

"我去宰了他！"

"啊！宰了他们有何用？"

"他们知道了不该知道的事，我要他们就知道这么多了！"

三黄说："那，那也不能宰了他呀！"

月忌日怒道："少啰唆，不然连你一块宰了！"

三黄在月忌日的挟持下，只好战战兢兢地带路而去。

（三）

王禅一行刚刚来到蛇山，就被暗中监视的三黄发现了。三黄一见山官，便面带愧色地暗自嘀咕："你也是的啊，月忌日急着寻找你，你还不赶快逃走，还又带来了一位送死的，你说你冤不？"

月忌日很快发现陪同山官的还有一人，仔细一分辨，此人是那鬼谷子王禅无疑。月忌日一见王禅分外眼红，但表面却装得不慌不忙。这时，一旁的三黄早已吓得浑身发抖。月忌日对三黄说道："三黄不必惊慌，这儿有我呢，你怕什么？你只管去将手下大小喽啰集合起来，带领他们去把那山官笨蛋宰了即可，这王禅就由我来对付。"

三黄急忙摇头说道："启禀军师，我手下大小不过数十，他们那些玩意，平日里就知道享受，根本没有能力去对付山官啊。这会儿集合他们这些垃圾有何用啊！"

月忌日怒道："如此说来养他们何用？"

三黄委屈地说道："那他们一个一个的都不愿走，这要是论能力，他们是狗屁不如，可就这他们还是嫉妒和眼红在下。"

月忌日不耐烦地说道："你去传我的令，就叫他们冲上去，到时，无论他们谁宰了谁你都是受益者，快去！"

三黄摇头说道："唉！现在就是他们一帮全部出动，也不是人家山官一个的对手啊！"

尽管有些怨言，三黄还是传达了月忌日的命令。就这样，一帮小喽啰被三黄集中在了一起。三黄一声令下，小喽啰一个个不知深浅，拼命地冲向山官。

这时，山官也开始进攻了。就见山官一跺脚，瞬间就把山石震得乱飞。山官手持兵器一闪身，冲向了一帮小喽啰，一时间，山官一个人就与一帮小喽啰杀在了一起，山官斗了一个来回，地上便是一片死尸。月忌日看出小喽啰全力围攻山官，可总是被山官斩杀。看着看着，他眉头一皱，露出了阴险的神情。

远处的王禅也在观望打斗现场，他转身问山官道："怎么没有看见暴徒月忌日呢？"

山官手指上面说："王禅爷你看，上面坐的是哪个？"

王禅抬头看去，见化装成五黄模样的月忌日，此刻端坐一条大板凳上，正在一边饮酒一边观望。王禅看见了板凳，即刻面色大喜，说道："坐在板凳上的这个暴徒是五黄，怎不见月忌日在哪里？"

山官观望后说道："我们也搞不清楚是咋回事，这冷不丁的一会儿是五黄，一会儿是月忌日的，变来变去，我这法眼能力差，分辨不准啊！"

这时，变化成五黄模样的月忌日洋洋得意地看着王禅，他坐在板凳上，一边喝酒一边嘟囔着什么，突然大声喊道："嗯！山下那位该死的玩意，你是王禅吗？"

王禅听到喊叫，一步一步地走近月忌日，说道："你这暴徒，就是你小子祸害方圆百姓的？"

"什么祸害百姓？那是这些百姓奉献大爷我练功啊！"

"你这暴徒，利用孕妇胎儿练功，每每一尸两命！这么恶毒的手段你也

忍心？"

"哈哈王禅，你是上人，我是黑道，我要是有了你那慈悲心肠，我就不是黑道啦！难道你不知道我们生性歹毒吗？"

"看来，你今天是要坐着死了？"

"那就看你有没有这个本事啦！"

月忌日说罢，即刻扔下酒坛开始运功，使用超常规魔术障眼法，瞬间就见满山遍野出现了不少蛇首人身的魔怪。

这些家伙，一边吐着舌头一边龇牙咧嘴，一个个冲向王禅，王禅大吃一惊说道："五黄暴徒，这多日不见，你又习练了这么歹毒的超常规魔术障眼法？"

月忌日大笑道："哈哈，今天就是叫你领教一下爷的阴功！"

"噢，原来你祸害这么多孕妇，就是为了习练这个歹毒功法？"

"来吧，上前领教一下这功法的滋味如何！"

王禅看着月忌日坐的一条板凳喊道："你这板凳，可否叫老夫坐上一坐？"

月忌日笑道："哈哈，我就用这板凳送你上路吧！"

说时迟那时快，月忌日伸手抓起板凳，猛力砸向了王禅。王禅急忙闪身的同时，一把抓住了板凳，随即跨在板凳上。就在王禅跨在板凳上的瞬间，那板凳即刻就变成了一匹高大的神马。那神马嘶鸣着腾空飞跃，转眼间就冲向了月忌日使用的障眼法。神马一边嘶鸣着，一边四蹄翻飞，瞬间就将蛇山上下踏了一遍，但见神马所到之处，只留一片尸体。月忌日一惊，惨败而逃。

王禅收起超常规魔术和道具，唤来山官。山官上前诧异地问道："王禅爷，你刚才那神马哪里去了？那神马怎么说来就来，说无就无啊？王禅爷，你刚才那法术，是不是传说中的拉起板凳当神马的法术啊？哎，这世上还真有这样的法术？好生了得啊！"

山官正在激动，王禅说道："少安毋躁，还不赶快去山中寻找一下，看有没有幸存的孕妇，如有赶快把她们救出来。"

山官听到吩咐，急忙展开一阵寻找。就在一个角落里，找到了一位还没有被开膛破肚的孕妇，不过此时那孕妇已是胆战心惊。

这孕妇突然见到山官走进来，不知道来者是山官，浑身发抖，惊恐地喊道："求求你们放过我吧，我现在可是一尸两命啊！我发誓，等我生下了孩子，就自愿来服侍你们，啊好不好？求求你们啦，求求你们啦！"

这时，山官说道："哎呀，你搞错了，我不是畜生。不用怕，我是个好人，跟我走吧，是那王禅爷打败了畜生才救了你。"

孕妇一愣，惊恐地问道："你不是畜生？"

山官急忙说："刚才不是说了吗，吃人的畜生已经被王禅爷赶跑了，我是这蛇山的山官爷。"

孕妇吃惊地问道："啊？是你救了我？"

山官急忙摆摆手说道："唉不不不，你咋就听不明白呢，不是我救了你，是王禅爷救了你，赶快走吧。"

山官带着幸存的孕妇走出洞穴，到了王禅面前。孕妇见到王禅，扑通一下跪倒在地，一个劲地叩拜。

王禅说道："这位大婶，你赶快回家去吧，你家里人还在挂念你呢。"

孕妇还在磕头不止，王禅说罢悄然转身，不见了踪影。

第五十六回　除暴徒蝎子山中　剿红黑毒蝎大王

（一）

　　一日，王禅信步走到一处叫蝎子山的地方，这个地方，原本是王禅在前夜奇怪的梦境中梦到的地方，如今到此只是半信半疑。起初他不知道这世上有此蝎子山，更不知道这是一个什么地方，就漫无目的地信步游荡至此。到了山口，抬头看见了山口有一块石碑，石碑上真的刻写着"蝎子山"三个大字。王禅看着石碑心中咯噔一下，不由自主地徒步进入山中。走着走着，他突然感觉到这山中果然有凶险异样，就加倍小心。再向前走，眼前开始有了弥漫的妖雾。突然间，王禅想到了梦境，急忙再次查看着周围山色，一脸诧异。

　　远处的山坳里，突然传来了令人毛骨悚然的阵阵尖叫声，这尖叫声，乍一听似有万箭齐发的埋伏，还有吸人血骨的凶恶嘴脸。这是怎么啦？难道是暴徒又在设计陷害吗？王禅想到此，即刻警觉地观察了四周，果然见这里有很多的煞气。这时，王禅再次查看那块石碑，突然见石碑的四周似血迹涂抹。王禅暗想："难道那梦境中的蝎子山是真？难道这蝎子山中又起祸端不成？"

　　既然是碰上了，王禅绝不会后退半步，继续前行。果不其然，他眼前突然出现了一只偌大的蝎子，那只蝎子极其傲慢地拦住了王禅去路。王禅面色一惊，仔细看了看这蝎子，见它原来是一个长相奇特酷似蝎子的畸形人。只见此人刻意装扮成一只可怕的蝎子，浑身上下红得发紫，个头也恰好对称，乍一看就像一头小猪，普通人一见此物，无疑认定它就是一只红蝎子精。

　　就见那蝎子似乎想着先发制人，慢慢地试探着向王禅靠近。见此情景，王禅大喝一声道："什么人，怎么挡在老夫面前？"

　　这红蝎子一下子站起身来，说道："你这老头，是不是要找回你家儿子啊？"

　　"你说什么？"

　　"瞎打听啥，瞎打听啥，啊？还问我话？哎，这要是没有两把刷子，就敢冷不丁地拦你去路？你这老头，脑子是叫驴踢了咋的？看你一点也不紧张的样子，真是个傻样。快滚吧，我小红不愿意伤害人。"

"你叫小红？照你这么说，你是有团队喽？"

"是呀，我就是你家小红爷爷，赶快离开吧，要是被大王他们发现了，唉，别说想要回儿子，就连你的小命也保不住了！"

王禅愣了愣神。那蝎子见王禅不肯走，就不干了，哇呀呀地怪叫一阵，紧接着就噌地一下手拿着一对小铲刀，威风凛凛地拦住王禅说道："爷已经说过了，我不想伤害人，可你非要前往送死，哎，这送死是好玩呢还是咋的？你要前往送死爷不拦你，可你知道，此一去，那大王势必怪罪爷没有看好山门，到时免不了对爷的惩罚啊！"

蝎子的一席话提醒了王禅，他灵机一动，说道："我说小蝎子老弟，你刚才说我的儿子在你手中？"

蝎子小红瞪眼说道："什么小蝎子，叫我小红大爷！"

王禅微笑，说道："好好好，那小红大爷，你刚才是说我的儿子在你手中？"小红说道："你儿子不在我手中，他在大王手中。哎，我说老头，你可不要前去送死呀！"

王禅顺势问道："我去要回儿子，怎么会是去送死呢？"

小红气急败坏地摇摇头说道："哎老头？你这是在此装傻呀，还是充愣啊？你是不知道吧，这山中有两个大王，他们一个比一个厉害。大王是方圆有名的黑蝎子，二王是威震八方的红蝎子。谁要是惹恼了他们二位，可不得了啦，他们一旦发起威风，能将方圆百里的活人血吃光吃净。再说这山中，秘藏有大小喽啰上万，他们都学会了吃人血。你说你要是上去了，就是每人舔你一下，恐怕到时你连一根汗毛也找不到了啊。"

王禅吃惊地问道："啊？这些狂徒都吃人吗？"

"哈哈哈哈，不吃人？不吃人抓你儿子干什么？唉，我看你是真的傻！"

王禅又问道："那老夫今天就在你面前站着，你为何不吃老夫，相反，还劝老夫离开呢？你这走的是什么路数啊？"

小红摇摇头说道："哦，不瞒老头，前不久我去外地云游，在一座岛上，见一位手持拂尘的老头讲道，我感觉那老头所说有些道理，特别是他讲的因果报应之说，哎，绝对是有一定道理的。你不知道啊，我小红大爷特别相信这个，所以我小红大爷不愿杀生啊！"

王禅说道："噢？那你既看破了还不就此跳出去吗？"

小红听王禅言语中带有禅意，便问道："你到底是什么人，怎么懂得道法？"

王禅笑道："呵呵呵呵，老夫鬼谷子王禅是也！"

小红闻听王禅此名，急忙问道："你说啥？难道你是那位人称王禅老祖的鬼谷子？"

王禅点点头笑道："正是老夫。"

"啊？"已经吓破胆的小红，急忙跪倒在地，连续向王禅叩头喊道："上人饶命，上人饶命啊！"

王禅说道："小红啊，你既得到了道家的指点，又不参与杀生，那老夫也不会为难你。"

听到这话小红才敢起身，急忙施礼说道："谢王禅老祖爷爷不杀之恩！"

王禅说道："我来问你，这黑蝎子和红蝎子下山抢人，都是为了什么？"

小红胆怯地说道："爷呀，他们下山抢人，是黑蝎子和红蝎子两位大王吸血练功所用啊，但凡是抢到山上的活人，最终皆成为白骨。两个大王将活人的血吸干吸净，再将尸体扔在后山，由大小喽啰分食。最后，被吃得连一根汗毛也找不到啦！"

"啊？他们竟然如此歹毒！"

"他们会有报应的！哎，得说明白，我可一次没有参与过吸食啊！"

"那现在山中有没有被抓去的活人呢？"

"刚才不是才抓去一个吗？我还以为他是你的儿子呢！"

"事不宜迟，即刻进山搭救那人！"

"什么？王禅爷爷，你不会是想一人进山就跟他们动手吧？"

"小红啊，你就放心，躲在一边，等候消息吧！"

说话间，王禅按照蝎子小红的指点，悄悄地靠近了蝎子的老巢。这时，只见黑蝎子和红蝎子正在与大小喽啰一起喝酒划拳，一边的柱子上，果然绑着一位青年男子。

此时，就听红蝎子喊道："来呀，快给那小子灌一碗酒，免得到时血液腥臭啊！"

黑蝎子也说道："快些行动吧小的们，再过几天，爷就百日期满啦。到时，就不用再劳累各位下山拿人啦。"

大小喽啰一起动手，硬是将那青年男子的嘴撬开，可着劲地向青年口中灌酒。就在这时，王禅大喝一声，即刻冲进了蝎子老巢。

众狂徒先是一惊，紧接着就都哈哈大笑。黑蝎子首先喊道："哦，原来是一个不知死活的老头啊！"

红蝎子也笑道："哈哈哈哈，这冷不丁竟然来了一个送死的，唉，这虽然年龄偏大，爷们就凑合着些用吧！"

黑蝎子喊道："来呀，快些给我绑了！"

一群喽啰手持绳索冲到王禅面前。王禅一见绳索，面色大喜，一把夺过绳索，随手掏出超常规魔术障眼法道具。再看那条绳索，即刻就变成了一条偌大的神龙，那神龙闷声吼叫的同时，已经腾飞起来。且见那龙爪似箭，腾飞起来不停地斩杀魔怪，瞬间工夫，神龙所到之处都是留下一片尸体。

黑蝎子见状，惊恐地问道："来者何人？"

王禅说道："老夫鬼谷子王禅是也！"

王禅报过名号，黑蝎子和红蝎子瞬间胆战心惊，试探着向王禅发出反击，但都险些丧命。

神龙在蝎子山上下转了一遍，已将大小喽啰斩杀殆尽。黑蝎子和红蝎子不顾老巢，狼狈逃窜。这时，小红急忙赶到被捆绑的年轻人跟前，解开了捆绑青年的绳索，并示意年轻人赶快逃跑。王禅认定小红可以培养，点头说道："小红啊，从今后要好好修行自身，还要学会爱惜百姓才是啊！"

蝎子小红急忙答应着说："一定一定，王禅爷爷请放心。敢问王禅爷爷，刚才那神龙哪里去了？"

王禅展示手中的绳索，说道："神龙在此！"

小红更加诧异地问道："那分明就是一条绳索而已，怎么到了你的手中就成了神龙？"

王禅笑道："这就是正道与黑道的不同之处，同是一条绳索，在黑道手中就是害人的工具，在正道人手中，就成了威力强大的除恶兵器呀！"

一旁，还没有逃走的青年人尚在惊恐地颤抖着，王禅知道这人是吓破了胆，就说道："小红啊，劳驾你将这位青年人送回家去吧。"

小红听到吩咐，点点头说道："遵命！"

（二）

月忌山上，在蝎子山惨败的黑蝎子和红蝎子两位暴徒，在走投无路的情况下，

急匆匆逃到了此处，投奔隐藏在山中的月忌日和太岁。太岁和月忌日见到二位蝎子前来投奔，笑脸相迎，以礼相待。

黑蝎子向太岁和月忌日抱拳哭泣道："太岁啊！军师啊！你们要给我做主啊，那王禅真是欺人太甚了呀。"

红蝎子也哭诉说："那王禅，意欲将我们赶尽杀绝，与我暴徒门深仇大恨！"

月忌日说道："两位老弟，那王禅不除，我暴徒门不安啊！"

月忌日话音刚落，众暴徒全都喊道，"王禅不除，暴徒门不安！王禅不除，暴徒门不安！"

一日，太岁和月忌日揣着仇恨，来到纹身格所在地温岭。二位到了温岭，得知此时的纹身格正在闭关研制邪恶的"鬼碧砂"毒药。纹身格不知道太岁和军师前来，其实他这么努力地配制鬼碧砂，就是急着想给二位一个惊喜。他的目的，就是帮助太岁和月忌日尽快把四海搞乱，使天下战国纷争不止，这样，他就可以看到更多的热闹。想到这，纹身格异常兴奋。

这时，一位属下跑来喊道："启禀纹身格爷，山下来了太岁爷和军师月忌日。"

纹身格感到意外，说道："啊？这些小子，算得挺准啊，那就赶快出迎吧！"纹身格一路小跑来到山口，看见太岁和月忌日，急忙上前施礼："不知太岁和军师驾到，有失远迎，请恕罪！"

太岁见到纹身格就说："纹身格老弟啊，你这一去不返，哥哥我是想你啊！"月忌日也说道："是呀老弟，你怎么能忘记兄弟感情啊！"

纹身格说道："不瞒二位，在下一天也没有忘记暴徒门的大业啊！"

太岁高兴地问道："真的吗？"

纹身格说："我冒着二次反叛的罪名，也冒着被父亲缉拿的危险，在此山中闭关研制一种新的瘟疫。到时，这新的瘟疫会助力暴徒门大业。"

太岁吃惊地问道："啊？那新瘟疫的名字叫什么？"

"就叫鬼碧砂吧！"

几位暴徒就此鬼碧砂展开了讨论，一个个都希冀着纹身格研制的鬼碧砂尽快派上用场。

一日，王禅路过五顷寺的王禅庄。他在村头犹豫着向村内观望一阵，然后徒步进了村。这时他突然发现，当年金千阁的酒坊又冒起了炊烟。他不胜好奇，暗想："那酒坊早已是一片废墟，是谁又重新开了酒坊？"

王禅慢慢地走近酒坊，见新建的酒坊竟然与当初的酒坊一模一样。目睹此景，他更加诧异，上前敲开了酒坊的门。

红袖从酒坊里走了出来，王禅甚是意外，问道："怎么是你？"

看到王禅，红袖微笑着说："是我不好吗？"

王禅无言以对，愣了半天，说道："哦，只是没有想到会是你。"

红袖说："我在此开张酒坊已经多时，就是为了等你到此喝酒。"

"到底是怎么回事？你不是回玉人门了吗？"

"哦，与姑姑回玉人门是真的，这回来重新开张酒坊，也是我的夙愿啊。"

"怎么回事？"

"这些年来，红袖在姑姑的点拨下，我业已全然醒悟。"

王禅好像没有明白红袖的意思，顺口说："噢，这么说你已人性复苏？"

红袖面色绯红，低头说道："过去刺杀苏秦，实属幼稚而鲁莽之举，红袖知错了！"

尽管红袖说回来开酒坊是夙愿，可王禅还是想知道是什么原因促使红袖下山开酒坊的。

红袖拉着王禅坐在桌案旁边，娓娓道来：

"一日，九天玄女娘娘当面向我问道：'汝之人性恢复，记忆犹新，可想重返人间？'我想到了你，满面欢喜说：'甚想！'玄女细心地看着我，故意旧话重提说：'姑姑就是想问你一事，你可要从实说来。'我说：'姑姑尽管吩咐。'九天玄女问：'那你到底是喜欢和上人打交道呢，还是喜欢和普通人打交道？'我羞着笑：'那不知王禅兄长是上人还是普通人呢？'九天玄女说：'那王禅原本是普通百姓成为上人，现今在民间自修成才，期间，又得到僧道两家的上尊秘密援助，他如今，已是四海之中独成一家的奇才。且看他生性好善，秉性正直，胸怀四海。看目前玉人门压在他肩上的担子，他应该还是在民间较多。'我算是明白了，果断地说：'那吾愿留在民间。'玄女大笑道：'姑姑早已看出你那心思。'我说：'还望姑姑成全。'玄女闻听此言就说：'那好吧，去者不留，来者不拒。将来有何变故，禀告姑姑就行。'得到九天玄女这话，我毅然走出玉人门自成普通百姓。"

王禅一时间不知道该说什么，只喃喃道："原来如此啊。"

红袖说："王禅兄长，人家为了你连玉人门上人都不做了，算是向你赔罪吧！"

第五十七回　紫光村恶人试毒　负心汉一命归阴

（一）

　　王禅庄的酒坊内，王禅听到红袖说仅仅是为了与他在一起，竟然放弃玉人门生活，屈尊来到这酒坊自食其力，对此却是不以为然。他沉思片刻后说道："清者浊之源，动者静之基，人能常清静，天地悉皆归呀！"

　　红袖说道："王禅兄长，红袖都舍去了上人之身，特前来向你赎罪，我愿意一切从零开始。这在人间，你已经是我的兄长啦，是我红袖唯一的亲人了，那你就原谅我从前的过失吧！"

　　王禅说道："阿弥陀佛，佛家说看破放下五蕴皆空。红袖啊，你何罪之有？"红袖见到王禅像是变了个人，伤心地说："听说你已心存僧念，无色无欲。还听说你那心里只有对四海的怜悯之心，没有了儿女之情。看来，这传说都是真的。"王禅双手合十，对红袖全然不多看一眼，一转身打量着酒坊布局说："如今见酒坊，如见昔日的景象。就眼前酒坊的布局形状、规模设施，还有这一草一木皆同当年相似，看来这酒坊没少花费你的心思啊！"

　　红袖不语，只是默默地看着一个大酒缸。

　　已是深夜，王禅正在酒坊的一间上房内闭目打坐。一会儿，红袖端来茶水，慢慢地走进王禅房内。正在打坐的王禅知道是红袖进来，也不理会，红袖便将茶水放在桌案上退了回去。王禅感觉到红袖已经离去，开始诵经说："苟或非议而动，背理而行，以恶为能，忍作残害，阴贼良善，暗侮君亲，慢其先生，叛其所事，诳诸无识，谤诸同学，虚诬诈伪，攻讦宗亲。"

　　王禅刚刚诵经到此，红袖又悄悄地走进王禅屋内，手中还拿来了一床被褥。闻听王禅正在修道诵经，她便将被褥放下，说道："王大哥，天色已晚，你就早些休息吧。"

　　王禅说道："修僧学道，自当不可荒废，你自休息去吧。"

　　红袖又说："大哥不休息，红袖也不休息。"

王禅站起身，慢悠悠地走近窗口，抬头看看天，说道："夜已入静，你去吧，我自当休息。"

红袖离去，王禅熄灭灯火，见红袖也已走远，又在床铺上打坐，开始静心修炼功法。

红袖回到自己的房间，心头顿时翻浪不止，虽然也熄灭灯火，可她在床上总是翻来覆去，怎么也不能入睡，就索性起身，沉思片刻后走出房门，又慢慢地走到王禅门前。红袖在王禅门前犹豫一阵，还是慢慢地推开了王禅房门，悄悄走进王禅的房间。再看王禅，此时已经入定身心，静静地端坐如钟，一心修炼功法，根本不知道红袖进来，更不知道红袖已经默默地坐在了他身旁。

此时的红袖，见王禅未做出反应，认为王禅已经默许了她，心情更加澎湃，突然上前抱紧了王禅。王禅知道此刻抱住他的是红袖，先是一惊，紧接着就将红袖的双手慢慢地松开，心不在焉地说道："红袖姑娘，你不要这样，王禅已经没有了这些欲望。"

红袖声音颤抖地说道："王大哥，我好孤独啊！"

"离开吧，在下学道之人，已是心静如水啊！"

"但你有的是热心肠啊！"

"什么热心肠？王禅早已无色无欲了。"

"无色无欲不要紧，只要你有热心肠就行了。"

"红袖姑娘何意？"

"我想从头开始。"

"什么从头开始？"

"我要让你重新点起有色有欲的火花。"

"唉，恐怕会让你失望的。"

"不要紧，我可以等。"

（二）

太岁和月忌日还逗留在温岭，等待纹身格研制的逆天毒药，等待着毁灭人性的鬼碧砂，不亲眼看到鬼碧砂研制成功，他们绝不会离开温岭。纹身格知道太岁和月忌日的心思，也是日夜不停地赶工。终于，纹身格宣布，鬼碧砂研制成功。太岁和月忌日闻听这消息，异常兴奋，嚷嚷着叫纹身格大摆酒宴进行庆贺。一时间，温

岭之上到处是庆贺的酒局。

纹身格有些飘飘然了，他对自己取得的成效很是满意，便不停地举杯畅饮。

这时，太岁夸赞道："纹身格老弟，我暴徒门的复兴就全仰仗老弟了。"

月忌日也说道："老弟呀，你纹身格就是我暴徒门的奇才，你那瘟疫一出手，一定是胜过十万兵将啊！"

纹身格说道："但愿这次，千万别让我父亲发现啊，要不然对我来讲那肯定是在劫难逃啊！"

月忌日说："老弟放心，发现不了的，你尽管精心加大研制鬼碧砂瘟疫的威力吧，但要记住，这威力越大越好！"

因为臭味相投，纹身格得意地说道："这说来也奇怪，玉人门无论如何厚待我纹身格，可我就是感觉不舒服。但我只要看到有人在四海之中无事生非、颠倒黑白、打打杀杀、搅乱安定，哈哈，我即刻就心花怒放啊！"

月忌日说道："那是自然，要不说老弟是暴徒门的奇才吗？"

太岁举杯说道："来，我们与奇才痛饮三百杯。"

几位仰脖，将酒喝个干净。月忌日又说道："哎，我说老弟，要不咱先弄一点鬼碧砂在这儿验证一下如何？"

纹身格吃惊问道："如何验证？"

月忌日说："咱们在山下找个村庄，就可以随便验证一下这鬼碧砂的威力了。"
太岁反对道："军师，我不是一再强调，不要随意杀害无辜百姓吗？你这样一来，不是义在拿无辜百姓的性命开玩笑吗？"

月忌日说："太岁爷呀，我也知道暴徒门有暴徒门的规矩，要求我等只去搅乱安定，夺取统领四海的霸权地位，不去杀害无辜百姓，这些我都知道。"

"既然知道这规矩，那你还出什么馊主意！"

"哎，太岁爷呀，纹身格老弟的瘟疫到底如何呢？咱研制瘟疫目的是啥？咱心里没底咋办呢？"

"暴徒门眼前的任务就是斩杀王禅，他是我暴徒门的大敌，在这关键时刻，我们可不能再去节外生枝。"

"对呀太岁爷，但咱要是见了王禅使用了这鬼碧砂，那我们怎么知道这鬼碧砂能不能管用呢？这万一失手了咋办？"

"这还真说不了。"

"所以为了做到万无一失，就先寻找一些该死的人搞个验证，这有何不可呢！"

"该死的人？"

"是呀，我们寻个该死的人，验证鬼碧砂的威力，咱不就心中有数了吗？"

"那，哪个该死呢？"

"太岁爷瞧好便是。"

（三）

温岭山下，有个村庄叫紫光村。紫光村内开了一家紫光药铺。这紫光药铺的掌柜紫光为人不但刻薄，而且道德败坏，每日里不行正道。

这一日，掌柜紫光照旧手拿鸟笼逗弄鸟儿。这时，药铺的伙计一路小跑着来报："掌柜的，赶快去看看吧，咱店内又打起来了！"

"哪个与哪个打起来了？"

"还不是夫人与药房的小菊两个又打起来了，任谁也劝不住啊！"

"这两个臭婆娘，一点面子也不给我紫光留！"

紫光说罢，急急忙忙走进药铺，果然看见夫人与小菊正打在一起。紫光见状，就上前一把抓起夫人，随手一个耳光，又一把将小菊抓起，也是随手一个耳光。

紫光骂道："你们两个臭婆娘，就知道争风吃醋，要是你们两个真的烦了老爷我，我将你们统统赶跑。"

夫人当即哭哭啼啼地说道："你这个负心汉，当初，我家父亲将药铺交给你时，你是如何答应的？"

"你说我如何答应的？"

"你是答应过的，要好好地善待我，还答应永不纳妾。你说，是不是这样啊？"

"我纳妾了吗？你这个臭婆娘！"

"你现在虽没光明正大地纳妾，但这小菊是怎么回事？那你就自己说吧。"

"哎呀，这不都是药铺繁忙，给我找个帮手吗！"

"找个帮手？你说你是个啥玩意，她又是个啥玩意？这村内左邻右舍的谁不知道！"

"怎么了？我紫光找个人帮忙不行吗？"

"找个人跟着你干活可以，可你都是干些啥，就想着点子和人家上床睡觉！"

"这有什么？又没有娶回家，你还是夫人啊。"

"什么夫人，你天天睡在她那里，孩子老婆都不要了，你个昧良心的玩意儿！"

这时，小菊也不甘落后，上前说道："你算什么夫人？你会生孩子，我不也生了吗！"

夫人手指着小菊骂道："你个不要脸的狐狸精，我是明媒正娶，你生了孩子算是咋回事？"

小菊说道："是，我就是狐狸精，看你能把我怎么样！"

此时夫人正要上前拼命，却被紫光一把拉住；一旁的小菊也上前拼命，也被紫光一把推倒在地。这一来一往，药铺顿时就哭天喊地声。

这时，一位白发苍苍的老人手持拐杖走了过来，此人不是别人，正是紫光夫人的爷爷。

老人走到近前，颤颤悠悠地喊道："成何体统，成何体统！"

夫人正在哭泣，见爷爷到了，便哽咽着喊道："爷爷，我不想活了啊！"

这时，老人上前抚摸着孙女，安慰一阵，然后转身说道："紫光，你这个不孝子孙，当初，我家祖传药铺见你乞讨可怜，就收留了你，又教你医术，然后又将我家孙女嫁给你，你可是从乞讨到坐上掌柜的位置，一步登天啊！但没有想到，你却忘恩负义，你小子，可是愧对我家祖宗啊！"

爷爷这话说完，门口有不少看热闹的人就喊道，"紫光坏良心！紫光坏良心！"紫光见到这阵势，感觉到已是犯下了众怒，吓得急忙跪地求饶，喊道："爷爷息怒，紫光知错了！紫光知错了！"

老人骂道："你这人道德败坏、狼子野心，又乱伦美色、伤风败俗，你就是个祸害人间的歹毒小辈呀！"

听到老人大骂，紫光连续磕头说："爷爷息怒，紫光知错了！"

老人转身手指小菊说："紫光我来问你，那小菊在无奈中也为你生下了后代，可是事实？听说她想逃走，你却不依，这是为什么啊？世人皆知你这狼子野心，你就这样霸占了人家一辈子不成？"

小菊急忙跪地，哭泣着说道："老人家说得不错。当初，我到此跟着他干活，我虽说不是什么富贵人家，但也是良家闺女，是紫光掌柜心生邪恶，一直对我威逼霸占啊，我是不得不从啊。小女子不是不知道他紫光是个什么玩意。那我看透了他又有何用，期间我几次想逃走，他都恶毒地威胁我。事已至此，我愿意就此退出，请您老人家给我做主，让我离去！"

听到小菊下决心离去，老人当即喊道："伙计何在？"

伙计急忙上前说："小的在！"

老人说道："你去多支些银两，赶快让小菊去吧，我看这个畜生还敢阻拦！"

小菊急忙跪拜说："多谢老人家！"

伙计取来了银两，小菊上前接过银两，毫不留恋地转身离去。

发生在紫光村紫光药铺的这一切，都被躲在一旁的太岁和月忌日以及纹身格看得清清楚楚，也听得明明白白。

月忌日对太岁说道："太岁爷啊，这回你看到没有，像这样的人是不是比我们暴徒门还恶毒呢？"

太岁感叹说："唉！这民间也存在歹毒之人啊！"

月忌日又问道："像这样的人该不该死？"

太岁说道："这种歹毒之人，活着祸害人间，死了无人同情啊。"

月忌日便笑道："太岁是说这种人真的该死吧？"

太岁叹了一口气，转身离去。

太岁走后，月忌日和纹身格还在暗处盯着。不一会儿，就见紫光掌柜一人躲在屋内生闷气，一个人喝起了闷酒。月忌日见状，朝纹身格使个眼神，纹身格会意，冷笑着运功，瞬间将鬼碧砂放进紫光的酒杯。远处，月忌日和纹身格眼见紫光掌柜喝下鬼碧砂后，扑腾一声摔倒在地。

月忌日问："那掌柜的到底有没有事啊？"

纹身格笑道："估计已经七窍流血、三魂离去啊！"

月忌日说："我们上前看看才放心啊。"

说罢，二人进到紫光掌柜的屋内，上前查看。只见掌柜的早已口吐白沫、七窍出血，躺在地上一动不动。月忌日又一脚将紫光的尸体踢翻调了个，并用手在紫光的鼻前试探一番过后，确定他已经死了，这才点头放心。

纹身格上前说道："没气了吧？你咋不相信呢？难道，我纹身格研制的东西会打折不成？"

月忌日解释道："老弟别见怪，你又不是不知道，我们下一步对付的，可是威震四海的鬼谷子王禅啊，动他就得慎重一些。如果我们一步不慎，他可是不会留给我们二次下手的机会。所以我们务必做到万无一失啊！"

纹身格没有说话，悻悻地转身离去，月忌日也急忙跟了出来。

第五十八回　黑暴徒酒坊下毒　金刚锁困住王禅

（一）

　　红袖的酒坊内，王禅和红袖正在对饮，红袖酒兴大发，王禅的酒兴也上来了，两人喝了一坛又一坛。不大一会儿，两人已有些醉意，而此时红袖还在举杯喊道："来来来，王大哥，我再敬你一杯！"

　　王禅不好推辞，接连喝下红袖的敬酒，满脸醉意地喊道："喝喝喝，再喝三百杯又奈我何！"

　　红袖眼见桌面上的酒已经喝完，就站起身，晃晃悠悠地去拿酒。王禅也没有阻拦红袖，还醉醺醺嚷嚷着："红袖啊，看样子，你已经不行了，待我去取来。"

　　红袖扭着头，晃晃悠悠地看了王禅一眼，还是硬着头皮，继续向酒缸走去，又晃晃悠悠地拿来一坛酒，到了桌案旁边咚的一声放在桌子上，随即打开酒坛，晃晃悠悠地倒酒完毕，两人同时哈哈大笑着又共同举杯。王禅和红袖在酒坊拼酒，他们万万没有想到，门外早已来了仇家，而这些仇家正在等待时机，随时要取了他们的性命。

　　这时，窗外的月忌日朝纹身格使个眼色，纹身格即刻运功将鬼碧砂投放进了王禅和红袖的酒斛。而正在猛喝的王禅和红袖，根本没有发现酒中已经被人下毒，豪爽地一饮而尽。不一会儿，王禅一头栽倒，红袖也摔倒在地，两人形同死尸一般。

　　窗外的月忌日和纹身格见状，面色大喜。但月忌日还是不放心，害怕王禅的功力雄厚，没有被此毒药毒倒，而是装模作样地将计就计，更害怕王禅早已发现了他们，而给他们设计圈套引他们上钩。月忌日想到此，就弯腰捡起一块石头，顺手扔向了王禅，听见碎石砸在王禅身上"咚"的一下，见王禅没有动静，月忌日和纹身格这才哈哈大笑着从角落里走了出来。

　　月忌日和纹身格走进屋内，上前试探着推了一把王禅，见王禅没有动静，月忌日就彻底放心了。他上前拉了拉王禅的衣袖，奸笑道："哈哈，王禅啊，亏你这么高的法术，难道就不知道外面有贼惦记吗？"

纹身格看着王禅说道："好小子，艳福不浅啊，这人人都说，你们上人在美色上是刀枪不入，原来你这号上人也是个色鬼呀！"

月忌日扭过头问纹身格说："怎么样？这美人够味吧！"

"再够味咋的？说到底，不还是一位破鞋呱哒子吗，爷我啊，从不动被兔子啃过的萝卜！"

"哈哈，有美人就不错了，你老弟还挑三拣四！"

"呵呵，像这样的美人，还是留给你军师吧。"

"留给我？留给我何用啊，我可没有这个胆量消遣此物啊！"

"怎的？那楚国的王妃，你难道没有消遣过吗，别在此装正人君子啦！你小子连王妃都敢调戏，就眼前这个，不比那娘们有姿色？"

"老弟有所不知，这个娘们，可不是一般的娘们啊！"

"有啥不一般？不就是九天玄女亲眷吗！"

"所以，这口仙桃不吃也罢。"

"就是，咱要是杀了她，那九天玄女或许可以接受，但要是祸害了她，那可真的就不一样啦，那九天玄女要面子，她还不活剐了咱俩啊！走吧，咱把王禅交给太岁，这红袖嘛，咱们就不去招惹了吧。"

"老弟啊，此刻咱还不能放走红袖，否则，她一样会去通风报信！"

"那好，就将他们一起带走吧！"

（二）

月忌山中，被鬼碧砂毒倒的王禅和红袖，早已被月忌日和纹身格用金刚锁锁住，分别捆绑在一条板凳上，两个暴徒命令喽啰将此二人抬到太岁面前。

太岁见月忌日和纹身格已经将王禅拿住，格外兴奋地喊道："哈哈哈哈，军师和纹身格呀，你们二位果然不负本座啊，这拿了王禅，暴徒门大业再也无人阻挡啊！"

纹身格急忙上前说道："太岁呀，人是弄来了，但这王禅与红袖可不会像普通百姓那样容易毒死，这会儿，他们应该只是昏迷。"

月忌日问道："那他们大概能昏迷多久？"

纹身格盘算着说道："三天三夜就会醒来。"

太岁点点头说道："不要紧，我们用金刚锁将他们捆住，谅他们也无法自己解开绳索。"

月忌日说："太岁不要忘了，他们都会功法啊。"

"知道，那就将他们吊起来，让他们上挨不着天，下挨不着地，任凭他们有什么法术也定是难逃啊。"

"太岁啊，今天我们就除掉这王禅吧，除掉了王禅，四海之中看还有哪个可以与暴徒门较量！"

"这个王禅着实该死呀！"

"王禅不死，暴徒门难兴啊。"

"这次缉拿王禅，纹身格老弟功不可没。"

"对，给纹身格记头功！"

"嘿嘿，举手之劳而已。"

片刻，太岁说道："军师发号施令，通知所有暴徒门兵将，我们要在月忌山屠宰王禅。"

太岁此言一出，月忌日脸面马上变色，急忙说道："太岁啊，屠宰王禅，不宜大张旗鼓啊！"

"为何？"

"太岁想一想，我们大张旗鼓地杀掉王禅，到时四海之中必定走漏消息。"

"四海之中没有了王禅，我们还惧怕哪个？"

一旁的纹身格也说道："是呀太岁爷，我们就悄悄地把王禅宰了省事啊！"

太岁怒道："不能悄悄的。"

月忌日讶然："难道太岁还有别的安排？"

太岁说道："暴徒门大业，就毁在这个王禅的手中，我们与他有深仇大恨。此时用他的血祭奠我们死去的兵将，岂不是更有意义？"

纹身格说："太岁说得也有道理，我们不如用王禅的鲜血祭旗，到时也好鼓舞暴徒门的士气，说不定，我们还能一鼓作气拿下玉人门呢！"

太岁笑道："哈哈哈哈，我看纹身格老弟，可以做暴徒门军师啦！"

纹身格急忙摆摆手说道："太岁啊，切莫把我的行踪告知天下啊，否则被父亲知道，必将使我万劫不复啊！"

"怕什么？天府山那会儿，本座不是给你留个面子，我一脚就能将那专享第踩死！"

"那可不行！"

"为何不行？"

"他毕竟是我的父亲啊！"

"老弟说的也是，不过那专享第，今后他如果不公开与我暴徒门作对，我是不会伤害他的。"

这时，月忌日着急地说道："我去安排屠宰场地，就等到午日午时大家都到齐了，我们就当众将王禅和红袖两个抽筋剥皮、挫骨扬灰。"

（三）

王禅阁内，此时槐树人和白圭正在对饮，月忌山的山官和土地官两位同时现身。槐树人见状，问道："你们是哪个？"白圭看到来客也万分警惕。

这时，山官抱拳问道："你是槐树人吧？"

"在下正是，你们是谁？"

"我是月忌山的山官，他是月忌山的土地官啊。"

白圭这才放松，上前拱手说："噢，原来是月忌山的山官和土地官二位啊。"

山官看着白圭一愣问道："你是？"

"啊，我乃洺河府邸白圭是也！"

"哦，就是你当初偷吃了一粒老君的仙丹吧？"

"嘿嘿，这件事还劳你记着呢？"

"这惊天动地的好事，可是传得快呀！"

"哎哎，得纠正一下，那可不是偷吃啊。"

看着两位来客，槐树人突然问道："哎哎，我说山官大哥，你这月忌山离此千里之遥，莫非到此有什么公干？"

山官这才一惊，说道："嗨，只顾调侃，差一点误了大事！"

槐树人急忙问道："什么大事？"

山官说道："王禅被人拿住了！"

槐树人吃惊地问道："什么？"

山官重复说："你这王禅阁的主人，王禅是吧？"

槐树人点点头："嗯！"

山官说："现今已经被暴徒用金刚锁捆住了！"

听到此言，槐树人和白圭同时惊叫一声："啊？"

山官说："现今，那王禅就吊在月忌山上啊。"

白圭吃惊地喊道："我的天哪！"

槐树人急忙问道："那暴徒到底想干什么呀？"

山官说道："他们要杀王禅啊！"

听说有人要杀王禅，白圭惊慌地喊道："哎呀，我的天哪！这可是出大事了！"

槐树人更是惊恐万分地问道："他们是要杀掉我家主人吗？"

山官点点头说："这屠场都定好了，他们就在午日午时开刀。"

王禅阁一下子没有了笑声，半天，就听白圭惊叹说："哎呀，我的天哪，这该如何是好！"

土地官上前说道："你们要尽快解救王禅，可没有多少日子啦，切莫再耽搁了啊。"

山官和土地官说罢，转眼离去。

（四）

深夜的太清宫门外，白圭慌慌张张地赶来，到了太清宫门前，白圭脚还没有站稳，就着急地上前叫门。听到叫门声，一位道童满面疲倦地将门打开，问道："哪个在这个时辰叫门？真是不懂规矩！"

白圭见来了道童，急忙上前施礼说道："道童打扰了。"

道童抬头，看见了白圭就问道："深更半夜的有什么事？"

白圭拱手说："我是丹成的白圭，有事前来找老君爷。"

道童问道："来此何干？"

白圭着急地说："快些带我去见老君爷他老人家。"

道童摆摆手说："快不了。"

白圭不解，上前问道："为何？在下有急事啊！"

道童问道："什么急事？"

白圭说："是又急又大的事啊！"

道童转身说："随我来吧，先到偏房歇息，天亮了再说。"

白圭道："哎呀我的天哪，那可不行。"

道童问道："那你什么意思？"

白圭惊恐万状地说："是要出大事了！"

"什么大事？"

"是有人要杀王禅啊！"

"噢，就这事啊！"

"道童是说这事还小？"

"哈哈，哈哈，这么多年，四海之中今天要杀王禅，明天要杀王禅，他们哪一个杀了王禅啊？你这不是杞人忧天吗？"

"哎呀，这一次不一样啦！"

"有什么不一样？"

"这一次，是王禅已经被人拿住，吊在山中啊！"

"啊，此话当真？"

白圭翻着白眼说道："是大事吧？"

道童又笑道："哈哈！"

这时，白圭不解地问道："你笑什么？"

道童说："在你看来是大事，在我看来还是小事一桩！"

白圭着急地说道："我的天哪，你就赶快带我去见老君吧！"

道童说道："哈哈，就实话告诉你吧，老君他老人家根本就不在太清宫。"

白圭一惊，悻悻说道："我我，我还是到里边等候老君吧！"

就在此时，上房突然一声道号，老君喊道："无量佛！何人门外喧哗？"

这时道童急忙带着白圭来到上房，白圭见了老君上前施礼完毕。老君看着神情慌乱的白圭问道："白圭。"

白圭再次拱手，施礼答道："弟子在。"

老君问道："这深更半夜来此，看你面色惊慌失措，哪有仙家风范，究竟何为？"

白圭说道："启禀老人家，您是不知道啊，现如今，那王禅和红袖被月忌山的暴徒用金刚锁拿住了。"

老君说："哦，不要着急，慢慢说来。"

白圭说："就刚才，月忌山的山官和土地官前来告知，说王禅和红袖姑娘双双被擒，明日可能要被暴徒门剥皮抽筋、挫骨扬灰呀！"

老君当下掐指推算一番，沉思片刻后说道："这事发突然，还真有点麻烦，看

来这一次这些暴徒是不会轻易放过王禅和红袖的。"

白圭说:"是啊老人家,这一来二去,王禅与他们结怨太深啦,那些个暴徒视王禅为眼中钉啊!"

老君闻听白圭传来这样的消息,面色也是一沉,说道:"无量佛!看来,又是一场恶仗啊!"

看到老君如临大敌,道童和白圭都静静地等待着老君发号施令。

第五十九回　调大将四海联动　众上人各显神通

（一）

太清宫上房，白圭一五一十地把王禅遇难的情况说给老君听。老君听着，没有及时答复白圭该怎样搭救王禅，而是进入了沉思。

白圭不知缘由，着急地说道："我说老人家啊，我和王禅都是您的弟子啊，我俩可都是随您学道的呀，还请您老人家出手相救啊！"

老君见白圭沉不住气，说道："白圭不必担心，你且去召集一些道友，本座即刻就去告知北辰星君和九天玄女娘娘，顺便也告知小白龙，动员他们一起前往月忌山搭救王禅就是。"

白圭闻听老君这么兴师动众，吃惊地问道："老人家，那暴徒有这么厉害？若要收拾他们，老人家不是手到擒来吗？竟然还需要几位上人一起出动？"

老君说道："白圭有所不知，此次暴徒门捆绑王禅和红袖，势必会进行精心策划啊，说不定早已埋伏好了各类阵法。他们暴徒门既然主动地出击王禅，肯定是有必胜的把握啊。况且那暴徒之中，也确有不少兵将的功力了得，他们的道行和功力甚至都在我们之上。"

白圭不相信地说道："就那天府山那次，王禅不是一人夜出奇兵，就叫那些暴徒战败了吗？最终不是把太岁都吓得落荒而逃，整个暴徒老窝天府山都被捣毁吗？"

老君说道："哦，你是说那次暴徒门大败的事啊，白圭你有所不知啊，那样的机会呀，恐怕还得等三十年了。"

"为何？"

"那太岁的死穴，每三十年才出现一次。平常，暴徒门的暴徒们这么嚣张，他们靠什么这么嚣张？其实，他们都是依靠太岁在四海的影响。反过来说，暴徒门如果没有了暴徒太岁的支撑，这些暴徒一个二个都不敢在人前放肆，他们这就是狐假虎威啊！"

"那我等现在能做些什么呢？"

老君说："本座料定，此月忌山一役，要远比天府山更为凶险。所以，你们去召集你们的道友，我们去召集我们的道友。到时，不把他们暴徒门逼进了死穴，恐怕就救不出王禅和红袖啊！"

话说北极玄丹宫内，北辰星君正在闭关打坐，突然感觉到左眼猛跳几下，右眼猛跳几下，紧接着又是左耳发热右耳也发热。北辰急忙掐中指、跌指纹进行推算，推着推着，大惊失色道："无量佛！王禅和红袖双双遇难？"

北辰急忙站起身走出上房，站立宫门外正在遥望，此刻见老君驾云而来。待老君落下云头，到了近前北辰上前抱拳，迎接着喊道："还是老君行动及时啊！"老君还礼问道："不老上人，想必你是已知道了端由？"

北辰说："我这北极玄丹宫居住偏僻，外界事务一般不知呀。"

老君说道："这四海那个不知你号称不老上人，一定是神通广大啊。"

北辰说："也是刚才在下打坐的时候，突然左眼猛跳，右眼猛跳，左耳发热，这右耳也发热，叫本座是坐卧不安啊，就估摸着又是那暴徒门发难王禅啊。"

老君说："并且这一次，连红袖也受到无辜牵连啊。"

北辰转身说道："老君，请到宫中说话。"

老君跟随北辰进入宫中落座，北辰说道："老君啊，在下刚才推理了一下，这一次暴徒门将王禅和红袖双双拿下，想必那太岁早已布下了天罗地网，正在等待我们入瓮呢。"

老君点点头说道："所以，这一次月忌山之战，不同天府山之战啊。"

北辰问道："那老君有何打算？"

老君说道："我们即刻前去寻找九天玄女和白丹龙，大家在一块合计一下为好啊。"

北辰点头，二位即刻走出玄丹宫。

（二）

再说五顷寺内，钟声悠扬、佛号连天，此时的白丹龙正在大殿打坐，闭目诵经。一眼望去，白丹龙的头顶上似是佛光闪闪，身体端坐如一口大钟。一看就明白了，这白丹龙正在聚精会神地诵经。就在这个时候，外面突然传来了九天玄女的赞美声，九天玄女说道："这燃灯僧人的弟子，是名副其实的坐如钟啊！"白丹龙闻听有上人说话，急忙起身，抬头见是九天玄女娘娘，上前双手合十喊道："阿弥陀佛！不知是九天玄女娘娘驾到，没能及时出迎，恕罪！恕罪啊！"九天玄女说道："白丹龙，你现今已是白丹僧了，千万不可如此礼节啊！"白丹龙说道："僧家不只是诵经，崇尚礼仪，也是僧家必修啊！"

九天玄女见白丹龙彬彬有礼，就说道："白丹僧，你已经不是过去的白丹龙了。"

白丹龙说道："应该没有二样，白丹龙还是白丹龙啊，不同的是今天多了燃灯僧的衣钵而已。"

九天玄女说："你无意间得到了燃灯僧的衣钵，成为僧家支撑门户的弟子，今后你我见面就有门户礼仪啦。"

白丹龙急忙双手合十说道："阿弥陀佛！玄女娘娘啊，你是抬举在下了。"

白丹龙转身，请九天玄女娘娘进入寺院客厅落座。九天玄女看着偌大寺院说道："白丹僧啊，你这五顷寺，在这么短的时间内就扩展到如此规模，可想这东土中原大地真的要成为僧家的传播地了。"

白丹龙说道："玄女娘娘，白丹龙原本就来自东土，与僧结缘后又返回东土，此不过是东土人外出西僧留学，而今学成归来传经而已。所以中原大地，还是我中原大地啊！"

九天玄女说："可自从你白丹僧在此落地生根，僧家也从此在我东土大地落地生根了。"

白丹龙说："这只能说东土百姓，从此又多了一份被人庇护的缘分啊！"

九天玄女点点头说："说来也是啊，今天本座到此，就是想请你这西僧出手，搭救东土性命啊。"

白丹龙双手合十，吃惊地问道："难道是王禅？"

九天玄女点点头说道："不错，这王禅和红袖双双被暴徒门困在月忌山上，太岁放出消息，准备用他们二位的鲜血祭旗，并伺机夺取玉人门。"

白丹龙吃惊地说道："哦，这些暴徒，贼心不死啊！"

五顷寺内二位正在说话，门外已经来了北辰和老君，北辰说道："哎，这五顷寺不是已经荒废多年了吗，这如今，怎么会又如此生机勃勃呢？难道是白丹龙到了这里？"

老君说道："东土之中，仅此一座古刹，因为四海分割地域时，已经是僧去寺空。这里，至今也不曾看见过其他僧徒在此主持，而今这里既然焕发了生机，那就

一定是白丹龙在此寺院。"

北辰点点头说道："对呀，我怎么没有想到此一层呢，这白丹龙到了东土，他不来这里他也没有去处啊！"

二位正在探究，白丹龙闻听是老君和北辰星君到了，急忙出迎，玄女娘娘也发话："门外的二位进来吧，这里正是白丹僧的道场。"

这时，白丹龙已经迎出门外，老君和北辰听到九天玄女娘娘的话语，在见到白丹龙的同时说道："哦，原来玄女娘娘也在此啊。"

白丹龙说："玄女娘娘也是刚到，二位进寺说话。"

老君和北辰跟随白丹龙进入寺院，北辰一边走一边说："我说白丹龙啊，你这道场，看上去可是相当有规模啊！"

白丹龙微笑着不搭话，老君也说道："就是呀白丹龙，你这五顷寺是如何重新修建得这么快呀，本座竟然一点也没有发觉啊？"

白丹龙双手合十说道："此是燃灯僧祖帮助运功，集众僧人和善男信女落成啊！"

老君突然感慨说道："哦，我说这么大一座寺院竟然没有一点动静，原来是燃灯僧亲自布局道场啊。"

北辰也说道："刚才，本座同老君行走，突然发现这里佛光闪闪，感觉好奇就来看看，原来还真是你白丹僧啊。"

白丹龙问道："两位准备何处去？"

老君微笑说："我们两个，原本准备去见玄女娘娘和你这西僧的，这下好了，二位全在此了。"

白丹龙问道："哦，见我们也是为了王禅和红袖吧？"

老君点点头说："是呀，四海之中还有什么事能需要我和北辰一块寻找你们啊。"

这时，九天玄女走出客厅说道："刚才，本座正在和白丹僧商讨，这太岁一帮暴徒在四海之中非同寻常。上一次太岁天府山大败，只是赶上了他三十年一遇的死日被王禅打了个心理战而已。这一次，要对付那太岁，恐怕就没有那么容易了。"

北辰说道："娘娘啊，要是合我们之力，仅仅是可以铲除那暴徒门一般鬼祟，可那太岁的功力如此强大，我们是没有把握啊。"

九天玄女说道："不错，我们都清楚太岁的实力。"

老君说："他掌握了近百种武学秘籍，积累了二十种功力和二十个元神，四海之中很少有对手的。"

白丹龙说道："哦，原来他真的有二十个元神啊。"

九天玄女说道："四海之中，有了地支神十二位，他就有十二个元神，八卦分了八方，他又得到了八方的元神。当初，鬼斧神工发现了他二十个元神后，就与四方天地通晓此事，大家后来都是抱着一线希望啊。"

白丹龙问道："什么一线希望？"

九天玄女说道："大家都希望他能正确地善待四海众生。"

老君插话说："可他后来还是步入了暴徒门，做了暴徒门的霸主。"

北辰也说道："现今更是可怕，他想做天地四海的主宰啊。"

听到几位大神这般话语，白丹龙说道："四海之中各行其道，怎可乱了章法？"

九天玄女就说："所以我们必须出面，制止这个痴心妄想的家伙。"

白丹龙脱口而出："佛法无边！"

这时老君问道："白丹僧啊，你与王禅昔日缘分深厚，你这佛法无边就发挥一下吧。"

白丹龙双手合十说道："各位有没有想过？"

九天玄女问道："想过什么？"

白丹龙说："他太岁有二十个元神，那我们就找到二十位功力强大的上人，大家如果共同来对付这个狂妄的家伙，不就无后顾之忧了吗？"

这话有道理，老君适才大悟，说道："对呀，我们如果有二十位上人，分别对付他二十个元神，不就有胜算了吗？"

北辰惊叹说："好办法。"

这时，九天玄女说道："我们现今，已有了四位啊。"

老君眉头一皱说道："我看，眼下就先动用我们各方的力量，把月忌山围住再说。"

九天玄女也说道："我也有此意，你们就去召集僧、道、民为一体的队伍先行准备着。本座即刻回玉人门，调来玉人门兵将、四值功曹、六丁六甲，我们先行围住月忌山，给月忌山一个压力也好。"

（三）

顷刻间，月忌山四周，一队队的上人浩浩荡荡地来到此处，这些队伍，随时都可以在月忌山四周进入冲杀状态。见此阵势，月忌山上早有暴徒门人吓得惊慌失措，急急忙忙向山上跑去。有喽啰一边向山上跑去，一边喊道："报！"

月忌日听到喊叫声，急急忙忙迎上喽啰问道："何事惊慌？"

喽啰慌慌张张地说道："启禀军师，山下突然来了大批兵将，他们已将我们月忌山团团围住。"

闻讯赶来的纹身格，惊叹："啊！"

月忌日扭头看了看纹身格，就说道："大家不要惊慌，太岁就在洞中闭关，三日期限已满，待我前去请他出关。"

纹身格急忙上前拦住说："不可。"

月忌日问道："为何？"

这时纹身格掐指推算后说道："太岁入关时有交代，说是一定要到此午日午时方能出关，之间，不得有任何事打扰他。"

月忌日沉思一会儿说："那好吧，我们先去查看一下。"

月忌日正准备前去查看，这时五黄和三煞急忙赶来。五黄见到月忌日，劈头问道："你，这是去哪里？"

月忌日说道："哎呀五黄爷，那玉人门兵将与各路上人，他们已将月忌山围住，我这听说后，还不得去看个究竟呀！"

一旁的三煞结结巴巴说道："啊啊啊，怕什么？平常，啊你充当个坏水，啊啊，还还，还可以，这遇到大事，啊就，就就，慌慌张张的，啊有爷在此给你挡着，不不，不要怕！"

月忌日说："濮三煞老弟，我怕什么？"

三煞反问道："不怕？"

月忌日说："怕他干吗呀！"说完也不搭理他们，摆摆手走了。

月忌日登高望远，发现山下着实有大批玉人门兵将已是杀气腾腾。他仔细辨认，看到他们中有僧家、道家，以及其他各路上人，看这架势，他们已经将月忌山围得水泄不通啦。月忌日看着看着面色沉重，就在这时，雷公电母赶来。

月忌日看见了雷公电母，立刻大笑相迎，抱拳喊道："还是两位对暴徒门忠诚啊，在暴徒门最需要你们的时候你们就来了，暴徒门是如虎添翼呀！"

雷公抱拳说："我们闻听暴徒门被各路上人围着，就来看个究竟，原来真是如此啊！"

月忌日说："他们是包围我们了，但这也没有大碍，此也不影响我们午日午时对王禅、红袖的开刀问斩！"

雷公问道："杀人为什么要定日子，为何要等到午日午时？"

月忌日说："是太岁爷计划的，太岁爷准备在此时用他们的鲜血祭旗啊。"

电母问道："祭旗何意？"

月忌日说："太岁计划，杀掉王禅和红袖后随即就打上玉人门。"

雷公说："哦，我知道了，到时把玉人门一块拿下，太岁就可以登基啦！是吧？"

月忌日点点头说："对，就是这样。"

这时，电母惊叹说："啊，杀王禅他们原来只是个仪式啊，怪不得四海之中都有传说太岁非常了得，看样子，这玉人门还真是有一点麻烦啊！"

月忌日说："对，太岁就是利用这个仪式祭旗，要不然的话我早就一刀结果了他们，免得夜长梦多，这说不定还会有变故啊！"

此时，突然从山下传来白丹龙的僧号，就听白丹龙声如洪钟地喊道："阿弥……陀佛，苦海无边，回头是岸，施主莫要再犯糊涂！"

白丹龙话语迅速传递到了山上的雷公和电母耳边，二位听到后，急忙向山下望去，果然就见白丹龙在山下站立，如松柏一般，且闪闪发光，奇怪的是那光芒竟然犹如千军万马护体。

第六十回　救乾坤不入混沌　惊大座原生态族

（一）

今天暴徒门的日子不寻常啊，他们竟然异想天开，想着趁此机会杀掉王禅，用王禅的鲜血祭旗，然后攻下玉人门，夺取玉先生的宝座。暴徒门有此举动和想法，可不是一朝一日啦，这正是他们的本性。他们这些人活着，除了不择手段，就是罪恶多端；除了阴谋诡计，就是玩弄手段；除了组团害人，就是颠倒黑白；除了断章取义，就是丧尽天良；除了无中生有，便是投机取巧。

雷公电母原本是亦正亦邪，他们与暴徒门人士打交道，也不外乎是凑凑热闹而已。要不然他们在四海之中，一个个故弄玄虚利用超常规魔术打雷闪电很是枯燥。再加上受到玉人门个别人的挤兑和排斥，再受到个别人的组团压迫，成绩得不到玉人门的认可，还可能会被一些人抓住特殊的细节，而蒙受莫须有的罪名，因此这雷公电母也是一肚子的怨言。雷公电母到了月忌山本还抱着此种心态，但他们没有想到，这昔日的仇家白丹龙，竟然在山下呼叫他们。

山下，只见白丹龙神采奕奕、霞光万丈，电母便向着山下喊道："哎，下面站立之人如松柏一般生根，你这站如松的气场确实了得，想必是白丹龙吧？"

白丹龙听到电母有了反应，双手合十说："施主，在下正是白丹龙。"

电母急忙向下走几步，问道："怎么？白丹龙你来此何意？这僧家也要过问此事吗？"

白丹龙说道："消除孽障、维护公心，乃僧家倡导，此不得不为之啊。"

雷公问道："那你有何打算？"

白丹龙说："不是我有何打算，而是你们有何打算啊？"

电母不解，说道："我们？那我们自个也不知道有何打算啊。"

白丹龙问道："那你们二位到此何为？"

电母说："我们是来看一看热闹，不可以吗？"

白丹龙说道："苦海无边，回头是岸！"

电母问道："那我们向哪里回头？"

白丹龙说："放下屠刀，立地成僧！"

听见白丹龙这样说话，雷公就笑着说："哈哈，别骗人啦，我们怎么能成僧呢？"

白丹龙说道："世间生灵皆具有佛性，人人都可以成僧啊。"

白丹龙这样说，电母转身拉拉雷公说："我们过去看看，看他到底想如何！"

月忌日见雷公电母离去，即刻怒问："你们真的要阵前倒戈？"

电母扭着头说道："我们？我们从来都没有想过与玉人门为敌呀！"

月忌日当即骂道："你们两个反复无常的小人！"

雷公不干了，扭过头对月忌日说道："我们本身就不是暴徒门兵将，来去自由是我们的习性，你可不要干涉噢，免得爷对你不客气！"

二位说罢，毫不留情地离去，月忌日见状一阵叹气。

（二）

话说东岳大帝府内，此时，东岳大帝正在府中与三茅真君下棋。二位正杀得起兴，突然，眼前博弈的棋盘猛然抖动起来。二位见状同时大吃一惊。东岳大帝手掌在胸前竖立，随即说道："无量佛，三茅真君啊，难道世间又有大的变故不成？"三茅真君也是面色一惊，二位同时闭目一阵，三茅真君即刻惊叹说："在下估摸着是火烧眉毛，火烧眉毛啊！"

东岳大帝也说："三茅真君，看来四海的定数，又到了转运的非常时期呀！"三茅真君就说道："东岳大帝所言极是，在此关键时期，如果转运不好，到时四海又要混沌一场啊！"

东岳大帝摇摇头说："这非同小可，非同小可啊！"

二位说话间，一位门人突然跑来，喊道："启禀师父，外面来了原生态族和赵公元帅。"

东岳大帝愣道："赶快出迎！"

东岳大帝和三茅真君刚刚走出大门，果然看见原生态族和赵公元帅两位大门派掌门人站立门外，二位急忙上前一一施礼。原生态族看见了东岳大帝，说道："东岳大帝，原来你这府中有了贵客啊。"

三茅真君上前说："三茅见过原生态族！"

原生态族说："三茅真君，听说你近日与东岳大帝对弈赌酒，你们两个谁喝多啦？"

二位都不好意思地笑了。这时赵公元帅大笑着说："还用说吗，肯定是三茅真君喝多了，他这个臭棋篓子啊！"

听得此言，三茅真君说："赵公元帅说得没错，是三茅棋艺不如人啊，今儿个又输给东岳大帝啦！"

东岳大帝笑着说道："哎，各位上尊有所不知，那是因为我东岳喝不过他三茅呀，才出此下策。"

几位大笑一阵。东岳大帝转身说道："请两位尊长里边说话。"

东岳大帝前头走，原生态族和赵公元帅紧跟其后，三茅真君也急忙跟进。几位落座完毕，门人上来茶水离去。这时东岳大帝问道："不知原生态族到此有何见教？"原生态族微笑着说道："哪里有什么见教啊！"

东岳大帝看着原生态族问道："尊长此行，莫非是为暴徒门聚众月忌山一事而来？"

原生态族点点头说道："是呀，本座推测那太岁一帮在月忌山上，利用屠杀王禅之际会发动一场巨变啊！"

东岳大帝点点头说道："此事，也就刚才我们下棋时知道的。"

三茅真君插话说："是呀，我们是刚才知道的，这难道又是定数吗？"

原生态族点点头说道："对啊，是定数。"

三茅真君说道："啊！这连尊长都惊动了，想必也不是一般的定数啊！"

惊天逆转就要来临，四海上尊无不牵肠挂肚。东岳大帝站起身说："这王禅遭此劫数，更是定数之中的因果报应啊！"

三茅真君问道："东岳何出此言？"

东岳大帝说道："那暴徒门一帮，都是一些钻牛角尖之辈，他们所作之恶都是大道定数的演变之中有了他们可乘之机。此就好比世间的普通百姓，他们修建好了房屋，最好不能给贼人留下可乘之机，否则你家被人盗窃，可怨不得别人。这就是说，当窃贼偷你家的时候，说明你已经给窃贼留下了方便之处啊。"

闻听东岳大帝之言，赵公元帅也站起身向东岳大帝问道："东岳大帝你是说，暴徒门缉拿王禅是王禅自己惹的祸喽？"

东岳大帝说道："王禅本身是四海之中不可多得的上善之人，因此，他也得到了很多门派上人的暗中帮助。"

赵公元帅问道："那他是如何自己招惹祸端的？"

东岳大帝说道："当年，那老君在现今的丹成炼成了仙丹，无疑那里就是一块风水宝地。那里的百姓为了盘踞在风水宝地之上，把当时的丹成地原貌强行改变，致使五色河聚气的宝地之龙脉受到了破坏。人们一年一年的将因五色河聚气而形成的金木水火土五座高峰中的土峰铲平，用来修建房屋居住。后来，一个叫濮三煞的暴徒在丹成恶风四起，给百姓带来很大的伤害。"

赵公元帅说："不错，此事也惊动了四海啊。"

东岳大帝又说道："更可怕的是普通人不知道，那金木水火土五座高峰它们是连体同气的，这中间的土峰一去，其他周边四峰也都会相继失去。也是为此，后来的丹成一带，又遭受了纹身格的无辜伤害。"

赵公元帅说道："这个也知道。"

东岳大帝又说："丹成一带，又因一位员外无理拆除司雨官庙，导致了一场罕见的大旱，这事还惊动了玉人门的玉先生。"

赵公元帅又点点头说道："不错，确有此事！"

东岳大帝接着说："嗯，此事被王禅知道了。"

赵公元帅说："他咋会不知道？那里是他的家乡啊。"

东岳大帝摇摇头说："可他王禅为了引水进入丹成，竟然将一座一座的大山都迁移外地，王禅此举使那些自盘古开天辟地以来的布局，被人为地打乱了。"

诸上人各抒己见，赵公元帅沉思片刻，慢慢地说："说来也是啊。"

东岳大帝还说："这天下的大道定数都因他而改变啊，难道不是吗？"

这时，原生态族说道："这些事情本座都知道，可那王禅此举没有半点私心杂念，他的一举一动确实是为了一带百姓生死啊！"

赵公元帅说道："不错，那王禅不是为了自己，而是为了一带百姓。听说后来玉先生也暗中派鬼斧神工下山给王禅帮忙。"

东岳大帝接着说道："可那里现今，已经成了大平原啊。"

原生态族说道："这些事情本座也都知道，不管怎样现在我们必须想法把王禅他们救出来才行。否则四海转运，将朝着魔鬼混沌的时代去了。到了那个时候，我们大家想出来说话，恐怕也没有了机会啊。"

原生态族此言，东岳大帝只好顺从："既然原生态族尊长都出面了，我们大家都听您吩咐。那尊长您说，我们应当如何呢？"

原生态族说："月忌山那里，已经去了九天玄女、老君、北辰、玉人门兵将、

四值功曹、六丁六甲，还有西僧的人，我们也去助阵吧！"

三茅真君吃惊地问道："啊？那里去了这么多重量级的大神，难道还需要我们助阵？"

原生态族摆摆手说道："三茅真君，你是有所不知啊，那太岁手下百万兵将都不在话下，他们根本不够九天玄女娘娘一位运功剿灭，那些普通兵将啊只需要九天玄女娘娘眨眼的工夫就可以收拾干净。可那太岁苍龙就不一样了，他有二十个元神，功力非同寻常。除此，他身后还有人给他暗中撑腰哇，我们不得不小心谨慎啊！"

东岳大帝面色一惊，问道："难道苍龙的背后是？"

这时，原生态族急忙摆摆手说道："看透彻了，可不要说透彻啊，我们只管去助阵即可。打仗嘛，那是他们小孩子的事。咱们几个老头子啊，就是出来主持点公道，别叫那些别有用心的和玩弄伎俩的真的把四海秩序搞得乌烟瘴气了！"听到原生态族这万不得已的话，几位会意一笑，就跟在原生态族身后，向月忌山而去。

（三）

此时月忌山上的暴徒门众人，面临着各路上人的围攻压力，已经慌乱成一团。突然，闭关修炼的太岁在一声巨响中出关，众暴徒见状，都慌忙上前迎接。太岁脚步刚刚站稳，就发现山中已经大乱，急忙问道："外面何事慌乱？"

月忌日上前说道："启禀太岁，是玉人门兵将以及各路上人，他们已经组团在围困我们啊。"

太岁扫视四周说道："噢？这些玉人门兵将想干啥？他们还想利用爷的死穴，妄想着来打败我吗？走，待我查看！"

太岁一帮暴徒登高望远，见山下四周尽是玉人门兵将和各路上人。太岁看着看着，突然面色大变，说道："军师啊，这一次围攻我们的可不是什么玉人门兵将啊，而是四海的众多大员啊！"

一旁的纹身格插话说道："启禀太岁，在下已经观察多时，现在的月忌山四周，集有僧家、道家和各路上人啊！他们的来头都不小啊！"

太岁认为纹身格说的是实情，吃惊地说道："本座看过了，怎么连原生态族也到了山下，这老头可是不怎么过问闲事的呀，难道这一次他非要插手不成？"

正在观望的纹身格面色形同死灰，说道："这一次，恐怕我们是凶多吉少啊！"

看到各位都在担心，太岁突然问道："怎么，那山下不是雷公电母吗，他们也阵前倒戈？"

一句话提醒了月忌日，他张口骂道："那一对男女，经常是转眼无情，他们两个其实就是一对可以与我们同甘，不可以与我们共苦的败类啊，就别指望他们了！"

太岁冷笑说道："哼哼，人各有志，我们谁也不用勉强，暴徒门来去自由。"过了片刻，月忌日向太岁问道："太岁爷，现在的情况你也看到了，我们到底怎么打，就等你一句话了。"

太岁一时没有作答，大伙都不敢言语，好大一会儿，太岁才面色沉重地说道："怎么打？刚才本座闭关期间，上房的老人家就已经训斥了我，他要我放了王禅和红袖。"

太岁一句话，月忌日吃惊地看着太岁问道："什么？放了王禅和红袖？"

纹身格也惊慌地说道："我看这阵势，是开天辟地以来，也不曾有过呀，这一次咱们恐怕是玩大了。"

月忌日还是不甘心，沉着脸说道："放了红袖可以，但坚决不能放走王禅，太岁爷你不是不知道，那鬼谷子王禅乃我暴徒门的克星！"

太岁无奈地说道："我怎会不知那鬼谷子王禅，是我暴徒门的克星！可没有想到，这一次连原生态族都惊动了，下面究竟还有哪个要来，我也不知啊，本座就怕到时控制不了局面，会给暴徒门带来灭顶之灾啊！"

月忌日说道："太岁惧怕什么？"

太岁说："怕给暴徒门带来永不复存的灭顶之灾啊！"

这时，濮三煞上前问道："那太岁想想，啊想啊咋办？"

太岁说道："不如暂且放过王禅！"

一听说放过王禅，三煞就瞪眼问道："放过王禅？"

太岁抬头看看天说道："暂且放过吧，我的上房老人家，已经到了山上，正在召本座回去呢。"

三煞咬着牙说道："我我我，啊坚决不答应！"

月忌日也说道："我也不答应！"

看到军师和濮三煞反对，太岁左右为难一阵，一气之下甩手而去。纹身格也随太岁而去。这时，月忌日与三煞递个眼神，月忌日说道："放过王禅？我看不如

先斩后奏！"

闻听月忌日之言，三煞问道："军师，你是是是，啊是说，先行问斩，以绝后患吗？"

月忌日点点头，二位即刻就杀气腾腾地来到关押王禅和红袖的山洞，不由分说，见了王禅和红袖挥刀便砍。这时，王禅早已酒醒，也知道自己被金刚锁吊在了空中，几次挣扎都无济于事。此刻，看见了濮三煞和月忌日挥起了大刀，即刻闭目，下意识地嘘出了一口气。就在这时奇迹出现了，黑暗的魔洞，被王禅呼出的一口气瞬间照亮，就见这口气团，瞬间变成了一处佛光。再看那佛光处，顿时闪出万丈光芒，霞光四射。濮三煞和月忌日定睛一看，发现霞光四射光芒中站立着一位老者。

老者不慌不忙地立在光芒之中，口中轻呼道："善哉！善哉！"

月忌日见状不以为然，说道："又是王禅使用的什么障眼法吗？"

老者微笑着说："障眼法？你们本身都是暴徒，还有什么障眼法可以瞒过你们！"

月忌日大怒，说道："让开！不然连你一块宰了！"

月忌日哪里知道，眼前站着的到底是什么人，只管不知深浅地嚷嚷着。听到月忌日嚷嚷不休，老者笑道："呵呵，呵呵！放下屠刀，立地成僧吧！"

三煞闻听老者之言，就问道："什么啊啊啊，啊立地成僧，啊放下屠刀的？我我，我看你是活腻了！"

三煞说罢，挥刀就砍老者。老者不慌不忙，对着濮三煞用手一指，那三煞即刻将刀扔在地上，随即从空中下来了一道金刚锁将濮三煞捆住。月忌日见此情景，拔腿想跑，但为时已晚，就见也有一道金刚锁将其捆住。

月忌日看着老者，吃惊地问道："你到底是何方神圣？我甚是不服！"

第六十一回　燃灯僧解救王禅　玉人门光环连连

（一）

两道金刚锁，分别捆住了月忌日和濮三煞。原本是两个暴徒计划着闯进洞中斩杀王禅的，可这会儿变成了被人缉拿捆绑，这反差实在是太大了，简直是叫月忌日和濮三煞难以接受。月忌日满面怒火地看着老者问道："你到底是何方神圣，在下与你有何冤仇，就下此毒手？"

老者微笑着说："老衲，南无燃灯僧祖是也！月忌日啊，你与老衲没有任何仇恨，但你与天理公道有仇啊，换句话说，你月忌日是四海天理公道的仇人啊，作为四海四大掌门人之一的老衲，是不会看着你危害四海的。"

燃灯僧祖这般话语，月忌日算是听明白了，仰天长叹说道："唉！看来我暴徒门真是没有夺取玉人门的命啊！"

燃灯僧微笑着说道："月忌日啊，看看你都做了些什么？就说你与王禅的恩怨吧，其实你们有什么恩怨你自己不清楚吗？恩怨只是来自你单方面对王禅的嫉妒和偏见而已。对待王禅你根本不去看他的优点，而是专门盯住他言差语错的小细节。你们两个啊，王禅是性情耿直，不藏奸诈之心，只干事不说事；而你就不同了，不单是工于心计，还善于设计陷害。你看你们两个，一个为人处世是一条线，对人从不设防；一个为人处世是圈连圈、陷坑连陷坑地算计别人。你说你呀，都做到暴徒门军师这个交椅上啦，咋还是这么多的坏心眼呀，你收敛一些不好吗？"

濮三煞哼哼唧唧地挣扎着，但无论怎么挣扎都无济于事，就哼了一声看着燃灯僧祖。月忌日见状，面向濮三煞说道："老弟呀，难道我们暴徒门真的没有执掌玉人门的命吗？"

燃灯僧祖微笑着说："你们就不要异想天开了，你们想一想，如果因为你们把四海带入了混沌世界，这四海还得多少年才能归正？那样的话天地四海都得过着逆行倒施、颠倒黑白、混淆视听的日子啊，你们真的愿意过上那样的日子吗？这四海之中如果没有了天理公道，没有了良心忠诚，没有了忠孝恩慈，这世间会是什么样

子？所以呀，为了不使你们的阴谋得逞，我们四大掌门人都会不遗余力出手阻止你们的。"

月忌日听到这话，怒气冲冲地看着燃灯僧祖。燃灯僧祖又说道："放下吧，老衲愿意陪着你们好好地吃斋修行。"

燃灯僧祖说罢，转身运功将王禅和红袖放下，一挥手落了王禅和红袖身上的绳索。王禅和红袖急忙到燃灯僧祖面前施礼，二位同声说道："谢过老人家搭救之恩！"

燃灯僧祖微笑着摆摆手说道："免礼，快些走吧，那原生态族尊长还在外面看着呢。"

王禅即刻带着红袖急急忙忙走出洞去。月忌山上，大家见王禅和红袖得救，各自散去。

玉人门灵霄宝殿上，玉先生大喜，钦赐御酒。此时，众上人陪同王禅来到了灵霄宝殿，玉先生微笑着说道："这王禅胸怀四海，冒死与暴徒门斗法，拯救万民，功德无量啊！"

王禅听到了玉先生对他赞赏，上前施礼道："玉先生过奖，王禅没有寸功，只是做了应该做的事啊！"

玉先生说道："你王禅这么大的功劳，若不接受玉人门封赐，这西僧东道都在大殿，岂不笑话玉人门不公，恐怕是还会落个有眼无珠、功过不分、偏听偏信、挤兑公道的名声！"

金星到了王禅面前说道："是呀王禅，你就不要推辞了，你没看四海之中现今都乱成了啥样？这四海为营救你王禅，连西土的燃灯僧祖、东土的原生态族这么大的腕儿都亲自到了现场，你的面子好大啊！看来啊，这谁是干事的、谁是一心一意干正事的、谁是给四海谋福的，这四大掌门人、各大门派都看得真切啊！"

王禅抱拳说道："都是王禅不才，惊动了各位大神！"

玉先生目睹此景，说道："玉人门即日起，就准王禅位入玉人门朝堂。"

玉先生一句话，整个大殿掌声雷鸣，王禅却是急忙施礼说道："请玉先生收回成命吧！"

听到王禅这话，玉先生问道："这是为何呢？"

王禅说："王禅生在民间，还应该在民间为百姓做事，这样心里踏实啊！"

王禅说到此，大殿各路上人相互对视，玉先生站起身来说道："既如此，王禅享誉四海、功德圆满，就封其为玄风永振至尊吧！"

听到玉先生封赐，大殿之上又是一阵称赞。这时，燃灯僧祖起身，玉先生赶忙与燃灯僧祖施礼，燃灯僧祖说："王禅与我僧家有缘，他与白丹僧更是渊源深厚，即日起僧家就赐给他禅师菩萨吧！"

王禅满面欢喜，急忙施礼说："多谢燃灯僧祖厚爱！"

大殿一阵称赞，大家相互点头。这时再看王禅的身上，哗啦啦一道光环罩住了全身。

久坐不语的原生态族也起身，玉先生急忙施礼问道："原生态族尊长也有话说？"

原生态族说道："这王禅乃东土之根，起初又是我道家渡其提升功力，王禅成为上人后不负众望，一直为四海劳碌，不但与暴徒斗智斗勇，还为民间诸侯国大乱，治理战国纷争做出了贡献，可以说这鬼谷子王禅在战国史上，真是一部战国史处处王禅心啊。他为了安定诸侯国大乱，先后多次授徒深入诸侯国，在一定程度上缓解了战国大乱、民不聊生的局面。鉴于王禅前前后后对民间、对四海做的大量功德，道家就命其为大罗道长吧！"

原生态族刚刚说到此，再看王禅身上，又是哗啦啦一道光环罩住了全身。

这时，九天玄女娘娘也起身上前。玉先生问道："玄女娘娘，你也有话要说？"

九天玄女娘娘说道："各位别忘了，民间也对这王禅有个尊称啊！"

玉先生问道："民间对王禅有何尊称啊？"

九天玄女娘娘说道："民间尊其为王禅老祖啊！"

玉先生高兴地说："对对对，确有此事。"

九天玄女娘娘说："这民间对其的尊崇不为御赐，我看还是经过玉人门御赐一下吧，民意不可违背啊！"

玉先生觉得此言在理，急忙说道："这有何难啊，即日起玉人门就加封王禅为民间的王禅老祖。"

话音刚落，就见王禅身上接连出现了一道又一道光环，哗啦啦的光环接连套在了王禅顶端，也是说话间光环又罩住了王禅全身，此刻再看王禅，全身上下已是光芒四射。

这时，原生态族走到王禅面前说道："大罗道长啊，我们去道家的玉清宫一坐如何啊？"

王禅急忙说道："一切听从原生态族尊长安排。"

原生态族一把拉住王禅笑呵呵地离去。

（二）

王禅跟随原生态族来到玉清宫，原生态族说道："大罗道长王禅啊，你有月忌山一劫，可是有前因的啊，此事你可知晓？"

王禅施礼说道："请尊长教导。"

原生态族微笑着说："你将盘古时期定下的大地布局改变，破坏了自然环境岂能不是前因啊？"

"尊长是指王禅私自做主迁移丹成一带山包之事吧？"

"是呀。"

"启禀尊长，是王禅虑事不周。"

"不过，你是为了一带百姓。"

"尊长神明啊，搬迁山岭，王禅确实是无奈之举。"

"都是本座没有及时将玉清宫的催雨功法传授给你呀，这么说来本座也有责任啊。"

"弟子不明白，尊长何意？"

"我这玉清宫，有一套司雨官掌握的催雨技能你可愿参学呀？"

"请尊长赐教，能学到玉清宫的技能，乃王禅之福。"

"那好吧，我来传授你操作流程吧。"

王禅跟随原生态族前前后后学完了催雨技能，王禅大喜，再次施礼说："多谢尊长赐给王禅救民技能！"

原生态族笑道："今后如再需要降雨，就不要再迁移大山了！"

王禅说道："有了此呼风唤雨的本事，何须再迁移大山啊！"

二位哈哈大笑。

王禅回到王禅阁内，此时槐树人、白圭都在给王禅祝贺。一处简单的桌椅上放了几坛子酒，也没有任何下酒菜，就这样一人抱着一坛酒喝个痛快。

此刻槐树人面对王禅说道："王禅爷啊，在下跟着你多年，你今日一下子成了玉人门、僧家、道家、民间，都带有职位的大忙人啊！"

白圭酸溜溜地说道："哎，什么大忙人？是大忙圣人！"

槐树人说："对对对，四海之中都问事的大忙圣人！"

王禅却说："什么圣人。我来自民间，理应把玉人门和僧道的事务放在民间的后面，应以民为本嘛！"

槐树人说："如此，乃万民之福啊！"

王禅问道："槐树上人，我近日忙于其他事务，没有顾上百姓向王禅阁祈求，这些日子百姓都向王禅阁祈求些什么呀？"

槐树人说："啊前几年主人劈山开渠，为百姓解决了大旱，百姓都来还愿，就在王禅阁唱大戏月余呀！"

王禅说："噢？这百姓也是，此不是消耗民间财力吗！"

白圭说："哎呀，我的天哪，这百姓的眼光亮着哩，你为百姓办了实事，这百姓岂能不知道好歹呀。"

王禅说："你们为什么不出面阻止呢？"

槐树人小声说道："我们不敢啊！"

王禅问："为何？"

槐树人说："怕凉了百姓心啊！"

白圭说："都是百姓自发，我们也不好阻拦。"

王禅沉思一会，才发现不见榆树人，便问道："榆树人呢？他去了哪里？"

槐树人说："主人不知，现今那榆树人也够难的啦，他顶住病魔缠身还得同我们一起办差，真是辛苦啊。"

王禅说："真是难为他了，他能洗心革面、改正错误，又不辞辛苦为民间办差。我看就让他留守此处，享受民间俸禄吧，这也给他提供一个为民间做事的机会。"槐树人说："他身体不好，我愿意照顾他就是了。"

王禅沉思良久，长叹一声说道："过去的就过去吧！"

槐树人点点头："是是是！"

王禅问："还有什么事呢？"

槐树人说："哦，那楚国派来使臣在此上香。"

王禅问："噢？楚国使臣上香？"

槐树人说："是呀！"

王禅问道："他说些什么？"

槐树人说："那使臣说楚国知道王禅爷显圣，可他们怪罪王禅爷不应该将丹成一带的山脉都迁移外地。"

王禅问道："此与他们何干？"

　　槐树人说："说爷迁移大山，破坏了楚国的龙脉啊！"

　　王禅沉思，这时白圭不干了，说道："听他胡诌吧！当初，他们把龙洞上面的山岗铲平，还毁掉半阴半阳的金千阁，他咋不说破坏龙脉啊？"

　　槐树人说："就是，他们搞恶作剧不说是破坏龙脉，我们救万民大旱灾情，却成了破坏龙脉，真是仗着鼻子大压嘴！哦，给人欲加之罪咋地！"

　　白圭也说："就是，给他二两颜色就想开染坊了。"

　　王禅摆摆手说："也许迁移大山是有不妥之处啊！"

　　槐树人说："当时那种情况，不去劈山开渠怎能引来救命的大水，又怎能感动司雨官降雨？"

　　王禅说："嗨，过去的都过去吧，其他还有什么事？"

　　槐树人说："哦，还有就是战乱了。"

　　王禅面色一沉："战乱？"

　　槐树人说："这些年来，天下诸侯国遵循了苏秦、张仪的六国联盟和连横策略，天下相对稳定，百姓安居乐业。可自从苏秦被刺身亡，张仪抑郁而死，从此天下又进入了争霸中原的战乱啊！"

　　王禅面色一沉地问道："战乱来了，百姓又来王禅阁祈求什么？"

　　槐树人说："要争霸就要打仗，要打仗就要死人啊！到此来的百姓，都是祈求王禅爷保佑他们的子孙平安归来的。"

　　王禅不安地说："哦！好重的任务啊！"

<h2 style="text-align:center">（三）</h2>

　　王禅徒步行走在一条小路上，一边沉思着。这时红袖突然在高处飞下喊道："王大哥，想什么呢？"

　　王禅见到红袖，诧异地问道："红袖姑娘，你怎么在此？"

　　见王禅这样问话，红袖不满道："怎么了这是？你王禅成了玉人门、僧界、道界、民间的大忙人，就不认人了是吧？"

　　王禅抱拳说："岂敢岂敢？"

　　红袖说："不就是玉人门封你为玄风永振天尊、僧家赐给禅师菩萨、道家命你为大罗道长吗？可你别忘了你还是民间的王禅老祖啊！"

　　"红袖姑娘说得对，王禅什么都可以忘记，唯有民间的忘记不得！"

"那我就是民间的，难道民间的红袖就不能找你？"

"哎，红袖姑娘，你怎么能算是民间的？"

"看看看，说你不了解民情吧，你说你还是民间的王禅老祖呢！"

"红袖姑娘不要闹了，你到底来此何为？"

"王大哥，我一直没有时间和你讲明白。"

"讲明白什么？"

"现今的红袖，已是普通百姓一个了。"

红袖言辞出乎意外，王禅吃惊地问道："到底是怎么回事？"

红袖说："命运总是这样捉弄人啊，特别是我红袖。当初是姑姑命我与你一起治理民间，可我无意间上了恶魔的圈套，还误杀了苏秦。"

王禅摆摆手说："都是过去的事了，不提也罢。"

"可红袖后来想到了对不住你，再次见到你时你已经心灰意冷，与僧家结了缘。现今我又与姑姑保证，愿意放弃玉人门朝堂生活，一心到民间与你共同为百姓做一些有益的事。而你却又成了四海有名的大人。你说，这不是命运在捉弄人吗？"

"你说什么放弃了朝堂生活？"

"我现今已辞去玉人门朝堂，成了普通百姓啊！"

"啊，怎么会是这样？"

"这都是命啊！"

"你在王禅庄重新开张酒坊，原来是已经放弃了高贵的朝堂生活啊。"

"这都是为了能够和你在一起啊。"

王禅沉思片刻，说道："红袖姑娘有所不知。"

"不知什么？"

"现今的天下，百姓又处在水深火热的战乱之中了。"

"我怎会不知道，现今的民间正在到处抓丁从军啊！怎么？还要问一问民间的战祸吗？"

"我是这样想的，把授徒的程序减去，直接把智慧整理成册传播人间。此举，叫那些有志向的人各显神通去吧。"

红袖一会儿点头，一会儿摇头地说："话是这么说，听起来也在理，可你有所不知，这民间有时候不一定会把你的经典智慧用在正地方啊！"

王禅问："红袖姑娘何意？"

红袖说："王禅哥啊，姑姑说，这民间看似单纯，其实也净是一些包藏祸心的小人啊。他们中间也有一些人两面三刀、心胸狭窄、唯恐天下不乱啊。就怕到时，有人在你的经典智慧上断章取义、混淆视听、颠倒黑白呀。"

王禅听到红袖对红尘事是这样的定论，也着实吃了一惊，过了许久才叹气说："唉！啥时间啥地方，都有这样煽风点火打邪锤、踢阴脚的人啊，这或许就是世界，这或许也有他们的一席之地呀。我们不能因为惧怕这些小人物，就放弃正义啊。"

一间小屋，王禅正在奋笔疾书，一旁的红袖，不停地给王禅打着下手，日子久了，在王禅的案头上，写出了大量经典。

完

后　记

　　鬼谷子王禅这个人物，在历史上确实有着许许多多神话悬疑故事，在中国乃至世界都成了传奇，其神秘学识"纵横捭阖"以及"鬼谷子兵法"更是影响了人们两千多年。鬼谷子系列丛书，在当今已经成为世界军事、政治、经济、文化、外交、处世谋略等经典指南，为此，世界各地还相继成立了鬼谷子文化研究会。

　　当今，人们尤其是看到了鬼谷子王禅这个人物的存在价值。于是，各地迅速展开了争夺鬼谷子故里的热潮。当然，这些争夺都是附带经济、文化、旅游背景的。因此，笔者作为一位"鬼谷子王禅"文化的痴迷者，也不得不跟随这些捕风捉影的传说四处奔波查证。

　　过去，我的脑海里曾经产生了世间到底有没有鬼谷子王禅此人的疑问？要说有此人，可有关史料上说"鬼谷子本是后人为了神秘其道"而故意编造！要说没有此人，可各地有关鬼谷子的传说都是有鼻子有眼的。后来经过了多方查证，笔者最终还是相信了世上确有此人！但是每每根据这些传说去调研，去刨根问底的时候，换来的却都是当地的一些"据说"或者"相传"的定论，对此说法，作为一名文史资料专业学者和鬼谷子文化爱好者，感到大失所望！至此，这位影响人类两千多年的神秘人物，其祖上到底哪里？各地的传说，为什么都是囫囵半片？传说中的故事，又为什么基本雷同？

　　带着这些疑问，笔者再次深入各地刨根问底地查证，得出结论：各地有关鬼谷子的传说都是因为鬼谷子其人在此地有过居住史，而留下传奇生活故事，此传说影响了一代又一代；他最终祖上是哪里，根本没有经得起考验的铁证。

　　1993年的冬季，笔者在《辞海》《汉语大词典》《词源》《资治通鉴》等资料中看到了"鬼谷子战国时楚人"的记录，就在凡是当时与"楚国"地域有关联的地方，展开了拉网式挖掘。山重水复疑无路，柳暗花明又一村！笔者终于在"楚国苦县的黑河岸边五顷寺"一带，得到了大量的有关鬼谷子王禅的传说；并且，在此一带广为流传的鬼谷子王禅故事，更是有鼻子有眼，而且其故事传说较为完整。于是，笔者就着手在此一带查找各类文史、文献记录，同时走访了近百位年龄八十岁

以上的老人。

踏破铁鞋无觅处，得来全不费工夫！在1999年春天，听说河南郸城的一位文史专家徐公卿先生，存放一份前朝的地方志。后经过查证得知，现今郸城的五顷寺一带，在战国时期归属楚国苦县（鹿邑）管辖，后又划分为陈州（淮阳）管辖。于是笔者又顺势查找到了清顺治《陈州志》、乾隆《陈州府志》、民国五年《淮阳县志》、民国二十二年《淮阳县志》等史志。其史志上面均有记载，说王禅死后葬在了陈州的某个地方。笔者根据记录，同数位文史专家前往查看，果然，在史志记录的地方见到了王禅墓冢。

于是，笔者根据民间有关鬼谷子王禅的各种各样的神话悬疑传说，2000年以来先后创作出了微电影数部、电视连续剧和多部长篇小说等文学作品。本长篇小说《丹成传奇》的出版，为世界鬼谷子文化爱好者提供了一份有关鬼谷子王禅的参考资料。

天下之长皆为我师，只想干事与世无争。秉承正直牢记因果，行为错了诚心忏悔。玄学出手救助善人，报应之说从没忘怀。心中常念百姓之苦，举止不忘人间正义。生活清淡想想农民，职位高低心情坦然。只干正事不思邪念，不怕妖魔断章取义。若有鬼怪混淆视听，苍天终不颠倒黑白。胸怀长鸣感恩之心，滴水之恩仗义奉还。